La oscuridad de los sueños

La oscuridad de los sueños

Michael Connelly

Traducción de Javier Guerrero

rocabolsillo

Título original: *The Scarecrow*
© 2011, Michael Connelly

Primera edición: mayo de 2012

© de la traducción: Javier Guerrero
© de esta edición: Roca Editorial de Libros, S.L.
Av. Marquès de l'Argentera, 17, pral.
08003 Barcelona
info@rocabolsillo.com
www.rocabolsillo.com

@ Diseño de portada: Mario Arturo
@ Imagen de portada: Rainer Leske

Impreso por Liberduplex, s.l.u.
Crta. BV-2249, km 7,4, Pol. Ind. Torrentfondo
Sant Llorenç d'Hortons (Barcelona)

ISBN: 978-84-92833-72-6
Depósito legal: B. 4.978-2012
Código IBIC: FF

A James Crumley por *El último buen beso*

1
La granja

*C*arver paseaba por la sala de control, vigilando el frente de las cuarenta. Las torres se extendían ante él en filas bien definidas. Zumbaban de un modo tan silencioso y eficiente que incluso con todo lo que sabía, no pudo por menos que maravillarse ante lo que la tecnología había forjado. Tanto en tan poco espacio. No era un simple reguero de datos, sino un torrente desbocado de información que fluía a su lado día tras día y crecía delante de él en altos tallos de acero. Lo único que tenía que hacer era estirar la mano, mirar y elegir. Era como cribar oro.

Pero más fácil.

Comprobó los indicadores de temperatura situados en el techo. Todo funcionaba a la perfección en la sala de los servidores. Bajó la mirada a las pantallas de las estaciones de trabajo que tenía delante. Sus tres ingenieros trabajaban al alimón en el proyecto actual: un intento de intrusión desbaratado por el talento y el ingenio de Carver. Era el momento de ajustar cuentas.

El aspirante a intruso no había logrado franquear los muros de la granja, pero había dejado sus huellas por doquier. Carver sonrió al observar a sus hombres recuperando las migas de pan, localizando la dirección IP a través de los nodos de tráfico de datos en una persecución a alta velocidad que los llevaría al origen. Pronto sabría quién era su oponente, para qué empresa trabajaba, qué había estado buscando y cuál era el beneficio que esperaba obtener. Y se vengaría de un modo que dejaría al desventurado rival apabullado y destruido. Carver no mostraba misericordia. Jamás.

Desde el techo sonó el zumbido de alerta de la puerta de seguridad.

—Pantallas —dijo Carver.

Los tres jóvenes que ocupaban las estaciones de trabajo teclearon una serie de órdenes al unísono para esconder su actividad a los visitantes. Se abrió la puerta de la sala de control y McGinnis entró con un hombre trajeado al que Carver nunca había visto.

—Esta es nuestra sala de control y a través de esas ventanas puede ver lo que llamamos el «frente de las cuarenta» —dijo McGinnis—. Todos nuestros servicios de alojamiento web, lo que llamamos *hosting*, se concentran aquí; es donde se guardarían los datos de su empresa. Contamos con cuarenta torres que albergan casi mil servidores dedicados a ello. Y, por supuesto, hay sitio para más: nunca nos quedaremos sin espacio.

El hombre trajeado asintió con ademán reflexivo.

—No me preocupa el espacio. Nuestra preocupación es la seguridad.

—Sí, por eso hemos entrado en esta sala. Quería presentarle a Wesley Carver; se ocupa de varias cosas por aquí. Es nuestro jefe de tecnología, así como nuestro mejor experto en control de amenazas y el diseñador del centro de datos. Él le dirá todo lo que necesite saber sobre seguridad de *hosting*.

Otro numerito para impresionar al cliente. Carver estrechó la mano del hombre trajeado, al que le presentaron como David Wyeth, del bufete de abogados Mercer & Gissal de Saint Louis. Sonaba a camisas blancas almidonadas y americanas de mezclilla. Carver se fijó en que Wyeth tenía una mancha de salsa barbacoa en la corbata. Cuando llegaban a la ciudad, McGinnis los llevaba a comer a Rosie's Barbecue.

Carver representó su número de memoria, explicando a Wyeth todos los detalles y diciendo todo lo que aquel abogado de clase alta quería oír. Wyeth estaba en una misión de barbacoa y *due diligence*; volvería a Saint Louis e informaría de lo mucho que le habían impresionado. Les diría que ese era el camino que debían seguir si el bufete quería mantenerse al día con las nuevas tecnologías y los tiempos cambiantes.

Y McGinnis conseguiría otro contrato.

Mientras hablaba, Carver no dejaba de pensar en el intruso

al que habían estado persiguiendo; no podía imaginarse la que se le venía encima. Carver y sus jóvenes discípulos vaciarían sus cuentas bancarias personales, adoptarían su identidad y ocultarían fotos de hombres manteniendo relaciones sexuales con niños de ocho años en su ordenador del trabajo. Luego él lo estropearía con un virus y, cuando el intruso no pudiera arreglar el ordenador, llamaría a un experto. Se encontrarían las fotos y avisarían a la policía.

El intruso no volvería a ser una preocupación. Otra amenaza mantenida a raya por el Espantapájaros.

—¿Wesley? —dijo McGinnis.

Carver salió de su ensueño. El hombre trajeado había hecho una pregunta. Carver ya había olvidado su nombre.

—¿Disculpe?

—El señor Wyeth ha preguntado si alguna vez han accedido al centro de datos.

McGinnis estaba sonriendo, porque ya conocía la respuesta.

—No, señor, nunca han entrado en el sistema. Para ser sincero, ha habido algunos intentos. Pero han fracasado, con consecuencias desastrosas para aquellos que lo intentaron.

El hombre del traje sonrió sombríamente.

—Representamos a la flor y nata de Saint Louis —explicó—. La integridad de nuestros archivos y de nuestra lista de clientes es capital para todo lo que hacemos. Por eso estoy aquí en persona.

«Por eso y por el club de *strippers* al que te llevará McGinnis», pensó Carver, aunque no lo dijo. Se limitó a sonreír, pero no había calidez alguna en su sonrisa. Estaba contento de que McGinnis le hubiera recordado el nombre del hombre del traje.

—No se preocupe, señor Wyeth —dijo—. Sus cosechas estarán a salvo en esta granja.

Wyeth le devolvió la sonrisa.

—Es lo que quería oír —dijo.

2
El Ataúd de Terciopelo

*T*odos los ojos de la redacción me siguieron cuando salí de la oficina de Kramer y volví a mi cubículo. Las prolongadas miradas hicieron que el camino fuese muy largo. Siempre repartían las rosas los viernes y todos sabían que acababan de dármela; si bien las cartas de despido ya no iban en papeles de color rosado. Ahora era un formulario RP: reestructuración de plantilla.

Todos sintieron un leve cosquilleo de alivio porque no les había tocado a ellos y un leve cosquilleo de ansiedad porque sabían que nadie estaba a salvo todavía. Cualquiera podía ser el siguiente.

Rehuí todas las miradas al pasar bajo el cartel de la sección de Metropolitano para dirigirme de nuevo a los cubículos. Entré en el mío y me senté para desaparecer del campo visual de la redacción como un soldado que se lanza a una trinchera.

Inmediatamente sonó mi teléfono. En la pantalla vi que llamaba mi amigo Larry Bernard. Solo estaba a dos cubículos de distancia, pero sabía que venir a verme en persona habría sido una clara señal para que otros periodistas de la sala de redacción se reunieran en torno a mí y preguntaran lo obvio. Los periodistas trabajan mejor en manada.

Me puse los cascos y contesté la llamada.

—Hola, Jack —dijo.

—Hola, Larry —respondí.

—¿Y?

—¿Y qué?

—¿Qué quería el Embutidor?

Usó el apodo que le habían puesto al subdirector Richard

Kramer años atrás, cuando era un secretario de redacción más preocupado por la cantidad que por la calidad de las noticias que solicitaba a sus periodistas. Desde entonces le habían inventado varios apodos más.

—Ya sabes lo que quería. Me ha dado el preaviso; me echan.

—Me cago en la hostia, te han dado la rosa.

—Exacto. Pero recuerda que ahora lo llamamos «separación involuntaria».

—¿Te has de marchar ahora mismo? Te ayudaré.

—No, tengo dos semanas. El 22 de mayo seré historia.

—¿Dos semanas? ¿Por qué dos semanas?

La mayoría de las víctimas de la reestructuración tenían que marcharse de inmediato. La decisión se había tomado después de que uno de los primeros receptores del preaviso de despido se quedara durante el período remunerado. Todos y cada uno de sus últimos días, la gente lo veía en la oficina con una pelota de tenis: botándola, lanzándola, apretándola. No se dieron cuenta de que cada día era una pelota diferente, que lanzaba después al inodoro de caballeros. Alrededor de una semana después de que se marchara, las cañerías refluyeron con consecuencias devastadoras.

—Me han ofrecido unos días más si accedía a preparar a mi sustituta.

Larry se quedó un momento en silencio mientras consideraba la humillación que suponía tener que enseñar a tu propio sucesor. Sin embargo, para mí, dos semanas de salario eran dos semanas de salario que perdería si no aceptaba la oferta. Y además, me daría el tiempo suficiente para despedirme apropiadamente de aquellos que lo merecían tanto en la sala de redacción como en la calle. Consideré que la alternativa de llenar una caja con mis pertenencias personales y que me acompañara a la puerta un guardia de seguridad era aún más humillante. Estaba seguro de que me controlarían para asegurarse de que no llevaba pelotas de tenis al trabajo, pero no tenían de qué preocuparse. Ese no era mi estilo.

—¿Y ya está? ¿No te ha dicho nada más? ¿Dos semanas y te vas?

—Me ha dado la mano y me ha soltado que era un tipo atractivo, que debería probar en la tele.

—Oh, tío. Vamos a emborracharnos esta noche.

—Yo sí, desde luego.

—Joder, no es justo.

—El mundo no es justo, Larry.

—¿Quién es tu sustituta? ¿Al menos es alguien que sabrá que está a salvo?

—Angela Cook.

—Me lo imaginaba. A los polis les va a encantar.

Larry era amigo mío, pero no me apetecía hablar de todo eso con él en ese momento: necesitaba sopesar mis opciones. Me enderecé en la silla y miré por encima de las mamparas de metro veinte del cubículo. Todavía no veía a nadie observándome. Miré hacia la fila de paredes de cristal de las oficinas de los jefes de sección. La de Kramer hacía esquina y él estaba de pie detrás del cristal mirando a la sala de redacción. Cuando establecimos contacto visual, Kramer desvió enseguida la mirada.

—¿Qué vas a hacer? —me preguntó Larry.

—No lo he pensado, pero voy a hacerlo ahora mismo. ¿Adónde quieres ir, al Big Wang's o al Short Stop?

—Al Short Stop. Anoche estuve en el Wang's.

—Nos vemos allí, pues.

Estaba a punto de colgar cuando Larry me espetó una última pregunta.

—Una cosa más. ¿Ha dicho qué número eras?

Por supuesto, quería saber cuáles eran sus propias posibilidades de sobrevivir a esa última sangría de personal.

—Cuando he entrado, ha empezado a hablar de que casi lo había conseguido y de lo difícil que resultaba tomar las decisiones finales. Ha dicho que yo era el noventa y nueve.

Dos meses antes, el periódico había anunciado que cien empleados serían eliminados de la plantilla editorial a fin de reducir costes y hacer felices a nuestros dioses empresariales. Dejé que Larry pensara un momento quién podría ser el número cien, mientras yo volvía a mirar a la oficina de Kramer. Todavía estaba tras el cristal.

—Y te aconsejo que no asomes la cabeza, Larry. El verdugo está ahora mismo de pie junto al cristal buscando al número cien.

Pulsé el botón de colgar, pero continué con los cascos puestos. Con suerte eso desalentaría al personal de la redacción de acercarse a mí. No me cabía duda de que Larry Bernard empezaría a contar a otros periodistas que me habían separado involuntariamente y estos vendrían a compadecerme. Tenía que concentrarme en terminar un breve sobre la detención realizada por la División de Robos y Homicidios del Departamento de Policía de Los Ángeles de un sospechoso en un caso de asesinato por encargo. Luego podría desaparecer de la redacción y dirigirme al bar para brindar por el final de mi carrera en el periodismo diario. Porque en eso se resumía todo: no había ningún periódico en el mercado para un reportero de sucesos policiales de más de cuarenta años. Y menos cuando tenían una lista interminable de mano de obra barata: periodistas pipiolos como Angela Cook, recién salidos cada año de la Universidad del Sur de California, de Medill y de Columbia, todos ellos con un buen bagaje de conocimientos tecnológicos y dispuestos a trabajar por casi nada. Igual que ocurría con el periódico en papel y tinta, mi tiempo había acabado. Ahora se trataba de Internet; de actualizaciones horarias en las ediciones en línea y en los blogs; de conexiones de televisión y actualizaciones en Twitter; de escribir los artículos con el móvil en lugar de usar el teléfono para llamar a edición. El periódico matinal podría llamarse el *Diario de ayer*. Todo lo que contenía estaba colgado en la red la noche anterior.

El timbre del teléfono sonó en los cascos y supuse que sería mi exmujer, quien ya se habría enterado de la noticia en la redacción de Washington, pero la identificación de llamada decía VELVET COFFIN, el Ataúd de Terciopelo. Tuve que admitir que estaba asombrado: sabía que Larry no podía haber hecho correr la voz tan deprisa. En contra del sentido común, atendí la llamada. Como era de esperar, quien llamaba era Don Goodwin, autodesignado perro guardián y cronista del funcionamiento interno del *L. A. Times*.

—Acabo de enterarme —dijo.

—¿Cuándo?

—Ahora mismo.

—¿Cómo? Yo lo sé desde hace menos de cinco minutos.

—Vamos, Jack, sabes que no puedo revelarlo, pero tengo la redacción pinchada. Acabas de salir de la oficina de Kramer y estás en la lista de los treinta.

La lista de los treinta era una referencia a las bajas que se habían producido a lo largo de los años con el proceso de reducción. Treinta era el código del periódico que significaba «fin del artículo». El propio Goodwin figuraba en la lista; había trabajado en el *Times* e iba lanzado como redactor hasta que un cambio de propietario provocó un golpe de timón en la filosofía financiera. Cuando se opuso a hacer más con menos, le cortaron las alas y terminó aceptando una de las primeras indemnizaciones que se ofrecieron. Eso fue cuando todavía daban indemnizaciones sustanciales a aquellos que abandonaban la empresa de manera voluntaria, antes de que la compañía propietaria del *Times* se acogiera a la regulación de empleo por causas económicas.

Goodwin cogió el dinero y creó un sitio web y un blog que se ocupaban de todo lo que se movía dentro del *Times*. Lo llamaba el Ataúd de Terciopelo, a modo de adusto recordatorio de lo que había sido el periódico: un lugar tan agradable para trabajar que podías meterte dentro y quedarte allí hasta la muerte. Con los constantes cambios en la propiedad y la gestión, y las persistentes reducciones de personal y presupuesto, el periódico se estaba pareciendo más a un cajón de pino. Y Goodwin estaba allí para hacer una crónica de cada paso y traspié de la caída.

Su blog se actualizaba casi a diario y en la redacción todos lo leían en secreto y con avidez. No estaba seguro de que le importara a la mayor parte del mundo que habitaba detrás de las gruesas paredes del edificio de Spring Street. El *Times* iba por el mismo camino que el conjunto del periodismo, y eso no era noticia. Incluso en el glorioso *New York Times* se sentían los apuros causados por el cambio a una sociedad que buscaba en Internet noticias y publicidad. Lo que escribía Goodwill y aquello por lo que me estaba llamando no significaba mucho más que un reordenamiento de sillas en la cubierta del *Titanic*.

Y al cabo de otras dos semanas tampoco me importaría a mí. Yo ya estaba pasando página y pensando en la novela empezada de manera un poco tosca que tenía en mi ordenador. Iba a ponerme con ella en cuanto llegara a casa. Sabía que podía exprimir mis ahorros durante al menos seis meses y después, si lo necesitaba, podría vivir de una hipoteca inversa; es decir, del valor que le quedara a la casa después de la reciente caída de precios. También podía cambiarme el coche por uno más pequeño y ahorrar gasolina comprando una de esas latas de sardinas híbridas que llevaba todo el mundo en la ciudad.

Ya estaba empezando a contemplar mi despido como una oportunidad. En lo más hondo, todo periodista desea ser novelista: es la diferencia entre el arte y el oficio. Todo escritor quiere que lo consideren un artista, y yo iba a intentarlo. La media novela que tenía esperando en casa —la trama de la cual ni siquiera podía recordar del todo— era mi trampolín.

—¿Te vas hoy? —preguntó Goodwin.

—No, tengo un par de semanas si preparo a mi sustituta. He accedido.

—Joder, qué gente más noble. ¿Ya no le dejan a nadie mantener la dignidad?

—Mira, es mejor que irse hoy con una caja de cartón. Dos semanas de paga son dos semanas de paga.

—Pero ¿te parece justo? ¿Cuánto tiempo llevas ahí? Seis, siete años, ¿y te dan dos semanas?

Estaba tratando de sonsacarme una cita jugosa. Yo era periodista y sabía cómo funcionaba. Goodwin quería un comentario iracundo que pudiera poner en el blog, pero yo no iba a morder el anzuelo. Le dije que no tenía más comentarios para el Ataúd de Terciopelo, al menos hasta que me marchara definitivamente. No le satisfizo la respuesta y trató de sacarme un comentario hasta que oí el pitido de llamada en espera. Miré el identificador de llamada y vi xxxxx en la pantalla. Eso significaba que la llamada venía de la centralita y no de alguien que tuviera mi número directo. Lorene, la telefonista de la redacción a la que veía de servicio en la cabina, podría haber dicho que estaba comunicando, así que su decisión de poner la llamada en espera en lugar de anotar el mensaje solo podía significar que quien llamaba la había convencido de que se trataba de algo importante.

Corté a Goodwin.

—Mira, Don, no voy a hacer comentarios y he de colgar. Tengo otra llamada.

Pulsé el botón antes de que él hiciera un tercer intento para que comentara mi situación laboral.

—Soy Jack McEvoy —dije después de colgar.

Silencio.

—Hola, soy Jack McEvoy. ¿En qué puedo ayudarle?

Llámenme tendencioso, pero inmediatamente identifiqué a la persona que llamaba como mujer, negra y sin educación.

—¿McEvoy? ¿Cuándo va a decir la verdad, McEvoy?

—¿Quién es?

—Está contando mentiras en su periódico, McEvoy.

«Ojalá fuera mi periódico», pensé.

—Señora, si quiere decirme quién es y cuál es su queja, la escucharé, de lo contrario voy a…

—Ahora dicen que Mizo es adulto, ¿de qué coño van? No ha matado a ninguna puta.

Inmediatamente supe que era una de esas llamadas que están de parte del inocente: una madre o novia que tenía que decirme lo equivocado que estaba mi artículo. Las recibía siempre, pero no lo haría durante mucho tiempo más. Me resigné a manejarla de la manera más rápida y educada posible.

—¿Quién es Mizo?

—Zo. Mi Zo. Mi hijo Alonzo. No es culpable de nada y no es adulto.

Sabía que eso era lo que iba a decir. Nunca son culpables. Nadie te llama para decirte que tienes razón o que la policía la tiene y que su marido o su novio es culpable de las acusaciones. Nadie te llama desde la prisión para reconocer que lo hizo: todo el mundo es inocente. Lo único que no entendía de la llamada era el nombre. No había escrito ni una línea sobre alguien que se llamara Alonzo; lo recordaría.

—Señora, ¿no se equivoca de persona? Creo que no he escrito nada sobre Alonzo.

—Y tanto que sí, sale su nombre. Dijo que la metió en el maletero y eso es una mentira asquerosa.

Entonces lo comprendí. La víctima hallada en el maletero de un coche la semana anterior. Era un breve de ciento cincuenta palabras, porque a nadie de la sección le había interesado demasiado. Camello menor de edad estrangula a una de sus clientas y mete el cadáver en el maletero del coche de la propia víctima. Era un crimen de negro contra blanca, pero en la sección siguió sin importar nada porque la víctima era una drogadicta. El periódico la marginaba a ella tanto como a su asesino. Si te vas a South L.A. a comprar heroína o crack y pasa lo que pasa, no conseguirás que la Dama Gris de la calle Spring —como llamamos al periódico entre nosotros— se compadezca; no hay mucho espacio para eso en el periódico. Una columna de quince centímetros en el interior es lo que vales y lo que consigues.

Me di cuenta de que no conocía el nombre de Alonzo, porque para empezar nunca me lo habían dado. El sospechoso tenía dieciséis años y la policía no proporcionaba la identidad de los menores detenidos.

Pasé las pilas de periódicos que tenía a la derecha de mi mesa hasta que encontré la sección metropolitana de hacía dos martes. La abrí por la página cuatro y eché un vistazo al artículo. No era lo bastante grande para ir firmado bajo el título, pero la redacción había puesto mi nombre al pie. De lo contrario, no habría recibido la llamada. Qué suerte la mía.

—Alonzo es su hijo —dije—. Y lo detuvieron hace dos domingos por el asesinato de Denise Babbit, ¿es correcto?

—Le he dicho que es una puta mentira.

—Sí, pero es el artículo del que está hablando, ¿no?

—Sí. ¿Cuándo va a contar la verdad?

—La verdad es que su hijo es inocente.

—Eso es. Se ha equivocado y ahora dicen que lo van a juzgar como a un adulto, aunque solo tiene dieciséis años. ¿Cómo pueden hacerle eso a un crío?

—¿Cuál es el apellido de Alonzo?

—Winslow.

—Alonzo Winslow. ¿Y usted es la señora Winslow?

—No —dijo con indignación—. No va a poner mi nombre en el periódico junto a un montón de mentiras.

—No, señora. Solo quiero saber con quién estoy hablando.

—Wanda Sessums. No quiero mi nombre en ningún periódico, solo que escriba la verdad. Ha arruinado su reputación al llamarlo asesino.

«Reputación» era una palabra que disparaba las alarmas cuando se trataba de reparar errores cometidos por un periódico, pero casi me reí al examinar el artículo que había escrito.

—Dije que lo detuvieron por el asesinato, señora Sessums. Eso no es mentira; es cierto.

—Lo detuvieron, pero él no lo hizo. El chico no haría daño a una mosca.

—La policía dice que tiene antecedentes desde los doce años por vender droga. ¿Eso también es mentira?

—Anda por las esquinas, sí, pero eso no significa que haya matado a alguien. Se lo van a endilgar y usted les sigue la corriente con los ojos bien cerrados.

—La policía dijo que confesó que mató a la mujer y metió su cadáver en el maletero.

—Es una mentira de mierda. No hizo eso.

No sabía si se estaba refiriendo al asesinato o a la confesión, pero no importaba: tenía que cortarla. Miré la pantalla y vi que me esperaban seis mensajes de correo electrónico. Todos habían llegado desde que había salido de la oficina de Kramer. Los buitres digitales estaban volando en círculos. Quería terminar con la llamada y pasarle eso y todo lo demás a Angela Cook, cederle a ella el trato con la gente loca y desinformada que llamaba, dejárselo todo.

—Vale, señora Winslow, voy a…

—Es Sessums, ¡se lo he dicho! ¿Ve como se equivoca todo el tiempo?

En eso me había pillado. Me concedí un momento de pausa antes de hablar.

—Lo siento, señora Sessums. He tomado unas notas y lo miraré, y si hay algo de lo que pueda escribir, no le quepa duda de que la llamaré. Entretanto, le deseo suerte y…

—No lo hará.

—¿No haré qué?

—No me llamará.

—Le he dicho que la llamaré si…

—¡Ni siquiera me ha preguntado el número! No le importa. Es tan hijoputa como los demás, y mi chico va a ir a la cárcel por algo que no hizo.

Me colgó y me quedé sentado inmóvil un momento, pensando en lo que había dicho de mí; luego volví a arrojar la sección metropolitana a la pila. Miré la libreta que tenía delante de mi teclado. No había tomado notas y esa mujer supuestamente ignorante también me había pillado en eso.

Me recosté en la silla y estudié el contenido de mi cubículo:

un escritorio, un ordenador, un teléfono y dos estantes llenos de archivos, libretas y periódicos. Y un diccionario encuadernado en cuero rojo tan viejo y usado que el nombre «Webster» se había borrado del lomo. Mi madre me lo había regalado cuando le había dicho que quería ser escritor.

Era lo único que me quedaría después de veinte años en el periodismo. Lo único con algún significado que iba a llevarme al cabo de dos semanas sería ese diccionario.

—Hola, Jack.

Regresé de mi ensueño para levantar la mirada y ver el encantador rostro de Angela Cook. No la conocía, pero había oído hablar de ella: una recién contratada de una facultad de prestigio. Era lo que llamaban una «periodista móvil», por su destreza para informar desde el terreno valiéndose de cualquier medio electrónico. Podía enviar texto y fotos para la web o el periódico, o vídeo y audio para las emisoras de televisión y de radio. Poseía la preparación necesaria para hacerlo todo, pero en la práctica estaba muy verde. Probablemente iban a pagarle quinientos dólares a la semana menos que a mí y, considerando la presente situación económica del periódico, eso le daba más valor desde el punto de vista empresarial. No importaban los artículos que se perderían porque le faltaban fuentes; daba igual cuántas veces la engañarían y manipularían los jefes de la policía, que reconocían una oportunidad en cuanto la veían.

Probablemente tampoco duraría mucho. Conseguiría unos años de experiencia, firmaría unos cuantos artículos decentes y progresaría a cosas mayores, algo relacionado con el derecho o con la política, quizás un trabajo en la tele. Pero Larry Bernard tenía razón: era una belleza de pelo rubio, ojos verdes y labios gruesos. A los polis les encantaría verla en sus comisarías. No tardarían ni una semana en olvidarse de mí.

—Hola, Angela.

—El señor Kramer me ha dicho que viniera.

Estaban actuando deprisa. Me habían dado la rosa hacía menos de quince minutos y mi sustituta ya estaba llamando a la puerta.

—¿Sabes qué? —dije—. Es viernes por la tarde, Angela, y acaban de echarme. Así que no empecemos con esto ahora. Mejor lo dejamos para el lunes por la mañana.

—Sí, claro. Y, eh, lo siento.

—Gracias, Angela, pero no pasa nada. Creo que al final será lo mejor para mí. Pero si estás apenada, puedes venir esta noche al Short Stop y me invitas a una copa.

Angela me sonrió y se avergonzó, porque tanto ella como yo sabíamos que eso no iba a ocurrir. La nueva generación no se mezclaba con la vieja, ni dentro ni fuera de la redacción. Y menos conmigo. Yo era historia y ella no tenía ni tiempo ni interés de relacionarse con las filas de los caídos. Ir al Short Stop esa noche sería como visitar una leprosería.

—Bueno, quizás en otra ocasión —dije con rapidez—. Te veré el lunes, ¿vale?

—El lunes por la mañana. Y yo pagaré el café.

Sonrió, y me di cuenta de que era ella la que debería seguir el consejo de Kramer y probar suerte en televisión.

Se volvió para marcharse.

—Ah, Angela.

—¿Qué?

—No lo llames señor Kramer. Esto es una redacción, no un bufete de abogados. Y la mayoría de los jefes no merecen que los llames señor. Recuerda eso y te irá bien aquí.

Sonrió otra vez y me dejó solo. Acerqué mi silla al ordenador y abrí un documento nuevo. Tenía que poner en marcha un artículo sobre un asesinato antes de poder salir de la redacción e ir a ahogar mis penas en vino tinto.

*P*ero otros tres periodistas se presentaron a mi velatorio. Larry Bernard y dos tipos de la sección de Deportes que seguramente habrían ido igualmente al Short Stop tanto si estaba yo allí como si no. Si Angela Cook hubiera aparecido me habría resultado embarazoso.

El Short Stop estaba en Sunset Boulevard, en Echo Park. Eso lo dejaba cerca del Dodger Stadium, de modo que cabía presumir que tomaba su nombre de la posición de jugador de béisbol. También se hallaba cerca de la Academia de Policía de Los Ángeles, lo cual lo había convertido en un bar de polis en sus primeros años. Era uno de esos locales que aparecían en las novelas de Joseph Wambaugh, donde iban los polis a estar con los de su propia clase y con aquellos que no los juzgaban. Pero esos días habían pasado hacía mucho: Echo Park estaba cambiando. Estaba llegando la moda de Hollywood y los nuevos profesionales que se mudaron al barrio fueron echando a los polis del Short Stop. Subieron los precios y los maderos encontraron otros garitos. La parafernalia policial todavía colgaba de las paredes, pero cualquier agente que acudiera allí en la actualidad simplemente estaba desinformado.

Aun así, me gustaba el local porque estaba cerca del centro y me pillaba de camino a mi casa de Hollywood.

Era temprano y pudimos escoger sitio en la barra. Elegimos los cuatro taburetes que quedaban delante de la tele; yo, luego Larry y a su lado Shelton y Romano, los dos tipos de Deportes. No los conocía muy bien, así que me convenía que Larry se sentara entre nosotros. Pasaron la mayor parte del tiempo hablando de un rumor según el cual iban a cambiar los destinos de todos los periodistas de Deportes. Tenían la esperanza de que les tocara un trozo del pastel de los Dodgers o de los Lakers; esos eran los puestos más envidiados del periódico, a los que seguían a escasa distancia ocuparse del equipo de fútbol americano de la USC o del de baloncesto de la UCLA. Los dos eran buenos escritores, como debían serlo los periodistas deportivos. El arte de escribir esa clase de noticias siempre me había asombrado. Nueve de cada diez veces el lector ya conoce el resultado de tu artículo antes de leerlo; sabe quién ganó, probablemente incluso vio el partido. Pero lo lee de todas formas y has de encontrar una forma de escribir con una perspectiva y un punto de vista que le dé frescura.

Me gustaba ocuparme de los sucesos policiales, porque normalmente les contaba a los lectores una historia que desconocían. Escribía sobre las cosas malas que pueden ocurrir, la vida in extremis, el submundo que la gente sentada a sus mesas de desayuno con sus tostadas y sus cafés nunca ha experimentado pero quiere conocer. Me daba energía, me hacía sentir como un príncipe en la ciudad cuando conducía hacia casa de noche.

Y sabía cuando me senté allí cortejando una copa de vino tinto barato que eso sería lo que más echaría de menos en el trabajo.

—¿Sabes lo que he oído? —me dijo Larry, con la cabeza apartada de las de los tipos de Deportes para hablar de manera confidencial.

—No, ¿qué?

—Que durante una de las reestructuraciones en Baltimore, un tipo cogió el cheque y en su último día entregó un artículo que resultó ser completamente falso. Se lo inventó todo.

—¿Y lo publicaron?

—Sí, no se enteraron hasta que empezaron a recibir llamadas al día siguiente.

—¿De qué iba el artículo?

—No lo sé, pero fue un enorme corte de mangas a la empresa.

Tomé un sorbo de vino y reflexioné sobre ello.

—No creas —comenté.

—¿Qué quieres decir? Claro que lo fue.

—Me refiero a que lo más seguro es que los directores se sentaran y dijeran: nos hemos deshecho del tipo correcto. Si quieres joderles, has de hacer algo que les haga pensar que la cagaron al dejarte marchar. Algo que les diga que deberían haber elegido a otro.

—Sí. ¿Y eso es lo que tú vas a hacer?

—No, tío, yo me iré tranquilamente. Voy a publicar una novela y esa será mi forma de decirles «que os den». De hecho, ese es el nombre del archivo: «Que te den, Kramer».

—¡Muy bueno!

Bernard rio y cambiamos de tema. Pero mientras hablábamos de otras cosas, yo pensaba en el gran corte de mangas, y en la novela que iba a retomar y terminar por fin. Quería irme a casa y empezar a escribir. Creía que contar con eso cuando saliera del trabajo cada noche quizá me ayudaría a soportar las dos semanas siguientes.

Me sonó el móvil y vi que mi exmujer me llamaba. Sabía que tenía que contestar. Aparté el taburete y me dirigí al aparcamiento para hablar con más tranquilidad.

La diferencia horaria con Washington era de tres horas, pero el número de identificación era el de su despacho.

—Keisha, ¿qué estás haciendo aún en el trabajo?

Miré mi reloj. Eran casi las siete en Los Ángeles, casi las diez allí.

—Estoy haciendo el seguimiento de un artículo del *Post*, esperando unas llamadas.

La belleza y la pesadilla de trabajar para un periódico de la Costa Oeste consistía en que la hora de cierre no llegaba hasta al menos tres horas después de que el *Washington Post* y el *New York Times* —los mayores competidores nacionales— se hubieran ido a dormir. Eso significaba que el *L. A. Times* siempre tenía una opción de igualar sus primicias o adelantarse a la noticia. Por la mañana, el *L. A. Times* podía salir con un gran artículo en la cabecera con la última y mejor información. También convertía la edición digital en lectura obligatoria en los pasillos del Gobierno a cinco mil kilómetros de Los Ángeles.

Y como correspondía a una de las periodistas más nuevas en la oficina de Washington, Keisha Russell estaba en el último turno. Con frecuencia le encomendaban hacer el seguimiento de alguna noticia y buscar los últimos detalles y sucesos.

—Qué horror —dije.

—No es tan malo como lo que he oído que te ha pasado hoy.

Asentí.

—Sí, me han recortado, Keish.

—Lo siento mucho, Jack.

—Sí, lo sé. Todos lo sienten, gracias.

Debería haberme quedado claro que estaba en el punto de mira cuando no me habían enviado a Washington con ella dos años antes, pero eso era otra historia. Se hizo un silencio que traté de interrumpir.

—Voy a rescatar mi novela y a terminarla —dije—. Tengo unos ahorros y supongo que podré pedir un préstamo hipotecario sobre la casa. Creo que puedo pasar al menos un año. Supongo que es ahora o nunca.

—Sí —respondió Keisha con fingido entusiasmo—, puedes hacerlo.

Sabía que un día, cuando todavía vivíamos juntos, ella encontró y leyó el manuscrito, aunque nunca lo había admitido porque habría tenido que darme su opinión. No habría podido mentirme en eso.

—¿Vas a quedarte en Los Ángeles? —inquirió.

Era una buena pregunta. La novela estaba ambientada en Colorado, donde me había criado, pero me gustaba la energía de Los Ángeles y no quería marcharme.

—Todavía no lo he pensado. No quiero vender mi casa; el mercado sigue por los suelos y prefiero hipotecarla y quedarme. El caso es que todavía tengo que pensar mucho. Ahora mismo estoy celebrando el final.

—¿Estás en el Red Wind?

—No, en el Short Stop.

—¿Quién hay ahí?

Me sentí humillado.

—Um, ya sabes, los de siempre. Larry, unos tipos de Metropolitano, unos cuantos de Deportes.

Keisha tardó una fracción de segundo en decir algo y en esa vacilación delató que sabía que yo estaba exagerando o directamente mintiendo.

—¿Lo vas a llevar bien, Jack?

—Sí, claro. Es que… He de entender qué…

—Jack, lo siento, tengo una llamada.

Su voz sonó apremiante. Si se perdía la llamada, podría no recibir otra.

—¡Contesta! —dije deprisa—. Te llamaré luego.

Cerré el teléfono, agradecido de que algún político de Washington me hubiera salvado de un mayor sonrojo al discutir mi vida con mi exmujer, cuya carrera iba ascendiendo día a día mientras que la mía se hundía como el sol sobre el paisaje brumoso de Hollywood. Al volver a guardarme el móvil en el bolsillo, me pregunté si no se habría inventado lo de la llamada para terminar ella misma con mi bochorno.

Volví al bar y decidí ir en serio: pedí un coche bomba irlandés. Me lo tragué deprisa y el Jameson me quemó como aceite hirviendo en la garganta. Me puse taciturno viendo el principio del partido de los Dodgers contra los odiados Giants y cómo nos machacaban en la primera entrada.

Romano y Shelton fueron los primeros en marcharse y luego, en la tercera entrada, hasta Larry Bernard había bebido bastante y había reflexionado más que suficiente sobre el sombrío futuro de la industria periodística. Se bajó del taburete y me puso una mano en el hombro.

—Podría haber sido yo —dijo.

—¿Qué?

—Podría haberme tocado a mí, podría haberle tocado a cualquiera de la redacción, pero te eligieron a ti porque eres el que se lleva más pasta. Llegaste hace siete años, el señor Bestseller entrevistado en *Larry King* y tal y cual. Te pagaron de más por contratarte entonces y ahora te han elegido. Me sorprende que hayas durado tanto, si quieres que te diga la verdad.

—Da igual, eso no me hace sentir mejor.

—Lo sé, pero tenía que decírtelo. Ahora he de irme. ¿Vas a casa?

—Voy a tomarme la última.

—No, tío, ya tienes bastante.

—Una más. No pasa nada, si no ya cogeré un taxi.

—Que no te hagan soplar, tío. Es lo último que te falta.

—Sí, ¿qué me van a hacer? ¿Despedirme?

Asintió como si yo hubiera hecho una intervención impresionante, luego me dio una palmadita en la espalda, un poco demasiado fuerte, y se alejó de la barra. Me quedé sentado solo, mirando el partido. En la siguiente copa pasé de la Guinness y el Bailey's y fui directamente al whisky con hielo. Me tomé dos o tres más en lugar de solo uno. Y pensé que ese no era el final de mi carrera que había previsto. Creía que a esas alturas estaría escribiendo larguísimos reportajes para *Esquire* y *Vanity Fair*. Que me vendrían a buscar en lugar de tener que acudir yo a ellos. Que podría elegir lo que quería escribir.

Pedí uno más y el camarero hizo un trato conmigo: solo echaría más whisky en mis cubitos de hielo si le daba las llaves del coche. Me pareció un trato justo, y lo acepté.

Con el whisky quemándome desde debajo del cuero cabelludo pensé en lo que me había contado Larry Bernard sobre el tipo de Baltimore y su corte de mangas definitivo. Creo que asentí para mis adentros un par de veces y levanté el vaso para brindar por el periodista sin futuro que lo había hecho.

Y entonces otra idea me quemó el cerebro y dejó su impronta en él. Una variación del «que os den» de Baltimore: una alternativa con cierta integridad y tan indeleble como el nombre grabado en un trofeo de cristal. Con el codo en la barra, alcé de nuevo el vaso. Pero esta vez lo hice por mí.

—La muerte es lo mío.

Palabras pronunciadas antes, pero no como mi propio panegírico. Asentí para mis adentros y supe exactamente lo que iba a hacer. Había escrito al menos mil artículos sobre homicidios a lo largo de mi carrera. Iba a escribir uno más. Un artículo que quedaría como mi epitafio periodístico, que haría que me recordaran después de mi marcha.

*E*l fin de semana pasó en una neblina de alcohol, rabia y humillación mientras me enfrentaba con un nuevo futuro que no era tal. Después de despejarme un poco el sábado por la mañana, empecé a releer el borrador de mi novela. Enseguida me di cuenta de lo que mi exmujer había visto mucho tiempo antes; lo que yo debería haber visto: no había novela y me estaba engañando al pensar lo contrario.

La conclusión era que tendría que empezar de cero si pretendía seguir ese camino, y la idea se me antojó agotadora. Tomé un taxi para ir a recoger mi coche al Short Stop, y terminé quedándome y cerrando el local el domingo por la mañana, después de ver a los Dodgers perder otra vez y de contar, borracho, historias a completos desconocidos sobre lo jodido que estaba el *Times* y todo el sector periodístico.

No logré despejarme del todo hasta el lunes. Llegué tres cuartos de hora tarde al trabajo, después de recoger por fin el coche en el Short Stop, y todavía olía el alcohol que salía por mis poros.

Angela Cook ya estaba sentada detrás de mi escritorio, en una silla que había cogido de un cubículo vacío, uno de los muchos que había desde el inicio de la política de reconversión y despidos.

—Siento llegar tarde, Angela —dije—. Ha sido un fin de semana largo, empezando por la fiesta del viernes; deberías haber venido.

Ella sonrió con recato, como si supiera que no había existido ninguna fiesta, sino solo el velatorio de un hombre solo.

—Te he traído café, pero supongo que ya estará frío —dijo.

—Gracias.

Cogí la taza que ella me había señalado y, en efecto, estaba frío. Sin embargo, lo bueno de la cafetería del *Times* era que podías volver a llenarte la taza gratis, al menos eso todavía no había cambiado.

—Mira —dije—, deja que eche un vistazo por la sección; si no está pasando nada podemos ir a rellenar las tazas y hablar de cómo vas a hacer esto.

La dejé allí y salí del reino de los cubículos hacia la sección de Metropolitano. Por el camino me paré en la centralita, que se alzaba como el puesto de un socorrista en medio de la redacción, bien elevada para que los operadores pudieran mirar a través de la inmensa sala y ver quién estaba allí y quién podía recibir llamadas. Me quedé a un lado del puesto para que una de las operadoras pudiera verme.

Era Lorene, que estaba de servicio el viernes anterior. Levantó un dedo para pedirme que esperara. Transfirió rápidamente dos llamadas y se bajó un lado del auricular para destaparse la oreja izquierda.

—No tengo nada para ti, Jack —dijo.

—Lo sé. Quería preguntarte por el viernes. Me pasaste una llamada de una tal Wanda Sessums a última hora. ¿Hay algún registro de su número? Olvidé pedírselo.

Lorene volvió a colocarse el casco y atendió otra llamada. Luego, sin destaparse la oreja, me dijo que no tenía el número. No lo había anotado en ese momento y el sistema solo conservaba una lista de las últimas cinco llamadas recibidas. Habían pasado más de dos días desde que Wanda Sessums me había telefoneado y la centralita recibía casi mil llamadas al día.

Lorene me preguntó si había llamado al 411 para conseguir el número; en ocasiones se olvidaba el punto de partida básico. Le di las gracias y me dirigí a la mesa. Ya había llamado a Información desde casa y sabía que no constaba ningún número a nombre de Wanda Sessums.

La redactora jefe de Local era una mujer llamada Dorothy Fowler. Se trataba de uno de los puestos más cambiantes del periódico, una posición que, por los condicionantes tanto políticos como prácticos, parecía una puerta giratoria. Fowler había sido una buena periodista política y solo llevaba ocho meses al frente del equipo de Local. Le deseaba lo mejor, pero sabía que era casi imposible que tuviera éxito, considerando los recortes y los cubículos vacíos en la sala de redacción.

Fowler tenía una de las oficinas acristaladas, pero prefería estar entre los periodistas. Normalmente ocupaba una mesa a la cabeza de la formación de escritorios donde se sentaban todos los SL, los subdirectores de Local. Se la conocía como la Balsa porque todas las mesas estaban juntas, como si formar una especie de flotilla les proporcionara fuerza numérica contra los tiburones.

Todos los periodistas de Local estaban asignados a un SL como primer nivel de dirección y control. El mío era Alan Prendergast, quien supervisaba a todos los periodistas policiales y de juzgados. Como tal, tenía turno de tarde y solía llegar alrededor de mediodía, puesto que las noticias que proporcionaban los periodistas que trabajaban en sucesos policiales y judiciales normalmente no se producían a primera hora.

Eso significaba que mi primer control del día era con Dorothy Fowler o con el subredactor jefe de Local, Michael Warren. Siempre trataba de que fuera con Fowler, porque tenía más poder y porque Warren y yo nunca nos habíamos llevado bien. Ello obedecía seguramente al hecho de que yo había conocido a Warren mucho antes de llegar al *Times,* cuando trabajaba en el *Rocky Mountain News* de Denver y competí con él por un gran artículo. Warren actuó de manera poco ética y por eso no confiaba en él como redactor.

Dorothy tenía los ojos pegados a la pantalla y tuve que llamarla en voz alta para captar su atención. No habíamos hablado desde que me habían dado la rosa, así que levantó inmediatamente la mirada con una mueca de compasión más propia de que acabara de enterarse de que me habían diagnosticado un cáncer de páncreas.

—Vamos al despacho, Jack —dijo.

Fowler se levantó, salió de la Balsa y se dirigió a la oficina que apenas usaba. Se sentó detrás del escritorio, pero yo me quedé de pie porque iba a ser algo rápido.

—Solo quería decirte que vamos a echarte mucho de menos, Jack.

Asentí para darle las gracias.

—Estoy seguro de que Angela se pondrá al día enseguida.

—Es muy buena y tiene hambre, pero le falta práctica. Al menos por el momento, y ese es el problema, claro. Se supone que el periódico es el guardián de la comunidad y lo estamos entregando a los cachorros. Si pensamos en el buen periodismo que hemos visto en nuestras vidas… la corrupción desenmascarada, el beneficio público… ¿De dónde saldrá eso ahora si hacen trizas todos los periódicos del país? ¿Del Gobierno? Ni hablar. ¿La tele, los blogs? Menos aún. Un amigo mío al que le dieron puerta en Florida dice que la corrupción será la nueva industria floreciente sin el control de los periódicos. —Hizo una pausa para ponderar la tristeza de la situación—. Mira, no me interpretes mal, solo estoy deprimida. Angela es fantástica, hará un buen trabajo y dentro de tres o cuatro años partirá la pana igual que tú ahora. Pero la cuestión es cuáles son las historias que se perderán hasta entonces. Y cuántas de ellas tú no habrías pasado por alto.

Me limité a encogerme de hombros. Eran preguntas que le importaban a ella, pero a mí ya no. Al cabo de doce días estaría en casa.

—Bueno —dijo después de un prolongado silencio—. Lo siento, siempre he disfrutado trabajando contigo.

—En fin, todavía tengo algo de tiempo. Tal vez encuentre algo bueno de verdad para terminar a lo grande.

Fowler sonrió de buena gana.

—¡Eso sería genial!

—¿Ha pasado algo hoy que tú sepas?

—Nada importante —dijo Dorothy—. He visto que el jefe de policía se va a reunir otra vez con líderes negros para hablar de los crímenes raciales. Pero ya estamos hartos de eso.

—Voy a llevar a Angela al Parker Center, a ver si encontramos algo.

—Bien.

Al cabo de unos minutos, Angela Cook y yo volvimos a llenarnos las tazas de café y ocupamos una mesa en la cafetería situada en la planta baja, en el espacio donde las viejas rotativas habían girado durante muchas décadas antes de que empezaran a imprimir el diario fuera. La conversación con Angela era encorsetada. La había conocido seis meses antes, cuando la contrataron y Fowler fue pasando por los cubículos a presentarla. Pero desde entonces no había trabajado con ella en ningún artículo, no había comido ni tomado café con ella, ni la había visto en ninguno de los bares favoritos de los veteranos de la redacción.

—¿De dónde eres, Angela?

—De Tampa. Fui a la Universidad de Florida.

—Buena escuela. ¿Periodismo?

—Hice el máster allí, sí.

—¿Has hecho reportaje policial?

—Antes de volver de mi máster trabajé dos años en St. Pete. Pasé un año en Sucesos.

Tomé un poco de café, pues lo necesitaba. Tenía el estómago vacío, porque no había podido retener nada en las últimas veinticuatro horas.

—¿St. Petersburg? ¿De qué estamos hablando, de unas pocas docenas de crímenes al año?

—Con suerte.

Angela sonrió con ironía. Un buen reportero de crímenes siempre codiciaba un buen asesinato del que escribir. La buena suerte del periodista era la mala de alguien.

—Bueno —dije—, aquí si estamos por debajo de los cuatrocientos puede considerarse un buen año. Muy bueno. Los Ángeles es el sitio donde hay que estar si quieres trabajar en Sucesos; si quieres contar historias de asesinatos. Si solo estás haciendo tiempo hasta que surja el siguiente ascenso, probablemente no te gustará.

Angela negó con la cabeza.

—No me preocupa el siguiente ascenso; esto es lo que quiero. Quiero escribir historias de asesinatos, quiero escribir libros sobre esto.

Sonaba sincera, como si fuera yo mucho tiempo atrás.

—Bien —dije—. Voy a llevarte al Parker Center para que conozcas a alguna gente: detectives, sobre todo. Te ayudarán, pero solo si confían en ti. Si no lo hacen, lo único que conseguirás serán comunicados de prensa.

—¿Y eso cómo se logra, Jack? Que confíen en mí.

—Ya sabes cómo: escribe artículos y sé justa, precisa. Sabes lo que has de hacer; la confianza se construye sobre los hechos. Lo que has de recordar es que los polis de esta ciudad tienen una red asombrosa. La fama de un periodista se extiende deprisa. Si eres justa, todos se enterarán. Si jodes a uno de ellos, también, y entonces te cortarán el acceso.

Parecía avergonzada por mi lenguaje. Tendría que acostumbrarse, si iba a tratar con policías.

—Hay otra cosa —dije—. Tienen una nobleza oculta; me refiero a los buenos. Y si puedes meter eso en tus artículos, con el tiempo te los ganarás. Así que fíjate en los detalles reveladores, en los pequeños momentos de nobleza.

—Vale, Jack. Lo haré.

—Entonces te irá bien.

$\mathcal{M}$ientras hacíamos las rondas y las presentaciones en la comisaría central del Parker Center, dimos con la pequeña noticia de un asesinato sin resolver en la unidad de Casos Abiertos. Habían resuelto un suceso de violación y asesinato de veinticinco años atrás después de que el ADN hallado en el cuerpo de la víctima en 1989 fuera desenterrado de los archivos de pruebas y pasado por el banco de datos de delitos sexuales del Departamento de Justicia. El ADN pertenecía a un hombre que en ese momento cumplía condena en Pelican Bay por intento de violación. Los investigadores de Casos Abiertos presentarían cargos contra el reo antes de que este tuviera ocasión de solicitar la libertad condicional. No era una noticia espectacular, porque el villano ya estaba entre rejas, pero merecía doscientas palabras. A la gente le gustaba leer historias que reforzaran la idea de que los malos no siempre quedaban impunes. Sobre todo en una situación de crisis económica, cuando ser cínico resulta muy fácil.

Al volver a la redacción, le pedí a Angela que escribiera —sería su primer artículo en el puesto— mientras yo trataba de localizar a Wanda Sessums, quien me había llamado airada el viernes anterior.

Como no había registro de su llamada en la centralita del *Times* y una rápida comprobación en información telefónica no había revelado ningún número de Wanda Sessums en la zona de Los Ángeles, decidí contactar con el detective Gilbert Walker del Departamento de Policía de Santa Mónica. Era el investigador jefe en el caso que desembocó en la detención de

Alonzo Winslow por el asesinato de Denise Babbit. Supongo que podía decirse que era una llamada sin red. No tenía relación con Walker, porque su departamento no aparecía muy a menudo en el radar de noticias. Santa Mónica, una localidad de playa relativamente segura situada entre Venice y Malibú, sufría un problema acuciante con los sin techo, pero en ella se registraban muy pocos homicidios. El departamento de policía solo investigaba unos pocos casos al año y la mayoría de ellos no eran noticiables. Con mucha frecuencia se trataba de abandono de cadáveres como el de Denise Babbit. El crimen ocurría en algún otro sitio, por ejemplo en la zona sur de Los Ángeles, y a los policías de playa les tocaba hacer limpieza.

Walker estaba sentado a su mesa cuando llamé. Su voz sonó bastante amable hasta que me identifiqué como periodista del *Times*: al momento se tornó distante. Ocurría con frecuencia; había pasado siete años en el puesto y muchos policías de varios departamentos se contaban entre mis fuentes e incluso entre mis amigos. Si algún día me veía en un brete, sabría a quién acudir. Pero en ocasiones no puedes elegir a quién recurrir; nunca puedes tenerlos a todos de tu parte. Los medios y la policía nunca se han llevado bien. Los primeros se ven a sí mismos como vigilantes públicos y a nadie, policías incluidos, le gusta tener a otra persona mirando por encima del hombro. Entre las dos instituciones se abría una grieta por donde la confianza había caído mucho antes de que yo llegara. Y eso complicaba las cosas para el periodista de sucesos que solo necesita unos pocos datos para completar un artículo.

—¿Qué puedo hacer por usted? —dijo Walker con tono tajante.

—Estoy tratando de localizar a la madre de Alonzo Winslow y me preguntaba si podría ayudarme.

—¿Y quién es Alonzo Winslow?

Iba a decir, «venga, detective», cuando me di cuenta de que se suponía que yo no debía conocer la identidad del sospechoso. Había leyes que impedían la publicación de nombres de menores acusados de crímenes.

—Su sospechoso en el caso Babbit.

—¿Cómo conoce ese nombre? Y no lo estoy confirmando.

—Lo entiendo, detective. No le estoy pidiendo que confirme el nombre; lo conozco. Su madre me llamó el viernes y me lo dio. El problema es que no me dejó su teléfono y solo estaba tratando de hablar con ella…

—Que pase un buen día —dijo Walker, interrumpiéndome y colgando el teléfono.

Me recosté en la silla de mi escritorio, tomando nota de que necesitaba decirle a Angela Cook que la nobleza que había mencionado antes no se aplicaba a todos los policías.

—Capullo —dije en voz alta.

Tamborileé con los dedos en el escritorio hasta que se me ocurrió un nuevo plan, el que tendría que haber usado desde el principio.

Cogí línea y llamé a una de mis fuentes en el South Bureau del Departamento de Policía de Los Ángeles, un detective que estaba relacionado con la detención de Winslow. El caso se había originado en la ciudad de Santa Mónica porque la víctima había sido hallada en el maletero de su coche en un aparcamiento situado junto al muelle. Sin embargo, el Departamento de Policía de Los Ángeles se había implicado cuando las pruebas de la escena del crimen condujeron a Alonzo Winslow, residente en South L.A. Siguiendo el protocolo establecido, el departamento de Santa Mónica contactó con el de Los Ángeles y se recurrió a un equipo de detectives del South Bureau directamente familiarizado con el terreno para localizar a Winslow, detenerlo y luego entregarlo a Santa Mónica. Napoleon Braselton era uno de los tipos del South Bureau. Lo llamé y fui franco con él; bueno, casi del todo.

—¿Recuerdas la detención de hace dos semanas por lo de la chica en el maletero? —pregunté.

—Sí, eso es de Santa Mónica —contestó—. Nosotros solo ayudamos.

—Lo sé. Detuvisteis a Winslow por ello; por eso te estoy llamando.

—Sigue siendo su caso, tío.

—Ya, ya, aunque no puedo localizar a Walker y no conozco a nadie más en ese departamento. Pero te conozco a ti. Y quiero preguntarte por la detención, no sobre el caso.

—¿Qué? ¿Hay una denuncia? No tocamos a ese chico.

—No, no hay ninguna denuncia. Por lo que sé, fue una detención correcta. Solo quiero encontrar la casa del chico. Quiero ver dónde vivía, quizás hablar con su madre.

—De acuerdo, pero vivía con su abuela.

—¿Estás seguro?

—La información que recibimos era que estaba con su abuela. Nosotros fuimos los lobos malos que llamamos a su casa. No había padre en la foto y la madre entraba y salía. Vivía en la calle; rollos de drogas.

—Vale, entonces hablaré con la abuela. ¿Dónde está la casa?

—¿Vas a pasar a saludarla?

Lo dijo con tono de incredulidad; porque yo era blanco y no sería bienvenido en el barrio de Alonzo Winslow.

—No te preocupes, iré con alguien. La unión hace la fuerza.

—Buena suerte. Y que no te peguen un tiro en el culo hasta que termine mi turno a las cuatro.

—Haré lo posible. ¿Recuerdas la dirección?

—Está en Rodia Gardens. Espera.

Dejó el teléfono mientras buscaba la dirección exacta. Rodia Gardens era un enorme complejo de viviendas de Watts que constituía una ciudad en sí mismo. Se llamaba así por Simon Rodia, el artista que había creado una de las maravillas de la ciudad: las torres Watts. Pero no había nada maravilloso en Rodia Gardens. Era la clase de sitio donde la pobreza, las drogas y el crimen habían sido un pez que se muerde la cola durante décadas. Muchas familias vivían allí y eran incapaces de liberarse de ello. Muchos de sus miembros habían crecido sin haber ido nunca a la playa ni subido a un avión; algunos ni siquiera habían visto una película en el cine.

Braselton volvió a la línea y me dio la dirección completa, pero dijo que no tenía teléfono. Luego le pregunté si tenía el nombre de la abuela y me dijo el que ya conocía: Wanda Sessums.

¡Zas! La mujer que me había llamado. O bien me había mentido al decir que era la madre del sospechoso o la policía no tenía la información correcta. En cualquier caso, ya disponía de la dirección y, con un poco de suerte, pronto pondría una cara a la voz que me había reprendido el viernes anterior.

Después de terminar la llamada con Braselton me levanté de mi cubículo y me acerqué al Departamento Gráfico. Vi a uno de los responsables, Bobby Azmitia, en el escritorio de asignaciones y le pregunté si tenía algún volante por ahí. Miró el registro de personal y nombró a dos fotógrafos que estaban en los coches en busca de arte urbano: fotografías desconectadas de las noticias que pudieran usarse para dar color a la primera página de una sección. Conocía a los dos volantes y uno de ellos era negro. Le pregunté a Azmitia si podía cederme a Sonny Lester para que diera una vuelta conmigo por la autovía 110 y accedió. Lo organizamos para que me recogiera en la puerta del vestíbulo del globo en quince minutos.

En cuanto volví a la sala de redacción, comprobé cómo le iba a Angela Cook con el artículo de la unidad de Casos Abiertos y luego fui a la Balsa a hablar con mi SL. Prendergast estaba ocupado escribiendo la primera previsión del día. Antes de que yo pudiera abrir la boca, dijo:

—Ya he recibido la bala de Angela.

La bala y la frase eran, respectivamente, un título de una sola palabra y una frase descriptiva que se añadían a la previsión general con el fin de que los editores, cuando se sentaban a la mesa en la reunión de noticias del día, supieran lo que se estaba preparando para las ediciones digital e impresa y pudieran discutir cuál era un artículo importante, cuál no lo era y qué camino debían seguir.

—Sí, ya lo tiene encarrilado —dije—. Solo quería decirte que me voy a dar una vuelta por el sur con un fotógrafo.

—¿Qué pasa?

—Todavía nada. Pero puede que tenga algo que contarte luego.

—Vale.

Prendo siempre era generoso dándome cuerda. Ahora ya no importaba, pero antes de que me comunicaran que prescindían de mis servicios siempre había adoptado una posición no intervencionista. Nos llevábamos bien, aunque tampoco era ningún incauto. Tenía que darle explicaciones del uso de mi tiempo y de lo que estaba persiguiendo, pero siempre me daba la ocasión de elaborarlo antes de ponerlo al corriente.

Me alejé de la Balsa en dirección a la zona de ascensores.

—¿Tienes monedas? —me preguntó Prendergast desde atrás.

Le hice una seña por encima de la cabeza sin volverme. Prendergast siempre me decía eso cuando yo salía de la redacción a investigar un artículo. Era una frase de *Chinatown*. Ya no usaba teléfonos públicos (ningún periodista lo hacía), pero la idea era clara: mantente en contacto.

El «vestíbulo del globo» era el nombre que recibía la entrada formal al edificio del periódico, situada en la esquina entre la Primera y Spring. Un globo de metal del tamaño de un Volkswagen rotaba en un eje de acero en el centro de la sala, con las numerosas oficinas internacionales y corresponsalías del *Times* permanentemente señalizadas en los continentes en relieve, pese a que muchas se habían cerrado para ahorrar dinero. Las paredes de mármol estaban adornadas con fotos y placas que señalaban los múltiples hitos de la historia del periódico: los premios Pulitzer ganados y los equipos que los habían conseguido; los corresponsales muertos en el ejercicio de su trabajo. Era un museo imponente, igual que lo sería el periódico entero dentro de poco. Se comentaba que el edificio estaba en venta.

No obstante, a mí solo me preocupaban los siguientes doce días. Me quedaba una última hora de cierre y un último artículo por escribir. Solo necesitaba que el globo siguiera girando hasta entonces.

Sonny Lester estaba esperándome en un coche del periódico cuando empujé la pesada puerta de la calle. Subí al vehículo y le dije adónde íbamos. Lester dio un giro de ciento ochenta grados para enfilar por Broadway hacia la entrada de la autovía situada nada más pasar el tribunal. Enseguida estuvimos en la 110 en dirección a South L.A.

—Supongo que no es una coincidencia que me haya tocado a mí —dijo después de salir del centro.

Lo miré y me encogí de hombros.

—No lo sé —dije—. Pregúntale a Azmitia. Le dije que necesitaba a alguien y me dijo que estabas tú.

La expresión de Lester dejó claro que no me creía, y a mí no me importaba. Los periódicos se enorgullecían de una fuerte tradición de posicionarse contra la segregación, los prejuicios raciales y esa clase de cosas. Pero también existía una tradición pragmática de aprovechar la diversidad de la redacción en beneficio propio. Si un terremoto sacude Tokio, envía a un periodista japonés; si una actriz negra gana el Oscar, manda a un periodista negro a entrevistarla; si la policía de frontera encuentra a veinticuatro ilegales muertos en la parte de atrás de un camión en Calexico, envía al periodista que mejor hable español. Así es como consigues el artículo. Lester era negro y su presencia podría proporcionarme seguridad al entrar en el barrio de viviendas subvencionadas. Era lo único que me importaba. Tenía que hacer un artículo y no me preocupaba ser políticamente correcto al respecto.

Me hizo preguntas sobre lo que íbamos a hacer y le conté todo lo que pude, aunque de momento no tenía gran cosa en marcha. Le dije que la mujer a la que íbamos a ver se había quejado de mi artículo en el que había llamado asesino a su nieto. Esperaba encontrarla y decirle que trataría de refutar los cargos presentados si ella y su nieto accedían a cooperar conmigo. No le conté el verdadero plan; supuse que era lo bastante listo como para imaginárselo.

Lester asintió cuando terminé y circulamos el resto del camino en silencio. Llegamos a Rodia Gardens a eso de la una y el barrio estaba en calma. Todavía no habían terminado las clases en la escuela y el mercadeo de la droga no empezaba en serio hasta después de anochecer. Los camellos, drogadictos y pandilleros aún estaban durmiendo.

El complejo era un laberinto de viviendas de dos plantas pintadas en dos tonos: marrón y beis en la mayoría de los edificios, y lima y beis en el resto. No había arbustos ni árboles ante las casas, porque estos podrían usarse para esconder drogas y armas. En general, el lugar tenía el aspecto de una comunidad recién construida donde todavía no habían puesto los extras; solo tras una inspección más cercana quedaba claro que no había pintura reciente en las paredes y que los edificios no eran nuevos.

Encontramos la dirección que me había dado Braselton sin dificultad. Correspondía a la planta superior de un apartamento que hacía esquina, con la escalera en el lado derecho del edificio. Lester sacó una bolsa grande y pesada donde llevaba el material fotográfico y cerró el coche.

—No necesitarás todo eso si entramos —dije—. Si te deja sacarle una foto, tendrás que hacerlo rápido.

—No me importa no hacer ninguna foto, pero no pienso dejar el material en el coche.

—Entendido.

Cuando llegamos al primer piso, me fijé en que la puerta delantera del apartamento estaba abierta detrás de una puerta mosquitera con barrotes. Me acerqué y eché un vistazo a mi alrededor antes de llamar. No vi a nadie en ninguno de los aparcamientos y patios del complejo. Era como si el lugar estuviera completamente vacío.

Llamé.

—¿Señora Sessums?

Esperé y enseguida oí una voz al otro lado de la puerta mosquitera. La reconocí de la llamada del viernes.

—¿Quién es?

—Soy Jack McEvoy, del *Times*. Hablamos el viernes.

La puerta mosquitera lucía la suciedad de años de mugre y polvo incrustado. No veía el interior del apartamento.

—¿Qué está haciendo aquí?

—He venido a hablar con usted, señora. El fin de semana he estado pensando mucho en lo que me dijo por teléfono.

—¿Cómo demonios me ha encontrado?

Sabía por la cercanía de su voz que ahora estaba del otro lado de la mosquitera. Solo se adivinaba su silueta a través de la mugre.

—Porque sabía que fue aquí donde detuvieron a Alonzo.

—¿Quién le acompaña?

—Es Sonny Lester, que trabaja conmigo en el periódico. Señora Sessums, he venido porque he pensado en lo que dijo y quiero revisar el caso de Alonzo. Si es inocente quiero ayudar a sacarlo.

Recalqué el «si».

—Por supuesto que es inocente. No ha hecho nada.

—¿Podemos entrar y hablar? —dije con rapidez—. Quiero ver qué puedo hacer.

—Pueden pasar, pero no saque fotos, ¿eh? Nada de fotos.

La puerta mosquitera se abrió unos centímetros y yo cogí el pomo y la abrí un poco más. Inmediatamente calculé que la mujer del umbral era la abuela de Alonzo Winslow. Aparentaba unos sesenta años, con rastas teñidas de negro que mostraban canas en las raíces. Estaba delgada como un palo de escoba y vestía tejanos y jersey, aunque no era época de llevar jersey.

El hecho de que se hubiera identificado como la madre al llamar el viernes era una curiosidad, pero nada importante. Tenía la sensación de que iba a descubrir que había sido una madre y una abuela para el chico.

Señaló un rincón donde había un sofá y una mesita de café. Había pilas de ropa doblada en casi todas las superficies y encima de estas trozos de papel con nombres escritos. Oí una lavadora o secadora en algún lugar del apartamento y supe que tenía un pequeño negocio en su vivienda de protección. Quizá por eso no quería fotógrafos.

—Aparte un poco de colada y siéntese. Cuénteme qué va a hacer por mi Zo —dijo la mujer.

Moví una pila de ropa doblada del sofá a una mesa lateral y me senté. Me fijé en que no había ni una sola prenda de color rojo. Las viviendas de Rodia estaban controladas por la banda callejera de los Crips y vestir de rojo —el color de los rivales Blood— podía resultar peligroso.

Lester se sentó a mi lado. Dejó la bolsa de la cámara en el suelo, entre sus pies, y guardó en ella la cámara que llevaba en la mano. Wanda Sessums se quedó de pie delante de nosotros. Subió un cesto de colada a la mesita de café y empezó a sacar y doblar ropa.

—Bueno, quiero revisar el caso de Zo —dije—. Si es inocente como dice, podré sacarlo.

Mantuve el condicional como un vendedor de coches. Me aseguré de no prometer nada que no pudiera cumplir.

—¿Va a sacarlo así como así? El señor Meyer aún no ha conseguido fecha para ir al tribunal.

—¿El señor Meyer es su abogado?

—Sí. De oficio. Es un abogado judío.

Lo dijo sin la menor traza de enemistad o prejuicio. Lo afirmó casi como si fuera motivo de orgullo que su nieto hubiera llegado a la categoría de tener un abogado judío.

—Bueno, hablaré con el señor Meyer de todo esto. En ocasiones, señora Sessums, el periódico puede conseguir lo que no puede lograr nadie más. Si yo le digo al mundo que Alonzo Winslow es inocente, entonces el mundo presta atención. Con los abogados no siempre ocurre así, porque ellos siempre dicen que sus clientes son inocentes, tanto si lo creen como si no. Son como el niño del cuento que grita que viene el lobo; lo dicen tanto que cuando de verdad tienen un cliente que es inocente, nadie les cree.

Me miró con expresión socarrona y pensé que o bien estaba confundida o pensaba que la estaban engañando. Traté de seguir adelante para que no se quedara pensando demasiado en lo que había dicho.

—Señora Sessums, si he de investigar esto, ha de llamar al señor Meyer y pedirle que coopere conmigo. Tendré que revisar el sumario del caso y todos los hallazgos.

—Hasta ahora no ha encontrado nada, aunque va por ahí diciendo a la gente que se calme, nada más.

—Me refiero al término legal. El estado, o sea el fiscal, ha de entregar toda la documentación y las pruebas a la defensa para que las vea. Tendré que revisarlo todo si he de trabajar para sacar a Alonzo.

La señora Sessums no parecía estar prestando atención a lo que le acababa de decir. Sacó lentamente la mano del cesto de ropa. Sostenía unas bragas de color rojo. Las apartó como si fueran la cola de una rata muerta.

—¡Será idiota! Esta chica no sabe con quién está jugando. Escondiendo el rojo… Es tonta y media si cree que no le va a pasar nada.

Se acercó al rincón de la habitación, pisó el pedal de una papelera y echó la rata muerta dentro. Yo asentí con la cabeza como si lo aprobara y traté de volver a encarrilarme.

—Señora Sessums, ¿ha entendido lo que he dicho sobre los hallazgos? Voy a…

—Pero ¿cómo va a decir que mi Zo es inocente si saca la información de la pasma y mienten como la serpiente del árbol?

Tardé un momento en responder mientras consideraba su uso del lenguaje y la yuxtaposición de jerga de la calle y referencias religiosas.

—Voy a recopilar todos los hechos y haré mi propio juicio —dije—. Cuando escribí el artículo la semana pasada dije lo que comunicó la policía; ahora voy a descubrirlo por mí mismo. Si su Zo es inocente, lo sabré. Y lo escribiré. Cuando lo escriba, el artículo hará que salga de la cárcel.

—De acuerdo. Está bien. El Señor le ayudará a traer a mi chico a casa.

—Pero también voy a necesitar su ayuda, Wanda.

Pasé a usar su nombre de pila. Ya era hora de hacerle creer que estaba de su parte.

—Cuando se trata de mi Zo, siempre estoy dispuesta a ayudar —dijo ella.

—Bien —asentí—. Déjeme decirle lo que quiero que haga.

3
La granja

Carver estaba en su oficina, con la puerta cerrada. Estaba canturreando para sus adentros y mirando intensamente las pantallas de las cámaras en modo múltiple: treinta y seis imágenes en cada una. Podía examinarlas todas, incluso los ángulos que nadie conocía. Con un movimiento del dedo en la pantalla táctil movió una cámara en ángulo a pantalla completa en el plasma central.

Geneva estaba detrás del mostrador, leyendo un libro de bolsillo. Carver concentró el foco para tratar de ver qué estaba leyendo. No logró distinguir el título, pero sí el nombre de la autora en la parte superior de la página: Janet Evanovich. Sabía que Geneva había leído varios libros de esa autora. Con frecuencia la veía sonriendo mientras lo hacía.

Era una información interesante. Iría a una librería, elegiría un libro de Evanovich y se aseguraría de que Geneva lo viera en su bolsa cuando pasara por la recepción. Serviría para romper el hielo, entablar conversación y quizás algo más.

Movió la lente por control remoto y vio que el bolso de Geneva estaba abierto en el suelo, al lado de su silla. Enfocó y vio cigarrillos, chicles y dos tampones junto con llaves, cerillas y una billetera. Eran esos días del mes. Quizá por eso Geneva había sido tan cortante con él cuando había entrado; apenas le había dicho hola.

Carver miró su reloj. Ya pasaba la hora en que Geneva se tomaba su descanso de la tarde. Yolanda Chávez, de administración, tenía que entrar por la puerta y dejar salir a Geneva. Quince minutos. Carver planeaba seguirla con las cámaras. A fumar, al lavabo a orinar, no importaba. Podría seguirla. Tenía cámaras en todas partes. Vería cualquier cosa que hiciera.

Justo en el momento en que Yolanda entraba por la puerta de recepción, hubo una llamada en la puerta de Carver. Este inmediatamente pulsó una combinación de teclas y las tres pantallas regresaron a los gráficos de datos de tres torres de servidor distintas. No había oído el zumbido de la puerta de seguridad de la sala de control, pero no estaba seguro. Quizá se había concentrado tanto en Geneva que se le había pasado.

—¿Sí?

La puerta se abrió. Solo era Stone. Carver se enfadó porque había apagado sus pantallas y había interrumpido el seguimiento de Geneva.

—¿Qué pasa, Freddy? —preguntó con impaciencia.

—Quería preguntarte por las vacaciones —dijo Stone en voz alta.

Entró y cerró la puerta. Movió la silla al otro lado de la mesa de trabajo de Carver y se sentó sin permiso.

—A la mierda las vacaciones —dijo—. Eso era para los de ahí fuera. Quiero hablar de doncellas de hierro. Este fin de semana creo que he encontrado a nuestra siguiente chica.

Freddy Stone era veinte años más joven que Carver. Este se había fijado en él por primera vez mientras acechaba bajo una identidad diferente en una sala de chat de doncellas de hierro. Trató de seguirle la pista, pero Stone era demasiado bueno para eso. Desapareció en la niebla digital.

Impertérrito y aún más intrigado, Carver montó un sitio llamado www.doncellasdehierro.com y, claro, Stone finalmente entró. Esta vez Carver estableció contacto directo y empezó el baile. Asombrado por su juventud, Carver lo reclutó de todos modos, cambió su aspecto e identidad y le hizo de mentor.

Carver lo había salvado, pero, después de cuatro años, Stone estaba demasiado cerca y a veces no soportaba esa proximidad. Freddy se tomaba excesivas libertades, como entrar y sentarse sin permiso.

—¿En serio? —dijo Carver colocando intencionalmente una nota de incredulidad en sus palabras.

—Prometiste que podría elegir a la siguiente, ¿recuerdas? —respondió Stone.

Carver había hecho la promesa, pero solo en el fervor del momento. Cuando estaban en la autovía 10, saliendo de la playa de Santa Mónica con las ventanas abiertas y el aire de mar soplando en sus caras. Todavía estaba de subidón y le dijo estúpidamente a su joven discípulo que podría elegir a la siguiente.

Ahora tendría que cambiar eso. Solo quería volver a vigilar a Geneva, quizá captar el cambio del tampón en el lavabo y dejar ese inconveniente para más tarde.

—¿Nunca te cansas de esa canción? —preguntó Stone.

—¿Qué?

Carver se dio cuenta de que había empezado a tararear otra vez mientras pensaba en Geneva. Avergonzado, trató de cambiar de tema.

—¿A quién has encontrado? —preguntó.

Stone sonrió de oreja a oreja y negó con la cabeza como si apenas pudiera creer su buena suerte.

—La chica tiene su propio sitio porno. Te enviaré el enlace para que puedas comprobarlo, pero te va a gustar. He mirado sus declaraciones de renta: el año pasado declaró doscientos ochenta mil solo de gente que pagaba veinticinco dólares al mes para verla follando.

—¿Dónde la has encontrado?

—Dewey y Bach, contables de algo llamado California Tax Franchise Board; se encargaron ellos de auditarla. Aquí está toda la info. Tengo todo lo que necesitamos para prepararlo. Luego controlé su web: Mandy For Ya punto com. Es una zorra de piernas largas. Es nuestro tipo.

Carver podía sentir la ligera vibración de anticipación en su fibra oscura. Pero no iba a cometer un error.

—¿En qué lugar de California exactamente? —preguntó.

—En Manhattan Beach —dijo Stone.

Carver quería saltar sobre la mesa de cristal y golpear a Stone en la sien con una de las pantallas de plasma, pero se limitó a preguntar:

—¿Sabes dónde está Manhattan Beach?

—¿No está por El Joya y San Diego? ¿Allí abajo?

Carver negó con la cabeza.

—Para empezar es La Jolla. Y no, Manhattan Beach no está cerca de ahí. Está al lado de Los Ángeles y no muy lejos de

Santa Mónica. Así que olvídala. Vamos a tardar mucho en volver allí. Conoces las reglas.

—Pero Dub, ¡es perfecta! Además, ya he sacado sus archivos. Los Ángeles es una gran ciudad. En Santa Mónica a nadie le importa lo que ocurre en Manhattan Beach.

Carver negó con la cabeza enfáticamente.

—Ya puedes olvidarte de esos ficheros. Acabamos de quemar Los Ángeles durante tres años por lo menos. No me importa a quién encuentres ni lo seguro que creas que es. No voy a desviarme del protocolo. Y otra cosa: me llamo Wesley, no Wes, y desde luego nada de Dub.

Stone miró la mesa de cristal con expresión abatida.

—¿Sabes qué? —dijo Carver—. Me pondré a trabajar en ello y encontraré a alguien. Espera y ya verás como te gustará. Te lo garantizo.

—Pero iba a ser mi turno. —Estaba haciendo pucheros.

—Has tenido tu ocasión y la has desaprovechado —dijo Carver—. Ahora me toca a mí. Así que, ¿por qué no vuelves a salir y te pones a trabajar? Todavía me debes informes de estatus de las torres entre la ochenta y la ochenta y cinco. Los quiero al final del día.

—Lo que tú digas.

—Vamos. Y anímate, Freddy. Estaremos otra vez de caza antes del final de semana.

Stone se levantó y se volvió hacia la puerta. Carver observó cómo salía, preguntándose cuánto tiempo pasaría antes de que tuviera que desembarazarse de él de manera permanente. Siempre era preferible trabajar con un compañero, pero al final todos los socios se acercaban demasiado y se tomaban demasiadas confianzas. Empezaban a llamarte por un nombre que nunca nadie había usado; empezaban a pensar que era una sociedad entre iguales con derecho a voto. Eso era inaceptable y peligroso. Había un jefe: él.

—Cierra la puerta, por favor —dijo Carver.

Stone obedeció. Carver volvió a las cámaras. Eligió la cámara situada sobre la zona de recepción y vio a Yolanda sentada en el mostrador. Geneva se había ido. Empezó a buscarla, saltando de cámara a cámara.

4

El gran treinta

Cuando Sonny Lester y yo salimos del apartamento donde vivía Wanda Sessums, el barrio estaba vivo y activo. Habían terminado las clases en la escuela y los camellos y sus clientes se habían despertado. Los aparcamientos, patios y parterres quemados entre los edificios de apartamentos se estaban llenando de niños y adultos. El mercadeo de la droga en el barrio se hacía desde el vehículo, con una preparación elaborada que implicaba vigilancias y camellos de todas las edades que dirigían a los compradores a través de un laberinto de calles hasta un lugar de venta que cambiaba de manera constante durante el día. Los planificadores del Gobierno que diseñaron y construyeron el barrio no tenían ni idea de que estaban creando un entorno perfecto para el cáncer que de un modo u otro destruiría a la mayoría de sus habitantes.

Yo sabía todo eso porque había acompañado a brigadas de narcóticos del South Bureau en más de una ocasión para escribir mis actualizaciones semestrales sobre la guerra local contra la droga.

Al cruzar un parterre y aproximarnos al vehículo de empresa de Lester caminamos con la cabeza baja, con aire de ocuparnos únicamente de nuestros asuntos. Solo queríamos salir de allí. Hasta que casi habíamos llegado al coche no me fijé en el hombre joven que estaba apoyado en la puerta del conductor. Llevaba unas botas de trabajo desatadas, tejanos caídos que dejaban a la vista la mitad de sus calzoncillos bóxer azules y una camiseta blanca impoluta que casi brillaba al sol. Era el uniforme de la banda que imperaba en el barrio: los Crips.

—¿Cómo va? —dijo el joven.

—Bien —dijo Lester—, volviendo al curro.

—¿Sois de la pasma?

Lester rio como si fuera el mejor chiste que había oído en una semana.

—No, tío, somos del periódico.

Lester puso la cámara en el maletero sin inmutarse y luego rodeó el coche hasta la puerta donde estaba apoyado el joven. Este no se movió.

—Hemos de irnos, hermano. ¿Me dejas pasar?

Yo estaba al otro lado del coche, junto a mi puerta. Sentí que se me hacía un nudo en el estómago. Si iba a haber problemas, iba a ser ya. Vi a otros con el mismo uniforme de la banda en el lado en sombra del aparcamiento, listos para participar si los necesitaban. No me cabía duda de que todos llevaban armas o las tenían escondidas cerca.

El joven apoyado en nuestro coche no se movió. Cruzó los brazos y miró a Lester.

—¿De qué estabas hablando con Ma arriba, hermano?

—De Alonzo Winslow —dije desde mi lado—. No creemos que matara a nadie y vamos a investigarlo.

El joven se apartó del coche para poder mirarme.

—¿En serio?

Asentí.

—Estamos trabajando. Acabamos de empezar y por eso hemos venido a hablar con la señora Sessums.

—Entonces os ha hablado del impuesto.

—¿Qué impuesto?

—Sí, ella paga un impuesto. Todos los que trabajan por aquí pagan un impuesto.

—¿Ah sí?

—El impuesto de la calle, tío. Mira, cualquier tío de un periódico que venga aquí a hablar del empanado de Zo ha de pagar un impuesto de calle. Yo te lo puedo cobrar ahora.

Asentí.

—¿Cuánto?

—Hoy son cincuenta dólares.

Lo pasaría a gastos y ya vería si Dorothy Fowler se ponía hecha una furia. Metí la mano en el bolsillo y saqué el dinero.

Llevaba cincuenta y tres dólares y enseguida saqué dos de veinte y uno de diez.

—Toma —dije.

Caminé hacia la parte de atrás del coche y el joven se apartó de la puerta del conductor. Al pagarle, Lester entró y puso el coche en marcha.

—Hemos de irnos —dije al entregarle el dinero.

—Sí. Si vuelves el impuesto será el doble, gacetillero.

—Está bien. —Debería haberlo dejado ahí, pero no podía irme sin hacerle la pregunta obvia—. ¿No te importa que esté trabajando para sacar a Zo?

El joven levantó la mano y se frotó la mandíbula como si se lo estuviera pensando en serio.

Vi las letras PUTA tatuadas en los nudillos. Mi mirada fue a su otra mano, que colgaba a un costado. Vi POLI tatuado en los otros nudillos y obtuve la respuesta: puta poli. Con un sentimiento así expresado en las manos, no era de extrañar que extorsionara a aquellos que trataban de ayudar a un compañero de la banda. Allí cada uno iba a lo suyo.

El chico rio y se alejó sin responder. Lo que quería era que le viera las manos.

Me metí en el coche y Lester salió marcha atrás. Me volví y vi al joven que acababa de extorsionarnos cincuenta dólares haciendo el paso de los Crips. Se agachó y usó los billetes que acababa de darle para fingir que se limpiaba los zapatos, se enderezó e hizo el movimiento talón-punta, talón-punta que los Crips consideraban suyo. Sus compañeros pandilleros lo jalearon cuando se acercó a ellos.

No sentí que se me pasaba la tensión en el cuello hasta que llegamos a la 110 y nos dirigimos al norte. Entonces me olvidé de los cincuenta dólares y empecé a sentirme mejor al revisar lo que se había logrado en el viaje: Wanda Sessums había accedido a cooperar plenamente en la investigación del caso Denise Babbit-Alonzo Winslow. Saqué el móvil y llamé al abogado de oficio de Winslow, Jacob Meyer. Le dije que, como tutora del acusado, Sessums me estaba concediendo un acceso total a los documentos y pruebas relacionados con el caso. Meyer, aunque de mala gana, aceptó reunirse conmigo a la mañana siguiente entre vistas en el tribunal de menores del centro. En realidad no tenía alternativa. Le había dicho a Wanda que si Meyer no cooperaba, habría un montón de abogados privados que aceptarían defenderlo gratis una vez que supieran que habría titulares de prensa. La elección de Meyer estaba entre trabajar conmigo y conseguir un poco de atención de los medios o renunciar al caso.

Wanda Sessums también había accedido a llevarme al Sylmar Juvenile Hall para que pudiera entrevistar a su nieto. Mi plan consistía en usar el sumario del abogado de oficio para familiarizarme con la causa antes de hablar con Winslow. Sería la entrevista clave del artículo que iba a escribir. Quería saber todo lo que hubiera que saber antes de hablar con él.

En total había sido un buen viaje, al margen del arancel de cincuenta dólares. Ya estaba pensando en cómo iba a presentar el plan a Prendergast cuando Lester interrumpió mis pensamientos.

—Sé lo que estás haciendo —dijo.

—¿Qué estoy haciendo?

—Puede que esa lavandera fuera demasiado tonta y que el abogado estuviera demasiado preocupado por los titulares para verlo, pero yo no.

—¿De qué estás hablando?

—Llegas como el príncipe blanco que va a demostrar que el chico es inocente y lo va a liberar. Pero estás haciendo justo lo contrario, tío. Vas a usarlos para acceder al caso y sacar todos los detalles jugosos; luego escribirás un artículo sobre cómo un chico de dieciséis años se convierte en un asesino a sangre fría. Joder, poner en libertad a un hombre inocente es un tópico periodístico hoy en día, pero ¿meterte en la mente de un joven asesino de esta manera? Contar cómo la sociedad deja que ocurran estas cosas. Eso es territorio Pulitzer, hermano.

Al principio no dije nada. Lester me había dejado helado. Preparé una defensa y respondí.

—Lo único que le he prometido es que investigaría el caso. Nada más.

—Claro, claro. La estás usando porque es demasiado ignorante para saberlo. El chico probablemente sea igual de estúpido. Y todos sabemos que el abogado cambiará al cliente por los titulares. De verdad crees que vas a llevarte el premio gordo con este, ¿eh?

Negué con la cabeza y no respondí. Noté que me ruborizaba y me volví a mirar por la ventana.

—Eh, pero no pasa nada —dijo Lester.

Me volví a mirarlo e interpreté la expresión de su cara.

—¿Qué quieres, Sonny?

—Una parte, nada más. Trabajamos en equipo. Voy contigo a Sylmar y al tribunal y hago el trabajo fotográfico. Tú presentas una solicitud de fotógrafo y pones mi nombre. De todos modos el paquete queda mejor, sobre todo para presentarlo.

Se refería a presentarlo al Pulitzer y otros premios.

—Mira —dije—, ni siquiera he hablado con mi redactor de esto. Te estás adelantando. Ni siquiera sé si…

—Les encantará y lo sabes. Van a darte libertad para que lo trabajes y puede que me liberen a mí también. ¿Quién sabe?, a lo mejor los dos ganamos un premio. No pueden echarte si llegas a casa con un Pulitzer.

—Estás hablando de la última posibilidad, Sonny. Estás loco. Además, a mí ya me han echado. Tengo doce días y luego me importará una mierda el Pulitzer porque ya no estaré.

Vi que sus ojos registraban sorpresa por mi despido. Luego asintió como si computara esa nueva información en el escenario que estaba desarrollando.

—Entonces es el adiós definitivo —dijo—. Ya lo pillo: los dejas con un artículo tan bueno que tendrán que llevarlo a concursos aunque tú ya te hayas ido, y que les den.

No respondí. No había pensado que fuera tan fácil de interpretar. Me volví hacia la ventana. Allí la autopista estaba elevada y vi los edificios que se apilaban unos contra otros. Muchos tenían lonas impermeabilizadas sobre los techos viejos y con goteras. Cuanto más al sur de la ciudad te dirigías, más lonas de ese tipo veías.

—De todos modos quiero participar —dijo Lester.

*U*na vez garantizado el acceso completo a Alonzo Winslow y su caso, estaba preparado para discutir el artículo con mi redactor. Con eso me refería a decir oficialmente que estaba trabajando en ello para que mi SL pudiera ponerlo en su previsión a medio plazo. Cuando volví a la redacción, fui directamente a la Balsa y encontré a Prendergast en su mesa. Estaba muy ocupado escribiendo en el ordenador.

—Prendo, ¿tienes un momento?

No levantó la mirada.

—Ahora mismo no, Jack. Estoy ocupado preparando la previsión para las cuatro. ¿Tienes algo para mañana además del artículo de Angela?

—No, quería hablarte de algo a más largo plazo.

Dejó de teclear y levantó la mirada hacia mí. Me di cuenta de que estaba perplejo. ¿De qué largo plazo podía hablar alguien que iba a marcharse en doce días?

—No tan largo plazo. Podemos hablar más tarde o mañana. ¿Angela ha entregado el artículo?

—Todavía no. Creo que estaba esperando que lo leyeras tú. ¿Puedes ponerte ahora? Quiero colgarlo en la web en cuanto lo tengamos.

—Enseguida.

—Vale, Jack. Hablaremos más tarde, o mándame un mail rápido.

Me volví y barrí la redacción con la mirada. Era grande como un campo de fútbol. No sabía dónde estaba el cubículo de Angela, pero sabía que estaría cerca. Cuanto más nuevo eras, más cerca de la Balsa te tenían. Los rincones de la redacción eran para los veteranos que supuestamente necesitaban menos supervisión. El lado sur se llamaba Baja Metro y estaba habitado por periodistas veteranos que todavía producían. El lado norte era el Trastero, donde se situaban los periodistas que hacían poco periodismo y que escribían todavía menos. Algunos de ellos gozaban de posiciones sacrosantas en virtud de conexiones políticas o premios Pulitzer, y otros simplemente tenían una sorprendente habilidad para pasar desapercibidos y escapar de la atención de los redactores que distribuían trabajo o de quienes hacían los recortes corporativos.

Por encima de la mampara de uno de los cubículos más próximos vi el pelo rubio de Angela. Me acerqué.

—¿Cómo va? —Dio un respingo—. Lo siento. No quería asustarte.

—No pasa nada. Estaba absorta leyendo esto. —Señaló el ordenador.

—¿Es el artículo?

Se puso colorada. Me di cuenta de que se había recogido el pelo en la nuca y había metido un lápiz en el nudo. Le daba un aspecto aún más sexy de lo habitual.

—No, en realidad no, es de Archivos. Es el artículo sobre ti y ese asesino al que llamaban «el Poeta». Pone los pelos de punta.

Examiné la pantalla más de cerca. Había sacado de los archivos un artículo de hacía doce años, de cuando trabajaba en el *Rocky Mountain News* y competí con el *Times* en un reportaje sobre un caso que se había extendido desde Denver a la Costa Este y luego había vuelto a Los Ángeles. Era la historia más formidable que había descubierto. Había sido la cima de mi vida periodística; no, más que eso, había sido la cima de toda mi vida, y no me gustaba que me recordaran que ya hacía mucho tiempo que había cruzado ese punto.

—Sí, fue bastante espeluznante. ¿Has terminado con tu artículo de hoy?

—¿Qué le pasó a esa detective del FBI con la que trabajaste, Rachel Walling? Otro de los artículos dice que la sancionaron por saltarse normas éticas contigo.

—Sigue por aquí. En Los Ángeles, de hecho. ¿Podemos ver

el artículo de hoy? Prendo quiere que lo entreguemos para ponerlo en la web.

—Claro. Lo tengo escrito. Estaba esperando a que lo vieras antes de entregarlo.

—Voy a buscar una silla.

Cogí una de un cubículo vacío. Angela me hizo sitio a su lado y leí el artículo de trescientas palabras que había escrito. La previsión de maquetación le había reservado doscientas cincuenta, lo cual significaba que terminaría reducido a doscientas, aunque siempre podías extenderte más para la edición digital, porque allí no había restricciones de espacio. Cualquier periodista que se preciara tendía de manera natural a pasarse de la previsión. El ego dictaba que tu artículo y tu capacidad de escribir iría ascendiendo por la escala de redactores que lo leerían y se irían dando cuenta de que, al margen de para qué edición lo hubieras escrito, era tan bueno que no merecía ningún recorte.

La primera corrección que hice yo fue para quitar mi nombre de la firma.

—¿Por qué, Jack? —protestó Angela—. Lo hemos investigado juntos.

—Sí, pero tú lo has escrito. Tú lo firmas.

Se estiró sobre el teclado y puso su mano sobre mi mano derecha.

—Por favor, quiero tener una firma contigo. Significaría mucho para mí.

La miré con escepticismo.

—Angela, esto es una columna de treinta centímetros que probablemente van a reducir a veinte y van a enterrar en el interior. Es solo otra noticia de asesinato y no necesita dos firmas.

—Pero es mi primer artículo en el *Times* y quiero que lleve tu nombre.

Todavía tenía su mano sobre la mía. Me encogí de hombros y asentí.

—Como quieras.

Me soltó y yo volví a escribir mi nombre en la firma. Entonces se estiró y me sostuvo la mano una vez más.

—¿Es esta la que te hirieron?

—Eh…

—¿Me dejas verla?

Giré la mano, exponiendo la cicatriz en forma de estrella que tenía entre el pulgar y el índice. Era el lugar por donde había pasado la bala antes de impactar en la cara del asesino al que llamaban «el Poeta».

—He visto que no usas el pulgar cuando escribes —dijo.

—La bala me seccionó un tendón y me operaron para volver a unirlo, pero el pulgar no ha vuelto a funcionar bien.

—¿Qué se siente?

—Normal. Lo que pasa es que no hace lo que yo quiero que haga.

Se rio educadamente.

—¿Qué?

—Me refiero a qué se siente al matar a alguien así.

La conversación se estaba poniendo extraña. ¿Cuál era la fascinación que tenía esa mujer, esa chica, con el homicidio?

—La verdad es que no me gusta hablar de eso, Angela. Fue hace mucho tiempo y exactamente yo no maté al tipo; más bien se disparó él. Creo que quería morir. Él disparó el arma.

—Me encantan las historias de asesinos en serie, pero nunca había oído hablar del Poeta hasta que alguien lo ha mencionado hoy a la hora de comer y lo he buscado en Google. Voy a conseguir el libro que escribiste. He oído que fue un bestseller.

—Buena suerte. Fue un bestseller hace diez años. Lleva al menos cinco años descatalogado.

Me di cuenta de que si había oído hablar del libro a la hora de comer significaba que la gente había estado hablando de mí. Hablando del antiguo autor de éxito y ahora periodista de sucesos con un sueldo demasiado elevado al que habían despedido.

—Bueno, apuesto a que puedes prestarme un ejemplar —dijo Angela.

Hizo un mohín. La estudié un buen rato antes de responder. En ese momento supe que Angela Cook era una especie de fanática de la muerte. Quería escribir historias de crímenes porque quería conocer los detalles que no salían en los artículos ni en las noticias de la tele. A los polis les iba a encantar, y no solo porque era despampanante. Los lisonjearía mientras ellos hacían sus descripciones adustas y descarnadas de las escenas del crimen en las que trabajaban. Tomarían su adoración por los detalles oscuros por adoración por ellos.

—Veré si puedo encontrar un ejemplar en casa esta noche. Vamos a volver a este artículo y lo entregamos. Prendo querrá tenerlo en la cesta en cuanto salga de la reunión de las cuatro.

—Vale, Jack.

Levantó las manos en ademán de fingida rendición. Volví a la noticia y revisé el resto en diez minutos, haciendo un solo cambio. Angela había localizado al hijo de la mujer de avanzada edad a la que habían violado y matado a cuchilladas en 1989. Estaba agradecido de que la policía no se hubiera resignado con el caso y así lo dijo. Trasladé su cita sinceramente laudatoria al tercio superior del artículo.

—Voy a mover esto arriba para que no lo corten en edición —expliqué—. Una cita así hará que sumes puntos con los detectives. Viven por esa clase de reconocimiento de la opinión pública y no suelen conseguirlo. Poner esto en la parte superior empezará a construir la confianza de la que te he hablado.

—De acuerdo.

A continuación hice una adición final, escribiendo 30 al pie del texto.

—¿Qué significa eso? —preguntó Angela—. Lo he visto en otros artículos en la bandeja de la mesa de Local.

—Es solo una costumbre de la vieja escuela. Cuando entré en el periodismo se escribía eso al final de los artículos. Es un código: creo que incluso es un resto de los días del telégrafo. Solo significa «fin de la noticia». Ya no es necesario, pero…

—Oh, Dios, por eso a la lista de los despedidos la llaman la «lista de los treinta».

La miré y asentí, sorprendido de que no supiera ya lo que le estaba contando.

—Exacto. Y es algo que siempre usaba, y como mi firma está en el artículo…

—Claro, Jack, está bien. Creo que es fantástico. A lo mejor empiezo a hacerlo.

—Continúa la tradición, Angela. —Sonreí y me levanté—. ¿Crees que estás lista para hacer mañana la ronda matinal por el Parker Center?

Torció el gesto.

—¿Quieres decir sin ti?

—Sí, yo estaré liado en el tribunal con algo en lo que estoy trabajando. Pero probablemente volveré aquí antes de comer. ¿Crees que puedes ocuparte?

—Si a ti te lo parece… ¿En qué estás trabajando?

Le hablé brevemente de mi visita a Rodia Gardens y del rumbo que estaba siguiendo. Luego la tranquilicé diciéndole que no tendría problema en ir al Parker Center por su cuenta después de un día de formación conmigo.

—Te irá bien. Y con ese artículo en el periódico mañana, tendrás tantos amigos allí que no sabrás qué hacer con ellos.

—Si tú lo dices.

—Ya verás. Llámame al móvil si necesitas algo.

A continuación señalé el artículo abierto en la pantalla del ordenador, cerré el puño y lo golpeé suavemente en su mesa.

—Duro con ellos —dije.

Era una frase de *Todos los hombres del presidente*, una de las historias de periodismo más grandes jamás contadas, e inmediatamente me di cuenta de que no la había reconocido. «En fin —pensé—, está la vieja escuela y la nueva.»

Me dirigí de nuevo a mi cubículo y vi que la luz de mensajes de mi móvil destellaba con una frecuencia rápida, lo cual significaba que tenía múltiples mensajes. Enseguida dejé de lado el extraño pero intrigante encuentro con Angela Cook y cogí el teléfono.

El primer mensaje era de Jacob Meyer. Decía que le habían asignado un nuevo caso con una vista preliminar fijada para el día siguiente, lo que significaba que tendríamos que posponer la cita media hora, hasta las nueve y media de la mañana. Ya me iba bien. Me daba más tiempo para dormir o para preparar la entrevista.

El segundo mensaje lo dejó una voz del pasado. Van Jackson, quince años antes, era un periodista novato al que yo formé en Sucesos en el *Rocky Mountain News*. Había ido ascendiendo hasta el puesto de redactor de Local antes de que el periódico cerrara sus puertas unos meses antes. Ese fue el final de una publicación de 150 años en Colorado y el mayor signo hasta la fecha del derrumbe económico del sector de la prensa escrita. Jackson todavía no había encontrado empleo en el negocio al que había dedicado su vida profesional.

«Jack, soy Van. Me he enterado de la noticia. Qué bajón, tío. Lo siento mucho. Hazme una llamada y podremos compadecernos. Todavía estoy aquí en Denver de *freelance* y buscando trabajo.»

Hubo un largo silencio; supongo que Jackson estaba buscando palabras que me prepararan para lo que me esperaba.

«He de decirte la verdad, tío: no hay nada de nada. Estaba a punto de empezar a vender coches, pero los concesionarios están igual de mal. De todas formas, dame un toque. Quizá podamos cuidarnos el uno al otro, compartir consejos o algo.»

Reproduje otra vez el mensaje y luego lo borré. Me tomaría mi tiempo para devolverle la llamada a Jackson. No quería deprimirme todavía más. Estaba firmando el gran treinta, pero todavía tenía opciones. Quería mantener el impulso. Tenía una novela que escribir.

Jacob Meyer llegó tarde a nuestra reunión del martes por la mañana. Durante casi media hora estuve sentado en la sala de espera de la Oficina del Defensor Público rodeado por clientes de la agencia financiada por el Estado, gente demasiado pobre para costearse su propia defensa legal y confiar en que el Gobierno que los acusaba también los defendiera. Estaba escrito en los derechos garantizados constitucionalmente —«si no puede permitirse un abogado, se le asignará uno de oficio»—, pero esto siempre me había parecido una contradicción: como si se tratara de un gran montaje en el que el Gobierno controlaba tanto la oferta como la demanda.

Meyer era un hombre joven y supuse que no haría más de cinco años que había salido de la facultad de Derecho. Sin embargo, ahí estaba, defendiendo a un chico —o a un chaval— acusado de homicidio. Volvió del tribunal cargado con un maletín de piel que de tan abultado era demasiado incómodo y pesado para llevarlo por el asa y se lo había puesto bajo el brazo. Preguntó al recepcionista si tenía mensajes y este me señaló. Se cambió el pesado maletín al brazo izquierdo y me tendió la mano. Se la estreché y me presenté.

—Pase —dijo—. No tengo mucho tiempo.

—Está bien. No voy a robarle mucho en esta ocasión.

Tuvimos que ir en fila india por el pasillo, estrechado por toda una hilera de archivadores pegados a la pared derecha. Seguro de que eso constituía una infracción de la legislación de seguridad contra incendios. Era la clase de detalle que normalmente me guardaba para un día flojo; «la Oficina del Defensor

Público». Pero ya no me preocupaban los titulares ni los artículos para los días de pocas noticias. Tenía un último artículo que escribir y eso era todo.

—Aquí —dijo Meyer.

Lo seguí a una oficina compartida, un cuarto de seis por tres y medio con escritorios en cada esquina y mamparas entre ellos.

—Hogar dulce hogar —dijo—. Traiga una de esas sillas.

Había otro abogado sentado en el escritorio situado en diagonal al de Meyer. Acerqué la silla de la mesa de al lado y nos sentamos.

—Alonzo Winslow —dijo Meyer—. Su abuela es una mujer interesante, ¿no?

—Sobre todo en su propio entorno.

—¿Le ha contado lo orgullosa que está de tener un abogado judío?

—Sí, la verdad es que sí.

—Resulta que soy irlandés, pero no quería estropeárselo. ¿Qué quiere hacer por Alonzo?

Saqué del bolsillo una micrograbadora y la encendí. Era del tamaño de un mechero. Me acerqué y la coloqué en el escritorio entre nosotros.

—¿Le importa si grabo esto?

—No. Yo también quiero que se grabe.

—Bueno, como le he dicho por teléfono, la abuela de Zo está convencida de que la policía se ha equivocado. Le dije que lo estudiaría, porque yo escribí el artículo en el que la policía lo acusaba. La señora Sessums, que es la tutora legal de Zo, me ha dado acceso pleno a él y a este caso.

—Puede que sea su tutora legal, tendría que comprobarlo, pero que le garantice acceso al caso no significa nada en términos legales, y por lo tanto no significa nada para mí. Lo entiende, ¿verdad?

Eso no era lo que había dicho por teléfono cuando le puse con Wanda Sessums. Estaba a punto de echarle en cara eso y su promesa de cooperación cuando vi que lanzaba una mirada rápida sobre su hombro y me di cuenta de que podría estar hablando así por el otro abogado de la sala.

—Claro —dije—. Y sé que tiene reglas en relación a lo que puede decirme.

—Siempre que comprendamos eso, puedo intentar trabajar con usted. Puedo responder sus preguntas hasta cierto punto, pero en este momento del caso no tengo libertad para entregarle el archivo de divulgación de pruebas.

Al decir esto giró en su asiento para comprobar que el otro abogado todavía estaba de espaldas y me pasó rápidamente una memoria USB.

—Tendrá que conseguir esa clase de cosas del fiscal o de la policía —añadió.

—¿Quién es el fiscal asignado al caso?

—Bueno, ha de ser Rosa Fernandez, pero ella se ocupa de casos de menores. Están diciendo que quieren juzgar a este chico como adulto, y eso supondría un cambio de fiscal.

—¿Va a oponerse a que lo saquen del tribunal de menores?

—Por supuesto. Mi cliente tiene dieciséis años y no ha ido a la escuela con regularidad desde que tenía diez o doce. No solo no es adulto según ningún criterio legal, sino que su capacidad y agudeza mental ni siquiera corresponden a las de un chico de dieciséis años.

—Pero la policía dice que este crimen tiene un alto grado de sofisticación y un componente sexual. La víctima fue violada y sodomizada con objetos extraños. Torturada.

—Está suponiendo que mi cliente cometió el crimen.

—La policía dijo que confesó.

Meyer señaló la memoria USB que yo tenía en la mano.

—Exactamente —asintió—. La policía dijo que confesó. Yo tengo dos cosas que objetar al respecto. Según mi experiencia, si pones a un chico de dieciséis años en un armario durante nueve horas, no lo alimentas ni lo hidratas como es debido, le mientes sobre pruebas que no existen y no lo dejas hablar con nadie (ni abuela, ni abogado; nadie), finalmente te dará lo que quieras si cree que eso finalmente lo sacará del armario. Y en segundo lugar, lo importante es qué es lo que confesó exactamente. El punto de vista de la policía es, desde luego, diferente del mío en eso.

Lo miré un momento. La conversación era intrigante, pero demasiado críptica. Necesitaba llevar a Meyer a un lugar donde pudiéramos hablar con libertad.

—¿Quiere tomar una taza de café?

—No, no tengo tiempo. Y como he dicho, no puedo entrar en

los detalles del caso. Aquí tenemos nuestras reglas y estamos tratando con un menor, a pesar de los esfuerzos del Estado en sentido contrario. E irónicamente, la misma oficina del fiscal del distrito que quiere acusar a este chico como adulto se nos echaría encima a mí o a mi jefe si le diera a usted cualquier documento de un caso relacionado con un menor. Esto todavía no es un tribunal de adultos, así que las reglas diseñadas para proteger a un menor siguen en pie. Pero estoy seguro de que tiene fuentes en el departamento de policía que pueden darle lo que necesita.

—Sí.

—Bien. Entonces, si quiere una declaración mía, le diré que creo que mi cliente (y, por cierto, no tengo libertad para identificarlo por su nombre) es casi tan víctima aquí como Denise Babbit. Es cierto que ella es la víctima definitiva, porque perdió la vida de una manera horrible. Pero a mi cliente lo han privado de libertad y no es culpable de este crimen. Podré probarlo en cuanto lleguemos al tribunal; no importa si es de adultos o de menores. Defenderé vigorosamente a mi cliente, porque no es culpable de este crimen.

Había sido una declaración pronunciada con esmero y que no era menos de lo que esperaba. Pero aun así me dio que pensar. Meyer estaba traspasando ciertos límites al darme la memoria USB y tenía que preguntarme por qué. No le conocía, nunca había escrito un artículo que lo mencionara y no existía la confianza que se construye entre periodista y fuente cuando se escriben y se publican noticias. Así pues, si Meyer no estaba traspasando el límite por mí, ¿por quién lo estaba haciendo? ¿Por Alonzo Winslow? ¿Ese defensor público con el maletín a reventar con causas de clientes culpables podía creer de verdad su declaración? ¿De verdad creía que Alonzo era una víctima, que realmente era inocente?

Caí en la cuenta de que estaba perdiendo el tiempo. Tenía que volver a la redacción y ver qué había en la memoria USB. En la información digital que se escondía en mi mano encontraría mi rumbo.

Me incliné y apagué la grabadora.

—Gracias por su ayuda.

Lo dije sarcásticamente teniendo en cuenta al otro abogado de la sala. Saludé con la cabeza y guiñé un ojo a Meyer antes de salir.

*E*n cuanto llegué a la redacción fui a mi cubículo sin pasar por la Balsa ni ver a Angela Cook. Conecté la memoria USB en la ranura de mi portátil y examiné el contenido: tres archivos. Estaban etiquetados RESUMEN.DOC, DETENCIÓN.DOC, y CONFE-SIÓN.DOC. El tercer documento era el más pesado con diferencia. Lo abrí y descubrí que la transcripción de la confesión de Alonzo Winslow tenía 928 páginas. Lo cerré, guardándolo para el final. Sospechaba que puesto que se llamaba «confesión» y no «interrogatorio» había sido un archivo transmitido a Meyer por la fiscalía. En un mundo digital ya no me sorprendía que la transcripción de nueve horas de un interrogatorio a un sospechoso de asesinato se transmitiera de la policía a la fiscalía y de la fiscalía a la defensa en formato electrónico. El coste de imprimir y reimprimir un documento de 928 páginas sería alto, sobre todo considerando que era el producto de solo un caso en un sistema que en un día cualquiera se ocupaba de miles de casos. Si Meyer quería imprimirlo a costa del presupuesto de la defensa pública, era cosa suya.

Después de cargar los archivos en mi ordenador, los mandé por correo electrónico a la impresora central para tener copias en papel de todo. Igual que prefería un periódico que podías tener en la mano a una versión digital, también prefería las copias en papel de los materiales en los que se basaban mis artículos.

Decidí estudiar los documentos por orden, aunque ya estaba familiarizado con los cargos y la detención de Alonzo Winslow. Los dos primeros documentos crearían el marco para la posterior confesión. Y la confesión crearía el marco para mi artículo.

Abrí el informe de la investigación en mi pantalla. Suponía que sería un relato minimalista de los movimientos policiales que habían conducido a la detención de Winslow. El autor del documento era mi amigo Gilbert Walker, que tan amablemente me había colgado el día anterior. No esperaba mucho. El informe tenía una extensión de cuatro páginas y había sido redactado en formularios específicos y luego escaneado para crear el documento digital que tenía delante. Walker sabía al escribirlo que su documento sería estudiado en busca de puntos débiles o errores de procedimiento por parte de abogado y fiscal. La mejor defensa contra eso era hacer la presa más pequeña —poner lo mínimo posible en el informe—, y a primera vista Walker había tenido éxito.

No obstante, lo sorprendente del archivo no era la brevedad del documento, sino la autopsia completa y los informes y fotografías de la escena del crimen. Estas me serían enormemente útiles para describirlo en mi artículo.

Cada periodista tiene al menos una parte de la secuencia del gen del *voyeur*. Antes de empezar a leer, miré las fotos. Había cuarenta y ocho fotografías en color tomadas en la escena del crimen que mostraban el cadáver de Denise Babbit como había sido hallado en el maletero del Mazda Millenia 1999 y en el momento de ser extraído, examinado en la escena y finalmente transportado en una bolsa. También se incluían fotografías que mostraban el interior del coche y el maletero después del levantamiento del cadáver.

Una foto mostraba el rostro de la víctima detrás de una bolsa de plástico colocada sobre su cabeza y atada con fuerza en torno al cuello con lo que parecía cuerda común. Denise Babbit había muerto con los ojos abiertos en expresión de terror. Había visto un buen número de personas muertas a lo largo de mi carrera, en persona y en fotografías como esas. Nunca me había acostumbrado a los ojos. Un detective de Homicidios —mi hermano, de hecho— me dijo que no pasara demasiado tiempo con los ojos porque seguías viéndolos mucho después de que apartaras la mirada.

Denise tenía esa mirada, de las que te hace pensar en sus últimos momentos, en lo que vio, en lo que pensó y sintió.

Volví al sumario de la investigación y lo leí de principio a fin, resaltando los párrafos con información que pensaba que era importante y útil y trasladándolos a un nuevo documento que había creado. Llamé a ese archivo VERSIÓN POLICIAL.DOC y allí reescribí cada párrafo que había trasladado del informe oficial, pues el lenguaje de este era rebuscado y sobrecargado de abreviaturas y siglas. Quería hacer mía la historia.

Cuando terminé revisé mi trabajo, tratando de asegurarme de que era preciso pero al mismo tiempo tenía impulso narrativo. Sabía que cuando finalmente escribiera el artículo para su publicación, incluiría muchos de estos párrafos y elementos de información. Si cometía un error en esa primera etapa, había muchas posibilidades de que este se arrastrara hasta la publicación.

Denise Babbit fue hallada en el maletero de su Mazda Millenia 1999 a las 9.45 del sábado 25 de abril de 2009 por los agentes de patrulla del Departamento de Policía de Santa Mónica Richard Cleady y Roberto Jimenez. Los detectives Gilbert Walker y William Grady acudieron como encargados de investigar el crimen.

Los agentes de patrulla habían sido llamados por un vigilante de Santa Mónica que encontró el coche en un aparcamiento de playa, junto al hotel Casa del Mar. Pese a que el acceso al aparcamiento está abierto por la noche, este es de pago de 9 a 5, de modo que cualquier coche que permanezca allí es multado si el propietario no compra un tíquet de aparcamiento y lo muestra en el salpicadero. Cuando el vigilante Willy Cortez se acercó al Mazda para ver si tenía tíquet, encontró las ventanas del vehículo abiertas y la llave en el contacto. En el asiento del pasajero, a plena vista, había un bolso de mujer cuyo contenido habían vaciado al lado. Cortez, sintiendo que algo malo había ocurrido, llamó al Departamento de Policía de Santa Mónica. Llegaron los agentes Cleady y Jimenez. En el curso de la comprobación de la placa de matrícula para identificar al propietario del coche, los agentes se fijaron en que el maletero estaba cerrado sobre lo que parecía parte de un vestido de seda.

Abrieron el maletero y hallaron el cadáver de una mujer después identificada como Denise Babbit, propietaria del vehículo. Estaba desnuda y sus prendas —vestido, ropa interior y zapatos— se hallaron encima del cuerpo.

Denise Babbit tenía 23 años y trabajaba de bailarina en un bar de striptease de Hollywood llamado Club Snake Pit. Vivía en un apartamento de la calle Orchid, en Hollywood. Tenía un historial de detenciones por posesión de heroína que se remontaba a un año antes. El caso todavía estaba pendiente, pues su conclusión se había retrasado al acogerse la acusada a una intervención prejudicial que la obligaba a participar en un programa ambulatorio de tratamiento contra la drogadicción. La habían detenido durante una redada del Departamento de Policía de Los Ángeles en Rodia Gardens en la cual policías de paisano observaron a sospechosos que compraban droga y luego los detuvieron al alejarse en coche.

Se recogieron muestras de pelo y fibras del interior del coche entre las que se hallaban múltiples pelos de una raza canina desconocida pero de pelaje corto. Denise Babbit no tenía perro.

La víctima había sido asfixiada con un trozo de cuerda común que se usó para atarle una bolsa de plástico al cuello. También se apreciaron marcas de ligaduras en muñecas y piernas del momento en que había sido atada durante su secuestro. La autopsia revelaría que había sido violada en repetidas ocasiones con un objeto extraño. Minúsculas astillas halladas en la vagina y el ano indicaban que ese objeto era probablemente una escoba de madera o el mango de una herramienta. No se encontraron cabellos ni semen en el cuerpo de la víctima. La hora de la muerte se situó entre 12 y 18 horas antes del hallazgo del cadáver.

La víctima había trabajado en su turno nocturno habitual y había salido del Snake Pit a las 2.15 del viernes 24 de abril. Su compañera de piso, Lori Rodgers, de 27 años, asimismo bailarina del Snake Pit, declaró a la policía que Babbit no volvió al apartamento que compartían en Orchid Street después de trabajar ni a lo largo del viernes. No apareció para su turno en el Snake Pit esa tarde y su coche y su cadáver fueron hallados a la mañana siguiente.

Se calculó que durante la noche anterior la víctima había ganado 300 dólares en propinas bailando en el Snake Pit. No se encontró dinero en efectivo en su bolso, que habían vaciado en el coche.

Los investigadores de la escena del crimen descubrieron que la persona que abandonó el coche de la víctima con el cadáver en el maletero había intentado sin éxito eliminar sus huellas dactilares pasando un trapo por todas las superficies susceptibles de contenerlas. Las manijas de las puertas, el volante y la palanca del cambio de marchas habían sido limpiados. No obstante, los investigadores hallaron una clara huella de pulgar en el espejo retrovisor interior, presumiblemente dejada por alguien que lo había ajustado al conducir.

Un especialista de laboratorio identificó la huella, por medio de comparación por ordenador y física, con la de Alonzo Winslow, de 16 años, que contaba con antecedentes por venta de narcóticos en el mismo barrio donde Denise Babbit había comprado heroína y había sido detenida el año anterior.

Surgió una teoría de investigación: después de salir de su trabajo a primera hora del 24 de abril, la víctima condujo hasta el barrio de Rodia Gardens para comprar heroína u otras drogas. A pesar de ser blanca y de que el 98 por ciento de la población de Rodia Gardens es negra, Denise Babbit no se sentía incómoda yendo a buscar droga al barrio porque había comprado allí en numerosas ocasiones con anterioridad. Es posible que incluso conociera personalmente a los traficantes de Rodia Gardens, incluido Alonzo Winslow. Es probable que en el pasado hubiera cambiado sexo por drogas.

No obstante, esta vez fue secuestrada contra su voluntad por Alonzo Winslow y quizás otros individuos. La retuvieron en paradero desconocido y la torturaron sexualmente durante entre seis y ocho horas. Dados los altos niveles de hemorragia petequial en torno a los ojos, se creyó que la habían asfixiado repetidamente hasta dejarla inconsciente y luego la habían reanimado antes de que se produjera la asfixia final. El cadáver fue posteriormente introducido en el maletero del coche de la propia víctima y llevado a casi treinta kilómetros de distancia, a Santa Mónica, donde lo abandonaron en el aparcamiento al lado del océano.

Con la huella como prueba sólida que apoyaba la teoría y relacionaba a Babbit con un conocido traficante de drogas de Rodia Gardens, los detectives Walker y Grady obtuvieron una orden de detención para Alonzo Winslow. Contactaron con el Departamento de Policía de Los Ángeles para lograr cooperación en la localización y detención del sospechoso. La detención se produjo sin incidentes en la mañana del domingo 26 de abril y, después de un largo interrogatorio, el sospechoso confesó el homicidio. A la mañana siguiente la policía anunció la detención.

Cerré el expediente del caso y pensé en lo rápido que la investigación había conducido a Winslow solo porque había dejado una huella. Probablemente pensó que los treinta kilómetros que separaban Watts de Santa Mónica era una distancia que ninguna acusación de asesinato podría franquear. Ahora estaba en una celda para menores de Sylmar, lamentando haber tocado ese espejo retrovisor que había hecho que la policía diera con él.

Sonó el teléfono de mi escritorio y vi el nombre de Angela Cook en el identificador de llamada. Estuve tentado de no contestar, de mantenerme concentrado en mi historia, pero sabía que la llamada se desviaría a centralita y que la persona que contestara le diría a Angela que yo estaba en mi mesa, pero aparentemente demasiado ocupado para contestar.

No quería que ocurriera eso, así que contesté.

—Angela, ¿qué hay?

—Estoy en el Parker y creo que está pasando alguna cosa, pero nadie me cuenta nada.

—¿Por qué crees eso?

—Porque está lleno de periodistas y cámaras.

—¿Dónde estás?

—En el vestíbulo. Estaba marchándome cuando he visto entrar a un montón de tíos.

—¿Y has preguntado a la oficina de prensa?

—Por supuesto, pero nadie responde.

—Perdona, era una pregunta estúpida. Hum, puedo hacer unas llamadas. Quédate ahí por si has de volver a subir. Te llamaré enseguida. ¿Solo hay gente de la tele?

—Eso parece.

—¿Conoces a Patrick Denison?

Denison era el periodista de sucesos policiales más importante del *Daily News*, la única competencia real en papel con la que se enfrentaba el *Times* a escala local. Era bueno y de cuando en cuando conseguía una exclusiva en la que me sacaba la delantera. La peor vergüenza de un periodista era tener que seguir la estela de la competencia. Pero si los equipos de televisión ya estaban en el edificio no me preocupaba hacerlo. Cuando veías a periodistas de televisión en una historia era porque seguían una noticia del día anterior o habían sido llamados a una conferencia de prensa. Los equipos de televisión no han tenido una exclusiva digna en esta ciudad desde que Channel 5 consiguió la cinta de la paliza a Rodney King en 1991.

Después de colgar con Angela, llamé a un teniente de Delitos Graves para ver qué se cocía. Si él no sabía nada, llamaría a la División de Robos y Homicidios y luego a la de Narcóticos. Estaba seguro de que pronto sabría por qué los medios estaban acudiendo al Parker Center y el *L. A. Times* era el último en enterarse.

Hablé con la secretaria municipal que atendía las llamadas en Delitos Graves y me pasó al teniente Hardy sin mucha espera. Este llevaba menos de un año en el puesto y yo todavía estaba ganándomelo poco a poco como una fuente de confianza. Después de identificarme, pregunté qué tramaban los Hardy Boys. Me había acostumbrado a llamar así a los hombres que estaban bajo su mando, porque sabía que atribuirle la propiedad de la brigada alimentaba su ego. En realidad era un simple gestor de personal y los investigadores bajo su mando trabajaban de manera bastante autónoma, pero formaba parte del baile y hasta el momento había funcionado.

—Hoy es un día tranquilo, Jack —dijo Hardy—. Nada que anunciar.

—¿Estás seguro? He oído por otra fuente que el edificio está lleno de gente de la tele.

—Sí, eso es por otra cosa. No tenemos nada que ver.

Al menos no íbamos retrasados con una historia de Delitos Graves. Eso estaba bien.

—¿Qué otra cosa? —pregunté.

—Tendrás que hablar con Grossman o con la oficina del jefe. Ellos van a dar la conferencia de prensa.

Empecé a preocuparme. El jefe de policía no solía dar ruedas de prensa para discutir cosas que ya estaban en el periódico; normalmente daba las noticias para poder controlar la información y obtener reconocimiento en caso de que hubiera que dárselo.

La otra referencia que había hecho Hardy era al capitán Art Grossman, que estaba a cargo de las investigaciones de narcóticos a gran escala. De alguna manera se nos había pasado una invitación a una conferencia de prensa.

Le di las gracias rápidamente a Hardy por la ayuda y le dije que lo llamaría después. Volví a llamar a Angela y ella contestó de inmediato.

—Vuelve a entrar y sube a la sexta planta. Hay alguna clase de conferencia de prensa con el jefe de policía y Art Grossman, que es el jefe de Narcóticos.

—Vale, ¿a qué hora?

—Todavía no lo sé. Sube por si ha empezado ya. ¿No te habías enterado de esto?

—¡No! —dijo a la defensiva.

—¿Cuánto tiempo llevas allí?

—Toda la mañana. He estado tratando de conocer gente.

—Vale, sube y te volveré a llamar.

Después de colgar empecé con mi multitarea. Mientras llamaba a la oficina de Grossman me conecté a Internet y comprobé los cables del City News Service, CNS, un servicio electrónico que se actualizaba al minuto con noticias de la ciudad de Los Ángeles. Había muchas noticias de crímenes y policiales y era básicamente un servicio de avisos que proporcionaba horarios de conferencias de prensa y detalles limitados de informes de crímenes e investigaciones. Como periodista de sucesos policiales lo revisaba unas cuantas veces al día, igual que un analista bursátil va mirando el índice Dow Jones que va pasando por la parte inferior de la pantalla en el canal Bloomberg.

Podría haberme conectado más con el CNS si me hubiese registrado para recibir alertas de correo electrónico y SMS, pero yo no trabajaba así. No era un periodista móvil; era de la vieja escuela y no me gustaban las constantes campanitas y pitidos de la conectividad.

No obstante, había olvidado hablarle a Angela de estas opciones. Como ella había pasado la mañana en el Parker Center y yo investigando el caso Babbit, nadie había recibido ninguna campanita ni ningún pitido y nadie había hecho las comprobaciones manuales de la vieja escuela.

Empecé a mirar en orden cronológico inverso la pantalla del CNS, buscando cualquier información sobre una conferencia de prensa de la policía o cualquier otra noticia de crímenes. Llamé a Grossman, pero me contestó una secretaria que me dijo que el capitán ya estaba arriba —en la sexta planta— en una conferencia de prensa.

Justo cuando colgué encontré un pequeño aviso del CNS que anunciaba la conferencia de prensa a las once en la sala de medios de la sexta planta del Parker Center. Había poca información adicional, salvo que decía que era para anunciar que se trataba de una gran operación antidroga realizada esa noche en el barrio de Rodia Gardens.

Bang. De repente mi artículo a largo plazo se estaba relacionando con una noticia de última hora. Sentí la inyección de adrenalina. Pasaba a veces: el yugo diario de noticias te daba la entrada para decir algo más grande.

Llamé otra vez a Angela.

—¿Estás en la sexta?

—Sí, y no han empezado. ¿De qué se trata? No quiero preguntarle a estos tipos de la tele porque voy a quedar como una estúpida.

—Sí. Es sobre una redada antidroga de esta noche en Rodia Gardens.

—¿Algo más?

—No, pero podría volverse importante porque probablemente es en respuesta al asesinato del que te hablé ayer. La mujer del maletero fue situada allí, ¿recuerdas?

—Sí, sí.

—Angela, esto se conecta con lo que estoy investigando, así que voy a intentar vendérselo a Prendo. Quiero escribirlo, porque puede ayudar a fundamentar mi artículo.

—Bueno, quizá podamos hacerlo juntos. Conseguiré todo lo posible aquí.

Hice una pausa, pero no muy larga. Tenía que ser delicado pero decisivo.

—No, voy a ir a la conferencia de prensa. Si empieza antes de que llegue, toma notas. Puedes pasárselas a Prendo para la web. Pero quiero este artículo, Angela, porque forma parte de mi gran historia.

—Está bien, Jack —dijo sin vacilar—. No quiero acaparar el puesto, sigue siendo tuyo y la historia es tuya, pero si necesitas algo de mí solo tienes que pedírmelo.

Pensé que había reaccionado de manera exagerada y estaba avergonzado de haber actuado como un capullo egoísta.

—Gracias, Angela. Ya lo iremos viendo. Voy a darle la noticia a Prendo para la previsión diaria y voy para allá.

*E*l Parker Center estaba en sus últimos meses de vida. El decadente edificio había sido el centro de mando de las operaciones policiales durante casi cinco décadas y llevaba al menos una en estado obsoleto. Aun así, había servido bien a la ciudad, a la que había visto superar dos revueltas, innumerables protestas civiles y grandes crímenes, y había sido sede de miles de conferencias de prensa como aquella a la que iba a asistir en ese momento. Pero como cuartel general operativo había quedado desfasado hacía mucho. El edificio estaba superpoblado; las cañerías, rotas, y el sistema de calefacción y aire acondicionado, casi inservible. No había suficientes plazas de aparcamiento, espacio de oficinas ni calabozos. Se conocían zonas de los pasillos y oficinas donde el aire tenía un olor permanentemente acre. Había roturas en el suelo de vinilo y las perspectivas de que la estructura resistiera un terremoto importante eran dudosas. De hecho, muchos detectives trabajaban sin descanso en la calle, siguiendo pistas y sospechosos hasta distancias extraordinarias solo por temor a estar en la oficina cuando llegara el gran terremoto.

Un hermoso sustituto estaba a solo unas semanas de su inauguración en la calle Spring, al lado del *Times*. Sería espacioso y con tecnología a la última. Con fortuna serviría al departamento y a la ciudad durante otras cinco décadas. Pero yo no estaría allí cuando llegara el momento del traslado: mi guapa sucesora sería la encargada. Y al subir por el desvencijado ascensor a la sexta planta, decidí que así era como tenía que ser. Echaría de menos el Parker Center, porque yo era precisamente como él: anticuado y obsoleto.

La conferencia de prensa estaba en marcha cuando llegué a la sala de medios, situada junto a la oficina del jefe. Pasé junto a un agente uniformado en el umbral, cogí una de las hojas de información que entregaba, me agaché a regañadientes bajo la línea de cámaras que ocupaba la pared del fondo y me senté en un asiento libre. Había estado en esa sala cuando no había asientos. Ese día, como el resumen había dicho que la rueda de prensa era sobre una redada antidroga, la asistencia era rutinaria. Conté a representantes de cinco de los nueve canales locales, dos periodistas de radio y un puñado de gente de prensa escrita. Vi a Angela en la segunda fila. Tenía el portátil abierto y estaba escribiendo. Supuse que estaría conectada e informando para la edición digital mientras la conferencia de prensa seguía su curso. Era una periodista móvil auténtica.

Leí la información para ponerme al corriente. Era un largo párrafo, diseñado para presentar los hechos que el jefe de policía y el responsable de la unidad de narcóticos podrían desarrollar durante la conferencia de prensa.

A raíz del asesinato de Denise Babbit, que presumiblemente ocurrió en algún lugar de Rodia Gardens, la unidad de narcóticos del South Bureau del Departamento de Policía de Los Ángeles llevó a cabo una semana de vigilancia de alta intensidad de las actividades de venta de drogas en el barrio y detuvo a dieciséis presuntos traficantes en una redada a primera hora de la mañana. Entre los sospechosos hay once adultos miembros de bandas y cinco menores. Se requisó una cantidad no determinada de heroína, crack, cocaína y metanfetamina durante las redadas en doce apartamentos distintos del barrio. Además, la policía de Santa Mónica e investigadores de la Oficina del Fiscal del Distrito ejecutaron tres órdenes de registro en relación con la investigación por homicidio. En ellas se buscaban pruebas adicionales contra un joven de 16 años acusado del crimen o contra otros que pudieran estar implicados.

Después de haber leído miles de comunicados de prensa a lo largo de los años, era muy hábil leyendo entre líneas. Sabía que cuando no comunicaban las cantidades de droga requisada era porque estas eran tan bajas que probablemente resultaban embarazosas. Y sabía que cuando el comunicado de prensa decía que en los registros se buscaban pruebas adicionales, lo más probable era que no hubieran encontrado ninguna. De lo contrario, lo habrían anunciado a bombo y platillo.

Todo ello era de escaso interés para mí. Lo que hacía fluir mi adrenalina era el hecho de que la redada antidroga se había producido en relación al homicidio, y la acción a buen seguro levantaría controversia racial. Esta me ayudaría a vender mi artículo de fondo a mis jefes.

Levanté la mirada hacia el estrado justo cuando el jefe de policía cedía la palabra a Grossman. El capitán se acercó al micrófono y empezó la narración que continuó con una presentación en Power Point de la operación. En la pantalla de la izquierda del estrado fueron apareciendo fotos de ficha policial de los detenidos mayores de edad junto con la lista de cargos que se imputaban a cada uno de ellos.

Grossman abordó los detalles de la redada, describiendo cómo doce equipos de seis agentes habían entrado de manera simultánea en doce apartamentos diferentes a las 6.15 de la mañana. Manifestó que solo hubo un herido y que se trataba de un agente que tuvo la mala fortuna de estar en el lugar inadecuado en el momento inadecuado: iba corriendo pegado a la fachada lateral de uno de los edificios del barrio para cubrir la parte de atrás cuando despertaron al sospechoso llamando a la puerta. Este lanzó una escopeta de cañones recortados por la ventana para que no lo hallaran en posesión de un arma ilegal. El arma golpeó al agente en la cabeza y lo dejó inconsciente. El policía fue atendido por una ambulancia y permanecería una noche en observación en un hospital no determinado.

La fotografía de la ficha policial del pandillero que me había extorsionado cincuenta dólares el día anterior apareció en pantalla. Grossman lo identificó como Darnell Hicks, de veinte años, y lo calificó de «jefe de calle» que tenía a numerosos jóvenes y muchachos trabajando para él vendiendo drogas. Sentí una pequeña alegría al ver su cara allí en la pantalla grande, y sabía que pondría su nombre en el primer lugar de la lista de detenidos cuando escribiera el artículo para el periódico del día siguiente. Esa sería mi forma de devolverle el paso de los Crips.

Grossman tardó otros diez minutos en terminar de proporcionar los detalles que el departamento quería comunicar y luego abrió el turno de preguntas. Un par de periodistas de televisión le lanzaron bolas blandas que él bateó sin ningún dificultad. Nadie le hizo la pregunta difícil hasta que yo levanté la mano. Grossman estaba examinando la sala cuando vio mi mano. Me conocía y sabía dónde trabajaba; sabía que no iba a recibir una bola blanda. Siguió mirando la sala, probablemente esperando que algún otro pelagatos de la tele levantara la mano. Pero no tuvo suerte y no le quedó más remedio que volver a mí.

—Señor McEvoy, ¿tiene una pregunta?

—Sí, capitán. Me estaba preguntando si esperan alguna reacción de la comunidad.

—¿Reacción de la comunidad? No. ¿Quién se va a quejar de que quiten a los traficantes y pandilleros de las calles? Además, contamos con un enorme apoyo y cooperación por parte de la comunidad en relación con esta operación. No sé qué podría provocar una reacción.

Me guardé la frase del apoyo y la cooperación de la comunidad para más tarde y permanecí enfocado con mi respuesta.

—Bueno, está bastante bien documentado que los problemas de drogas y bandas en Rodia no son nada nuevo. Sin embargo, el departamento solo ha montado esta gran operación después de que secuestraran y asesinaran allí a una mujer blanca de Hollywood. Me preguntaba si consideraron cuál sería la reacción de la comunidad al seguir adelante con esta operación.

La cara de Grossman se puso de color rosa. Echó un rápido vistazo al jefe, pero este no hizo ningún movimiento para hacerse cargo de la pregunta o salir en defensa de Grossman. Estaba solo.

—Nosotros… no lo vemos de esa forma —empezó—. El asesinato de Denise Babbit solo sirvió para centrar la atención en los problemas que hay allí. Nuestras acciones de hoy (las detenciones) contribuirán a hacer de la comunidad un mejor sitio donde vivir. No hay ninguna pega en eso. Y no es la primera vez que llevamos a cabo redadas en la zona.

—¿Es la primera vez que hacen una conferencia de prensa al respecto? —pregunté solo para darle una vuelta más de tuerca.

—No lo sé —dijo Grossman.

Examinó la sala en busca de la mano de otro periodista, pero nadie le ayudó.

—Tengo otra pregunta —insistí—. En relación con las órdenes de registro surgidas del asesinato de Denise Babbit, ¿han encontrado el lugar donde supuestamente fue retenida y asesinada tras su rapto?

Grossman estaba preparado para responder pasando la pelota.

—No es nuestro caso. Tendrá que hablar con la policía de Santa Mónica o con la oficina del fiscal sobre eso.

Parecía satisfecho con su respuesta y con darme con la puerta en las narices. Yo no tenía más preguntas, y Grossman examinó la sala una última vez y terminó con la conferencia de prensa. Me quedé junto a mi asiento, esperando que Angela Cook volviera de la parte delantera de la sala. Iba a decirle que lo único que necesitaba de ella eran sus notas sobre los comentarios del jefe de policía. Todo lo demás lo tenía cubierto.

El agente uniformado que me había dado el papel al entrar se me acercó y me señaló la puerta que estaba al otro lado de la sala. Sabía que conducía a una sala adjunta donde se guardaba parte del equipo que se utilizaba en las conferencias de prensa.

—El teniente Minter quiere enseñarle algo —dijo el agente.

—Bien —comenté—. Yo también quiero preguntarle algo.

Entramos y Minter me estaba esperando allí, sentado a la esquina de un escritorio, tieso como un palo. Minter, un hombre atractivo, alto y delgado, piel café con leche, dicción perfecta y sonrisa presta, estaba a cargo de la Oficina de Relaciones con los Medios. Era un puesto importante en el Departamento de Policía de Los Ángeles, pero siempre me había desconcertado. ¿Por qué un policía —después de toda su formación y de tener su pistola y su placa— querría trabajar en relaciones con los medios, donde jamás se hacía ningún trabajo policial? Sabía que el puesto te ponía en la tele casi todas las noches y que tu nombre aparecía en el periódico una y otra vez, pero no era trabajo policial.

—Hola, Jack —me dijo Minter en tono amistoso al darnos la mano.

Yo inmediatamente actué como si hubiera pedido la reunión.

—Hola, teniente. Gracias por recibirme. Me preguntaba si podría darme una foto del sospechoso llamado Hicks para mi artículo.

Minter asintió.

—No hay problema, es adulto. ¿Quiere alguna más?

—No, solo esa. No les gusta mucho sacar fotos de ficha policial, así que tendré suerte si puedo usar una.

—Tiene gracia que quiera una foto de Hicks.

—¿Por qué?

Buscó a su espalda en el escritorio y sacó una carpeta. La abrió y me entregó una foto de 20 x 25. Era una imagen de vigilancia con códigos policiales en la parte inferior derecha. En ella aparecía yo dándole a Darnell Hicks los cincuenta dólares que me había cobrado como impuesto callejero el día anterior. Inmediatamente me fijé en que la foto tenía mucho grano y supe que la habían sacado desde cierta distancia y en un ángulo bajo. Al recordar el aparcamiento donde se había producido el pago, supe que estaba en el corazón de Rodia, y la única manera de sacar una foto así era desde dentro de uno de los edificios de apartamentos que lo rodeaban. Entonces entendí a qué se refería Grossman con apoyo y cooperación de la comunidad. Al menos un residente de Rodia les había permitido usar el apartamento como puesto de vigilancia.

Sostuve la foto.

—¿Me la da para mi álbum de cromos?

—No, pero espero que me hable de ello. Si tiene un problema, Jack, puedo ayudarle.

Su sonrisa era falsa. Y yo era lo bastante listo para saber lo que estaba pasando: trataba de presionarme. Una foto como esa fuera de contexto ciertamente enviaba un mensaje equivocado si se filtraba a un jefe o a un competidor. Pero sonreí otra vez.

—¿Qué quiere, teniente?

—No queremos crear controversia donde no hay necesidad, Jack. Como con esta foto: podría tener muchos significados. ¿Por qué meternos en eso?

El mensaje estaba claro: no sigas con el asunto de la reacción de la comunidad. Minter y el equipo de mando que tenía por encima sabían que el *Times* marcaba la pauta de lo que era noticia en la ciudad. Los canales de televisión y todos los demás seguían su estela. Si podía controlarse o al menos contenerse, entonces el resto de los medios locales seguirían la línea.

—Supongo que no recibió la nota —dije—. Me voy. Me despidieron el viernes, teniente, o sea que no puede hacerme nada. Solo me quedan dos semanas. Así que si quiere enviar esa foto a alguien del periódico, se la mandaría a Dorothy Fowler, la redactora jefe de Local. Pero eso no conseguirá cambiar con quién hablo de este artículo o qué escribo. Además, ¿los tipos de Narcóticos saben que está enseñando así sus fotos de vigilancia? Eso es peligroso, teniente. —Sostuve la foto para que la mirase—. Más que decir algo sobre mí, lo que dice esta imagen es que su equipo de Narcóticos tenía un punto de vigilancia dentro del apartamento de alguien en Rodia. Si eso se sabe, esos Crips probablemente empezarán una caza de brujas. ¿Recuerda lo que ocurrió hace un par de años en la calle Blythe?

A Minter se le heló la sonrisa en el rostro al tiempo que yo veía que sus ojos repasaban el recuerdo. Tres años antes, la policía había llevado a cabo una operación de vigilancia similar en un mercado de drogas de la calle Blythe, en Van Nuys, controlado por una banda de latinos. Cuando las fotos de vigilancia de los camellos fueron entregadas a los abogados que defendían a los detenidos, la banda enseguida adivinó desde qué apartamento se habían hecho. Una noche tiraron una bomba incendiaria en el apartamento y una mujer de sesenta años murió quemada en su cama. El departamento de policía no obtuvo una atención muy positiva por parte de la prensa y pensé que Minter estaba reviviendo el fiasco.

—Tengo que ir a escribir —dije—. Pasaré por Relaciones con los Medios y recogeré la foto al salir. Gracias, teniente.

—Vale, Jack —dijo por rutina, como si el contexto de nuestra conversación no hubiera existido—. Espero volver a verle antes de que se vaya.

Volví a entrar en la sala de prensa. Algunos de los cámaras todavía estaban allí, guardando su equipo. Busqué a Angela Cook, pero no me había esperado.

*D*espués de recoger la foto de Darnell Hicks, volví caminando al edificio del *Times* y subí a la redacción de la tercera planta. No me molesté en presentarme, porque ya había mandado a mi redactor la previsión para el artículo de la redada antidroga. Planeaba hacer algunas llamadas para darle más cuerpo antes de volver a Prendo y tratar de convencerle de que la noticia merecía salir en la página de inicio de la web y en la edición impresa.

La transcripción de 928 páginas de la confesión de Winslow, así como los otros documentos que había enviado a la central de copias me estaban esperando en mi escritorio. Me senté y tuve que resistirme a la tentación de zambullirme directamente en la confesión. Pero dejé de lado la pila de quince centímetros y encendí el ordenador. Abrí mi libreta de direcciones en la pantalla y busqué el número del reverendo William Treacher, el jefe de una asociación de pastores de South L.A. Siempre estaba dispuesto a dar una opinión contraria a la del departamento de policía.

Acababa de coger el teléfono para llamar al reverendo Treacher cuando sentí una presencia a mi lado y levanté la cabeza para encontrarme con Alan Prendergast.

—¿Has recibido mi mensaje? —preguntó.

—No, acabo de llegar y quería llamar al reverendo Treacher antes que nadie. ¿Qué pasa?

—Quería hablar de tu artículo.

—¿No has recibido el texto de previsión que mandé? Déjame hacer esta llamada rápida y puede que tenga algo más que añadir.

—No me refiero al artículo de hoy, Jack; ya se ocupa Cook. Quiero que me hables de tu artículo a largo plazo. Tenemos la reunión de futuros dentro de diez minutos.

—Espera un momento. ¿Qué quiere decir que Cook se ocupa?

—Que lo está escribiendo. Volvió de la conferencia de prensa y dijo que los dos lo estabais trabajando juntos. Ya ha llamado a Treacher. Tiene buen material.

Me contuve de decirle que se suponía que Cook y yo no íbamos a trabajar juntos en ello. Era mi artículo, y se lo había dicho.

—Bueno, ¿qué tienes, Jack? ¿Está relacionado con lo de hoy?

—Sí, más o menos.

Todavía estaba anonadado por la actitud de Cook. La competición dentro del periódico era moneda común. Simplemente no creí que ella fuera tan audaz como para mentir para conseguir un artículo.

—Jack, no tengo mucho tiempo.

—Eh, sí. Sí, es sobre el asesinato de Denise Babbit, pero desde el punto de vista del asesino. Va de cómo Alonzo Winslow, de dieciséis años, fue acusado de asesinato.

Prendo asintió.

—¿Tienes línea?

Con línea se refería a si tenía línea directa, acceso directo al caso. No le interesaría un artículo que usara la expresión «según la policía» como atribución permanente. No esperaba ver la palabra «presuntamente» en el artículo si le daba un buen lugar en la maquetación de futuros. Quería la anatomía del crimen, una historia que fuera más allá de la noticia básica que todo el mundo ya conocía y que agitara el mundo del lector con adustas realidades. Quería contenido y profundidad, los rasgos característicos de cualquier artículo del *Times*.

—Tengo línea directa. Tengo a la abuela del chico y al abogado, y probablemente veré al chico mañana.

Señalé la pila de documentos recién añadida a mi escritorio.

—Y este es el premio gordo: una confesión de novecientas páginas. No debería tenerla, pero la tengo. Y nadie más la conseguirá.

Prendo hizo un ademán de aprobación y me di cuenta de que estaba pensando, tratando de encontrar una forma de vender el artículo en la reunión o de mejorarlo. Salió del cubículo, cogió una silla cercana y la acercó.

—Tengo una idea, Jack —dijo al sentarse e inclinarse hacia mí.

Estaba usando mi nombre demasiado y al inclinarse en exceso hacia mi espacio personal me hacía sentir incómodo. Parecía completamente falso, porque nunca lo había hecho antes. No me gustaba el rumbo que estaban tomando las cosas.

—¿Qué pasa, Alan?

—¿Y si no tratara solo de cómo un chico se convierte en un asesino? ¿Y si tratara de cómo una chica se convierte en víctima?

Pensé en ello un momento y asentí lentamente. Y ese fue mi error, porque cuando empiezas diciendo que sí cuesta mucho pisar el freno para decir no.

—Me ocupará más tiempo si he de dividir el foco del artículo así.

—No, porque no tendrás que dividir el foco. Tú te quedas con el chico y nos das un artículo alucinante. Ponemos a Cook con la víctima y ella cubre ese ángulo. Luego tú tejes las dos hebras y tenemos un artículo de columna uno.

La columna uno en la primera página del periódico se reservaba cada día al artículo diferencial. El artículo mejor escrito, el que causaba más impacto, el proyecto a largo plazo. Si la historia era lo bastante buena, salía en portada, en la mitad superior y en columna uno. Me pregunté si Prendergast sabía que me estaba tentando. En siete años en el *Times* nunca había conseguido un artículo en columna uno. En más de dos mil días en el trabajo, nunca había logrado el mejor artículo del día. Me estaba dando la oportunidad de irme con una columna uno como una enorme zanahoria gigante.

—¿Te ha dado la idea ella?

—¿Quién?

—¿Quién va a ser? Cook.

—No, tío, se me acaba de ocurrir. ¿Qué te parece?

—Me pregunto quién se va a ocupar de los sucesos policiales mientras los dos estemos llevando esto.

—Bueno, os podéis ir turnando, como habéis hecho. Y es posible que consiga ayuda de cuando en cuando del grupo de asignación general. Aunque solo estuvieras tú en esto, no os puedo liberar por completo.

Cuando ponían a trabajar en sucesos policiales a periodistas de asignación general, los artículos resultantes solían ser superficiales y previsibles. No era la forma de cubrir el puesto, pero ¿qué me importaba a mí ya? Me quedaban once días, y punto final.

No creí a Prendergast ni por un momento y no me engañó su insinuación de la columna uno. Pero era lo bastante listo para darme cuenta de que su sugerencia —tanto si era suya como si era de Angela Cook— propiciaría un artículo mejor. Y yo tendría más opciones de lograr lo que quería.

—Podríamos llamarlo la colisión —dije—: el punto en que los dos (asesino y víctima) se juntan y cómo llegan allí.

—¡Perfecto! —exclamó Prendergast.

Se levantó, sonriendo.

—Lo sacaré en la reunión, pero ¿por qué no os reunís Cook y tú y me dais algo para la previsión al final del día? Les diré que entregarás el artículo al final de la semana.

Pensé en ello. No era mucho tiempo, pero podía hacerse y sabía que conseguiría más días si los necesitaba.

—De acuerdo —dije.

—Bien —dijo Prendo—. He de irme.

Se dirigió a su reunión. En un mensaje de correo cuidadosamente redactado invité a Angela a reunirse conmigo en la cafetería. No dejé entrever ningún indicio de que estuviera cabreado o de que desconfiara de ella. Angela respondió al momento, diciendo que se reuniría conmigo allí dentro de quince minutos.

Como estaba liberado del artículo del día y tenía quince minutos que llenar, saqué la pila al centro del escritorio y empecé a leer la confesión de Alonzo Winslow.

El interrogatorio lo llevaron a cabo los detectives Gilbert Walker y William Grady, del Departamento de Policía de Santa Mónica, y empezó a las once de la mañana del domingo 26 de abril, unas tres horas después de que Winslow hubiera sido detenido. La transcripción estaba en formato de preguntas y respuestas con muy pocas explicaciones añadidas. Era fácil y rápida de leer: preguntas y respuestas casi todas cortas al principio. Un toma y daca de ping pong.

Empezaron leyéndole sus derechos a Winslow y consiguiendo que el joven de dieciséis años reconociera que los comprendía. Luego pasaron a una serie de preguntas empleadas al principio de los interrogatorios con menores, concebidas para determinar si el sospechoso era capaz de distinguir el bien del mal. Una vez establecido eso, Winslow se convirtió en pieza de caza.

Por su parte, Winslow cayó víctima de su ego y del error más antiguo del hombre: pensó que podía ser más listo que ellos. Pensó que podría salir de allí con sus respuestas y quizá conseguir cierta información interna sobre su investigación. Así que enseguida accedió a hablar —¿qué chico inocente no lo haría?— y los detectives jugaron con él como con una marioneta. El objetivo era registrar cualquier explicación poco verosímil o cualquier mentira.

Pasé como una exhalación por las primeras doscientas páginas, saltando hoja tras hoja en las que Winslow negaba una y otra vez saber nada relacionado con el asesinato de Denise Babbit. Luego, los detectives poco a poco llevaron la conversación hacia el paradero de Winslow la noche en cuestión, obviamente tratando de que quedara constancia de hechos o de mentiras, porque de cualquier manera resultaría útil para el caso: un hecho era una boya que podía ayudarles a navegar a través de la entrevista; una mentira podía ser usada como una porra contra Winslow una vez que se revelara.

Winslow les contó que estaba durmiendo en casa y que «Ma» —Wanda Sessums— podía dar fe. Negó repetidamente conocer a Denise Babbit, reiterando una y otra vez que no la conocía ni sabía nada sobre su rapto y asesinato. Se mantuvo firme hasta que, en la página 305, los detectives empezaron a mentirle y a tenderle trampas.

WALKER: Esto no va a funcionar, Alonzo. Has de darnos algo. No puedes quedarte ahí y decir «no, no, no, yo no sé nada», y esperar salir de aquí. Sabemos que sabes algo. De verdad lo sabemos, hijo.

WINSLOW: ¿Qué coño vais a saber? Nunca he visto a esa chica de la que estáis hablando.

WALKER: ¿De verdad? Entonces, ¿cómo es que tenemos una cinta donde sales tú grabado dejando su coche en el aparcamiento de al lado de la playa?

WINSLOW: ¿Qué cinta tenéis?

WALKER: La del aparcamiento. Se te ve dejando ese coche y nadie más se acerca a él hasta que encuentran el cadáver. Eso te lo carga todo a ti, tío.

WINSLOW: No, no soy yo. Yo no hice eso.

Por lo que sabía de los documentos de hallazgos que me había dado el abogado defensor, no había un vídeo de cómo dejaron el Mazda de la víctima en el aparcamiento. Pero también sabía que el Tribunal Supremo de Estados Unidos había confirmado la legalidad de que la policía mintiera a un sospechoso si la mentira podía ser vista razonablemente como tal por una persona inocente. Al hacer girar todo sobre la única prueba con la que contaban —la huella dactilar de Winslow en el espejo retrovisor— estaban dentro de los límites de esta directiva e iban conduciendo a Winslow por el camino que ellos querían tomar.

Una vez escribí un artículo sobre un interrogatorio en el que los detectives mostraron a un sospechoso una bolsa de pruebas que contenía la pistola usada en el homicidio. No era el arma homicida real, sino un duplicado exacto. Al verla, el sospechoso confesó el crimen porque supuso que la policía había encontrado todas las pruebas. Habían pillado a un asesino, pero yo no me sentía demasiado bien con ello. No me parecía bien ni justo que a los representantes de nuestro Gobierno se les permitiera emplear mentiras y trucos (igual que los delincuentes) con plena aprobación del Tribunal Supremo.

Seguí leyendo un centenar de páginas más hasta que sonó mi móvil. Miré la pantalla y me di cuenta de que se me había pasado mi reunión del café con Angela.

—¿Angela? Lo siento. Me he liado. Bajo ahora mismo.

—Date prisa, por favor. He de terminar el artículo de hoy.

Bajé a toda prisa por la escalera hasta la cafetería de la planta baja y me reuní con ella en una mesa sin coger ningún café. Llegaba veinte minutos tarde y vi que su taza estaba vacía. Al lado de la taza había una pila de papeles impresos boca abajo.

—¿Quieres otro cortado?

—No, gracias.

—Vale.

Miré alrededor. Era media tarde y la cafetería estaba casi vacía.

—Jack, ¿qué pasa? He de volver a subir.

La miré a los ojos.

—Solo quería decirte a la cara que no me ha gustado que te hayas quedado con el artículo de hoy. Técnicamente el puesto todavía es mío, y te he explicado que lo quería porque forma parte de otro mayor en el que estoy trabajando.

—Lo siento. Me he entusiasmado cuando has hecho todas las preguntas correctas en la conferencia de prensa y al volver a la sala de redacción he exagerado un poco las cosas. He dicho que estábamos trabajándolo juntos y Prendo me ha pedido que empezara a escribirlo.

—¿Fue entonces cuando le has propuesto a Prendo que trabajáramos juntos también en mi otro artículo?

—No lo he hecho. No sé de qué estás hablando.

—Cuando he vuelto, me ha dicho que estábamos juntos en esto. Yo me ocupo del asesino y tú de la víctima. También me ha dicho que fue idea tuya.

Se puso colorada y negó con la cabeza, avergonzada. Había desenmascarado a dos mentirosos. Lo de Angela podía soportarlo, porque había algo honrado en su mentira: iba con audacia hacia lo que quería. La mentira de Prendo era la que dolía. Habíamos trabajado juntos mucho tiempo y nunca lo había visto como un mentiroso o un manipulador. Supuse que simplemente estaba eligiendo su bando. Yo me largaba y Angela se quedaba. No hacía falta ser un genio para ver que la estaba eligiendo a ella y no a mí. El futuro estaba con Angela.

—No puedo creer que me haya delatado.

—Bueno, supongo que hay que tener cuidado con la gente en la que confías en una redacción —dije—, aunque sea tu propio redactor.

—Supongo.

Angela cogió su taza y miró si quedaba algo, aunque sabía que no había nada. Cualquier cosa para evitar mirarme.

—Mira, Angela, no me gusta cómo has hecho esto, pero

admiro la forma en que persigues lo que quieres. Los mejores periodistas que he conocido son así. Y he de decir que tu idea de hacer el doble perfil de asesino y víctima es la mejor manera de actuar.

Ahora me miró. Se le iluminó la cara.

—Jack, estoy deseando trabajar contigo.

—Lo que quiero dejar claro ahora mismo es que esto empieza conmigo y termina conmigo. Cuando el trabajo de investigación esté hecho, seré yo quien lo escriba. ¿De acuerdo?

—Oh, sí, por supuesto. Cuando me has dicho en qué estabas trabajando he tenido muchas ganas de formar parte de ello. Por eso se me ocurrió el ángulo de la víctima. Pero es tu artículo, Jack: tú lo escribes y tu nombre va primero en la firma.

La estudié con atención en busca de cualquier signo de que estuviera fingiendo, pero me había mirado a los ojos con sinceridad al hablar.

—Vale. Bueno, era todo lo que tenía que decir.

—Bien.

—¿Necesitas ayuda con el artículo de hoy?

—No, creo que estoy lista. Y estoy consiguiendo cosas buenas de la comunidad gracias a la pregunta que has hecho en la conferencia de prensa. El reverendo Treacher lo ha llamado un síntoma más del racismo en el departamento. Crean un operativo en cuanto matan a una mujer blanca que se droga y se gana la vida quitándose la ropa, pero no hacen nada cuando los pandilleros matan a uno de los ochocientos vecinos inocentes de ese barrio.

Sonaba como una buena cita, pero venía de una voz no adecuada. La realidad era que Treacher era una comadreja oportunista. Nunca me había tragado que defendiera a la comunidad. Pensaba que por lo general solo se defendía a sí mismo, yendo a la tele y a los periódicos para mayor gloria de su celebridad y por los beneficios que eso le reportaba. Una vez le sugerí a un redactor que investigáramos a Treacher, pero me lo impidió de inmediato. Me dijo: «No, Jack, lo necesitamos».

Y era verdad. El periódico necesitaba a gente como Treacher, que manifestara el punto de vista contrario y ofreciera el comentario incendiario para mantener el fuego ardiendo.

—Suena bien —le dije a Angela—. Te dejo para que vuelvas a ponerte con eso; yo subiré y escribiré la previsión para el otro artículo.

—Toma —dijo.

Deslizó una pequeña pila de papeles por la mesa hacia mí.

—¿Qué es esto?

—Nada, en realidad, pero puede ahorrarte algo de tiempo. Anoche, antes de irme a casa, estuve pensando en el artículo del que me habías hablado. Casi te llamé para charlar más de ello y proponerte trabajar juntos. Pero me corté y entré en Google. Busqué las palabras «asesinato» y «maletero» y encontré que hay una larga historia de gente que termina en los maleteros de los coches. Un montón de mujeres, Jack. Y un montón de mafiosos también.

Di la vuelta a las hojas y miré la página de arriba. Era un artículo del *Las Vegas Review Journal* de casi un año antes. Supe por el primer párrafo que era sobre la condena de un hombre acusado de asesinar a su exmujer, meter el cadáver en el maletero de su coche y luego aparcarlo en su propio garaje.

—Es una historia que sonaba un poco como la tuya —explicó Angela—. Hay algunos casos históricos, por ejemplo uno local de los años noventa, un tipo del cine al que encontraron en el maletero de su Rolls Royce, aparcado en la colina de encima del Hollywood Bowl. E incluso he encontrado una web que se llama asesinodelmaletero.com, pero todavía está en construcción.

Asentí, vacilante.

—Ah, gracias. No estoy seguro de dónde encajará, pero supongo que es bueno ser concienzudo.

—Sí, eso es lo que pensé.

Apartó la silla y se llevó su taza vacía.

—Vale, pues. Te enviaré por mail una copia del artículo de hoy en cuanto lo tenga listo para mandarlo.

—No tienes por qué. Ahora es tu artículo.

—No, tu nombre también va a salir. Tú hiciste las preguntas que le dieron C y P.

Contenido y profundidad, lo que querían los redactores, sobre lo que se cimentaba la reputación del *Times*, lo que te grababan en la cabeza desde el primer día que pisabas el Ataúd de Terciopelo. «Dale a tus artículos contenido y profundidad. No te limites a contar lo que ocurre. Cuenta lo que significa y cómo encaja en la vida de la ciudad y del lector.»

—Bueno, gracias —dije—. Avísame y le daré una lectura rápida.

—¿Quieres que subamos juntos?

—Eh, no, voy a tomar un café y quizás echar un vistazo a este material que has conseguido.

—Como quieras.

Me dedicó una sonrisa de puchero como para decirme que me estaba perdiendo algo realmente bueno y luego se alejó. La vi tirando su taza de café en el cubo y salir de la cafetería. No estaba seguro de lo que estaba ocurriendo. No sabía si era su compañero o su mentor, si la estaba formando para que se hiciera cargo del puesto o ya se había hecho cargo. Mi instinto me decía que, aunque solo me quedaban once días en el trabajo, tendría que cubrirme las espaldas con ella durante todos y cada uno de ellos.

*D*espués de escribir el texto para la previsión que envié por correo electrónico a Prendergast y de dar el visto bueno al artículo de Angela para la edición impresa, encontré un cubículo desocupado en un rincón de la sala de redacción donde podría concentrarme en la transcripción del caso Alonzo Winslow sin que me molestaran las llamadas telefónicas, los mails ni otros periodistas. Estaba plenamente concentrado en la transcripción y mientras leía iba marcando con post-it amarillo las páginas que contenían citas significativas.

La lectura era rápida salvo en lugares donde había algo más que el toma y daca. En un momento dado, los detectives engañaron a Winslow para que reconociera algo que le perjudicara y tuve que leer el pasaje dos veces para comprender lo que habían hecho. Al parecer, Grady sacó una cinta métrica. Le explicó a Winslow que querían medir la línea que iba desde la punta del pulgar a la punta del índice de cada mano.

Winslow cooperó y entonces los detectives anunciaron que las medidas coincidían en un margen de medio centímetro con las marcas de estrangulación en el cuello de Denise Babbit. Winslow respondió con una vigorosa negativa de implicación en el homicidio y entonces cometió un gran error.

WINSLOW: Además, a la zorra no la estrangularon con las manos. Un hijoputa le ató una bolsa de plástico en la cabeza.
WALKER: ¿Y cómo lo sabes, Alonzo?

Casi pude ver a Walker sonriendo al decirlo. Winslow había dado un traspié enorme.

WINSLOW: No lo sé, tío. Lo habrán dicho por la tele o algo. Lo oí en alguna parte.

WALKER: No, hijo, no lo has oído porque no ha salido de aquí. La única persona que lo sabía es la persona que la mató. Y tú vas a hablarnos de ello ahora que todavía podemos ayudarte, ¿o quieres hacerte el tonto y caer con todo el equipo?

WINSLOW: Os estoy diciendo que yo no la maté así, joder.

GRADY: Entonces dinos qué le hiciste.

WINSLOW: Nada, tío. Nada.

El daño ya estaba hecho y el descenso por la pendiente había empezado. No hace falta ser un interrogador en Abu Graib para saber que el tiempo nunca ayuda al sospechoso. Walker y Grady tenían paciencia, y a medida que pasaban los minutos y las horas, la voluntad de Alonzo Winslow finalmente empezó a flaquear. Era demasiado enfrentarse solo a dos policías veteranos que conocían detalles del caso que él ignoraba. A partir de la página 830 del manuscrito el sospechoso se empezó a quebrar.

WINSLOW: Quiero ir a casa. Quiero ver a Ma. Por favor, dejadme hablar con ella y mañana volveré a hablar con vosotros.

WALKER: Eso no va a pasar, Alonzo. No podemos soltarte hasta que conozcamos la verdad. Si quieres empezar a contárnosla, entonces podemos hablar de llevarte a casa con Ma.

WINSLOW: Yo no lo hice. No conocía a esa zorra.

GRADY: Entonces, ¿cómo es que tus huellas estaban en todo el coche? ¿Y por qué sabías cómo la estrangularon?

WINSLOW: No lo sé. No puede ser verdad lo de las huellas, me estáis mintiendo, cabrones.

WALKER: Crees que te estamos mintiendo porque limpiaste bien ese coche, pero olvidaste algo, Alonzo: ¡el retrovisor! ¿Recuerdas que lo giraste para asegurarte de que nadie te seguía? Sí, eso fue. Ese fue el error que te va a poner en una celda durante el resto de tu vida a menos que reconozcas las cosas y seas un hombre y nos cuentes lo que pasó.

GRADY: Podemos entenderlo… Una chica guapa como esa. Quizá te habló mal o quizá quería cambiar conejo por caballo; sabemos cómo funciona. Pero pasó algo y acabó muerta. Si puedes contárnoslo, podremos trabajar contigo, quizás incluso llevarte a ver a Ma.

WINSLOW: No, tíos, no os enteráis.

WALKER: Alonzo, estoy cansado de tus mentiras. Yo también quiero irme a casa. Llevamos demasiado tiempo en esto, tratando de ayudarte. Quiero ir a casa a cenar. Así que, o lo solucionamos ahora, o te vas a una celda. Llamaré a tu Ma y le diré que no vas a volver nunca.

WINSLOW: ¿Por qué queréis hacerme esto? Yo no soy nadie, tíos. ¿Por qué queréis cargarme esta mierda?

GRADY: Te la cargaste tú solo, chico, cuando la estrangulaste.

WINSLOW: No lo hice.

WALKER: Como quieras. Puedes contarle eso a Ma a través del cristal cuando te venga a visitar. Levántate. Te vas a una celda y yo me vuelvo a casa.

GRADY: ¡Te ha dicho que te levantes!

WINSLOW: Está bien, está bien. Os lo contaré. Os contaré lo que sé y luego me soltáis.

GRADY: Nos contarás lo que pasó de verdad.

WALKER: Y luego hablamos de ello. Tienes diez segundos o se acabó.

WINSLOW: Vale, vale, os lo cuento. Estaba paseando a *Fuckface*, vi el coche al lado de las torres y cuando miré dentro vi las llaves y su bolso allí.

WALKER: Espera un momento. ¿Quién es *Fuckface*?

WINSLOW: Mi perro.

WALKER: ¿Tienes un perro? ¿Qué clase de perro?

WINSLOW: Uno para protección. Tipo pitbull.

WALKER: ¿Es un perro de pelo corto?

WINSLOW: Sí, corto.

WALKER: De pelaje corto. No tiene el pelo largo.

WINSLOW: No, tiene el pelo corto.

WALKER: Vale. ¿Dónde estaba la chica?

WINSLOW: En ninguna parte, tío. Ya os he dicho que nunca la vi, cuando estaba viva quiero decir.

WALKER: Ajá, así que esta es una historia de un chico y su perro. ¿Qué pasó después?

Winslow: Después me metí dentro y arranqué.

WALKER: ¿Con el perro?

WINSLOW: Sí, con mi perro.

WALKER: ¿Adónde fuiste?

WINSLOW: Solo a dar un rulo. A tomar el aire.

WALKER: Muy bien, ya está. Estoy harto de tus mentiras. Es hora de irnos.

WINSLOW: Espera, espera. Fui a los contenedores, ¿vale? En Rodia. Quería ver qué había en el coche, ¿vale, tío? Así que aparqué y miré en el bolso y había como doscientos cincuenta dólares; miré en la guantera y luego abrí el maletero, y allí estaba: desnuda como el día del juicio, y ya estaba muerta, tío. Estaba desnuda pero no la toqué. Eso es todo.

GRADY: Entonces nos estás diciendo, y esperas que lo creamos, que robaste el coche y ya estaba la chica muerta en el maletero.

WINSLOW: Eso es, tío. No me vais a cargar nada más. Cuando la vi allí, vi que la había cagado. Cerré el maletero antes de lo que tardas en decir hijoputa. Me llevé el coche lejos de allí y pensé en volver a dejarlo donde lo había encontrado, pero luego pensé que eso metería presión a mis chicos, así que lo llevé hasta la playa. Pensé que como era una chica blanca, mejor llevarla a un barrio blanco. Eso es lo que hice, nada más.

WALKER: ¿Cuándo limpiaste el coche?

WINSLOW: Allí mismo, tío. Como has dicho, se me pasó el espejo. Puta mierda.

WALKER: ¿Quién te ayudó a dejar el coche?

WINSLOW: Nadie me ayudó. Iba solo.

WALKER: ¿Quién limpió el coche?

WINSLOW: Yo.

WALKER: ¿Dónde y cuándo?

WINSLOW: En el aparcamiento, cuando llegué allí.

GRADY: ¿Cómo volviste al barrio?

WINSLOW: Caminando casi todo el rato. Caminé toda la puta noche hasta Oakwood y allí cogí un bus.

WALKER: ¿El perro todavía iba contigo?

WINSLOW: No, tío, se lo dejé a mi novia. Se queda allí porque a Ma no le gusta tener un perro en la casa por la ropa de la gente y tal.

WALKER: Entonces, ¿quién mató a la chica?

WINSLOW: ¿Y yo qué sé? Estaba muerta cuando la encontré.

WALKER: Tú solo robaste el coche y te llevaste el dinero.

WINSLOW: Eso es, tío. Es lo único que tenéis. Eso lo reconozco.

WALKER: Bueno, Alonzo, eso no se ajusta a las pruebas que tenemos. Tenemos tu ADN en ella.

WINSLOW: No, ¡eso es mentira!

WALKER: Sí, lo tenemos. La mataste, chaval, y vas a pagar por ello.

WINSLOW: ¡No! ¡Yo no maté a nadie!

Y así continuó durante otras cien páginas, con los detectives lanzando mentiras y acusaciones a Winslow y este negándolas. Pero al leer esas últimas páginas, enseguida me di cuenta de algo que destacaba como un titular de cuerpo setenta y dos. Alonzo Winslow nunca dijo que lo hizo; no admitió haber estrangulado a Denise Babbit. Si acaso lo negó docenas de veces. La única confesión de la llamada confesión era el reconocimiento de que había cogido el dinero de la víctima y luego abandonado su coche con el cadáver dentro. Pero había un buen trecho entre eso y confesar el crimen.

Me levanté y volví rápidamente a mi cubículo. Rebusqué en la pila de papeles de mi bandeja el comunicado de prensa que había distribuido el Departamento de Policía de Santa Mónica después de que detuvieran a Winslow por el asesinato. Por fin lo encontré y me senté a releer los cuatro párrafos. Sabiendo lo que ahora sabía de la transcripción, me di cuenta de cómo la policía había manipulado a los medios con algo que en realidad no era cierto.

La Policía de Santa Mónica anunció hoy que se ha detenido a un joven de 16 años miembro de una banda del sur de Los Ángeles por la muerte de Denise Babbit. El joven, cuyo nombre no se hace público debido a su edad, se encuentra en un centro de menores de Sylmar.

Portavoces de la policía anunciaron que la identificación de huellas dactilares encontradas en el coche de la víctima después de que su cadáver fuera puesto en el maletero el sábado por la mañana condujo a los detectives al sospechoso. Este fue detenido el domingo en el barrio de Rodia Gardens, en Watts, donde se cree que se produjo el secuestro y asesinato.

El sospechoso se enfrenta a cargos por homicidio, secuestro, violación y robo. En su confesión a los investigadores, el sospechoso dijo que trasladó el coche con el cadáver en el maletero a un aparcamiento de playa en Santa Mónica para alejar las sospechas de que Babbit había sido asesinada en Watts.

El Departamento de Policía de Santa Mónica desea dar las gracias al Departamento de Policía de Los Ángeles por la detención del sospechoso.

El comunicado de prensa no era impreciso. No obstante, ahora lo veía cínico y me di cuenta de que estaba cuidadosamente redactado para expresar algo que no era cierto, para dar a entender que existía una confesión plena del asesinato cuando en realidad no había nada que se le pareciera. El abogado de Winslow tenía razón: la confesión no se sostenía y había una posibilidad sólida de que su cliente fuera inocente.

Puede que en el campo del periodismo de investigación derrocar a un presidente sea como hallar el Santo Grial pero, cuando se trata del más humilde periodismo de sucesos, demostrar la inocencia de un condenado es lo que más se le parece. No importa cómo trató de explicarlo Sonny Lester el día que fuimos a Rodia Gardens: sacar a un hombre inocente lo supera todo. Alonzo Winslow todavía no había sido declarado culpable, pero en los medios ya lo habían condenado.

Yo había formado parte del linchamiento y en ese momento vi que tenía una oportunidad de cambiar todo eso y hacer lo correcto. Quizá podría rescatarlo.

Pensé en algo y busqué lo que había impreso Angela después de su pesquisa de casos de asesinato con cadáveres en el maletero y recordé que lo había tirado. Me levanté, salí rápidamente de la redacción y volví a bajar por la escalera a la cafetería. Fui derecho al contenedor de basura que había usado después de echar un vistazo a los papeles que Angela me había entregado como oferta de paz. Los había examinado y descartado, pensando en ese momento que no había forma de que artículos sobre otras víctimas que habían terminado en un maletero guardaran relación alguna con un artículo sobre la colisión de un asesino confeso de dieciséis años y su víctima.

Ahora ya no estaba tan seguro. Recordaba detalles de las

noticias de Las Vegas que ya no parecían tan distantes a la luz de mis conclusiones tras la supuesta confesión de Alonzo.

El contenedor era un gran cubo de uso industrial. Levanté la tapa y vi que estaba de suerte. Las hojas impresas estaban encima de los residuos del día, así que me tranquilicé.

Caí en la cuenta de que podría haber entrado en Google y haber hecho la misma búsqueda que había efectuado Angela en lugar de hurgar en un cubo de basura, pero ya estaba metido hasta el fondo y sería más rápido. Saqué los papeles para ir a leerlos a una mesa.

—¡Eh!

Al volverme, vi a una mujer voluminosa con el pelo recogido en una redecilla que me miraba con los brazos en jarras.

—¿Va a dejar eso así?

Miré a mi espalda y vi que había dejado la tapa del cubo en el suelo.

—Lo siento.

Volví a poner la tapa en su lugar y concluí que sería mejor revisar los artículos en la redacción. Al menos los redactores no llevaban redecillas.

De nuevo en mi mesa, hojeé la pila. Angela había encontrado varias historias sobre cadáveres hallados en maleteros; la mayoría eran bastante antiguas y parecían irrelevantes. Sin embargo, una serie de artículos del *Las Vegas Review Journal* no lo eran. Había cinco y más o menos repetían la misma información: eran sobre la detención y juicio de un hombre acusado de matar a su exmujer y meter el cadáver en el maletero de su propio coche.

Curiosamente, los artículos estaban escritos por un periodista al que conocía. Rick Heikes había trabajado para el *Los Angeles Times* hasta que aceptó una de las primeras bajas incentivadas. Cobró el cheque del *Times* y enseguida encontró trabajo en el *Review Journal*, y seguía allí desde entonces. El *Times* era el perdedor, porque había dejado que otro buen profesional se fuera a otro periódico.

Examiné rápidamente los artículos hasta que encontré el que recordaba. Era una noticia sobre el testimonio del forense del condado de Clark en el juicio.

EL FORENSE CONCLUYE QUE LA EXMUJER DE BRIAN OGLEVY
FUE RAPTADA Y TORTURADA DURANTE HORAS

Por Rick Heikes
De la redacción del *Review Journal*

Los resultados de la autopsia mostraron que Sharon Oglevy fue estrangulada más de doce horas después de su rapto, según declaró el miércoles el forense del condado de Clark en el juicio por homicidio contra el exmarido de la víctima.

Gary Shaw testificó por la fiscalía y reveló nuevos detalles del secuestro, violación y asesinato. Declaró que durante la autopsia se determinó que la muerte se produjo entre 12 y 18 horas después de que un testigo viera que metían a la fuerza a Oglevy en una furgoneta en un garaje de detrás del Cleopatra Casino and Resort, donde la víctima trabajaba de bailarina en el show exótico *Femmes Fatales*.

«Estuvo al menos doce horas con su secuestrador y le hicieron cosas horribles antes de matarla», testificó Shaw a preguntas del fiscal.

Al día siguiente, el cadáver de Oglevy fue hallado en el maletero del coche de su exmarido por agentes de policía que habían ido a su casa de Summerland para preguntar si conocía el paradero de su exmujer. El exmarido permitió a la policía que registrara la casa y se halló el cadáver en el maletero del coche aparcado en el garaje. El matrimonio se había disuelto ocho meses antes en un disputado divorcio. Sharon Oglevy había solicitado una orden de alejamiento que prohibía que su exmarido, jugador de *blackjack*, se acercara a menos de treinta metros. En su solicitud, la víctima había dicho que él había amenazado con matarla y enterrarla en el desierto.

Brian Oglevy fue acusado de homicidio en primer grado, secuestro y violación con un objeto extraño. Los investigadores creen que había metido el cadáver de la víctima en el maletero con la intención de enterrarlo después en el desierto. El acusado, que ha negado que matara a su exmujer y asegura que le han tendido una trampa para que cargara con la culpa del homicidio, permanece en prisión preventiva sin fianza desde su detención.

Shaw proporcionó al jurado varios detalles horrendos y escabrosos sobre el homicidio. Declaró que Sharon Oglevy fue violada y sodomizada repetidamente con un objeto extraño que le dejó importantes heridas internas. Explicó que los niveles de histamina del cadáver eran inusualmente altos, lo cual indicaba que las heridas que habían provocado que el organismo segregara esa sustancia química se habían producido antes de la muerte por asfixia.

Shaw testificó que Oglevy había sido asfixiada con una bolsa de plástico que le habían atado al cuello. Dijo que las diferentes marcas de cuerdas en el cuello de la víctima y el alto nivel de hemorragia en torno a los ojos indicaban que la habían asfixiado lentamente y que probablemente había perdido y recuperado la consciencia varias veces.

Pese a que el testimonio de Shaw aclaró gran parte de la teoría del fiscal sobre cómo se produjo el asesinato, todavía quedan interrogantes. La policía metropolitana de Las Vegas no ha conseguido determinar el lugar donde Brian Oglevy presuntamente retuvo y luego asesinó a su exesposa. Los técnicos de la escena del crimen pasaron tres días examinando su casa después de la detención y determinaron que era poco probable que el asesinato se hubiera cometido allí. Tampoco existen pruebas que relacionen al acusado con una furgoneta en la que según los testigos fue secuestrada Sharon Oglevy.

El abogado de Brian Oglevy, William Schifino, protestó en varias ocasiones durante el testimonio del fiscal, pidiendo al juez que impidiera que Shaw expresara su punto de vista personal de los detalles en su testimonio. Schifino tuvo éxito en ocasiones, pero en su mayor parte el juez dejó que Shaw se expresara.

El juicio continúa hoy. Se espera que Schifino presente su defensa en algún momento de la semana que viene. Brian Oglevy ha negado haber matado a su exmujer desde que se produjo el crimen, pero no ha ofrecido ninguna teoría sobre quién la asesinó y le tendió a él una trampa.

Estudié los artículos del *Review Journal* que se escribieron antes y después del que acababa de leer, y nada me cautivó tanto como el informe de la autopsia. Las horas de desaparición, la bolsa de plástico y la asfixia lenta eran descripciones que coincidían con las del asesinato de Denise Babbit. Y, por supuesto, el maletero del coche era la coincidencia más grande de todas.

Me aparté del escritorio, pero me quedé sentado, pensando.

¿Podía haber una conexión o estaba sumido en una fantasía de periodista viendo a gente inocente acusada de crímenes que no habían cometido? ¿Angela, a su manera aplicada pero ingenua, había dado con algo que había pasado inadvertido a todas las fuerzas del orden?

No lo sabía… todavía. Pero había una forma de averiguarlo. Tenía que ir a Las Vegas.

Me levanté y me dirigí a la Balsa. Tenía que informar a Prendo y conseguir una autorización de viaje. Pero cuando llegué, su silla estaba vacía.

—¿Alguien ha visto a Prendo? —pregunté a los otros SL de la Balsa.

—Se ha ido a comer temprano —dijo uno—. Debería volver dentro de una hora.

Miré mi reloj. Eran las cuatro y necesitaba ponerme en marcha; primero tenía que pasar por casa a preparar una bolsa y luego dirigirme al aeropuerto. Si no podía coger un avión enseguida, iría en coche. Eché un vistazo al cubículo de Angela Cook y vi que también estaba vacío. Me acerqué a la centralita y miré a Lorene. Ella se apartó un auricular.

—¿Se ha marchado Angela Cook?

—Dijo que se iba a comer algo con su redactor, pero que volvería. ¿Quieres su número de móvil?

—No, gracias, lo tengo.

Me dirigí a mi escritorio con la sospecha y la rabia creciendo en mi interior a partes iguales. Mi SL y mi sustituta se habían ido juntos a compartir el pan y a mí no me habían informado ni invitado. Para mí solo significaba una cosa: estaban planeando su siguiente asalto a mi artículo.

No me preocupaba. Les llevaba un paso de ventaja, un paso de gigante, y planeaba continuar así. Mientras ellos urdían su trama, yo iría a por el caso. Y llegaría antes que ellos.

5
La Granja

*C*arver había estado ocupado todo el día, conectando y abriendo las pasarelas finales que permitirían un test de transmisión de datos desde Mercer & Gissal, en San Luis. El trabajo había consumido su tiempo y no había cumplido con sus citas programadas hasta última hora del día. Miró sus trampas y sintió una descarga en el pecho cuando pilló algo en una de sus jaulas. La pantalla lo mostró como una gran rata gris que corría en una rueda dentro de la jaula que ponía MALETERO.

Usando su ratón, Carver abrió la jaula y sacó la rata. Tenía los ojos de color rubí y los dientes brillaban con saliva azul hielo. El animal llevaba un collar con su placa plateada de identificación. Hizo clic en la placa y cogió la información de la rata. La fecha y hora de la visita correspondía a la noche anterior, justo después de la última vez que había mirado sus trampas. Había capturado una dirección de protocolo de Internet de diez dígitos. La visita a su página asesinodelmaletero.com había durado solo doce segundos. Pero era suficiente. Significaba que alguien había introducido las palabras «asesinato» y «maletero» en un buscador. Ahora trataría de descubrir quién y por qué.

Dos minutos más tarde, a Carver se le hizo un nudo en la garganta al identificar la IP —una dirección de ordenador básica— con un servicio proveedor de Internet. Tenía una noticia buena y una mala. La buena: no se trataba de un proveedor grande como Yahoo, que contaba con pasarelas de tráfico por todo el mundo y por tanto localizar una IP requería mucho tiempo. La mala noticia: era un pequeño proveedor con el dominio LATimes.com

Es *Los Angeles Times*, pensó, y sintió una opresión en el pecho. Un periodista de Los Ángeles había entrado en su página web asesinodelmaletero.com. Carver se recostó en su silla y pensó en cómo debía abordarlo. Tenía la dirección IP, pero no un nombre que la acompañara. Ni siquiera podía estar seguro de si era un periodista el que había hecho la visita. En los periódicos trabajaba un montón de gente que no era periodista.

Rodó en su silla hasta la siguiente estación de trabajo. Se conectó como McGinnis, porque había averiguado sus códigos hacía tiempo. Fue a la página web del *Los Angeles Times* y en la ventana de búsqueda del archivo en línea escribió «asesinato maletero».

Obtuvo una lista de tres artículos que contenían esas dos palabras en las últimas tres semanas, incluido uno publicado en la página web esa misma noche y que saldría en el periódico de la mañana siguiente. Cargó en pantalla el último de los artículos y lo leyó.

REDADA ANTIDROGA DE LA POLICÍA
CAUSA INDIGNACIÓN EN LA COMUNIDAD

por Angela Cook y Jack McEvoy
de la redacción del *Times*

Una redada antidroga en un complejo de viviendas de Watts ha suscitado la ira de los activistas locales, que se quejaron el martes de que el Departamento de Policía de Los Ángeles solo prestó atención a los problemas de un barrio habitado por una minoría cuando una mujer blanca fue presuntamente asesinada allí.

La policía anunció la detención de 16 residentes de Rodia Gardens por acusaciones relacionadas con las drogas, así como la incautación de una pequeña cantidad de narcóticos tras una investigación de una semana. Portavoces de la policía afirmaron que la operación de «vigilancia y barrido» fue en respuesta al asesinato de Denise Babbit, de 23 años, residente en Hollywood.

Un pandillero de 16 años residente en Rodia Gardens fue detenido por el asesinato. El cadáver de Babbit fue hallado hace dos semanas en el maletero de su propio coche en un aparcamiento de la playa de Santa Mónica. La investigación del crimen condujo a Rodia

Gardens, donde la policía de Santa Mónica cree que Babbit, bailarina exótica, fue a comprar drogas. Allí fue raptada, retenida durante varias horas y agredida sexualmente de manera repetida antes de ser estrangulada.

Varios activistas de la comunidad se preguntaron por qué los esfuerzos para contener la marea de venta de drogas y crimen relacionado en el barrio no tuvieron lugar antes del asesinato. No tardaron en señalar que la víctima en el maletero era blanca mientras que los miembros de la comunidad eran casi en su totalidad afroamericanos.

«Afrontémoslo —dijo el reverendo William Treacher, cabeza visible de un grupo llamado South Los Angeles Ministers, también conocido como SLAM—: esto es solo otra forma de racismo policial. Olvidan Rodia Gardens y permiten que se convierta en caldo de cultivo de drogas y bandas de delincuentes. Pero matan a esta mujer blanca que se droga y se gana la vida quitándose la ropa y, ¿qué pasa? Organizan un operativo. ¿Dónde estaba la policía antes de esto? ¿Por qué hace falta un crimen contra una persona blanca para atraer la atención hacia los problemas en la comunidad negra?»

Un portavoz de la policía negó que la raza tenga nada que ver con la operación antidroga y aseguró que se habían producido numerosas operaciones similares en Rodia Gardens antes.

«¿Quién se va a quejar de que quiten a los traficantes y pandilleros de las calles?», preguntó el capitán Art Grossman, que dirigió la operación.

Carver dejó de leer el artículo. No percibió ninguna amenaza. Aun así, no explicaba por qué alguien del *Times*, presumiblemente Cook o McEvoy, habían buscado las palabras «asesinato» y «maletero». Solo estaban siendo concienzudos, cubriendo todas las posibilidades. ¿O había algo más? Miró los dos artículos anteriores de los archivos que mencionaban asesinato y maletero y vio que los había escrito McEvoy. Se limitaban a las noticias sobre el caso Denise Babbit: el primero trataba del hallazgo del cadáver y el segundo, al día siguiente, de la detención del joven pandillero por el homicidio.

Carver no pudo evitar sonreír para sus adentros al leer que habían acusado al chico del asesinato. Pero su humor no le impidió mantener la precaución. Buscó a McEvoy en la hemeroteca y enseguida encontró cientos de artículos, todos ellos relacionados con el crimen en Los Ángeles. Era el periodista de sucesos policiales. Al pie de todos sus artículos estaba su dirección de correo electrónico: JackMcEvoy@LATimes.com.

Carver buscó luego el nombre de Angela Cook y encontró muchos menos artículos. Llevaba menos de seis meses escribiendo para el *Times* y solo en la última semana había firmado artículos de crímenes. Antes había escrito sobre distintos temas que iban desde una huelga de basureros a uno de esos concursos para ver quién es capaz de comer más. Parecía no tener asignación específica hasta esa semana, cuando había compartido firma con McEvoy.

—Le está enseñando el oficio —dijo Carver en voz alta.

Supuso que Cook era joven y McEvoy mayor. Eso la convertía a ella en un objetivo más fácil. Se arriesgó y entró en Facebook con una identidad falsa que había preparado hacía tiempo y, efectivamente, Angela Cook tenía página. El contenido no era para consumo público, pero su foto estaba allí. Era una belleza con el pelo rubio hasta los hombros, ojos verdes y un mohín en los labios. Ese mohín, pensó Carver. Él podría cambiarlo.

La foto era solo de la cara. Le decepcionó no poder verla de cuerpo entero. Sobre todo la longitud y forma de sus piernas.

Empezó a tararear. Eso siempre lo calmaba. Canciones que recordaba de los años sesenta y setenta, de cuando era niño; rock duro con el que una mujer podía bailar y exhibir su cuerpo.

Continuó buscando, descubriendo que Angela Cook había abandonado una página de MySpace unos años antes, pero no la había borrado. También encontró un perfil profesional en LinkedIn, y eso le condujo al filón de oro: un blog llamado www.CityofAngela.com en el cual mantenía un diario actualizado de su vida y trabajo en Los Ángeles.

En la última entrada del blog, Cook rebosaba entusiasmo: la habían asignado a los sucesos policiales y criminales y el veterano Jack McEvoy iba a formarla para el puesto.

A Carver siempre le fascinaba lo confiada e ingenua que era la gente joven. No creían que nadie pudiera conectar los puntos; pensaban que podían desnudar sus almas en Internet, colgar fotos e información a voluntad y no temían consecuencias. En el blog de Angela Cook encontró toda la información que necesitaba sobre ella. Su pueblo, su hermandad de la facultad, hasta el nombre de su perro. Sabía que su grupo favorito era Death Cab for Cutie y su comida favorita la pizza de un lugar llamado Mozza. Entre datos no significativos, averiguó la fecha de su cumpleaños y que solo tenía que caminar dos manzanas hasta su pizzería favorita. La estaba cercando y ella ni siquiera lo sabía. Pero cada vez se acercaba más.

Hizo una pausa cuando encontró una entrada del blog de nueve meses antes con el titular «Mi Top Ten de Asesinos en Serie». Debajo había una lista de diez asesinos cuyos nombres se habían hecho famosos por haber dejado un reguero de muertes en todo el país. El número uno de la lista era Ted Bundy, «porque yo soy de Florida y allí es donde terminó».

Carver torció el labio. Le gustaba esa chica.

Sonó la alerta de la puerta de seguridad y Carver inmediatamente se desconectó de Internet. Cambió de pantallas y vio a través de la cámara que estaba entrando McGinnis. Carver giró en la silla y estaba de frente a McGinnis cuando este abrió la puerta de acceso a la sala de control. Tenía su tarjeta llave en una cuerda extensible fijada a su cinturón, lo cual le daba un aspecto de zumbado.

—¿Qué estás haciendo aquí? —preguntó.

Carver se levantó y volvió a hacer rodar su silla hasta la estación de trabajo vacía.

—Estoy ejecutando un programa en mi oficina y quería comprobar una cosa de Mercer & Gissal.

A McGinnis no pareció importarle. Miró a través de la ventana principal a la sala de servidores, el corazón y el alma del negocio.

—¿Cómo va? —preguntó.

—Unos pocos problemas de router —informó Carver—. Pero lo arreglaremos y estaremos en marcha antes de la fecha prevista. Puede que tenga que ir otra vez allí, pero será un viaje rápido.

—Vale. ¿Dónde se ha metido todo el mundo? ¿Estás solo?

—Stone y Early están en la parte de atrás, construyendo una torre. Estoy vigilando las cosas aquí hasta que empiece el turno de noche.

McGinnis asintió de manera aprobatoria. Construir otra torre significaba más negocio.

—¿Ha pasado alguna otra cosa?

—Tenemos un incidente en la torre treinta y siete. He sacado los datos de allí hasta que pueda solucionarlo. Es temporal.

—¿Hemos perdido algo?

—No que yo sepa.

—¿De quién es?

—Pertenece a un centro privado en Stockton, California. No es de los grandes.

McGinnis asintió. No era de un cliente de quien tuviera que preocuparse.

—¿Qué hay de la intrusión de la semana pasada? —preguntó.

—Todo controlado. El objetivo era Guthrie, Jones. Están en un litigio de tabaco con una firma llamada Biggs, Barlow & Cowdry, en Raleigh-Durham. Alguien en Biggs pensó que Guthrie se estaba reservando información probatoria y trató de echar un vistazo por sí mismo.

—¿Y?

—El FBI ha abierto una investigación sobre porno infantil y el genio es el principal sospechoso. No creo que esté mucho tiempo más por aquí para molestarnos.

McGinnis asintió en señal de aprobación y sonrió.

—Ese es mi espantapájaros —dijo—. Eres el mejor.

Carver no necesitaba que se lo dijera McGinnis para saberlo. Pero era mayor que él y era el jefe. Y Carver estaba en deuda con él porque le había dado la oportunidad de crear su propio laboratorio y centro de datos. McGinnis lo había puesto en el mapa. No pasaba un mes sin que Carver fuera tentado por un competidor.

—Gracias.

McGinnis volvió hacia la puerta de seguridad.

—Luego iré al aeropuerto. Tenemos a una gente que viene de San Diego y harán la visita mañana.

—¿Adónde vas a llevarlos?

—¿Esta noche? Probablemente a una barbacoa en Rosie's.

—Lo normal. ¿Y luego al Highlighter?

—Si hace falta. ¿Quieres salir? Puedes impresionar a esa gente y así me echas una mano.

—La única cosa que los impresiona son las mujeres desnudas. No me interesa.

—Sí, bueno, es un trabajo duro pero alguien ha de hacerlo. En fin, te dejo a lo tuyo.

McGinnis salió del centro de control. Su oficina estaba arriba, en la parte delantera de la planta baja del edificio. Era un despacho privado y se quedaba allí la mayor parte del tiempo para recibir a potenciales clientes y probablemente para mantenerse a salvo de Carver. Sus conversaciones en el búnker siempre le resultaban un poco tensas. McGinnis daba la impresión de que sabía reducir al mínimo esos momentos.

El búnker pertenecía a Carver. La empresa estaba montada con McGinnis y el personal administrativo encima, en el lugar de entrada. El centro de *hosting* con todos los diseñadores y operadores estaba también en la superficie. Sin embargo, la granja con los servidores de alta seguridad se hallaba bajo la superficie, en el llamado búnker. Pocos empleados tenían acceso al subterráneo y a Carver le gustaba que así fuera.

Carver se sentó otra vez en la estación de trabajo y volvió a conectarse. Sacó de nuevo la foto de Angela Cook y la estudió unos minutos antes de entrar en Google. Era el momento de ponerse con Jack McEvoy y ver si había sido más listo que Angela Cook en protegerse.

Puso su nombre en el buscador y enseguida sintió una nueva excitación. Jack McEvoy no tenía blog ni perfil en Facebook ni en ningún otro sitio que Carver pudiera encontrar, pero su nombre aparecía numerosas veces en Google. Pensó que le sonaba el nombre y ahora supo la razón: una docena de años antes, McEvoy había escrito el libro de mayor autoridad sobre un asesino llamado «el Poeta», y Carver había leído ese libro, repetidamente. Para ser exactos, McEvoy había hecho algo más que simplemente escribir un libro sobre el asesino: había sido el periodista que había revelado el Poeta al mundo. Se había acercado lo suficiente para respirar su último aliento. Jack McEvoy era el asesino de un gigante.

Carver asintió lentamente al tiempo que estudiaba la foto de McEvoy en la solapa de una vieja página de Amazon.

—Bueno, Jack —dijo en voz alta—. Me siento honrado.

*E*l perro de la periodista la delató. El nombre del animal era *Arfy*, según una entrada del blog de cinco meses antes. A partir de ese dato, Carver solo necesitó dos variaciones para hacerlo encajar en la contraseña requerida de seis caracteres. Pensó en Arphie y logró acceder a la cuenta de LATimes.com de Angela Cook.

Siempre había algo extrañamente excitante en el hecho de estar dentro del ordenador de alguien. La invasión resultaba adictiva; notó un tirón en las entrañas. Era como estar dentro de la mente y el cuerpo de otra persona. Como ser otro.

Su primera parada fue en el correo electrónico. Lo abrió y descubrió que Angela Cook era una chica ordenada. Solo había dos mensajes sin leer y unos pocos que había leído y guardado. No vio ninguno de Jack Mc Evoy. Los nuevos mensajes eran de «cómo te va en los Ángeles» de una amiga de Florida —lo sabía porque el servidor era Road Runner de Tampa Bay— y un mensaje interno del *Times* que parecía un lacónico toma y daca con un supervisor o un redactor.

De: Alan Prendergast <AlanPrendergast@LATimes.com>
Asunto: Re: choque
Fecha: 12 de mayo 2009, 2.11 PM PDT
A: AngelaCook@LATimes.com

Calma. Pueden pasar muchas cosas en dos semanas.

De: Angela Cook <AngelaCook@LATimes.com>
Asunto: choque
Fecha: 12 de mayo 2009, 1.59 PM PDT
A: Alan Prendergast <AlanPrendergast@LATimes.com>

Me dijiste que lo escribiría YO ☹

Al parecer, Angela estaba enfadada. Pero Carver no sabía lo suficiente de la situación para entenderlo, así que siguió adelante y abrió el buzón de correo antiguo. Allí tuvo suerte. No había borrado la lista de mensajes desde hacía mucho. Carver pasó cientos de mensajes y vio varios de su colega y coautor Jack Mc Evoy. Empezó con el más antiguo y fue avanzando hacia los mensajes más recientes.

Enseguida se dio cuenta de que era todo inocuo, solo comunicaciones básicas entre colegas sobre artículos y reuniones en la cafetería para tomar café. Nada lascivo. Carver supuso por lo que leía que Cook y Mc Evoy no se habían conocido hasta hacía poco. Había rigidez o formalidad en los mensajes de correo; ninguno de los dos empleaba abreviaturas ni jerga. Daba la impresión de que Jack no conocía a Angela hasta que la destinaron a Sucesos y le encargaron a él su formación.

En el último mensaje, enviado hacía solo unas horas, Jack le había mandado a Angela un borrador de resumen de una historia en la que estaban trabajando juntos. Carver lo leyó con ansiedad y sintió que sus temores de ser detectado se atenuaban con cada palabra.

De: Jack Mc Evoy <JackMc Evoy@LATimes.com>
Asunto: bala de choque
Fecha: 12 de mayo 2009 2.23 PM PDT
A: AngelaCook@LATimes.com

Angela, esto es lo que le he mandado a Prendo para la previsión de futuros. Dime si quieres hacer cambios.

Jack

COLISIÓN. El 25 de abril el cadáver de Denise Babbit fue hallado en el maletero de su propio coche en un aparcamiento situado junto a la playa de Santa Mónica. Había sido agredida sexualmente y asfixiada con una bolsa de plástico atada al cuello con una cuerda y que le cubría la cabeza. La bailarina exótica, con antecedentes derivados de problemas con las drogas, murió con los ojos abiertos. La policía no tardó en dar con un traficante de dieciséis años gracias a una huella dactilar que el pandillero del sur de Los Ángeles había dejado en el retrovisor del coche de la víctima. Alonzo Winslow —que apenas tuvo infancia en el barrio, no conocía a su padre y casi no veía a su madre— fue detenido por el crimen. Confesó su papel a la policía y ahora espera para saber si el estado lo juzga como adulto. Hablamos con el sospechoso y su familia, así como con los de la víctima, y trazamos su colisión fatal hasta sus orígenes. 2.500 palabras. McEvoy y Cook, c/fotos de Lester.

Carver volvió a leerlo y sintió que los músculos de su cuello empezaban a relajarse. McEvoy y Cook no sabían nada. Jack, el asesino de gigantes, estaba subiendo por la mata de habichuelas equivocada. Justo como él lo había planeado. Carver pensó en que tendría que leer el artículo cuando se publicara. Él sería una de las únicas tres personas en el planeta que sabía lo equivocado que estaba, contando a ese pobre diablo de Alonzo Winslow.

Cerró la lista y abrió la bandeja de enviados de Cook. No había nada más que el intercambio de mensajes con McEvoy y el mail a Prendergast. Resultaba todo bastante aburrido e inútil para Carver.

Cerró el correo y fue al navegador. Fue mirando todas las webs que Cook había visitado en días recientes. Vio asesinodelmaletero.com, así como varias visitas a Google y a las páginas web de otros periódicos. Entonces vio una página web que le intrigó. Abrió DanikasDungeon.com y fue invitado a visitar una página holandesa de *bondage* y dominación repleto de fotos de mujeres que controlaban, seducían y torturaban a hombres. Carver sonrió. Dudaba que existiera una razón periodística para la visita de Cook. Supuso que estaba atisbando los intereses privados de Angela Cook. Su lado oscuro.

Carver no se entretuvo. Dejó la información de lado, sabiendo que podría ser útil posteriormente. A continuación, lo intentó con Prendergast, porque parecía que su contraseña era obvia. Probó con Prendo y entró a la primera. En ocasiones la gente era muy estúpida y obvia. Fue al buzón de correo, y allí, en lo más alto de la lista, había un mensaje de McEvoy que había sido enviado solo un par de minutos antes.

—¿En qué estás metido, Jack? —susurró.

Carver abrió el mensaje.

De: Jack McEvoy <JackMcEvoy@LATimes.com>
Asunto: colisión
Fecha: 12 de mayo 2009, 4.33 PM PDT
A: AlanPrendergast@LATimes.com
CC: AngelaCook@LATimes.com

Prendo, te he estado buscando pero habías ido a comer. La historia está cambiando. Alonzo no confesó el crimen y no creo que lo cometiera. Me voy a Las Vegas esta noche para seguir unas pistas mañana. Te informaré entonces. Angela puede encargarse del puesto. Tengo monedas.

Jack

Carver sintió que se le subía el corazón a la garganta. Se le tensaron los músculos del cuello y se apartó de la mesa por si tenía que vomitar. Sacó la papelera de debajo para utilizarla en caso de necesidad. Su visión se oscureció momentáneamente en los bordes, pero luego la oscuridad pasó y Carver se despejó.

Volvió a colocar la papelera en su sitio empujándola con el pie y se inclinó hacia delante para estudiar otra vez el mensaje.

McEvoy había hecho la conexión con Las Vegas. Carver supo que solo podía culparse a sí mismo. Había repetido su *modus operandi* demasiado pronto. Se había puesto al descubierto y ahora Jack *el Matagigantes* iba tras su pista. Un error crítico. McEvoy llegaría a Las Vegas y, con un mínimo de suerte, lo comprendería todo.

Carver tenía que impedirlo. Un error crítico no tenía que ser un error fatal, se dijo. Cerró otra vez los ojos y reflexionó un momento. Eso le devolvió la seguridad, o parte de ella. Sabía que estaba preparado para todas las eventualidades. Las primeras semillas de un plan estaban empezando a germinar y lo primero que tenía que hacer era borrar el mensaje que tenía delante de él en la pantalla y volver después a la cuenta de correo de Angela Cook y borrar también su copia. Prendergast y Cook nunca los verían y, con suerte, nunca sabrían lo que sabía Jack McEvoy.

Carver borró el mensaje, pero antes de desconectarse subió un programa de *spyware* que le permitiría seguir todas las actividades de Prendergast en Internet en tiempo real. Sabría a quién escribía, quién contactaba con él y qué páginas web visitaba. Carver volvió luego a la cuenta de Cook y repitió los mismos pasos.

El siguiente era McEvoy, pero Carver decidió que eso podía esperar hasta que Jack llegara a Las Vegas y estuviera trabajando allí solo. Lo primero era lo primero. Se levantó y puso la mano en el lector situado junto a la puerta de cristal que daba a la sala de servidores. Una vez completado y aprobado el escáner, la puerta se abrió. Hacía frío en esa estancia, que siempre se mantenía a 16 grados. Los pasos de Carver resonaron en el suelo de metal cuando recorrió el tercer pasillo hasta la sexta torre. Abrió la parte delantera del servidor del tamaño de una nevera con una llave, se inclinó y sacó dos de las placas medio centímetro. Luego volvió a cerrar la puerta con llave y se dirigió a su estación de trabajo.

Al cabo de unos segundos sonó una alarma en las estaciones de trabajo. Escribió unas órdenes para poner en marcha el protocolo de respuesta. Aguardó unos segundos más y se estiró hacia el teléfono. Marcó el botón del intercomunicador y tecleó la extensión de McGinnis.

—Eh, jefe, ¿sigues ahí?

—¿Qué pasa, Wesley? Estoy a punto de salir.

—Tenemos un problema de código tres. Será mejor que vengas a echar un vistazo.

Código 3 significaba déjalo todo y corre.

—Ahora voy.

Carver trató de contener una sonrisa. No quería que McGinnis la viera. Al cabo de tres minutos McGinnis entró con su tarjeta llave tintineando en el cinturón. Estaba sin aliento de bajar corriendo por la escalera.

—¿Qué pasa? —preguntó.

—Dewey y Bach en Los Ángeles acaban de recibir un bombardeo de datos. Toda la ruta se ha derrumbado.

—Dios mío, ¿cómo?

—No lo sé.

—¿Quién lo ha hecho?

Carver se encogió de hombros.

—Desde aquí no lo sé. Podría ser interno.

—¿Ya los has llamado?

—No, quería decírtelo antes.

McGinnis estaba de pie detrás de Carver, pasando el peso del cuerpo de un pie al otro y mirando los servidores que estaban al otro lado del cristal, como si la respuesta estuviera allí.

—¿Qué opinas? —preguntó.

—El problema no está aquí; lo he comprobado todo. Está en su lado. He de enviar a alguien para que lo arregle y reabra el tráfico. Creo que Stone está listo, lo enviaré. Luego averiguaremos de dónde proviene y nos aseguraremos de que no vuelva a pasar. Si es un *hacker*, quemaremos al cabrón en su cama.

—¿Cuánto tardará?

—Hay vuelos a Los Ángeles casi cada hora. Pondré a Stone en un avión y llegará a primera hora de la mañana.

—¿Por qué no vas tú? Quiero que esto se solucione.

Carver vaciló. Quería que McGinnis pensara que había sido idea suya.

—Creo que Freddy Stone puede ocuparse.

—Pero tú eres el mejor. Quiero que Dewey y Bach vean que no nos andamos con chiquitas, que hacemos lo que hay que hacer. Si tienen un problema, enviamos a nuestro mejor hombre, no a un jovencito. Llévate a Stone o a quien necesites, pero quiero que vayas tú.

—Iré ahora mismo.

—Mantenme informado.

—Lo haré.

—Yo también he de ir al aeropuerto a recibir a las visitas.

—Sí, a ti te toca el trabajo duro.

—No hurgues en la herida.

Le dio una palmadita a Carver en el hombro y volvió a salir. Este se quedó un momento sentado, quieto, sintiendo el residuo de la compresión en el hombro. Odiaba que lo tocaran.

Por fin se movió. Se inclinó hacia su pantalla y tecleó el código de desactivación de alarma. Confirmó el protocolo y lo borró.

Carver sacó su móvil y pulsó una tecla de marcado rápido.

—¿Qué pasa? —dijo Stone.

—¿Sigues con Early?

—Sí, estamos construyendo la torre.

—Vuelve a la sala de control. Tenemos un problema. En realidad, dos. Y hemos de ocuparnos de ellos. Estoy trabajando en un plan.

—Voy para allá.

Carver cerró el teléfono con un clic.

6

La carretera más solitaria de América

A las nueve de la mañana del miércoles estaba esperando a las puertas de Schifino & Associates, en la cuarta planta de un edificio de oficinas de Charleston Boulevard, cerca del centro de Las Vegas. Estaba cansado y me deslicé por la pared para sentarme en el bonito suelo enmoquetado. Me sentía particularmente desafortunado en una ciudad que se suponía que inspiraba suerte.

La noche había empezado bastante bien. Después de llegar al hotel Mandalay Bay a medianoche, me sentí demasiado nervioso para dormir. Bajé al casino y convertí los doscientos dólares que había llevado conmigo en el triple de esa cantidad en la ruleta y las mesas de *blackjack*.

El abultamiento de mi billetera junto con el alcohol gratis que había bebido mientras jugaba me hicieron conciliar el sueño con facilidad cuando volví a mi habitación. Sin embargo, las cosas tomaron un giro calamitoso después de recibir la llamada del despertador telefónico. El problema era que no había pedido que me despertaran. Desde recepción me llamaban para decirme que habían rechazado mi tarjeta American Express emitida por el *Times*.

—Eso es absurdo —dije—. Compré un billete de avión con ella anoche, alquilé un coche en el McCarran e iba bien cuando me registré. Alguien pasó la tarjeta.

—Sí, señor, eso es solo un proceso de autorización. No se carga el importe en la tarjeta hasta las seis de la mañana del día de la partida. Pasamos la tarjeta y la rechazaron. ¿Puede bajar y darnos otra tarjeta?

—No hay problema. Quería levantarme ahora de todos modos para poder ganar un poco más de su dinero.

Pero sí había un problema, porque ninguna de las otras tres tarjetas de crédito que tenía funcionó. Rechazaron las tres y me vi obligado a devolver la mitad de mis ganancias para salir del hotel. Cuando llegué al coche de alquiler, saqué el móvil para llamar a las compañías de tarjetas de crédito una por una, pero no pude hacer ninguna llamada porque mi teléfono estaba muerto, y no era cuestión de cobertura. El teléfono estaba muerto, servicio desconectado.

Estaba enfadado y confundido, pero no me amilané y me dirigí a la dirección de William Schifino que había buscado antes. Todavía tenía que escribir un artículo.

Unos minutos después de las nueve, una mujer salió del ascensor y se dirigió por el pasillo hacia mí. Me fijé en la ligera vacilación en su zancada cuando me vio en el suelo, apoyado en la puerta de Schifino. Me levanté y la saludé con la cabeza cuando se acercaba.

—¿Trabaja para William Schifino? —pregunté con una sonrisa.

—Sí, soy su recepcionista. ¿En qué puedo ayudarle?

—Tengo que hablar con el señor Schifino. He venido de Los Ángeles y…

—¿Tiene una cita? El señor Schifino solo ve a potenciales clientes con cita previa.

—No tengo cita, pero tampoco soy un potencial cliente. Soy periodista. Quiero hablar con el señor Schifino de Brian Oglevy. Lo acusaron el año pasado de…

—Sé quién es Brian Oglevy. El caso está en apelación.

—Sí, lo sé, lo sé. Tengo información nueva. Creo que el señor Schifino querrá hablar conmigo.

La mujer hizo una pausa con las llaves a escasos milímetros de la cerradura y me miró como para evaluarme por primera vez.

—Sé que querrá —dije.

—Puede pasar y esperar. No sé cuándo llegará. No tiene tribunal hasta la tarde.

—Tal vez podría llamarle.

—Tal vez.

Entramos en la oficina y ella me dirigió a un sofá de una

pequeña sala de espera. Los muebles eran cómodos y parecían relativamente nuevos. Daba la sensación de que Schifino era un buen abogado. La recepcionista se sentó a su escritorio, encendió su ordenador y empezó a preparar su rutina diaria.

—¿Va a llamarle? —le pregunté.

—Cuando tenga un momento. Póngase cómodo.

Lo intenté, pero no me gustaba esperar. Saqué mi portátil de la bolsa y lo encendí.

—¿Tienen Wi-Fi aquí? —pregunté.

—Sí.

—¿Puedo usarlo para revisar mi correo? Solo serán unos minutos.

—No, me temo que no.

Me la quedé mirando.

—¿Disculpe?

—He dicho que no. Es un sistema protegido y tendrá que pedírselo al señor Schifino.

—Bueno, ¿puede pedírselo cuando lo llame y le diga que estoy aquí esperándolo?

—Lo antes posible.

Me dedicó una sonrisa de secretaria eficiente y volvió a su tarea. Sonó el teléfono y la mujer abrió una agenda y empezó a concertar una cita para un cliente y a informarle de las tarjetas de crédito que aceptaban para los servicios legales que proporcionaban. Me recordó la situación de mi propia tarjeta de crédito y cogí una de las revistas de la mesita de café para evitar pensar en ello.

Se llamaba *Nevada Legal Review* y estaba a rebosar de anuncios de abogados y servicios legales como transcripción y almacenamiento de datos. También había artículos sobre casos judiciales, la mayoría de ellos relacionados con licencias de casino o delitos contra los casinos. Llevaba veinte minutos con un artículo sobre un recurso contra la ley que impedía el funcionamiento de burdeles en Las Vegas y en el condado de Clark cuando se abrió la puerta y entró un hombre. Me saludó con la cabeza y miró a la recepcionista, que todavía estaba al teléfono.

—Espere, por favor —dijo la recepcionista. Me señaló—. Señor Schifino, este hombre no tiene cita. Dice que es periodista de Los Ángeles. Ha...

—Brian Oglevy es inocente —dije, cortándola—. Y creo que puedo probarlo.

Schifino me estudió un buen rato. Tenía el cabello oscuro, un rostro atractivo y un bronceado desigual como consecuencia de llevar gorra de béisbol. Era golfista o entrenador; quizás ambas cosas. Tenía una mirada penetrante y enseguida tomó una decisión.

—Entonces será mejor que pase conmigo al despacho —dijo.

Lo seguí a su despacho y él se sentó tras un gran escritorio mientras me señalaba el asiento que estaba al otro lado.

—¿Trabaja en el *Times*? —preguntó.

—Sí.

—Buen periódico, pero con muchos problemas económicos ahora mismo.

—Sí, como todos.

—Bueno, ¿cómo ha llegado a la conclusión en Los Ángeles de que mi cliente es un hombre inocente?

Le dediqué mi mejor sonrisa de pillo.

—No estoy seguro de eso, pero tenía que venir a verle. Esto es lo que tengo: hay un chico allí en prisión preventiva por un asesinato que creo que no cometió, y me parece que los detalles se parecen mucho a los del caso Oglevy, al menos los que conozco. La diferencia es que mi caso ocurrió hace dos semanas.

—Así que si son obra del mismo asesino, mi cliente tiene una coartada obvia y podría haber una tercera persona implicada.

—Exactamente.

—Muy bien, pues veamos qué tiene.

—Bueno, esperaba ver también lo que tiene usted.

—Me parece justo. Mi cliente está en prisión y no creo que en este momento le importe la confidencialidad abogado-cliente, al menos si estoy cambiando información que podría ayudar en su causa. Además, la mayor parte de lo que le diga está disponible en registros públicos.

Schifino sacó sus archivos y empezamos una sesión de «tú me enseñas, yo te enseño». Le conté lo que sabía de Winslow y contuve el nerviosismo al repasar los informes de los crímenes. Sin embargo, al pasar a las comparaciones de las fotos de la escena del crimen, la adrenalina alcanzó un nivel en el que me resultó difícil contenerme. No solo las fotos de Oglevy coincidían plenamente con las del caso Babbit, sino que las víctimas guardaban un parecido sorprendente.

—¡Es asombroso! —dije—. Son casi la misma mujer.

Ambas eran morenas, altas, con grandes ojos castaños, nariz fina y cuerpos de bailarina de piernas largas. De inmediato tuve la arrolladora sensación de que esas mujeres no habían sido elegidas al azar por su asesino: las habían escogido. Encajaban en alguna clase de molde que las había convertido en objetivos.

Schifino estaba surcando la misma ola. Señaló una foto y otra, destacando las similitudes en las dos escenas. Ambas mujeres fueron asfixiadas con una bolsa de plástico atada con una fina cuerda blanca. Las dos fueron colocadas desnudas y mirando hacia el interior en el maletero de un coche, con la ropa arrojada sobre sus cuerpos.

—Dios mío…, mire esto —dijo—. Estos crímenes son absolutamente iguales y no hace falta un experto para verlo. Le diré algo, Jack: cuando le he visto he pensado que sería el entretenimiento de la mañana, una diversión, un reportero listillo que aparece siguiendo un sueño. Pero esto…

Hizo un gesto hacia los conjuntos de fotos puestas por parejas esparcidas sobre el escritorio.

—La libertad de mi cliente está aquí. ¡Va a salir!

Estaba de pie detrás del escritorio, demasiado nervioso para sentarse.

—¿Cómo ha ocurrido esto? —pregunté—. ¿Cómo ha pasado inadvertido?

—Porque los casos se resolvieron deprisa —dijo Schifino—. En ambas ocasiones la policía fue dirigida hacia un sospechoso obvio y no miró más. No buscaron casos similares, porque no lo necesitaban. Tenían a sus culpables y ya estaban bastante ocupados con eso.

—Pero ¿cómo pudo el asesino poner el cuerpo de Sharon Oglevy en el maletero del coche de su exmarido? ¿Cómo sabía dónde encontrar el coche?

—No lo sé, pero eso no es lo importante. Lo importante aquí es que estos dos asesinatos tienen un patrón tan asombrosamente similar que no hay forma de que ni Brian Oglevy ni

Alonzo Winslow puedan ser responsables. Los otros detalles encajarán cuando empiece la investigación real. Pero por ahora, no me cabe duda de que está exponiendo algo enorme aquí. No sé si me explico, ¿cómo sabe que son los dos únicos casos? Podría haber otros.

Asentí. No había pensado en esa posibilidad. La búsqueda en Internet de Angela Cook solo había encontrado el caso Oglevy. Pero dos casos formaban un patrón; podía haber más.

—¿Qué hará ahora? —pregunté.

Schifino se sentó por fin. Se movió adelante y atrás en la silla mientras consideraba la pregunta.

—Voy a redactar y presentar una solicitud de *habeas corpus*. Esto es información nueva exculpatoria y vamos a presentarla ante el tribunal.

—Pero yo no debería tener estos archivos. No puede citarlos.

—Claro que puedo. Lo que no he de hacer es decir dónde los conseguí.

Fruncí el ceño. Yo sería la fuente obvia una vez que mi artículo se publicara.

—¿Cuánto tiempo tardará en llevar esto a juicio?

—He de hacer un poco de investigación, pero lo presentaré al final de esta semana.

—Esto lo va a hacer saltar por los aires. No sé si estaré preparado para publicar mi artículo entonces.

Schifino extendió las manos y negó con la cabeza.

—Mi cliente lleva más de un año en Ely. ¿Sabe que las condiciones en esa prisión son tan malas que muchos reclusos del corredor de la muerte abandonan sus apelaciones y se presentan voluntarios para ser ejecutados con tal de salir de allí? Cada día allí es un día demasiado largo.

—Lo sé, lo sé, es que…

Me di cuenta de que no había nada que justificara mantener a Brian Oglevy en prisión ni aunque fuera un día más solo para disponer de tiempo para planear y escribir mi artículo. Schifino tenía razón.

—Vale, entonces quiero saberlo en el momento en que lo presente —dije—. Y quiero hablar con su cliente.

—No hay problema. Tiene la exclusiva en cuanto salga en libertad.

—No, entonces no: ahora. Voy a escribir el artículo que los saque a él y a Alonzo Winslow. Quiero hablar con él ahora. ¿Cómo lo hago?

—Está en máxima seguridad y a menos que esté en la lista no le dejarán verle.

—¿Usted puede hacerme entrar?

Schifino estaba sentado detrás del portaaviones que llamaba escritorio. Se llevó una mano a la barbilla, pensó en la pregunta y luego asintió.

—Puedo hacerle entrar. Necesito enviar un fax a la prisión que diga que es un investigador que trabaja para mí y que tiene derecho a acceder a Brian. Luego le daré una carta de a quien corresponda que usted llevará consigo, que le identificará como un trabajador mío. Si viene de parte de un abogado, no necesita licencia del estado. Lleva la carta y la entrega en la puerta. Le dejarán pasar.

—Técnicamente no trabajo para usted. Mi periódico tiene reglas sobre periodistas que suplantan identidades.

Schifino metió la mano en el bolsillo, sacó un dólar y me lo dio. Yo me incliné sobre las fotos para cogerlo.

—Tenga —dijo—. Acabo de pagarle un dólar. Trabaja para mí.

No era exactamente así, pero no estaba demasiado preocupado por eso, considerando mi situación laboral.

—Supongo que funcionará —dije—. ¿Ely está muy lejos?

—Depende de qué coche lleve. Está al norte, a tres o cuatro horas de aquí, en medio de ninguna parte. A la carretera que va hacia allí la llaman la carretera más solitaria de América. No sé si es porque conduce a la prisión o por el paisaje que cruza, pero no es por nada bueno. Tienen aeropuerto. Puede tomar un saltaarenas hasta allí.

Supuse que un saltaarenas era lo mismo que un saltacharcos, una avioneta de hélices. Negué con la cabeza. Había leído demasiados artículos de avionetas que se estrellaban: no volaba en ellas a menos que no me quedara más remedio.

—Conduciré. Escriba las cartas. Y necesitaré copia de todo lo que haya en sus expedientes.

—Me pondré con las cartas y pediré a Agnes que se ocupe de lo suyo. Yo también necesitaré copias de lo que ha traído para el *habeas corpus*. Podemos decir que es lo que compra mi dólar.

Asentí y pensé: «Sí, pongamos a la eficiente Agnes a trabajar para mí. Eso me gusta».

—Quiero hacerle una pregunta —dije.

—Dispare.

—Antes de que entrara aquí y le enseñara todo esto, ¿creía que Brian Oglevy era culpable?

Schifino ladeó la cabeza al pensar en ello.

—¿No es para publicación?

Me encogí de hombros. No era lo que quería, pero iba a aceptarlo.

—Si es la única forma de que responda.

—Vale, para la publicación puedo decir que desde el primer día sabía que Brian era inocente. No había manera de que pudiera haber cometido este horrible crimen.

—¿Y para no publicarlo?

—Pensaba que era culpable como Caín. Era la única forma en que podía soportar haber perdido el caso.

Después de parar en un 7-Eleven y comprar un teléfono prepago con cien minutos de saldo de llamada, me dirigí al norte a través del desierto por la autopista 93 hacia la prisión estatal de Ely.

La autopista 93 pasaba junto a la base aérea de Nelly y luego conectaba con la 50 Norte. No tardé mucho en empezar a entender por qué la llamaban la carretera más solitaria de América. El desierto vacío gobernaba el horizonte en todas direcciones. Montañas duras y cinceladas, exentas de vegetación, que yo iba subiendo y bajando. Los únicos signos de civilización eran los dos carriles de asfalto negro y el tendido eléctrico que recorría las montañas a hombros de figuras de hierro que parecían gigantes llegados de otro planeta.

Las primeras llamadas que hice desde mi nuevo teléfono fueron a las entidades crediticias, preguntando por qué no funcionaban mis tarjetas. En cada llamada obtuve la misma respuesta: yo había denunciado su robo la noche anterior y por tanto habían cancelado temporalmente el uso de la cuenta. Me había conectado, había respondido correctamente todas las preguntas de seguridad y había denunciado el robo de la tarjeta.

No importó que les dijera que no había denunciado el robo de las tarjetas. Alguien lo había hecho, y ese alguien conocía mis números de cuenta, así como la dirección de mi casa, mi fecha de nacimiento, el apellido de soltera de mi madre y mi número de la Seguridad Social. Exigí que reabrieran las cuentas y los empleados del servicio de atención al cliente no pusieron ninguna pega. El único inconveniente era que las nuevas tarjetas de crédito tenían que ser emitidas y enviadas a mi casa. Pasarían días y entretanto no tenía crédito. Estaba jodido en un nivel que nunca había experimentado antes.

A continuación, llamé a mi banco en Los Ángeles y descubrí una variante del mismo tema, pero con un impacto más profundo. La buena noticia era que mi tarjeta de débito aún funcionaba. La mala noticia era que no tenía dinero ni en la cuenta de ahorro ni en la cuenta corriente. La noche anterior había usado el servicio de banca en línea para combinar todo mi dinero en la cuenta corriente y luego había hecho una transferencia de débito a la fundación Make-a-Wish en forma de donación general. Estaba en quiebra. Pero seguro que a la fundación Make-A-Wish le caía bien.

Colgué el teléfono y grité lo más alto que pude en el coche. ¿Qué estaba pasando? Todos los días había artículos en el periódico sobre robos de identidad. Pero esta vez la víctima era yo, y me costaba creerlo.

A las once llamé a la redacción de Local y averigüé que la intrusión y destrucción había escalado otro peldaño. Localicé a Alan Prendergast y su voz era tensa y cargada de energía nerviosa. Sabía por experiencia que eso hacía que repitiera cosas.

—¿Dónde estás, dónde estás? Tenemos la cuestión de los reverendos y no encuentro a nadie.

—Te lo dije, estoy en Las Vegas. ¿Dónde...?

—¡Las Vegas! ¿Las Vegas? ¿Qué estás haciendo en Las Vegas?

—¿No recibiste mi mensaje? Te envié un mail ayer antes de irme.

—No lo recibí. Ayer desapareciste sin más, pero no me importa. Me importa ahora. Dime que estás en el aeropuerto, Jack, y que volverás en una hora.

—La verdad es que no estoy en el aeropuerto y técnicamente ya no estoy en Las Vegas. Estoy en la carretera más solitaria de América en medio de ninguna parte. ¿Qué están haciendo los reverendos?

—¿Qué quieres que hagan? Están montando una supermanifestación en Rodia Gardens para protestar contra la policía y la historia va a escala nacional. Pero te tengo en Las Vegas y no tengo noticias de Cook. ¿Qué estás haciendo ahí, Jack? ¿Qué estás haciendo?

—Te lo dije en el mail que no leíste. El artículo está…

—Miro el correo con regularidad —dijo Prendergast, cortante—. No tengo ningún mensaje tuyo. Ninguno.

Estaba a punto de decirle que se equivocaba, pero pensé en mis tarjetas de crédito. Si alguien podía bloquear mi crédito y vaciar mis cuentas bancarias, también podía entrar en mi mail.

—Escucha, Prendo, algo está pasando. Mis tarjetas de crédito están muertas, mi teléfono no funciona y ahora me dices que mis mensajes no llegan. Algo va mal y yo…

—Por última vez, Jack. ¿Qué estás haciendo en Nevada?

Solté aire y miré por la ventana. Vi el paisaje desértico que no había cambiado en todo el tiempo que la humanidad había regido en el planeta, y que permanecería inalterado cuando la humanidad desapareciera.

—La historia de Alonzo Winslow ha cambiado —dije—. He descubierto que no lo hizo.

—¿No lo hizo? ¿No lo hizo? ¿Te refieres a matar a esa chica? ¿De qué estás hablando, Jack?

—Sí, de la chica. No lo hizo. Es inocente, Alan, y puedo demostrarlo.

—Confesó, Jack, lo leí en tu artículo.

—Sí, porque eso es lo que dijo la policía. Pero leí su supuesta confesión y lo único que dice es que robó el coche y su dinero. No sabía que el cadáver estaba en el maletero cuando lo robó.

—Jack…

—Escucha, Prendo, he relacionado el asesinato con otro asesinato en Las Vegas. Es la misma historia: una mujer estrangulada y metida en un maletero. También era bailarina. Hay un tipo en prisión aquí por ese crimen, y tampoco lo hizo. Ahora mismo estoy yendo a verlo. Voy a informar y escribir sobre todo el jueves. Hemos de sacarlo el viernes, porque es cuando se va a destapar. —Hubo un largo silencio—. Prendo, ¿estás ahí?

—Estoy aquí, Jack. Hemos de hablar de esto.

—Pensaba que lo estábamos haciendo. ¿Dónde está Angela? Ella debería ocuparse de los reverendos. Está en el puesto hoy.

—Si supiera dónde está Angela, la habría mandado con un fotógrafo a Rodia Gardens. Aún no ha aparecido. Anoche, antes de irse a casa, me dijo que pasaría por el Parker Center y haría las rondas de la mañana antes de venir. Pero no ha venido.

—Probablemente esté siguiendo el caso de Denise Babbit. ¿La has llamado?

—Por supuesto que la he llamado. La he llamado. Le he dejado mensajes, pero ella no responde. Seguramente cree que estás aquí y no hace caso de mis llamadas.

—Mira, Prendo, esto es más importante que la mani del reverendo Treacher. Pon a alguien de asignación general en ello. Esto es muy fuerte: un asesino ha pasado completamente inadvertido para la policía, el FBI y todos los demás. Hay un abogado aquí en Las Vegas que va a presentar una moción el viernes que lo expondrá todo. Hemos de adelantarnos a él y a todos los demás. Voy a hablar con este tipo en prisión y luego volveré; aunque no sé cuándo. Tendré que conducir de regreso a Las Vegas antes de coger el avión. Por suerte, creo que mi billete de vuelta aún sirve. Lo compré antes de que alguien cancelara mis tarjetas de crédito. —Una vez más fui recibido por el silencio—. ¿Prendo?

—Mira, Jack —dijo con calma en su voz por primera vez en toda la conversación—, los dos conocemos la situación y sabemos lo que está pasando aquí. No vas a poder cambiar nada.

—¿De qué estás hablando?

—Del despido. Si crees que vas a sacar una noticia que te va a salvar el empleo, no creo que vaya a funcionar. —Esta vez fui yo el que se quedó en silencio con la rabia en la garganta—. Jack, ¿estás ahí? ¿Estás ahí?

—Sí, estoy aquí, Prendo, y mi única respuesta es que te den por culo. No me estoy inventando esto, tío. ¡Está ocurriendo! Estoy aquí en medio de ninguna parte y no sé quién me está jodiendo ni por qué.

—Vale, vale, Jack. Cálmate. Solo cálmate, ¿vale? No estoy insinuando que…

—¡Cómo que no, joder! Estás más que insinuándolo. Lo acabas de decir.

—Mira, no voy a responder si usas ese lenguaje conmigo. ¿Podemos hablar de manera civilizada, por favor? De manera civilizada.

—¿Sabes, Prendo? Tengo otras llamadas que hacer. Si no

quieres esta historia o crees que es inventada, encontraré a alguien que la publique, ¿vale? Lo último que esperaba es que mi propio SL tratara de cortarme las alas mientras me juego el cuello.

—No, Jack, no es eso.

—Creo que sí, Prendo. Vete a la mierda. Te llamaré luego.

Colgué el teléfono y casi lo tiré por la ventana. Pero entonces recordé que no tenía dinero para conseguir otro. Conduje en silencio durante unos minutos para poder calmarme. Tenía que hacer otra llamada y quería parecer tranquilo y sosegado al hacerla.

Miré por las ventanas y examiné las montañas azul grisáceo. Me parecieron hermosas de un modo primitivo y duro. Habían sido pisadas y quebradas por glaciares diez millones de años antes, pero habían sobrevivido y se alzarían para siempre hacia el sol.

Saqué del bolsillo mi teléfono no operativo y abrí la lista de contactos. Conseguí el teléfono del FBI en Los Ángeles y lo marqué en el móvil prepago. Cuando contestó la operadora pedí hablar con la agente Rachel Walling. Me pasaron y la llamada tardó un rato en conectarse, pero en cuanto sonó contestaron de inmediato.

—Inteligencia —dijo una voz.

—Quiero hablar con Rachel.

Lo dije lo más calmado posible. Esta vez no pregunté por la agente Rachel Walling, porque no quería que me preguntaran quién era y darle la posibilidad de desviar mi llamada. Tenía la esperanza de sonar como un agente y que me pasaran.

—Agente Walling.

Era ella. Hacía cinco años que no oía su voz al teléfono, pero no cabía duda.

—¿Hola? Soy Walling, ¿puedo ayudarle?

—Rachel, soy yo, Jack.

Esta vez fue ella la que se quedó en silencio.

—¿Cómo estás?

—¿Por qué me llamas, Jack? Convinimos en que sería mejor no hablar.

—Lo sé…, pero necesito tu ayuda. Tengo un problema, Rachel.

—¿Y estás esperando que te ayude? ¿Qué clase de problema?

Me adelantó un coche que iba al menos a ciento setenta y me hizo sentir que estaba parado.

—Es una larga historia. Estoy en Nevada, en el desierto. Estoy siguiendo un artículo y hay un asesino del que nadie sabe nada. Necesito que alguien me crea y me ayude.

—Jack, yo no soy la persona adecuada y lo sabes. No puedo ayudarte. Y estoy en medio de algo aquí. He de irme.

—Rachel, ¡no cuelgues! Por favor...

No respondió, pero no colgó. Esperé.

—Jack... pareces reventado. ¿Qué te está pasando?

—No lo sé. Alguien está jugando conmigo. Mi teléfono, mi mail, mis cuentas bancarias... Estoy conduciendo por el desierto y ni siquiera tengo una tarjeta de crédito que funcione.

—¿Adónde vas?

—A Ely, a hablar con alguien.

—¿A la prisión?

—Sí.

—¿Qué? ¿Alguien te ha llamado y te ha dicho que es inocente y tú has ido corriendo a demostrar que los polis se han equivocado otra vez?

—No, nada de eso. Mira, Rachel, hay un tipo que estrangula mujeres y las mete en los maleteros de los coches. Les hace cosas horribles y se ha salido con la suya desde hace al menos dos años.

—Jack, leí tu artículo sobre la chica del maletero. Era un pandillero y confesó.

Sentí una emoción inesperada al saber que ella leía mis artículos, pero eso no me ayudaría a convencerla.

—No creas todo lo que leas en el periódico, Rachel. Ahora estoy llegando a la verdad y necesito que alguien, alguien con autoridad, intervenga y...

—Sabes que ya no estoy en Comportamiento. ¿Por qué me llamas a mí?

—Porque confío en ti.

Eso produjo un largo silencio. Me negué a ser yo el que lo rompiera.

—¿Cómo puedes decir eso? —dijo al fin—. Hace mucho tiempo que no nos vemos.

—No importa. Después de lo que pasamos entonces, siempre confiaré en ti, Rachel. Y sé que puedes ayudarme ahora... y quizás arreglar algunas cosas.

Se mofó de eso.

—¿De qué estás hablando? No..., espera, no respondas. No importa. Por favor, no vuelvas a llamarme, Jack. La cuestión es que no puedo ayudarte. Así que buena suerte y ten cuidado. Cuídate.

Colgó el teléfono.

Me quedé con el aparato pegado a la oreja durante casi un minuto. Supongo que esperaba que ella cambiara de opinión, cogiera el teléfono y volviera a llamarme. Pero eso no ocurrió y al cabo de un rato dejé el móvil en el posavasos que había entre los asientos. No tenía más llamadas que hacer.

Delante, el coche que me había pasado desapareció en el siguiente cambio de rasante. Me sentía como si me hubieran abandonado en la superficie de la Luna.

Como le ocurre a la mayoría de la gente que cruza las puertas de la prisión estatal de Ely, mi suerte no mejoró después de llegar a mi destino. Me dejaron pasar por la entrada de abogados-investigadores. Saqué la carta de presentación que había escrito para mí William Schifino y se la mostré al capitán de guardia. Me pusieron en una sala de espera y aguardé veinte minutos a que me trajeran a Brian Oglevy. Pero cuando se abrió la puerta quien entró no fue Brian Oglevy, sino el capitán de guardia.

—Señor McEvoy —dijo el capitán, pronunciando mal mi nombre—. Me temo que no vamos a poder hacer esto hoy.

De repente, pensé que habían descubierto el fraude. Que sabían que era un periodista que trabajaba en un artículo y no el investigador de un abogado defensor.

—¿Qué quiere decir? Estaba todo preparado. Tengo la carta del abogado. La ha visto. También le ha mandado un fax para avisar de que venía.

—Sí, tenemos el fax e iba a dejarle pasar, pero el hombre al que quiere ver no está disponible en este momento. Vuelva mañana y podrá visitarlo.

Negué con la cabeza, enfadado. Todos los problemas del día estaban a punto de hervir y ese capitán de prisión iba a salir escaldado.

—Mire, llevo cuatro horas conduciendo desde Las Vegas para esta entrevista. ¿Me está diciendo que dé media vuelta y haga lo mismo mañana? No voy a…

—No le estoy diciendo que vuelva a Las Vegas; yo en su

lugar me quedaría en el hotel Nevada. No es un mal sitio. Tienen salón de juego y un bar de copas. Si se queda allí tendré a su hombre preparado cuando vuelva aquí por la mañana. Puedo prometérselo.

Negué con la cabeza, sintiéndome impotente por todo. No tenía elección.

—A las nueve en punto —dije—. ¿Usted estará aquí?

—Estaré aquí personalmente para prepararlo.

—¿Puede decirme por qué no puedo verlo hoy?

—No, no puedo. Es una cuestión de seguridad.

Negué con la cabeza en ademán de frustración una vez más.

—Gracias, capitán. Supongo que lo veré mañana.

—Estaré aquí.

Después de volver a mi coche de alquiler, marqué el hotel Nevada de Ely en el GPS y seguí las instrucciones hasta que llegué allí en treinta minutos. Metí el coche en el aparcamiento y vacié los bolsillos antes de decidirme a entrar. Contaba con 248 dólares en efectivo. Sabía que tendría que gastar al menos 75 en gasolina para llegar al aeropuerto de Las Vegas. Podía comer barato hasta que llegara, pero necesitaría otros 40 dólares para el taxi del aeropuerto a casa. Así que calculé que tenía unos cien dólares para el hotel. Mirando el aspecto gastado de los seis pisos supuse que eso no supondría un problema. Bajé del coche, saqué la maleta y entré.

Cogí una habitación de cuarenta y cinco dólares en el cuarto piso. La habitación era correcta y limpia, y la cama, razonablemente cómoda. Eran solo las cuatro de la tarde, demasiado pronto para gastarme lo que quedaba de mi fortuna en alcohol. Así que saqué mi teléfono prepago y empecé a devorar minutos. Primero llamé a Angela Cook, probando en su móvil y en la línea del despacho y sin obtener respuesta. Dejé el mismo mensaje dos veces, luego me tragué el orgullo y llamé otra vez a Alan Prendergast. Me disculpé por mi arrebato y mi lenguaje en la anterior llamada. Traté de explicarle de manera calmada lo que estaba ocurriendo y la presión que estaba sintiendo. Él respondió con monosílabos y me dijo que tenía que ir a una reunión. Le dije que le mandaría un texto de previsión revisado del artículo si podía conectarme y me dijo que no me apresurara.

—Prendo, hemos de sacar esto en el periódico del viernes o lo sacarán todos los demás.

—Mira, he hablado de esto en la reunión de noticias. Queremos actuar con cautela. Te tenemos a ti perdido en el desierto, no hemos tenido noticias de Angela y, francamente, nos estamos preocupando. Debería haber llamado. Lo que quiero es que vuelvas aquí cuanto antes para que podamos sentarnos y ver qué tenemos.

Podría haberme enfadado otra vez por la forma en que me estaba tratando, pero había percibido algo más apremiante: Angela.

—¿No habéis recibido ningún mensaje de ella en todo el día?

—Ni uno. Envié a un periodista a su apartamento para ver si estaba allí, pero no hubo respuesta. No sabemos dónde está.

—¿Le ha pasado alguna otra vez?

—Alguna vez llamó a media mañana para decir que estaba enferma. Probablemente eran resacas, pero al menos llamó. Esta vez no.

—Bueno, escucha. Si alguien tiene noticias suyas, me avisas, ¿de acuerdo?

—Claro, Jack.

—Vale, Prendo. Hablaremos cuando vuelva.

—¿Tienes monedas? —preguntó Prendergast a modo de oferta de paz.

—Unas pocas —dije—. Ya nos veremos.

Cerré el teléfono y pensé en la desaparición en combate de Angela. Empecé a preguntarme si todo estaba relacionado. Mis tarjetas de crédito, que nadie tuviera noticias de Angela. Parecía pillado por los pelos porque no veía ningún punto de conexión.

Miré a mi alrededor en la habitación de cuarenta y cinco dólares. Había un pequeño folleto en la mesa lateral que decía que el hotel contaba con más de setenta y cinco años de historia y había sido en su momento el edificio más alto de Nevada, cuando las minas del cobre hicieron de Ely una ciudad en alza y nadie había oído hablar de Las Vegas. Esos días habían pasado hacía mucho.

Encendí mi portátil y usé el Wi-Fi gratuito del hotel para tratar de conectarme a mi cuenta de correo, pero mi contraseña fue rechazada y al cabo de tres intentos me desconectaron. Sin duda, quien había cancelado mi crédito y el servicio de móvil había cambiado también mi contraseña.

—Esto es una locura —dije en voz alta.

Incapaz de establecer contacto con el exterior, me concentré en el frente interno. Abrí un documento en el portátil y saqué mis notas en papel. Empecé con una narrativa que resumía los movimientos del día. Tardé más de una hora en terminar el proyecto, pero cuando lo hice tenía para un artículo de setecientas palabras. Y era un buen artículo. Probablemente el mejor que había escrito en años.

Después de leerlo y mejorarlo con algunas correcciones, me di cuenta de que trabajar me había dado hambre. Así que conté una vez más el dinero que me quedaba y salí de la habitación después de asegurarme de que la puerta quedaba bien cerrada. Caminé hasta la sala de juego y llegué a una barra situada junto a las tragaperras. Pedí una cerveza y un sándwich de carne y me senté a una mesa del rincón con vistas a las máquinas.

Al mirar a mi alrededor percibí que el lugar tenía un aura de desesperación de segunda, y me deprimió la idea de pasar otras doce horas allí. Pero no tenía muchas opciones. Estaba varado e iba a quedarme así hasta la mañana.

Miré otra vez mi pila de efectivo y decidí que tenía bastante para otra cerveza y para echar unas cuantas monedas de cuarto de dólar en las tragaperras baratas. Me puse en una hilera de máquinas que había cerca de la entrada del vestíbulo y empecé a echar mi dinero en una de póquer electrónico. Perdí mis primeras siete rondas antes de sacar un full. Seguí con un color y una escalera. Enseguida pensé que podía permitirme una tercera cerveza.

Otro jugador se sentó a dos máquinas de distancia. Apenas me fijé en él hasta que decidió que le apetecía el consuelo de la conversación mientras perdía su dinero.

—¿Has venido a mojar? —preguntó con alegría.

Lo miré. Tendría unos treinta años y grandes y pobladas patillas. Llevaba un sombrero de vaquero sobre un cabello rubio sucio, guantes de conducir de cuero y gafas de espejo, aunque estábamos en el interior del hotel.

—¿Perdón?

—Dicen que hay un par de burdeles fuera de la ciudad, pero no sé cuál de los dos tiene mejor carne. Acabo de venir de Salt Lake de una tirada.

—No lo sé, tío.

Volví a mi máquina y traté de concentrarme en con qué me quedaba y qué descartaba. Tenía el as, el tres, el cuatro y el nueve de picas además del as de corazones. ¿Lo intentaba con el color o iba de conservador, me quedaba la pareja y esperaba un tercer as u otra pareja?

—Pájaro en mano, tío —dijo el Patillas.

Lo miré y él asintió como para decirme que no me cobraba por el sabio consejo. Vi el reflejo de mi pantalla en sus gafas de espejo. Lo único que me faltaba era alguien dándome consejos en póquer de cuarto de dólar. Me quedé las picas, descarté el as de corazones y le di al botón. El dios de la máquina dictó su suerte. Me tocó la jota de picas y cobré siete a uno por el color. Lástima que solo estuviera jugando monedas de cuarto.

Le di al botón de final de partida y escuché que caían en cascada catorce dólares en monedas de veinticinco centavos a la bandeja metálica. Las recogí en una taza de plástico para guardar cambio, y me levanté dejando allí al Patillas.

Llevé las monedas a la caja y pedí cobrar. Ya no tenía ganas de jugar por calderilla. Decidí invertir mis ganancias en otras dos cervezas y subir de nuevo a mi habitación. Podía seguir escribiendo y prepararme para la entrevista del día siguiente. Iba a hablar con un hombre que llevaba más de un año en prisión por un asesinato que —yo estaba convencido— no había cometido. Iba a ser un día maravilloso, el inicio del sueño de cualquier periodista de liberar a un hombre inocente de una condena injusta.

Mientras esperaba el ascensor en el vestíbulo, bajé las botellas a un costado por si acaso estaba infringiendo alguna norma de la casa. En cuanto entré en la cabina, pulsé el botón y me coloqué en el rincón. Las puertas empezaron a unirse pero entonces una mano enguantada se interpuso en el infrarrojo y las puertas volvieron a abrirse.

Entró mi colega el Patillas. Levantó un dedo para pulsar un botón, pero se retiró.

—Eh, vamos al mismo piso —dijo.

—Fantástico.

Fue al rincón opuesto. Sabía que iba a decir algo y no tenía adónde huir. Esperé y no me decepcionó.

—Eh, colega, no quería fastidiarte allí abajo. Mi exmujer ya decía que hablo demasiado. Quizá por eso es mi exmujer.

—No te preocupes —dije—. De todos modos, tengo trabajo que hacer.

—Así que has venido a trabajar, ¿eh? ¿Qué clase de trabajo te ha traído a esta parte del mundo dejada de la mano de Dios?

Ya estábamos otra vez. El ascensor se movía tan despacio que habría sido más rápido ir por la escalera.

—Tengo una cita mañana en la prisión.

—Vaya. ¿Eres abogado de uno de esos tíos?

—No. Periodista.

—Um, un escritor, ¿eh? En fin, buena suerte. Al menos después podrás irte a casa, no como esos tipos que están ahí dentro.

—Sí, qué suerte.

Me acerqué a la puerta al llegar al cuarto piso para darle una clara señal de que había terminado con la conversación y quería ir a mi habitación. El ascensor se detuvo y las puertas tardaron un tiempo interminable en empezar a abrirse.

—Buenas noches —dije.

Salí deprisa del ascensor y me dirigí a la izquierda. Mi habitación era la tercera puerta del pasillo.

—Igualmente, socio —dijo el Patillas detrás de mí.

Tuve que cambiarme de mano las dos botellas para sacar la llave de mi habitación. Cuando estaba delante de la puerta, sacando la llave del bolsillo, vi que el Patillas venía hacia mí por el pasillo. Me volví y miré a mi derecha. Solo había otras tres habitaciones por allí hasta la salida de la escalera. Tuve el presentimiento de que ese tipo terminaría llamando a mi puerta durante la noche para decirme que bajara a tomar una cerveza o a irnos de putas. Lo primero que pensaba hacer era recoger, llamar a recepción y cambiar de habitación. Él no conocía mi nombre y no podría encontrarme.

Finalmente metí la llave en la cerradura y abrí la puerta. Miré otra vez al Patillas y lo saludé con la cabeza. Su cara se iluminó con una extraña sonrisa al acercarse.

—Eh, Jack —dijo una voz desde dentro de mi habitación.

Me volví abruptamente para ver a una mujer que se levantaba de la silla que estaba junto a la ventana de mi habitación. Inmediatamente reconocí a Rachel Walling. Tenía una fachada profesional. Sentí la presencia del Patillas pasando por detrás de mí hacia su habitación.

—¿Rachel? —dije—. ¿Qué estás haciendo aquí?

—¿Por qué no pasas y cierras la puerta?

Obedecí, todavía anonadado por la sorpresa. Oí que otra puerta se cerraba ruidosamente en el pasillo. El Patillas había entrado en su habitación.

Con cautela, me adentré.

—¿Cómo has entrado?

—Siéntate y te lo explicaré.

*D*oce años antes había mantenido una corta, intensa y digamos que indebida relación con Rachel Walling. Pese a que había visto fotos suyas en los periódicos unos años atrás —cuando ayudó a la policía de Los Ángeles a encontrar y matar a un fugitivo en Echo Park—, no la había visto en persona desde que nos habíamos sentado juntos en la sala de un tribunal una década antes. Aun así, no habían pasado muchos días en esos diez años sin que pensara en ella. Rachel Walling era una razón —quizá la más importante— por la que siempre había considerado ese tiempo como el momento culminante de mi vida.

Mostraba pocos signos externos de los años transcurridos, aunque sabía que había sido una época dura. Pagó por su relación conmigo cinco años de condena en una oficina unipersonal en Dakota del Sur. Pasó de hacer perfiles de asesinos en serie y perseguirlos a investigar apuñalamientos en bares de reservas indias.

Pero había salido de ese pozo y hacía cinco años la habían destinado a Los Ángeles, donde trabajaba en alguna clase de unidad de inteligencia ultrasecreta. La había llamado al enterarme y había contactado con ella; pero me había rechazado. Desde entonces le había seguido la pista desde lejos siempre que había podido. Y ahora estaba delante de mí en mi habitación de hotel, en medio de ninguna parte. En ocasiones resultaba extraño cómo funcionaba la vida.

Dejando de lado mi sorpresa por su aparición, no podía dejar de mirarla y sonreírle. Ella mantuvo la fachada profesional, pero vi que no apartaba la mirada. No era frecuente estar tan cerca de un amante de hace tanto tiempo.

—¿Con quién estabas? —preguntó—. ¿Vas con un fotógrafo en este artículo?

Me volví hacia la puerta.

—No, estoy solo. Y no sé quién era ese. Solo un tipo que se ha puesto a hablar conmigo en el salón de juego. Ha ido a su habitación.

Ella pasó abruptamente a mi lado, abrió la puerta y miró a ambos lados del pasillo antes de volver a entrar en la habitación y cerrarla.

—¿Cómo se llama?

—No lo sé. En realidad no hablaba con él.

—¿En qué habitación está?

—Tampoco lo sé. ¿Qué pasa aquí? ¿Cómo es que estás en mi cuarto?

Señalé la cama. Mi portátil estaba abierto y las notas impresas, así como las copias de los archivos del caso que había conseguido de Schifino y Meyer y los artículos que había encontrado Angela Cook en Internet, desplegados en abanico sobre la colcha. Lo único que faltaba era la transcripción del interrogatorio de Winslow, y solo porque era demasiado pesada para llevarla conmigo.

Yo no lo había dejado todo así en la cama.

—¿Y estabas mirando mis cosas? Rachel, te he pedido ayuda, no que entraras en mi habitación y…

—Siéntate, ¿quieres?

La habitación solo tenía una silla, en la que ella había estado esperando. Me senté en la cama, cerré el portátil con gesto hosco y apilé mis documentos. Ella se quedó de pie.

—Vale, enseñé mis credenciales y le pedí al gerente que me dejara pasar. Le dije que tu seguridad podría estar en peligro.

Negué con la cabeza, confundido.

—¿De qué estás hablando? Nadie sabe siquiera que estoy aquí.

—No estaría tan segura de eso. Me dijiste que ibas a la prisión. ¿A quién más se lo dijiste? ¿Quién más lo sabe?

—No lo sé. Se lo dije a mi redactor y hay un abogado en Las Vegas que lo sabe. Nada más.

Ella asintió.

—William Schifino. Sí, he hablado con él —me explicó.

—¿Has hablado con él? ¿Por qué? ¿Qué está pasando aquí, Rachel?

Rachel asintió de nuevo, pero esta vez no era en un gesto de acuerdo. Asintió porque sabía que tenía que decirme lo que estaba pasando, aunque fuera contra el credo del FBI. Colocó la silla en el centro de la habitación y se sentó de cara a mí.

—Cuando me has llamado hoy no has sido muy coherente, Jack; será porque eres mejor escribiendo historias que contándolas. No importa. La cuestión es que, de todo lo que me dijiste, me quedé con la parte de tus tarjetas de crédito, tus cuentas bancarias y tu teléfono y tu mail. Sé que te dije que no te podía ayudar, pero después de colgar empecé a pensar en ello y me preocupé.

—¿Por qué?

—Porque ves todo eso como un inconveniente, como una gran coincidencia que te ocurre justo cuando estás en la carretera, trabajando sobre este artículo sobre un presunto asesino que no tiene nada que ver con eso.

—No hay nada presunto en este tipo, pero ¿estás diciendo que podría estar relacionado? He pensado en eso, pero no puede ser: el tío al que trato de encontrar no tiene ni idea de que voy tras él.

—No estés tan seguro, Jack. Es una táctica de caza clásica: separar y aislar a la presa para luego ir a por ella. En la sociedad actual, separar y aislar a alguien implica separarlo de su zona de confort, el entorno que conocen, y luego eliminar su capacidad de conectarse: teléfono móvil, Internet, tarjetas de crédito, dinero.

Fue contando con los dedos.

—Pero ¿cómo puede saber de mí este tipo? No tuve noticia de su existencia hasta anoche. Mira, Rachel, es genial verte y espero que te quedes esta noche. Quiero que estés aquí, pero no me trago esto. No me interpretes mal: aprecio tu preocupación… De hecho, ¿cómo demonios has llegado tan condenadamente deprisa?

—Tomé un *jet* del FBI a Nellis y les pedí que me trajeran aquí en helicóptero.

—¡Joder! ¿Por qué no me has llamado?

—Porque no podía. Antes han transferido tu llamada a una

localización externa donde trabajo. No hay identificación en esas transferencias. No tenía tu número y suponía que estabas en un número prepago.

—¿Y qué va a decir el FBI cuando descubran que lo dejaste todo y te subiste a un avión para salvarme? ¿No aprendiste nada en Dakota del Sur?

Rachel dejó de lado esa preocupación. Algo en el gesto me recordó el momento en que nos conocimos. También sucedió en una habitación de hotel; me puso boca abajo en la cama y luego me esposó y detuvo. No fue amor a primera vista.

—Hay un recluso en Ely que ha estado en mi lista de entrevistas desde hace meses —dijo—. Oficialmente, he venido a interrogarle.

—¿Quieres decir que es un terrorista? ¿Es eso lo que hace tu unidad?

—Jack, no puedo hablar sobre esa parte de mi trabajo. Pero puedo decirte lo fácil que ha sido encontrarte y por qué sé que no he sido la única en rastrearte.

Me dejó helado con esa palabra: rastrear. Conjuraba cosas malas en mi imaginación.

—Vale —dije—. Cuéntame.

—Cuando me has llamado, me has dicho que ibas a ir a Ely, de modo que tenía que ser para entrevistar a un recluso. Cuando me he preocupado y he decidido hacer algo, he llamado a Ely y he preguntado si estabas allí. Me han dicho que acababas de irte. He hablado con el capitán Henry, quien me ha explicado que tu entrevista se había pospuesto hasta mañana por la mañana, que te recomendó ir a la ciudad y quedarte en el Nevada.

—Sí, el capitán Henry. He tratado con él.

—Bien. Le he preguntado por qué se ha pospuesto tu entrevista y me ha dicho que tu hombre, Brian Oglevy, estaba incomunicado porque había una amenaza contra él.

—¿Qué amenaza?

—Espera, ya llego. El director de la prisión recibió un mail que decía que la Hermandad Aria estaba planeando atacar a Oglevy hoy. Así que como precaución lo incomunicaron.

—Oh, vamos, ¿y se lo tomaron en serio? ¿La Hermandad Aria? ¡Pero si amenazan a todos los que no son miembros! Además, Oglevy no es un apellido judío.

—Se lo tomaron en serio porque el mensaje llegó de la propia secretaria del alcaide. Pero ella no lo escribió, sino alguien anónimo que logró acceder a su cuenta en el sistema penitenciario del estado. Un *hacker*. Podía haber sido alguien desde dentro o alguien de fuera; no importaba. Lo tomaron como advertencia legítima por la forma en que se comunicó. Eso ha metido a Oglevy en el calabozo, de modo que no has podido verlo y te han mandado a pasar la noche aquí: solo y en un entorno desconocido.

—Vale, ¿qué más? Sigue siendo muy inverosímil.

Estaba empezando a convencerme, pero me hacía el escéptico para conseguir que me contase más cosas.

—Le he consultado al capitán Henry si alguien había llamado preguntando por ti. Me ha dicho que sí, que ha telefoneado el abogado para el que presuntamente estás trabajando, William Schifino, y le han contado lo mismo: que la entrevista se retrasaba y que probablemente pasarías la noche en el Nevada.

—Entendido.

—Me he puesto en contacto con William Schifino. Él no ha hecho esa llamada.

La miré un rato largo mientras sentía un largo escalofrío en la espalda.

—También le he preguntado a Schifino si alguien había llamado pidiendo por ti y me ha contestado que sí. Un tipo que decía ser tu redactor (usó el nombre Prendergast) le ha llamado, le ha dicho que estaba preocupado y que quería saber si habías ido a ver a Schifino. Este le ha confirmado que habías pasado por ahí y que estabas de camino a la prisión en Ely.

Sabía que Prendergast no podía haber hecho la llamada, porque cuando lo llamé él no había recibido mi mensaje y no tenía ni idea de que había ido a Las Vegas. Rachel tenía razón: alguien me estaba rastreando y lo estaba haciendo bien.

Mi mente destelló al pensar en el Patillas: había subido con él en el ascensor y luego me había seguido por el pasillo hasta la habitación.

Si no hubiera oído la voz de Rachel, ¿habría seguido caminando o me habría empujado al interior de la habitación?

Rachel se levantó y anduvo hasta el teléfono de la habitación. Marcó el número de recepción y preguntó por el gerente del hotel. Esperó un momento antes de que atendieran la llamada.

—Sí, soy la agente Walling. Todavía estoy en la habitación 410. He encontrado al señor McEvoy y está a salvo. Quería saber si podría decirme si hay algún huésped en las habitaciones siguientes del pasillo. Creo que deben de ser la 411, 412 y la 413. —Esperó, escuchó y le dio las gracias al director—. Una última pregunta: hay una puerta de salida al final del pasillo; supongo que será la de las escaleras. ¿Adónde van?

Escuchó, volvió a darle las gracias y colgó.

—No hay nadie registrado en esas habitaciones. Las escaleras van al párking.

—¿Crees que ese tipo de patillas era él?

Se sentó.

—Posiblemente.

Pensé en las gafas envolventes, los guantes de conducir y el sombrero de vaquero. Las pobladas patillas le cubrían la mayor parte de las mejillas y apartaban la atención del resto de facciones reconocibles. Me di cuenta de que si tenía que describir al hombre que me había seguido solo podría recordar el sombrero, el pelo, los guantes, las gafas de sol y las patillas: los elementos de usar y tirar e intercambiables de un disfraz.

—¡Dios mío! No puedo creer lo estúpido que he sido. ¿Cómo me ha descubierto y cómo ha podido encontrarme? Hace menos de veinticuatro horas de todo, ¡y estaba sentado a mi lado en las tragaperras!

—Vamos abajo, enséñame la máquina en la que estaba. Podríamos encontrar huellas.

Negué con la cabeza.

—Ni hablar: llevaba guantes de conducir. De hecho, ni siquiera las cámaras cenitales te ayudarán, iba con sombrero de vaquero y gafas de sol; todo su atuendo era un disfraz.

—Sacaremos el vídeo de todas formas. Quizás haya algo que pueda ayudarnos.

—Lo dudo. —Negué con la cabeza otra vez, más para mis adentros que para Rachel—. ¡Lo he tenido al lado!

—Ese truco con el correo electrónico de la secretaria del alcaide demuestra ciertas habilidades. Creo que sería sensato considerar en este momento que tus cuentas de correo han sido violadas.

—Pero eso no explica cómo supo de mí para empezar. Para poder entrar en mi mail, tenía que saber de mí. —Di un manotazo en la cama y asentí con la cabeza—. No sé cómo supo de mí, pero yo mandé mensajes de correo anoche a mi redactor y a mi compañera en el artículo, contándoles que todo estaba cambiando y que iba a seguir una pista a Las Vegas. He hablado con mi redactor hoy y ha dicho que no lo recibió.

Rachel asintió con complicidad.

—Destruir las comunicaciones de salida forma parte del aislamiento del objetivo. ¿Tu compañera recibió su mensaje?

—No sé si lo recibió porque no responde a su teléfono ni al correo y no...

Me detuve en seco y miré a Rachel.

—¿Qué?

—No se ha presentado a trabajar hoy. No ha llamado y nadie ha podido localizarla. Incluso han enviado a alguien a su apartamento, pero no han obtenido respuesta.

Rachel se levantó de pronto.

—Hemos de volver a Los Ángeles, Jack. El helicóptero está esperando.

—¿Y mi entrevista? Has dicho que ibas a pedir el vídeo del hotel.

—¿Y tu compañera? La entrevista y el vídeo pueden esperar.

Avergonzado, asentí y me levanté de la cama. Era ya hora de irse.

No tenía ni idea de dónde vivía Angela Cook. Le conté a Rachel lo que sabía de ella, incluida su extraña fijación con el caso del Poeta y que había oído que tenía un blog pero nunca lo había leído. Rachel transmitió toda la información a un agente en Los Ángeles antes de que subiéramos a bordo de un helicóptero militar para dirigirnos al sur hacia la base de la fuerza aérea en Nellis.

En el vuelo hacia allí llevamos cascos. Estos amortiguaban el ruido del motor, pero no permitían ninguna conversación que no fuera en lenguaje de signos. Rachel cogió mis archivos y pasó la hora con ellos. La vi haciendo comparaciones entre la escena del crimen y los informes de las autopsias de Denise Babbit y Sharon Oglevy. Trabajó con expresión de completa concentración en el rostro y tomó notas en un bloc que había sacado de su propia bolsa. Pasó mucho tiempo mirando las fotos horribles de las mujeres muertas, tomadas tanto en la escena del crimen como en la mesa de autopsias.

Durante la mayor parte del tiempo estuve sentado en mi silla de respaldo recto y me devané los sesos tratando de dar con una explicación de cómo podía haber ocurrido todo tan deprisa. Más concretamente, cómo ese asesino podía haber empezado a perseguirme cuando yo apenas había empezado a perseguirlo a él. Cuando aterrizamos en Nellis pensé que tenía algo y esperé la oportunidad de contárselo a Rachel.

Inmediatamente pasamos a un *jet* que nos esperaba y en el cuál éramos los únicos pasajeros. Nos sentamos uno frente al otro, y el piloto informó a Rachel de que tenía una llamada en el teléfono de a bordo. Nos pusimos los cinturones, Rachel cogió el teléfono y el *jet* empezó a rodar por la pista. A través del altavoz situado en la parte superior, el piloto nos informó de que aterrizaríamos en Los Ángeles en una hora. Nada como el poder y la potencia del Gobierno federal, pensé. Eso sí que era viajar, salvo por una cosa: era un avión pequeño, y no me gusta volar en aviones pequeños.

Rachel sobre todo escuchó al que hablaba, luego hizo unas cuantas preguntas y finalmente colgó.

—Angela Cook no está en su casa —dijo—. No han podido encontrarla.

No respondí. Una puñalada de pavor por Angela se abrió paso debajo de mis costillas. El temor no se alivió en lo más mínimo cuando el *jet* despegó, elevándose en un ángulo mucho más brusco del que estaba acostumbrado a experimentar en los vuelos comerciales. Casi arranqué el reposabrazos con las uñas. Solo cuando estuvimos a salvo en el aire me atreví a hablar por fin.

—Rachel, creo que sé cómo este tipo pudo encontrarnos tan pronto; al menos a Angela.

—Cuéntame.

—No, tú primero. Dime lo que has encontrado en los archivos.

—No seas tan mezquino, Jack. Esto se ha convertido en algo un poco más importante que un artículo de periódico.

—Eso no significa que no puedas hablar antes. También es más grande que la tendencia del FBI a recoger información sin dar nada a cambio.

Rachel se sacudió del anzuelo.

—Bueno, empezaré yo. Pero primero deja que te elogie, Jack. Por lo que he leído de estos casos, diría que no hay ninguna duda de que son obra de un único asesino: un mismo hombre es responsable de los dos. Pero esto pasó desapercibido porque en ambos casos enseguida salió a la luz un sospechoso alternativo y las autoridades locales actuaron con vendas en los ojos; tuvieron a su hombre desde el principio y no contemplaron otras posibilidades. Pero claro, en el caso Babbit, su hombre era un crío.

Me incliné hacia delante, radiante de confianza después de su cumplido.

—No confesó, aunque eso fue lo que comunicaron a la prensa —dije—. Tengo la transcripción en mi oficina: nueve horas de interrogatorio y el chico no confesó. Dijo que robó el coche y el dinero, pero que el cadáver ya estaba en el maletero. No dijo que la matara.

Rachel asintió.

—Lo suponía. Así que lo que estabas haciendo con el material que tienes aquí era hacer el perfil de dos asesinatos. Buscando una firma.

—La firma es obvia: le gusta estrangular a mujeres con bolsas de plástico.

—Técnicamente no fueron estranguladas, sino asfixiadas. Ahogadas. Hay una diferencia.

—Vale.

—Hay algo muy familiar en el uso de la bolsa de plástico y la cuerda en el cuello, pero en realidad estaba buscando algo menos obvio que la firma superficial. También estaba buscando similitudes entre las mujeres. Si descubrimos lo que las relaciona, encontraremos al asesino.

—Las dos eran *strippers*.

—Eso es una parte, pero es un poco amplio. Y técnicamente, una era *stripper* y la otra bailarina exótica. Hay una ligera diferencia.

—Como prefieras. Las dos se ganaban la vida enseñando el cuerpo. ¿Es la única relación que has encontrado?

—Bueno, como ya habrás notado, la apariencia física de las dos era muy similar. De hecho, la diferencia de peso era de solo un kilo y la diferencia de altura de un centímetro. La estructura facial y el pelo también se parecían. El tipo de cuerpo de una víctima es un componente clave que hace que las elijan. Un asesino oportunista coge lo que encuentra. Pero cuando ves a dos víctimas con exactamente el mismo tipo de cuerpo, denota que es un depredador paciente, que elige.

Rachel daba la impresión de que tenía algo más que decir, pero se detuvo. Esperé, pero ella no continuó.

—¿Qué? —dije—. Sabes más que lo que estás diciendo.

Dejó de lado las dudas.

—Cuando trabajaba en Ciencias del Comportamiento, la unidad estaba en sus inicios. Los especialistas en realizar perfiles, *profilers* se llaman, se sentaban y hablaban de la correlación entre los depredadores que cazábamos y los depredadores en un entorno salvaje. Te sorprendería lo similar que es un asesino en serie a un leopardo o un chacal. Y lo mismo se puede decir de las víctimas. De hecho, cuando se trata de tipos corporales, solemos asignar a las víctimas nombres de animales. A estas dos mujeres las llamaríamos jirafas: altas y de piernas largas. A nuestro depredador le gustan las jirafas.

Quería anotar algo de lo que estaba diciendo para usarlo después, pero temía que cualquier registro obvio de su interpretación de los archivos causara que Rachel se cerrara en banda. Así que traté de no moverme siquiera.

—Hay algo más —añadió—. En este punto es pura conjetura por mi parte. Las dos autopsias atribuyen marcas en cada una de las piernas de las víctimas a una ligadura. Creo que podría ser un error.

—¿Por qué?

—Ven, que te enseño una cosa.

Me moví, pues estábamos en asientos situados uno frente al otro. Me quité el cinturón y me coloqué a su lado. Rachel hojeó los archivos y sacó varias copias de fotos de las escenas de los crímenes y las autopsias.

—Vale, ¿ves las marcas encima y debajo de las rodillas, aquí, aquí y aquí?

—Sí, como si las hubieran atado.

—No exactamente.

Usó su uña esmaltada para trazar las marcas en los cuerpos de las víctimas mientras me lo explicaba.

—Las marcas son demasiado simétricas para ser ligaduras tradicionales. Además, si fueran marcas de ligaduras las veríamos en torno a los tobillos. Si quieres atar a alguien para controlarlo o para impedir que escape, has de atarle los tobillos. Pero no tenemos marcas de ligaduras en estas zonas. En las muñecas, sí.

Tenía razón. No me había fijado hasta que ella lo había explicado.

—Entonces, ¿qué causó esas marcas en las piernas?

—No estoy segura, pero cuando estaba en Comportamiento encontrábamos nuevas parafilias en casi cada caso. Empezamos a categorizarlas.

—¿Estás hablando de perversiones sexuales?

—No las llamábamos así.

—Vaya, ¿tenéis que ser políticamente correctos con los asesinos en serie?

—Puede ser solo un matiz, pero hay una diferencia entre pervertido y anormal. A estas conductas las llamamos parafilias.

—Vale. Entonces estas marcas, ¿son parte de una parafilia?

—Podría ser. Creo que son marcas dejadas por correas.

—¿Correas de qué?

—Férulas, ortesis.

Casi me reí.

—Has de estar de broma. ¿La gente se excita con las ortesis?

Rachel asintió.

—Incluso tiene un nombre: abasiofilia. Es una fascinación psicosexual con las piernas ortopédicas. Sí, hay gente a la que le pone eso. Incluso hay páginas web y salas de chat dedicadas a ello. A las mujeres que llevan aparatos ortopédicos las llaman «doncellas de hierro».

Recordé que la capacidad de Rachel como *profiler* me había resultado profundamente hipnótica cuando estábamos persiguiendo al Poeta. Había dado en el blanco en muchos aspectos del caso, rayando la clarividencia. Y a mí me había cautivado su capacidad de basarse en pequeños indicios de información y detalles oscuros para extraer sus propias conclusiones. Estaba haciéndolo otra vez, y yo volvía a estar cautivado.

—¿Tuviste un caso de este tipo?

—Sí, tuvimos un caso en Luisiana. Un hombre secuestró a una mujer en una parada de autobús y la retuvo durante una semana en una cabaña de pesca del *bayou*. La mujer logró escapar y atravesar el pantano. Tuvo suerte, porque las cuatro mujeres a las que había cogido antes no escaparon. Encontraron restos parciales en el pantano.

—¿Y fue un caso de *basofilia*?

—Abasiofilia —me corrigió—. Sí, la mujer que escapó nos dijo que el sujeto le hacía llevar ortesis con correas en las piernas y tenía laterales de hierro y articulaciones que iban de los tobillos a las caderas y varias correas de cuero.

—Es repugnante —dije—. No hay asesinos en serie normales, pero ¿ortesis? ¿De dónde sale una adicción así?

—Se desconoce, pero la mayoría de las parafilias se arraigan en la primera infancia. Una parafilia es como una receta para la satisfacción sexual de un individuo, lo que necesita para excitarse. No se sabe por qué alguien necesita llevar ortesis o que su pareja las lleve, pero es algo que empieza pronto. Eso está claro.

—¿Crees que el hombre de tu caso de entonces podría ser…?

—No, el hombre que cometió esos asesinatos en Luisiana fue condenado a muerte. Yo fui testigo. Y hasta el final no habló ni una palabra con nosotros ni con nadie.

—Bueno, supongo que eso le da una coartada perfecta en este caso.

Sonreí, pero Rachel no me devolvió la sonrisa. Seguí adelante.

—Estas ortesis, ¿son difíciles de encontrar?

—Se compran y venden a diario en Internet. Pueden ser caras, con toda clase de artefactos y correas. La próxima vez que te conectes a Google busca «abasiofilia» y ya verás. Estamos hablando del lado oscuro de Internet, Jack. Es un gran lugar de encuentro, donde se reúne gente que comparte intereses similares. Puedes pensar que tus deseos secretos te convierten en un bicho raro, y luego te conectas a Internet y encuentras una comunidad y aceptación.

A medida que Rachel se explicaba me daba cuenta de que había un artículo ahí. Algo separado del caso de las víctimas encontradas en maleteros, quizás incluso un libro. Dejé de lado la idea para más adelante y volví a concentrarme en el caso que me ocupaba.

—Entonces, ¿qué crees que hace el asesino? ¿Las obliga a ponerse esas ortesis y las viola? ¿La asfixia significa algo?

—Todos los detalles significan algo, Jack. Solo has de saber interpretarlos. La escena que crea refleja su parafilia. Lo más probable es que esto no vaya de matar a las mujeres, sino de crear una escena psicosexual que cumpla una fantasía. Luego las mata, pero porque ha terminado con ellas y no puede permitirse la amenaza de que vivan para hablar de él. Apuesto a que hasta les pide perdón cuando les pone la bolsa en la cabeza.

—Las dos son bailarinas. ¿Crees que las hace bailar o algo?

—Otra vez es solo una conjetura, pero podría formar parte

de ello, sí. De todos modos apuesto a que se trata de un tipo corporal; jirafas. Las bailarinas han de tener piernas delgadas. Si eso es lo que quiere, entonces busca bailarinas.

Pensé en las horas que las dos mujeres habían pasado con su asesino, en el tiempo transcurrido entre el rapto y el momento de la muerte. ¿Qué ocurrió durante esas horas? No importaba la respuesta, se resumía en un final horrible y terrorífico.

—Antes has dicho algo sobre que la bolsa te resultaba familiar. ¿Recuerdas por qué?

Rachel pensó un momento antes de responder.

—No, pero hay algo en ello. Alguna familiaridad. Probablemente es de otro caso y no puedo situarlo.

—¿Pondrás todo esto en el VICAP?

—En cuanto tenga ocasión.

El VICAP del FBI era una base de datos que contenía los detalles de miles de crímenes. Podía usarse para encontrar crímenes de naturaleza similar al que se investigaba.

—Hay algo más a señalar sobre el procedimiento del asesino —dijo Rachel—. En ambos casos dejó la bolsa y la ligadura en el cuello de las víctimas, pero retiró las ataduras de las piernas, fueran ortesis o no.

—Exacto. ¿Qué significa?

—No lo sé, pero podría significar varias cosas. Las mujeres obviamente fueron constreñidas de alguna manera durante su cautividad. Utilizara lo que utilizase, correas ortopédicas o lo que fuera, lo quitó. En cambio, la bolsa la dejó en su lugar. Podría formar parte de una declaración, parte de su firma. Podría tener un significado del que todavía no somos conscientes.

Asentí. Estaba impresionado por su interpretación.

—¿Cuánto tiempo hace que no trabajas en Ciencias del Comportamiento?

Rachel sonrió, pero entonces me di cuenta de que lo que pretendía que fuera un cumplido podría ponerla nostálgica.

—Hace mucho —respondió.

—La típica tontería y politiqueo del FBI —comenté—. Sacar a alguien de donde es realmente bueno y ponerlo en otro lugar.

Necesitaba que se alejara del recuerdo de su relación conmigo, que le había costado el puesto para el que estaba mejor preparada, y volviera a enfocarse.

—¿Crees que si capturamos a este tipo llegaremos a entenderlo?

—Nunca los entiendes, Jack. Tienes pistas, nada más. El tipo de Luisiana fue educado en un orfanato en los años cincuenta, y muchos niños allí contrajeron la polio. Algunos llevaban prótesis u ortesis. Nadie sabe por qué eso fue lo que lo excitaba como adulto y lo llevó a cometer múltiples asesinatos; un montón de niños se criaron en ese orfanato y no se convirtieron en asesinos en serie. Solo podemos hacer conjeturas de por qué hacen lo que hacen.

Me volví y miré por la ventana. Estábamos sobrevolando el desierto entre Los Ángeles y Las Vegas. Solo había oscuridad fuera.

—Supongo que es un mundo perverso —señalé.

—Puede serlo —dijo Rachel.

Volamos un momento en silencio antes de que me volviera otra vez hacia ella.

—¿Hay alguna relación más entre ellos?

—He hecho una lista de similitudes, así como una lista de aspectos disímiles de los casos. Quiero estudiarlo todo un poco más, pero por ahora las ortesis son lo más significativo para mí. Después de eso, tenemos el patrón físico de las mujeres y los medios de causar la muerte. Pero ha de haber una conexión en alguna parte, un enlace entre ellas dos.

—Lo encontraremos, y encontraremos a ese tío.

—Sí. Y ahora es tu turno, Jack. ¿Qué es lo que has descubierto?

Asentí y ordené rápidamente mis ideas.

—Bueno, hay algo que no estaba en el material que Angela encontró en Internet; me lo contó porque no había nada que imprimir. Dijo que encontró los artículos de Las Vegas y algunas de las viejas historias de Los Ángeles cuando hizo una búsqueda con las palabras «asesinato» y «maletero», ¿sí?

—Sí.

—Bueno, pues me dijo que también encontró una web llamada asesinodelmaletero.com, pero cuando entró no había nada. Clicó en un botón, pero había un cartel que decía que estaba en construcción. Así que, como has dicho que las capacidades de este tipo incluyen hacer cosas en Internet, estaba pensando que quizá…

—¡Por supuesto! Puede ser una trampa de IP. Debe de estar alerta de cualquiera que busque información en Internet sobre víctimas de asesinato encontradas en un maletero. Luego puede rastrear la IP y descubrir quién lo está buscando. Eso podría haberlo llevado a Angela y después a ti.

El *jet* empezó a descender, de nuevo en un ángulo más brusco que nada que hubiera experimentado en un vuelo comercial. Me di cuenta de que otra vez estaba clavando las uñas en el reposabrazos.

—Probablemente se excitó cuando vio tu nombre —dijo Rachel.

La miré.

—¿De qué estás hablando?

—De tu reputación, Jack. Tú fuiste el periodista que cazó al Poeta. Escribiste un libro sobre eso. Eres el señor Bestseller, estuviste con Larry King. Esos tipos prestan atención a todo eso: leen esos libros; en realidad los estudian.

—Es genial saberlo. A lo mejor le firmo un ejemplar cuando lo vea.

—Hago una apuesta contigo. Cuando cojamos a ese tipo, encontraremos en su posesión un ejemplar de tu libro.

—Espero que no.

—Y otra más. Antes de que pillemos a ese tío, establecerá contacto directo contigo. Te llamará o te enviará un mensaje o conectará de alguna manera.

—¿Por qué? ¿Por qué correr el riesgo?

—Porque una vez que está claro que está en campo abierto (que sabemos que existe) buscará tu atención. Siempre lo hacen. Siempre cometen ese error.

—No hagas apuestas, Rachel.

La idea de que yo estuviera alimentando o de algún modo hubiera alimentado la psicología retorcida de ese tipo no era algo en lo que quisiera pensar.

—Bueno, no te culpo —dijo Rachel, captando mi desasosiego.

—Y agradezco que hayas dicho «cuando cojamos a este tipo» en lugar de «si cogemos a este tipo».

Rachel asintió.

—Oh, no te preocupes, Jack. Vamos a pillarlo.

Me volví y miré por la ventana. Veía la alfombra de luces al dejar atrás el desierto y volver a la civilización. La civilización como la conocemos. Había millones de luces en el horizonte y sabía que todas ellas juntas no bastaban para iluminar la oscuridad del corazón de algunos hombres.

𝒜terrizamos en el aeropuerto de Van Nuys y subimos al coche que Rachel había dejado allí antes. Llamó por teléfono para ver si había alguna novedad sobre Angela Cook y le dijeron que no había ninguna. Colgó y me miró.

—¿Dónde está tu coche? ¿En LAX?

—No, cogí un taxi. Está en casa. En el garaje.

No pensaba que una frase tan simple sonara tan repugnante. «En el garaje.» Le di a Rachel la dirección y salimos del aparcamiento.

Era casi medianoche y se circulaba con fluidez por la autopista. Tomamos la 101 al pie del valle de San Fernando y luego bajamos por el paso de Cahuenga. Rachel salió por Sunset Boulevard, en Hollywood, y se dirigió al oeste.

Mi casa estaba en North Curson Avenue, una manzana al sur de Sunset. Era un bonito barrio lleno sobre todo de casitas para familias de clase media que desde hacía mucho habían huido del barrio por los precios. Yo tenía una casa estilo Craftsman de dos dormitorios, con garaje separado para un vehículo en la parte de atrás. El patio trasero era tan pequeño que hasta un chihuahua se habría sentido encerrado. Había comprado la casa doce años antes con el dinero de la venta de mi libro sobre el Poeta. Dividí por la mitad todos los cheques que recibí a cuenta del contrato con la viuda de mi hermano, para ayudarla a criar y educar a su hija. Hacía mucho que no recibía un cheque de derechos y todavía más desde la última vez que había visto a mi sobrina, pero tenía la casa y la educación de la niña como recompensa por ese tiempo de mi vida. Al divorciarnos, mi mujer no hizo ninguna reclamación por la casa, porque yo ya la poseía de antes, y ahora ya solo me quedaban tres años de pago de hipoteca antes de que fuera mía del todo.

Rachel entró por el sendero y condujo hasta la parte de atrás de la vivienda. Aparcó, pero dejó las luces del coche encendidas. Se reflejaron con intensidad en la puerta cerrada del garaje. Salimos y nos acercamos muy despacio, como artificieros que se mueven hacia un hombre con un chaleco lleno de dinamita.

—Nunca la cierro —le dije—. No guardo nada que valga la pena robar, salvo el coche en sí.

—¿Al menos cierras el coche?

—No. La mayoría de las veces se me olvida.

—¿Y esta vez?

—Creo que me olvidé.

Era una puerta de garaje de batiente vertical. Me agaché, la levanté y entramos. Se encendió una luz automática en el techo y nos quedamos mirando el maletero de mi BMW. Yo ya tenía la llave lista. Apreté el botón y oímos el sonido neumático de apertura del maletero.

Rachel dio un paso adelante sin titubear y levantó la tapa del maletero.

A excepción de una bolsa de ropa que tenía la intención de dejar en el Ejército de Salvación, el maletero estaba vacío.

Rachel había contenido el aliento. Oí que soltaba el aire lentamente.

—Sí —dije—. Estaba seguro de que…

Rachel cerró el maletero, enfadada.

—¿Qué, te molesta que no esté ahí? —le pregunté.

—No, Jack, me molesta que me estén manipulando. Me ha hecho pensar de una manera determinada y ese ha sido mi error. No volverá a suceder. Vamos, registremos la casa para asegurarnos.

Rachel retrocedió para apagar las luces de su coche y entramos en la cocina por la puerta de atrás. La casa olía a humedad, pero siempre era así cuando estaba cerrada. No ayudaba que hubiera plátanos demasiado maduros en el bol de frutas de la encimera. Yo fui delante, encendiendo las luces a medida que avanzábamos. Aparentemente, la casa estaba tal cual la había dejado: razonablemente limpia, pero con muchas pilas de periódicos en las mesas y en el suelo, junto al sofá de la sala.

—Bonita casa —dijo Rachel.

Miramos en la habitación de invitados, que usaba como despacho, y no encontré nada inusual. Mientras Rachel entraba en la habitación principal, yo rodeé el escritorio y puse en marcha mi ordenador de sobremesa. Tenía acceso a Internet, pero no podía entrar en mi cuenta de correo electrónico del *Times*. Mi contraseña fue rechazada. Furioso, apagué el ordenador y salí de la oficina para reunirme con Rachel en mi dormitorio. La cama había quedado sin hacer, porque no esperaba visitas. Olía a cerrado y fui a abrir una ventana mientras Rachel miraba en el armario.

—¿Por qué no tienes esto en una pared en alguna parte, Jack? —preguntó.

Me volví. Había encontrado el anuncio a página completa de mi libro en el *New York Times*. Lo había enmarcado, pero llevaba dos años en el armario.

—Estaba en la oficina, pero después de diez años sin continuación, empezó a parecerme una burla. Así que lo puse allí.

Rachel asintió con la cabeza y entró en el cuarto de baño. Yo contuve la respiración, porque no sabía en qué condiciones sanitarias estaba. Oí que se corría la cortina de la ducha y, a continuación, Rachel volvió a retroceder hacia el dormitorio.

—Deberías limpiar la bañera, Jack. ¿Quiénes son todas las mujeres?

—¿Qué?

Señaló la cómoda, donde había una fila de fotos enmarcadas en pequeños caballetes. Yo las fui señalando una por una.

—Sobrina, cuñada, madre, exesposa.

Rachel levantó las cejas.

—¿Exesposa? Conseguiste olvidarme, pues.

Rachel sonrió y yo le devolví la sonrisa.

—No duró mucho. Era periodista. Cuando llegué al *Times* compartíamos los sucesos; una cosa llevó a la otra y nos casamos. Luego se fue apagando. Fue un error. Ahora trabaja en la oficina de Washington y seguimos siendo amigos.

Quería decir más, pero algo hizo que me contuviera. Rachel

se volvió y se dirigió de nuevo al pasillo. La seguí hasta el salón. Nos quedamos allí, mirándonos el uno al otro.

—¿Y ahora qué? —le pregunté.

—No estoy segura. Voy a tener que pensar en ello. Probablemente debería dejarte dormir un poco. ¿Estarás bien aquí?

—Claro, ¿por qué no? Además, tengo un arma.

—¿Ah, sí? Jack, ¿qué haces con un arma?

—¿Cómo es que la gente con armas de fuego siempre se pregunta por qué los ciudadanos las tienen? La compré después de lo del Poeta, ¿sabes?

Rachel asintió con la cabeza. Lo comprendió.

—Bueno, entonces, si te parece bien, te dejaré aquí con tu arma y te llamaré por la mañana. Tal vez alguno de nosotros tenga una nueva idea acerca de Angela para entonces.

Yo sabía que, además de lo de Angela, era uno de esos momentos. Podía ir a por lo que quería o dejar que se me escapara como pasó hacía tanto tiempo.

—¿Qué pasa si no quiero que te vayas? —le pregunté. Ella me miró sin hablar—. ¿Qué pasa si no he podido olvidarte? —dije.

Rachel bajó la mirada al suelo.

—Jack… diez años es toda una vida. Ahora somos personas diferentes.

—¿Sí?

Ella levantó la cabeza y nos quedamos mirando a los ojos durante un largo momento. Me acerqué, le puse la mano en la nuca y la atraje para darle un beso largo y profundo sin que ella se resistiera ni se apartara.

Se le cayó el teléfono de la mano y resonó en el suelo. Nos aferramos el uno al otro en una especie de desesperación emocional. No había nada de dulzura en ello. Era deseo, ansia, no amor; aunque solo se trataba de amor y de la voluntad imprudente de cruzar la frontera para conseguir intimidad con otro ser humano.

—Volvamos a la habitación —susurré contra su mejilla.

Ella sonrió en mi siguiente beso y luego, no sé cómo, logramos llegar a mi habitación sin apartar las manos el uno del otro. Nos quitamos la ropa con urgencia e hicimos el amor en la cama. Terminó antes de que pudiera pensar en lo que estábamos haciendo y en lo que podría significar. Luego nos quedamos tumbados boca arriba; le acaricié suavemente el pecho con los nudillos de la mano izquierda. Los dos respirábamos con inspiraciones largas y profundas.

—Oh-oh —dijo por fin.

Sonreí.

—Te van a echar —dije.

Y ella también sonrió.

—¿Y tú? El *Times* ha de tener algún tipo de regla sobre acostarse con el enemigo, ¿no?

—¿De qué estás hablando? ¿«El enemigo»? Además, me despidieron la semana pasada. Me queda una semana más y seré historia allí.

De repente se puso del lado y me miró con ojos de preocupación.

—¿Qué?

—Sí, soy una víctima de Internet. Me han despedido y me han dado dos semanas para formar a Angela y largarme.

—Oh, Dios mío, eso es horrible. ¿Por qué no me lo dijiste?

—No lo sé. Supongo que no salió el tema.

—¿Por qué tú?

—Porque tengo un sueldo alto y Angela no.

—Menuda estupidez.

—A mí no has de convencerme. Pero así es como funciona la prensa hoy en día. Es lo mismo en todas partes.

—¿Qué vas a hacer?

—No sé, probablemente sentarme en esa habitación y escribir la novela de la que he estado hablando desde hace quince años. Creo que la pregunta más importante es ¿qué vamos a hacer ahora, Rachel?

Ella evitó mi mirada y empezó a acariciarme el pecho.

—Espero que no sea un rollo de una noche —le dije—. No quiero que lo sea.

Ella no respondió durante mucho tiempo.

—Yo tampoco —dijo al fin.

Pero eso fue todo.

—¿En qué estás pensando? —le pregunté—. Siempre parece que te apagas o te quedas pensando en algo.

Rachel me miró con una media sonrisa.

—¿Qué, ahora tú eres el *profiler*?

—No, solo quiero saber en qué estás pensando.

—Para ser sincera, estaba pensando en algo que dijo un hombre con el que estuve hace un par de años. Teníamos... eh... una relación de esas que no van a ninguna parte. Yo empecé con mis propias obsesiones y sabía que él todavía estaba colgado de su exesposa, aunque vivía a quince mil kilómetros de distancia. Cuando hablamos de ello, me comentó la teoría de la bala única. ¿Sabes lo que es eso?

—¿Lo del asesinato de Kennedy?

Rachel simuló que me daba un puñetazo en el pecho.

—No, sobre el amor de tu vida. Todo el mundo tiene una persona por ahí, una bala. Y si tienes suerte en la vida, conoces a esa persona. Y una vez que lo haces, una vez te disparan en el corazón, entonces no hay nadie más. No importa lo que ocurra (muerte, divorcio, infidelidad, lo que sea), nadie más puede volver a acercarse. Esa es la teoría de la bala única.

Rachel asintió con la cabeza. Creía en ella.

—¿Qué estás diciendo, que él era tu bala?

Negó con la cabeza.

—No, estoy diciendo que no lo era. Llegó demasiado tarde. Ya ves, ya me habían disparado antes. Alguien me disparó antes que él.

La miré un buen rato, luego me incliné para besarla. Después de unos momentos se echó hacia atrás.

—Pero tengo que irme. Deberíamos pensar en esto y en todo lo demás.

—Quédate aquí. Duerme conmigo. Nos levantaremos temprano mañana y los dos llegaremos a tiempo a trabajar.

—No, ahora tengo que ir a casa o mi marido se preocupará.

Me senté como un rayo. Ella se echó a reír y se levantó de la cama. Comenzó a vestirse.

—No ha tenido gracia —dije.

—Creo que sí —insistió.

Bajé de la cama y comencé a vestirme yo también. Ella siguió riéndose como si estuviera borracha. Finalmente, yo también. Primero me puse los pantalones y la camisa y luego empecé a buscar mis zapatos y los calcetines alrededor de la cama. Lo encontré todo menos un calcetín. Finalmente me arrodillé y lo busqué debajo de la cama.

Y fue entonces cuando la risa se detuvo.

$\mathcal{L}$os ojos sin vida de Angela Cook me miraron desde debajo de la cama. Involuntariamente, me impulsé hacia atrás en la alfombra y me golpeé la espalda en la mesa. La lámpara se tambaleó y por fin cayó al suelo con estrépito.

—¡Jack! —gritó Rachel.

Señalé.

—¡Angela está debajo de la cama!

Rachel se acercó enseguida. Solo llevaba su ropa interior negra y una blusa blanca. Se agachó a mirar.

—¡Oh, Dios mío!

—¡Creí que habías mirado debajo de la cama! —dije con nerviosismo—. Cuando he entrado en la habitación pensé que ya habías mirado.

—Yo creí que lo habías hecho tú mientras me ocupaba del armario.

Se puso a gatas y examinó ambos lados de la cama durante un buen rato antes de volverse a mirarme.

—Tiene aspecto de llevar un día muerta. Asfixiada con una bolsa de plástico. Está completamente desnuda y envuelta en una hoja de plástico transparente, como si estuviera lista para ser transportada. O tal vez era para contener el olor de descomposición. La escena es bastante dife…

—Rachel, por favor, yo la conocía. ¿Puedes hacer el favor de no analizarlo todo en este momento?

Volví a apoyar la cabeza en la mesa y miré al techo.

—Lo siento, Jack. Por ella y por ti.

—¿Sabes si la torturó o simplemente…?

—No lo sé, pero tenemos que llamar a la policía de Los Ángeles.

—Claro.

—Esto es lo que diremos: te traje aquí, registramos la casa y la encontramos. De lo otro ni hablar. ¿De acuerdo?

—Muy bien, muy bien. Lo que tú digas.

—Tengo que vestirme.

Se levantó y me di cuenta de que la mujer con la que acababa de hacer el amor había desaparecido por completo. Ahora era al cien por cien agente del FBI. Terminó de vestirse y se inclinó para estudiar la parte superior de la cama en un ángulo lateral. Vi que empezaba a recoger pelos de la almohada para que no los encontrara el equipo de la escena del crimen que pronto se abatiría sobre mi casa. Yo no me moví en ningún momento. Veía el rostro de Angela desde donde estaba sentado y no lograba acostumbrarme a la realidad de la situación.

Apenas conocía a Angela y probablemente ni siquiera me caía muy bien, pero era demasiado joven y tenía demasiada vida por delante para estar muerta de repente. Había visto un montón de cadáveres en mi profesión y había escrito sobre una gran cantidad de asesinatos, incluido el de mi propio hermano. Pero creo que nada de lo que había visto o sobre lo que había escrito antes me afectó tanto como ver la cara de Angela Cook detrás de esa bolsa de plástico. Tenía la cabeza inclinada hacia atrás, de modo que si hubiera estado de pie habría estado mirándome. Sus ojos abiertos y asustados parecían observarme desde la oscuridad de debajo de la cama. Daba la impresión de que estuviera desapareciendo en esa oscuridad, siendo arrastrada por ella y mirando la última luz. Y fue entonces cuando debió de hacer un último esfuerzo desesperado por la vida. Tenía la boca abierta en un grito final aterrador.

Me sentía como si estuviera inmiscuyéndome en algo sagrado solo por mirarla.

—Esto no va a funcionar —dijo Rachel—. Tenemos que deshacernos de las sábanas y las almohadas.

La miré. Rachel comenzó a tirar de las sábanas de la cama y a recogerlas en una bola.

—¿No podemos simplemente decirles lo que ha pasado? Que no la encontramos hasta después de…

—Piensa, Jack. Si reconozco algo así, seré el blanco de todas las bromas en la sala de la brigada durante los próximos diez años. No solo eso, perderé mi trabajo. Lo siento, pero no quiero. Si lo hacemos de esta manera, simplemente creerán que el asesino se llevó las sábanas.

Juntó todo en una bola.

—Bueno, tal vez haya pruebas del tipo en ellas.

—Eso es poco probable. Es muy cuidadoso y no ha dejado nada antes. Si existiera algún indicio en estas sábanas se las habría llevado él. Dudo de que la matara en esta cama. La envolvió y la escondió ahí debajo para que tú la encontraras.

Lo dijo como si tal cosa. Probablemente ya no había nada en este mundo que pudiera sorprenderla u horrorizarla.

—Vamos, Jack. Hemos de movernos.

Salió de la habitación cargada con las sábanas y las fundas de las almohadas. Yo me levanté muy despacio, encontré el calcetín que me faltaba detrás de una silla y me llevé calcetines y zapatos a la sala de estar. Me los estaba poniendo cuando oí que se cerraba la puerta de atrás. Rachel volvió con las manos vacías y supuse que había escondido almohadas y sábanas en el maletero de su coche.

Recogió su teléfono del suelo, pero en lugar de hacer una llamada empezó a pasear con la cabeza gacha y sumida en sus pensamientos.

—¿Qué estás haciendo? —dije por fin—. ¿Vas a llamar?

—Sí, sí. Pero antes de que empiece la locura, estoy tratando de averiguar lo que estaba haciendo. ¿Cuál era el plan de este tipo aquí?

—Es obvio. Iba a colgarme a mí el asesinato de Angela, pero era un plan estúpido porque no podía funcionar. Fui a Las Vegas y puedo probarlo. La hora de la muerte demostrará que no podría haberle hecho esto a Angela y que fue una trampa.

Rachel negó con la cabeza.

—Con la asfixia es muy difícil determinar la hora exacta de la muerte. Solo con que la horquilla fuera de dos horas te dejaría sin coartada.

—¿Estás diciendo que estar en un avión o en Las Vegas no es una coartada?

—No, si no pueden ajustar la hora de la muerte a cuando

estabas en ese avión o en Las Vegas. Creo que nuestro hombre es lo bastante inteligente para darse cuenta de eso. Formaba parte de su plan.

Poco a poco asentí con la cabeza y noté que empezaba a inundarme un miedo terrible. Me di cuenta de que podía terminar como Alonzo Winslow y Brian Oglevy.

—Pero no te preocupes, Jack. No dejaré que te metan en la cárcel.

Finalmente, Rachel levantó el teléfono e hizo una llamada. Oí que hablaba brevemente con alguien que probablemente era un superior. No dijo nada sobre mí ni sobre el caso o Nevada. Solo dijo que había estado involucrada en el descubrimiento de un homicidio y que iba a ponerse en contacto con la policía de Los Ángeles.

A continuación, llamó a la policía de Los Ángeles, se identificó, dio mi dirección y pidió un equipo de Homicidios. Dio su número de teléfono móvil y colgó. Me miró.

—¿Y tú? Si tienes que llamar a alguien, será mejor que lo hagas ahora. Una vez que lleguen los detectives no creo que te dejen usar el teléfono.

—Vale.

Saqué mi móvil prepago y llamé a Local en el *Times*. Miré el reloj y vi que eran más de la una. El periódico se había ido a dormir hacía rato, pero tenía que informar a alguien de lo que estaba sucediendo.

El redactor jefe del turno de noche era un veterano llamado Esteban Samuel, un superviviente que trabajaba en el *Times* desde hacía casi cuarenta años y había evitado todas las sacudidas, purgas y cambios de régimen. Lo había conseguido en gran parte pasando desapercibido y situándose al margen del camino. No entraba a trabajar hasta las seis de la tarde y por lo general a esa hora los recortadores corporativos y el verdugo editorial Kramer ya se habían ido a casa. Ojos que no ven, corazón que no siente. Funcionaba.

—Sam, soy Jack McEvoy.

—¡Jack Mack! ¿Cómo estás?

—No muy bien. Tengo una mala noticia. Han matado a Angela Cook. Una agente del FBI y yo acabamos de encontrarla. Sé que la edición de la mañana está cerrada, pero es posible que quieras llamar a quien sea que tengas que llamar o al menos dejarlo en bandeja.

La bandeja era una lista de notas, ideas y artículos incompletos que Samuel compilaba al final de su turno y dejaba para el redactor jefe de la mañana.

—¡Oh, Dios mío! ¡Es horrible! Esa pobre chica…

—Sí, es horrible.

—¿Qué ha pasado?

—Está relacionado con el artículo en el que estábamos trabajando. Pero no sé mucho. Estamos esperando que llegue la policía.

—¿Dónde estás? ¿Cuándo ha pasado?

Sabía que antes o después me lo preguntaría.

—En mi casa, Sam. No sé cuánto sabes, pero fui a Las Vegas anoche y Angela desapareció. He vuelto esta noche y una agente del FBI me ha acompañado y hemos registrado la casa. Hemos encontrado su cuerpo debajo de la cama.

Todo parecía una locura al decirlo.

—¿Estás detenido, Jack? —preguntó Samuel, con confusión evidente en su voz.

—No, no. El asesino está tratando de tenderme una trampa, pero el FBI sabe lo que está pasando. Angela y yo íbamos tras este tipo y de alguna manera se enteró. Mató a Angela y luego trató de ir a por mí en Nevada, pero el FBI estaba allí. De todos modos, todo esto estará en el artículo que escribiré mañana. Llegaré en cuanto pueda terminar aquí y voy a escribir para el periódico del viernes. ¿De acuerdo? Asegúrate de que lo sepan.

—Entendido, Jack. Voy a hacer unas llamadas; tú mantente en contacto.

«Si puedo», me dije. Le di el número de mi móvil y colgué. Rachel seguía caminando.

—No ha sonado muy convincente —dijo.

Negué con la cabeza.

—Ya lo sé. Me he dado cuenta de que sonaba como un majara mientras lo iba diciendo. Tengo un mal presentimiento sobre esto, Rachel. Nadie me va a creer.

—Lo harán, Jack. Y creo que sé lo que está tratando de hacer. Todo me está quedando claro ahora.

—Pues cuéntamelo. La policía llegará en cualquier momento.

Rachel finalmente apartó una silla de la mesa de café para sentarse enfrente de mí. Se inclinó hacia delante para contarme su hipótesis.

—Hay que verlo desde su punto de vista y luego hacer algunas suposiciones acerca de sus habilidades y su ubicación.

—Adelante.

—En primer lugar, está cerca. Nuestras dos primeras víctimas conocidas se encontraron en Los Ángeles y Las Vegas. El asesinato de Angela y su intento contigo se produjeron en Los Ángeles y en una parte remota de Nevada. Así que mi conjetura es que vive en uno de esos sitios, o cerca. Supo reaccionar con rapidez y en cuestión de horas llegar a ti y a Angela.

Asentí con la cabeza. Me parecía correcto.

—Después están sus conocimientos técnicos. Sabemos por su mail al director de la cárcel y por cómo fue capaz de atacarte en múltiples niveles que su capacidad tecnológica es muy elevada. Así pues, si tenemos claro que fue capaz de entrar en tu cuenta de correo electrónico, también podemos suponer que accedió a todo el sistema de datos del *L. A. Times*, de modo que pudo acceder a tu domicilio y al de Angela, ¿verdad?

—Claro. Esa información tiene que estar ahí.

—¿Qué hay de tu despido? ¿Había algún mensaje electrónico o datos relacionados?

Asentí con la cabeza.

—Tengo un montón de mensajes sobre eso. De los amigos, de gente de otros periódicos, de todas partes. También se lo conté a unas cuantas personas por mail. Pero ¿qué tiene que ver con todo esto?

Rachel asintió con la cabeza como si llevara mucha ventaja y mi respuesta encajara a la perfección con lo que ya conocía.

—Está bien, entonces, ¿qué sabemos? Sabemos que de alguna manera Angela o tú pisasteis una mina electrónica y eso lo alertó de vuestra investigación.

—Asesinodelmaletero.com.

—Voy a comprobarlo en cuanto pueda. Tal vez fue eso y tal vez no. Pero de alguna manera nuestro hombre fue alertado. Su respuesta fue atacar el *Los Angeles Times* y tratar de averiguar qué estabais haciendo vosotros dos. No sabemos lo que escribió Angela en sus e-mails, pero sabemos que tú mencionaste tu plan de ir a Las Vegas anoche en uno de ellos. Apuesto a que nuestro hombre lo leyó, así como otra gran cantidad de vuestros mensajes, y afinó su plan a partir de ahí.

—No dejas de decir nuestro hombre. Necesitamos un nombre para él.

—En el FBI lo llamamos «sujeto desconocido» hasta que sabemos exactamente con qué nos enfrentamos. Un Sudes.

Me levanté y miré a través de las cortinas de la ventana. La calle estaba oscura por ahí. Todavía no había policías. Me acerqué a un interruptor de pared y encendí las luces exteriores.

—Vale, Sudes —dije—. ¿Qué quieres decir con que afinó su plan a partir de mis mensajes?

—Tenía que neutralizar la amenaza. Sabía que cabía la posibilidad de que no hubieras confirmado tus sospechas o hablado con las autoridades todavía. Siendo periodista, te guardarías la historia para ti. Esto jugaba a su favor. Pero aun así tenía que actuar con rapidez. Sabía que Ángela estaba en Los Ángeles y que tú ibas a Las Vegas. Creo que comenzó en Los Ángeles, de alguna manera raptó a Angela, y luego la mató y te tendió una trampa.

Me volví a sentar.

—Sí, eso es obvio.

—A continuación, centró su atención en ti. Fue a Las Vegas, probablemente conduciendo durante la noche o volando esta mañana, y te siguió a Ely. No le resultaría difícil. Creo que era el hombre que te siguió en el pasillo del hotel. Iba a atacarte en tu habitación. Se detuvo cuando oyó mi voz y eso me ha tenido perpleja hasta ahora.

—¿Por qué?

—Bueno, ¿por qué renunció al plan? ¿Solo porque se enteró de que tenías compañía? A este hombre no le intimida matar a gente. ¿Qué le importaba si tenía que matarte a ti y a la mujer que estaba en tu habitación?

—Entonces, ¿por qué no lo hizo?

—Porque el plan no era matarte a ti y a quien estuviera contigo. El plan era que te suicidaras.

—Venga ya.

—Piénsalo. Sería la mejor manera de evitar la detección. Si

tú terminas asesinado en una habitación de hotel en Ely, eso ocasiona una investigación que lleva a que todo esto se desentrañe. Pero si tú te suicidas en una habitación de hotel en Ely, la investigación habría ido en una dirección completamente diferente.

Reflexioné un momento y vi adónde quería ir a parar Rachel.

—Periodista despedido, sufre la indignidad de tener que formar a su propia sustituta y tiene pocas perspectivas de otro trabajo —dije, recitando una letanía de hechos reales—. Se deprime y se suicida. Como tapadera inventa una historia sobre un asesino en serie que corre por dos estados y, después, secuestra y asesina a su joven sustituta. A continuación, dona todo su dinero a beneficencia, cancela sus tarjetas de crédito y corre hacia la mitad de la nada, donde se quita la vida en una habitación de hotel.

Ella fue asintiendo sin cesar durante mi exposición.

—¿Qué es lo que falta? —le pregunté—. ¿Cómo iba a matarme y hacerlo pasar por un suicidio?

—Estuviste bebiendo, ¿verdad? Entraste en la habitación con dos botellas de cerveza. Me acuerdo de eso.

—Sí, pero solo había tomado otras dos antes.

—Pero ayudaría a vender la escena. Las botellas vacías esparcidas por la habitación del hotel. Cuarto desordenado, mente desordenada, ese tipo de cosas.

—Pero la cerveza no me iba a matar. ¿Cómo pensaba hacerlo?

—Ya has dado la respuesta antes, Jack. Has dicho que tenías un arma.

¡Bang! Todo encajó. Me puse de pie y me dirigí a mi dormitorio. Había comprado una Colt Government Series 70 calibre 45 doce años antes, después de mi encuentro con el Poeta. Todavía andaba suelto en ese momento y quería algo de protección en caso de que viniera a buscarme. Guardaba el arma en un cajón al lado de mi cama y solo la sacaba una vez al año para ir a la galería de tiro.

Rachel me siguió hasta el dormitorio y vio cómo abría el cajón. La pistola había desaparecido. Me volví hacia ella.

—Me has salvado la vida, ¿lo sabes? Ahora ya no hay duda de eso.

—Me alegro.

—¿Cómo iba a saber que tenía un arma?

—¿Está registrada?

—Sí, pero ¿qué? ¿Ahora estás diciendo que puede introducirse en los ordenadores del ATF? Es un poco exagerado, ¿no te parece?

—En realidad, no. Si entró en el ordenador de la prisión, no veo por qué no podría entrar en el de registro de armas. Y ese es solo un lugar donde podría haber conseguido la información. En el período en que la compraste te entrevistó todo el mundo, desde Larry King a la revista *National Enquirer*. ¿Alguna vez dijiste que tenías una pistola?

Negué con la cabeza.

—Es increíble. Sí. Lo dije en algunas entrevistas. Tenía la esperanza de que corriera la voz y disuadiera al Poeta de hacerme una visita por sorpresa.

—Ahí lo tienes.

—Pero para que conste, nunca he hecho una entrevista con el *Enquirer*. Hicieron un reportaje sobre mí y el Poeta sin mi cooperación.

—Perdón.

—De todos modos, este tipo ya no es tan listo como pensamos. Había un error grande en su plan.

—¿Cuál?

—Volé a Las Vegas. Todo el equipaje se revisa. Yo nunca habría conseguido pasar el arma por allí.

Rachel asintió con la cabeza.

—Tal vez no. Pero creo que es un hecho ampliamente aceptado que el proceso de análisis no es perfecto al cien por cien. Probablemente habría molestado a los investigadores en Ely, pero no lo suficiente para hacerles cambiar su conclusión. Siempre hay cabos sueltos en cualquier investigación.

—¿Podemos volver al salón?

Rachel salió de la habitación y yo la seguí, mirando por encima del hombro hacia la cama al cruzar el umbral. Me dejé caer en el sofá del salón. Habían pasado muchas cosas en las últimas treinta y seis horas. Estaba cansado, pero sabía que no habría descanso durante un largo tiempo.

—He pensado en otra cosa: Schifino.

—¿El abogado de Las Vegas? ¿Qué pasa con él?

—Fui a él primero y él lo sabía todo. Habría descubierto la mentira de mi suicidio.

Rachel consideró esto por un momento y luego asintió.

—Eso podría ponerlo en peligro. Tal vez el plan era matarte y luego volver a Las Vegas y matarlo también a él. Después, al perder la oportunidad contigo, no había ninguna razón para matar a Schifino. Pediré a la oficina en Las Vegas que contacte de todos modos y estudie la cuestión de la protección.

—¿Les pedirás que vayan a Ely y saquen el vídeo del casino donde me senté con ese tipo?

—Sí, también.

El teléfono de Rachel sonó y ella respondió al momento.

—Solo yo y el dueño de la casa —dijo—. Jack McEvoy. Es periodista del *Times*. La víctima también era periodista. —Escuchó un momento y dijo—: Ahora salimos.

Cerró el teléfono y me informó de que la policía estaba en la puerta.

—Se sentirán más tranquilos si salimos a su encuentro.

Caminamos hasta la puerta de la calle y Rachel salió delante.

—Mantén las manos a la vista —me dijo.

Rachel salió, sosteniendo sus credenciales en alto. Había dos coches patrulla y un vehículo de detectives en la calle, enfrente. Cuatro oficiales uniformados y dos detectives estaban esperando en el camino de entrada. Los oficiales nos enfocaron con sus linternas.

Cuando nos acercamos reconocí a los dos detectives de la División de Hollywood. Mantenían las armas al costado y parecían dispuestos a usarlas si les daba una buena razón.

No lo hice.

No llegué al *Times* hasta poco antes del mediodía del jueves. El periódico era un hervidero de actividad; una gran cantidad de periodistas y redactores se movían alrededor de la sala de redacción como abejas en una colmena. Yo sabía que todo se debía a Angela y a lo que había sucedido. No ocurre todos los días que vayas a trabajar y te enteres de que una colega ha sido brutalmente asesinada.

Y que otro compañero está involucrado de una u otra manera.

Dorothy Fowler, la redactora jefe de Local, fue la primera en verme en cuanto salí de la escalera. Se levantó como un resorte de su escritorio en la Balsa y vino directamente hacia mí.

—Jack, a mi oficina, por favor.

Cambió de dirección y se dirigió hacia la pared de cristal. La seguí, a sabiendas de que todas las miradas de la sala de redacción estaban puestas en mí una vez más. Ya no se trataba de que el verdugo me hubiera dado la rosa; ahora me miraban porque yo era el posible responsable de la muerte de Angela Cook.

Entramos en la pequeña oficina y Fowler me dijo que cerrara la puerta. Hice lo que me pidió y ella ocupó el asiento situado al otro lado de la mesa.

—¿Qué ha pasado con la policía? —me preguntó.

No «¿cómo te va?» ni «¿estás bien?» ni «siento lo de Angela». Fue al grano; lo prefiero así.

—Bueno, vamos a ver —dije—. Me han interrogado durante casi ocho horas. En primer lugar la policía de Los Ángeles y el FBI, luego se unieron los detectives de Santa Mónica. Me dieron un descanso de una hora y luego tuve que contar toda la historia otra vez a los policías de Las Vegas, que volaron solo para hablar conmigo. Después de eso, me dejaron ir, pero no a mi casa, porque todavía es una escena del crimen activa. Les dije que me llevaran al Kyoto Grand, donde pedí una habitación y la cargué a la cuenta del *Times*, ya que no tengo ninguna tarjeta de crédito que funcione. Me he dado una ducha y he venido caminando hasta aquí.

El Kyoto estaba a una manzana de distancia y el *Times* lo usaba para alojar a periodistas, nuevos empleados y candidatos a empleo cuando era necesario.

—Está bien —dijo Fowler—. ¿Qué dijiste a la policía?

—Básicamente, les dije lo que traté de contarle a Prendo ayer. Descubrí a un asesino suelto que mató a Denise Babbit y a una mujer llamada Sharon Oglevy en Las Vegas. De alguna manera, o Angela o yo pisamos una mina virtual en alguna parte y alertamos a este tipo de que íbamos tras él. Entonces él tomó medidas para eliminar la amenaza. Eso suponía matar a Angela primero e ir a Nevada para tratar de acabar conmigo. Pero yo tuve suerte. Aunque no pude convencer a Prendo anoche, convencí a una agente del FBI de que todo esto era legal, y ella me esperó en Nevada para discutirlo. Su presencia ahuyentó al asesino. Si ella no me hubiera creído y no se hubiera reunido conmigo, estarías escribiendo artículos sobre cómo maté a Angela y fui al desierto para suicidarme. Ese era el plan del Sudes.

—¿Sudes?

—Sujeto desconocido. Así es como lo llama el FBI.

Fowler sacudió la cabeza con incredulidad.

—Es una historia asombrosa. ¿Los policías están de acuerdo con ella?

—¿Quieres decir que si me creen? Me han dejado ir, ¿no?

Fowler se ruborizó por la vergüenza.

—Es que me cuesta creerlo, Jack. Nunca había ocurrido nada semejante en esta sala de redacción.

—En realidad, la policía probablemente no lo habría creído si solo procediera de mí. Pero estuve con esa agente del FBI la mayor parte del día de ayer. Creemos que llegamos a ver al tipo en Nevada. Y ella estaba conmigo cuando fui a casa; encontró el cadáver de Angela cuando estábamos registrándola. Me respaldó en todo lo que le dije a la policía. Y probablemente por eso no estoy hablando contigo a través de una mampara de plexiglás.

La mención del cadáver de Angela provocó una pausa siniestra en la conversación.

—Es terrible —dijo Fowler.

—Sí. Era una chica encantadora. No quiero ni pensar en cómo fueron sus últimas horas.

—¿Cómo la mataron, Jack? ¿Como a la chica del maletero?

—Más o menos. Eso me pareció, pero supongo que no sabrán los detalles hasta que hagan la autopsia.

Fowler asintió sombríamente.

—¿Sabes cómo van a manejar la información ahora?

—Están montando un operativo con detectives de Los Ángeles, Las Vegas y Santa Mónica, y el FBI también participa. Creo que van a dirigirlo desde el Parker Center.

—¿Podemos confirmarlo para ponerlo en un artículo?

—Sí, lo confirmaré. Probablemente soy el único periodista al que van a cogerle el teléfono. ¿Cuánto espacio vas a darme?

—Verás, Jack, esa es una de las cosas de las que quiero hablarte.

Sentí un agujero en el estómago.

—Voy a escribir yo el artículo principal, ¿verdad?

—Vamos a ir a lo grande con esto. Principal y despiece lateral en primera página y dos doble. Por una vez, tenemos un montón de espacio.

«Dos doble» significaba dos páginas interiores completas. Era un montón de espacio, pero hacía falta que mataran a una de las periodistas del propio periódico para conseguirlo.

Dorothy continuó exponiendo el plan.

—Jerry Spencer ya está sobre el terreno en Las Vegas y Jill Meyerson va de camino a la prisión estatal de Ely para tratar de hablar con Brian Oglevy. En Los Ángeles tenemos a GoGo Gonzmart escribiendo el despiece, que será sobre Angela, y a Teri Sparks en South L.A. trabajando en un artículo sobre el chico acusado del asesinato de Babbit. Tenemos fotos de Angela y estamos buscando más.

—¿Alonzo Winslow va a salir del centro de menores hoy?

—Todavía no estamos seguros. Esperaremos que pase otro día y así tendremos eso para salir mañana.

Aunque no saliera Winslow, iban a lo grande. El envío de los periodistas de Metropolitano al oeste y poner a varios reporteros a escala local era algo que yo no había visto hacer en el *Times* desde que los incendios asolaron el estado el año anterior. Era emocionante formar parte de ello, pero no tanto si se pensaba qué lo había causado.

—Muy bien —dije—. Tengo cosas para contribuir a casi todos esos artículos y voy a calmarme para escribir el principal.

Dorothy asintió con la cabeza y dudó un instante antes de soltar la bomba.

—Larry Bernard va a escribir el principal, Jack.

Yo reaccioné con rapidez y en voz alta.

—¿De qué coño estás hablando? ¡Esta es mi historia, Dorothy! En realidad, es mía y de Angela.

Dorothy miró por encima del hombro a la sala de redacción. Sospechaba que mi arrebato se había oído a través del cristal. No me importaba.

—Jack, cálmate y vigila ese lenguaje. No voy a dejar que me hables como hiciste con Prendo ayer.

Traté de frenar el ritmo de mi respiración y expresarme con calma.

—Bueno, pido disculpas por el lenguaje. A ti y a Prendo. Pero no me puedes quitar este artículo. Es mi historia. Yo la empecé y yo la voy a escribir.

—Jack, no puedes escribirlo y lo sabes. Tú eres el protagonista. Tengo que llevarte con Larry para que te entreviste y luego escriba el artículo. La centralita ha recibido más de treinta mensajes de periodistas que quieren entrevistarte, entre ellos el *New York Times*, Katie Couric e incluso Craig Ferguson del *Late Late Show*.

—Ferguson no es periodista.

—No importa. La cuestión es que tú eres la noticia, Jack. Eso es un hecho. No cabe duda de que necesitamos tu ayuda y tus conocimientos, pero no podemos dejar que el protagonista de una noticia de última hora también la escriba. Hoy has estado ocho horas en comisaría. Lo que has contado a la policía es la base de su investigación. ¿Cómo vas a escribir sobre eso? ¿Vas a entrevistarte a ti mismo? ¿Vas a escribir en primera persona?

Hizo una pausa para dejarme responder, pero no lo hice.

—Exacto —continuó ella—. No puede ser. Tú no puedes hacerlo, y sé que lo entiendes.

Me incliné hacia delante y hundí la cara en mis manos. Yo sabía que Fowler tenía razón. Lo sabía antes incluso de entrar en la sala de redacción.

—Se suponía que iba a ser mi gran salida. Sacar al chico de la cárcel y salir en un resplandor de gloria. Poner el gran treinta a mi carrera.

—Se te va a reconocer. No hay forma de que la historia trate de otra cosa que no sea de ti. Katie Couric, el *Late Late Show*: diría que eso es salir en un resplandor de gloria.

—Quería escribirlo, no contárselo a otro.

—Mira, hagamos esto hoy y más adelante hablaremos de hacer un reportaje en primera persona cuando las aguas vuelvan a su cauce. Te prometo que podrás escribir algo sobre todo esto en algún momento.

Finalmente me senté y la miré. Por primera vez reparé en la foto pegada en la pared detrás de ella. Era un fotograma de *El mago de Oz* que mostraba a Dorothy saltando por el camino amarillo con el Hombre de Hojalata, el León y el Espantapájaros. Debajo de las letras alguien había escrito en rotulador:

YA NO ESTÁS EN KANSAS, DOROTHY

Me había olvidado de que Dorothy Fowler había llegado al periódico desde el *Wichita Eagle*.

—Está bien, si me prometes ese artículo.

—Te lo prometo, Jack.

—De acuerdo, le contaré a Larry lo que sé.

Todavía me sentía derrotado.

—Antes de hacerlo, he de asegurarme de una última cosa —dijo Dorothy—. ¿Te parece bien hablar con otro periodista? ¿Quieres consultar con un abogado antes?

—¿De qué estás hablando?

—Jack, quiero asegurarme de que conoces tus derechos.

Hay una investigación en curso. No quiero que algo que digas en el periódico pueda ser usado después contra ti por la policía.

Me puse de pie, pero mantuve la compostura y el control.

—En otras palabras, no crees nada de todo esto. Crees lo que él esperaba que creyerais. Que yo la maté en una especie de brote psicótico después de que me despidieran.

—No, Jack. Te creo. Solo quiero protegerte. ¿Y de quién estás hablando?

Señalé por el cristal hacia la sala de redacción.

—¿De quién crees? ¡Del asesino! Del Sudes. Del tipo que mató a Angela y a las otras.

—Vale, vale. Entiendo. Siento haber sacado los aspectos jurídicos de esto. Te llevo a ver a Larry a la sala de reuniones para que podáis estar tranquilos, ¿de acuerdo?

Fowler se levantó y pasó apresuradamente a mi lado para salir de la oficina e ir a buscar a Larry Bernard. Yo salí y examiné la sala de redacción. Mis ojos se posaron en el cubículo vacío de Ángela. Me acerqué y vi que alguien había colocado un ramo de flores envueltas en celofán sobre su escritorio. Inmediatamente me llamó la atención el envoltorio de plástico transparente alrededor de las flores y me recordó la bolsa que habían utilizado para asfixiarla. Una vez más vi el rostro de Angela desapareciendo en la oscuridad debajo de la cama.

—Perdona, Jack.

Casi di un salto. Me volví y vi que era Emily Gomez-Gonzmart, una de las mejores periodistas de la redacción de Metropolitano. Siempre incisiva, siempre detrás de un artículo.

—Hola, GoGo.

—Siento interrumpir, pero estoy montando el artículo sobre Angela y he pensado que podrías ayudarme un poco. Y tal vez darme una cita que pueda utilizar.

Sostenía un boli y un bloc de periodista. Empecé por la cita.

—Sí, aunque apenas la conocía —le dije—. Estaba empezando a conocerla, pero por lo que vi supe que iba a ser una gran periodista. Tenía la mezcla perfecta de curiosidad, impulso y determinación que se necesita. La echaremos de menos. ¿Quién sabe qué artículos habría escrito y a cuánta gente podría haber ayudado con ellos?

Le di a GoGo un momento para terminar de escribir.

—¿Qué te parece?

—Muy bueno, Jack, gracias. ¿Puedes sugerirme a algún policía con quien pueda hablar de ella?

Negué con la cabeza.

—No lo sé. Acababa de empezar y no creo que hubiera impresionado a nadie todavía. He oído que tenía un blog. ¿Has mirado eso?

—Sí, tengo el blog y hay algunos contactos en él. Hablé con un tal profesor Foley de la Universidad de Florida y algunos más. Por ese lado voy servida. Estaba buscando a alguien local pero de fuera del periódico que pueda contar algo más reciente acerca de ella.

—Escribió un artículo el lunes sobre la brigada de Casos Abiertos, que había resuelto un asesinato de hace veinte años. Tal vez alguien de allí podría decirte algo. Inténtalo con Rick Jackson o Tim Marcia, los tíos con los que ella habló. Y también Richard Bengston. Inténtalo con él.

GoGo anotó los nombres.

—Gracias, lo intentaré.

—Buena suerte. Estaré por aquí si me necesitas.

Gomez-Gonzmart se marchó entonces y yo me volví hacia la mesa de Angela y miré otra vez las flores. La glorificación de Angela Cook iba a toda velocidad, y yo había participado con la cita que acababa de darle a GoGo.

Llámenme don Cínico, pero no podía dejar de preguntarme si el ramo de claveles y margaritas era una muestra legítima de luto, o si todo el asunto estaba preparado para una foto que aparecería en la edición de la mañana siguiente.

$\mathcal{U}$na hora más tarde, estaba sentado con Larry Bernard en la sala de conferencias que normalmente se reservaba para las reuniones de noticias. Teníamos mis archivos extendidos sobre la enorme mesa e íbamos avanzando paso a paso a través de mis movimientos. Bernard fue concienzudo para comprender mis decisiones y perspicaz en sus preguntas. Me di cuenta de que estaba entusiasmado por ser el autor principal de un artículo del que se haría eco todo el país, si no todo el mundo. Nos conocíamos desde hacía mucho: habíamos trabajado juntos en el *Rocky* en Denver. Tuve que reconocer a regañadientes que, si alguien tenía que escribir mi historia, me alegraba de que fuera él.

Era importante para Larry obtener la confirmación oficial de la policía o el FBI sobre lo que yo le estaba diciendo, por eso tenía al lado un cuaderno en el que escribía una serie de preguntas que más tarde plantearía a las autoridades antes de redactar su artículo. Debido a esa necesidad de contactar con el operativo antes de escribir, Bernard fue al grano conmigo. Apenas hubo charla y eso me gustó. Ya no me quedaban ganas de charlar.

El teléfono prepago me sonó en el bolsillo por segunda vez en quince minutos. En la primera ocasión no me tomé la molestia de sacarlo y dejé que saliera el buzón de voz. Larry y yo estábamos en medio de un punto clave de discusión y no quería ninguna intrusión. Pero quien había llamado no había dejado mensaje, porque no se oyó el pitido del buzón de voz.

El teléfono sonó de nuevo y esta vez lo saqué para comprobar el identificador de llamada. La pantalla solo mostraba un número, pero lo reconocí de inmediato porque me habían llamado desde él varias veces en el último par de días. Era el número de móvil de Angela Cook, al que yo había llamado después de enterarme de que mi compañera había desaparecido.

—Ahora vuelvo, Larry

Me levanté de la silla y salí de la sala de conferencias mientras pulsaba el botón para responder la llamada. Me dirigí hacia mi cubículo.

—¿Hola?

—¿Eres Jack?

—Sí, ¿quién es?

—Soy tu amigo, Jack. De Ely.

Sabía exactamente quién era. Tenía ese mismo deje del desierto en su voz. El Patillas. Me senté a mi escritorio y me incliné hacia delante para aislar la conversación.

—¿Qué quieres? —le pregunté.

—Saber cómo te va —dijo.

—Sí, bueno, me va bien, aunque no gracias a ti. ¿Por qué paraste en el pasillo en el Nevada? En lugar de ceñirte al plan, seguiste caminando.

Me pareció oír una risita grave en la línea.

—Tenías compañía y eso no me lo esperaba, Jack. ¿Quién era, tu novia?

—Algo por el estilo. Y ella te jodió el plan, ¿verdad? Querías que pareciera un suicidio.

Otra risita.

—Veo que eres muy listo —dijo—. ¿O solo me acabas de decir lo que ellos te han dicho?

—¿Ellos?

—No seas tonto, Jack. Sé lo que está pasando. Ha saltado la liebre. Van a escribir un montón de artículos para el periódico de mañana. Pero ninguno de ellos llevará tu firma, Jack. ¿Qué pasa con eso?

Todavía estaba metido en el sistema de datos del *Times*. Me pregunté si eso ayudaría al operativo a detenerlo.

—¿Estás ahí, Jack?

—Sí, estoy aquí.

—Y parece que todavía no tienes nombre para mí.

—¿Qué quieres decir?

—¿No vais a ponerme un nombre entre todos? Todos tenemos nombres, ¿eh? El Destripador de Yorkshire, el Estrangulador de Hillside, el Poeta. A ese lo conoces, ¿verdad?

—Sí, te estamos poniendo nombre. Te llamaremos la Doncella de Hierro. ¿Qué te parece? —Esta vez no oí ninguna risa en el silencio que siguió—. ¿Sigues ahí, Doncella de Hierro?

—Deberías tener cuidado, Jack. Puedo volver a intentarlo, ¿sabes?

Me reí de él.

—Eh, no me estoy escondiendo. Estoy aquí. Inténtalo de nuevo si tienes cojones. —Se quedó en silencio y decidí echar más leña al fuego—. Hace falta tenerlos muy grandes para matar a mujeres indefensas, ¿no?

La risita volvió.

—Eres muy transparente, Jack. ¿Estás trabajando con un guion?

—No lo necesito.

—Sé lo que intentas: soltar un montón de chulerías para poner el cebo en el anzuelo con la esperanza de que vaya a Los Ángeles a por ti. Mientras tanto, tienes al FBI y al departamento de policía vigilando y listo para saltar y atrapar al monstruo en el último momento. ¿Es eso, Jack?

—Si eso es lo que piensas...

—No irá de esa manera. Soy un hombre paciente, Jack. El tiempo pasará, tal vez incluso pasarán años, pero te prometo que nos veremos de nuevo cara a cara. Sin disfraz. Entonces te devolveré tu pistola.

Brotó otra vez esa risa grave y me dio la impresión de que de donde quiera que estuviera llamando, estaba tratando de hablar en voz baja y de no reír muy fuerte para no llamar la atención. Yo no sabía si se trataba de una oficina o un espacio público, pero se estaba conteniendo. No me cabía duda.

—Hablando de la pistola, ¿cómo iba a explicarse eso? Fui a Las Vegas en avión, como sabes, pero de alguna manera llevaba mi arma para suicidarme con ella. Parece un fallo en el plan, ¿no?

Esta vez se echó a reír abiertamente.

—Jack, aún no conoces todos los hechos, ¿verdad? Cuando lo sepas todo, entenderás que el plan era impecable. Mi único error fue la chica de la habitación. Eso no lo vi venir.

Yo tampoco, pero no iba a decírselo.

—Entonces supongo que no era tan perfecto, ¿no?

—Puedo arreglarlo.

—Mira, tengo mucho trabajo por aquí hoy. ¿Por qué me llamas?

—Te lo he dicho, para ver cómo estás. Para presentarme. Ahora estaremos relacionados para siempre, ¿no?

—Bueno, ya que te tengo en la línea, ¿puedo hacerte algunas preguntas para el artículo que estamos preparando?

—No lo creo, Jack. Esto es entre tú y yo, no con los lectores.

—Esta vez tienes razón. La verdad es que no te daré el espacio. ¿Crees que voy a dejar que intentes explicar tu mundo enfermo y repugnante en mi periódico?

Se hizo un silencio sombrío.

—Deberías respetarme —dijo por fin con voz tensa de ira.

Esta vez me reí yo.

—¿Respetarte? Cabrón, has matado a una chica que solo tenía…

Él me interrumpió haciendo un ruido como una tos ahogada.

—¿Has oído eso, Jack? ¿Sabes lo que era?

No respondí y él repitió el sonido. Sordo, una sílaba, rápido. Luego lo hizo una tercera vez.

—Está bien, me rindo —dije.

—Era ella diciendo tu nombre a través del plástico cuando ya no quedaba aire.

Se echó a reír. Yo no dije nada.

—¿Sabes lo que les digo, Jack? Les digo: «Respira hondo y todo terminará mucho más deprisa».

Se rio de nuevo, una risa larga y enervante, y se aseguró de que la oía bien antes de colgar bruscamente. Me quedé allí un buen rato, con el teléfono pegado a la oreja.

—Chist.

Levanté la cabeza. Era Larry Bernard mirando por encima de la mampara de mi cubículo. Creyó que todavía estaba hablando.

—¿Te falta mucho? —susurró.

Me aparté el teléfono de la oreja y tapé el auricular con la mano.

—Unos minutos más. Enseguida vuelvo a entrar.

—Muy bien. Voy a echar un meo.

En cuanto Larry se fue, llamé a Rachel. Contestó después de cuatro tonos.

—Jack, no puedo hablar —dijo a modo de saludo.

—Habrías ganado la apuesta.

—¿Qué apuesta?

—Me acaba de llamar. El Sudes. Tiene el móvil de Angela.

—¿Qué ha dicho?

—No mucho. Creo que estaba tratando de averiguar quién eres.

—¿Qué quieres decir? ¿Cómo iba a saber de mí?

—No lo sabe. Estaba tratando de averiguar quién es la mujer que estaba en la habitación de Ely. Lo estropeaste todo al estar ahí y tiene curiosidad.

—Mira, Jack, haya dicho lo que haya dicho, no puedes citarlo en el periódico. Este tipo de cosas aviva el fuego. Si se engancha con los titulares, va a acelerar su ciclo. Podría empezar a matar por los titulares.

—No te preocupes. Aquí nadie sabe que me ha llamado y yo no voy a escribir el artículo, así que él no saldrá. Lo guardaré para cuando escriba mi historia. Lo guardaré para el libro.

Era la primera vez que mencionaba la posibilidad de escribir un libro sobre el caso, pero me pareció completamente plausible. De una forma u otra, iba a escribir esa historia.

—¿Lo has grabado? —preguntó Rachel.

—No, porque no lo esperaba.

—Tenemos que conseguir tu teléfono. Podremos rastrear la llamada a la torre de origen. Eso nos llevará cerca de donde él está, o por lo menos cerca de donde estaba cuando hizo la llamada.

—Sonaba como si estuviera en algún lugar donde tenía que hablar en voz baja para no llamar la atención, en una oficina o algo así. También dio un traspié.

—¿Cuál?

—Traté de provocarlo para ponerlo furioso y…

—Jack, ¿estás loco? ¿Qué haces?

—No quería que me intimidara. Así que fui a por él, pero pensó que yo estaba trabajando con un guion que me habíais dado. Creyó que le estaba provocando a propósito para que viniera a por mí. Fue entonces cuando patinó: dijo que lo pinchaba para que fuera a Los Ángeles. Así lo dijo: ir a Los Ángeles. Así que está en algún lugar fuera de aquí.

—Eso está bien, Jack. Pero podría haberte engañado, decirte eso intencionadamente porque en realidad está en Los Ángeles. Por eso me gustaría tener esto grabado, así podríamos mandarlo a analizar.

Yo no había pensado en el engaño inverso.

—Bueno, lo siento, no hay ninguna cinta. Pero hay algo más.

—¿Qué es?

Rachel hablaba de un modo muy escueto, al grano; me pregunté si la conversación estaba siendo escuchada.

—O todavía está dentro del sistema informático o ha dejado algún tipo de programa espía en él.

—¿En el *Times*? ¿Por qué dices eso?

—Conocía el plan de publicación de mañana. Sabía que yo no iba a escribir ninguno de los artículos.

—Eso suena bien, tal vez lo podamos rastrear —dijo con entusiasmo.

—Sí, bueno, suerte con conseguir la cooperación del *Times*. Y además, si este hombre es tan inteligente como dices, sabrá que su conexión es indetectable o la quitará.

—Aun así vale la pena intentarlo. Voy a mandar a alguien de nuestra oficina de prensa a contactar con el *Times*. Merece la pena.

Asentí con la cabeza.

—Nunca se sabe. Podría marcar el comienzo de una nueva era de cooperación entre los medios y las fuerzas de seguridad. Algo así como tú y yo, Rachel, pero más grande.

Sonreí y tuve la esperanza de que también ella estuviera sonriendo.

—Eres un optimista, Jack. Hablando de cooperación, ¿puedo enviar a alguien a por tu móvil ahora?

—Sí, ¿qué te parece si te mandas a ti misma?

—No puedo. Estoy ocupada aquí. Te lo he dicho.

No sabía cómo interpretarlo.

—¿Tienes problemas, Rachel?

—Todavía no lo sé, pero he de colgar.

—Pero ¿estás en el operativo? ¿Van a dejarte trabajar en el caso?

—Por ahora, sí.

—Vale, eso es bueno.

—Sí.

Nos pusimos de acuerdo para que esperara al agente que ella iba a mandar a recoger el teléfono en la puerta del vestíbulo del globo al cabo de media hora. Dicho eso, ya era el momento de que los dos volviéramos al trabajo.

—Aguanta, Rachel —le dije.

Ella guardó silencio un momento y luego dijo:

—Tú también, Jack.

Colgamos a continuación. Y de alguna manera, con todo lo que había pasado en las últimas treinta y seis horas, con lo que le había ocurrido a Angela y después de que acabara de amenazarme un asesino en serie, una parte de mí se sentía feliz y esperanzada.

Sin embargo, tenía la sensación de que eso no iba a durar.

7
La granja

*C*arver vigilaba con atención las pantallas de seguridad. Los dos hombres del mostrador enseñaron su identificación a Geneva. No sabía a qué agencia de la ley pertenecían, porque cuando hizo *zoom* ya habían guardado las placas.

Observó que Geneva levantaba el teléfono y marcaba tres dígitos. Carver sabía que estaría llamando a la oficina de McGinnis. La chica dijo unas palabras, colgó e hizo una señal a los dos hombres con placa para que esperaran en uno de los sofás.

Carver trató de mantener a raya su ansiedad. El impulso de lucha o huye se disparó en su cerebro al pasar revista a sus movimientos recientes y tratar de ver dónde había cometido un error, si es que lo había cometido. Estaba a salvo. El plan era bueno. Freddy Stone era el único motivo de preocupación —el único aspecto que podría considerarse un eslabón débil— y Carver tendría que tomar medidas para hacer desaparecer ese problema potencial.

En la pantalla observó que Yolanda Chávez, la segunda al mando de McGinnis, entraba en el vestíbulo de recepción y estrechaba la mano a los dos hombres. Ellos volvieron a mostrar rápidamente las placas y acto seguido uno de ellos sacó un documento doblado del bolsillo interior de la chaqueta y se lo entregó a Chávez. Esta lo estudió un momento antes de devolvérselo. Hizo una seña a los dos hombres para que la siguieran y entraron por la puerta que conducía al interior del edificio. Conmutando entre las pantallas de seguridad, Carver pudo seguirlos hasta la zona de administración.

Se levantó y cerró la puerta de su oficina. De regreso en su escritorio, cogió el teléfono y marcó la extensión de recepción.

—Geneva, soy el señor Carver. Estoy viendo las cámaras y tengo curiosidad por estos dos hombres que acaban de entrar. He visto que mostraban placas. ¿Quiénes son?

—Son agentes del FBI.

Las palabras le helaron la sangre, pero mantuvo la serenidad. Al cabo de un momento, Geneva continuó.

—Dijeron que tienen una orden de registro. Yo no la he visto, pero se la han mostrado a Yolanda.

—Una orden de registro, ¿para qué?

—No estoy seguro, señor Carver.

—¿A quién querían ver?

—A nadie en concreto. Solo han pedido ver a alguien al mando. He llamado al señor McGinnis, y Yolanda ha salido a recibirlos.

—Muy bien, gracias, Geneva.

Carver colgó el teléfono y volvió a centrarse en su pantalla. Escribió una orden que abrió un nuevo conjunto de ángulos de cámara: una pantalla múltiple que mostraba las cuatro oficinas privadas de los jefes de administración. Esas cámaras estaban escondidas en los detectores de humo montados en el techo y los ocupantes de las oficinas desconocían su existencia. Las imágenes de las cámaras iban acompañadas de los correspondientes canales de audio.

Carver vio que los dos agentes del FBI entraban en la oficina de Declan McGinnis. Hizo clic con el ratón en esa cámara y la imagen ocupó toda la pantalla; una vista cenital en ángulo de la habitación tomada por una lente convexa. Los agentes se sentaron de espaldas a la cámara y Yolanda a la derecha. Carver tuvo una imagen completa de McGinnis cuando este volvió a sentarse después de darle la mano a los agentes. Uno era negro y el otro blanco. Se identificaron como Bantam y Richmond.

—Bueno, ¿me han dicho que tienen una orden de registro? —dijo McGinnis.

—Sí, señor, eso es —dijo Bantam.

Volvió a sacar el documento del bolsillo de la americana y se lo pasó a McGinnis por encima de la mesa.

—Ustedes alojan una página llamada asesinodelmaletero.com

y necesitamos toda la información que tengan sobre esa web.

McGinnis no respondió. Estaba leyendo el documento. Carver se estiró y se pasó las manos por el pelo. Necesitaba saber qué decía esa orden y lo cerca que estaban. Trató de calmarse, recordándose a sí mismo que se había preparado para eso. Incluso lo había previsto. Él sabía más sobre el FBI de lo que el FBI sabía de él. Podía comenzar allí mismo.

Apagó las cámaras y luego la pantalla. Abrió un cajón del escritorio y sacó la pila de volúmenes de informes mensuales del servidor que su personal había preparado esa misma semana. Por lo general, los guardaba hasta que McGinnis preguntaba por ellos y los enviaba con uno de los ingenieros de servidores que salía a fumar un cigarrillo. Esta vez iba a entregarlo él mismo. Dio unos golpecitos con la pila de papeles en la mesa para cuadrar las esquinas; luego salió y cerró su oficina.

En la sala de control les dijo adónde iba a Mizzou y Kurt, los dos ingenieros de servicio, y abrió la puerta de seguridad. Por suerte, Freddy Stone no empezaba el turno hasta la tarde, porque nunca podría volver a Western Data. Carver sabía cómo trabajaba el FBI; tomarían nota de los nombres de todos los empleados y los buscarían en sus ordenadores. Así, averiguarían que Freddy Stone no era Freddy Stone y volverían a por él.

Carver no iba a permitirlo. Tenía otros planes para Freddy.

Subió en el ascensor y entró en la zona de administración con la cabeza gacha, leyendo la página superior de la pila de informes. Levantó la cabeza con disimulo al entrar y vio a través de la puerta abierta de la oficina de McGinnis que este tenía compañía. Giró sobre sus talones y se dirigió al escritorio de la secretaria de McGinnis.

—Dale esto a Declan cuando esté libre —dijo—. No hay prisa.

Se volvió para salir de la habitación, esperando que el movimiento de giro hubiera llamado la atención de McGinnis al otro lado de la puerta. Pero llegó hasta la puerta sin que lo llamaran.

Puso la mano en el pomo.

—¿Wesley?

Era McGinnis, que lo llamaba desde su oficina. Carver se volvió y miró por encima del hombro. McGinnis estaba detrás de su escritorio, haciéndole señas para que se acercara.

Carver entró en la oficina. Saludó con la cabeza a los dos

hombres sin hacer el menor caso a Chávez, a quien consideraba una empleada sin ningún valor a la que habían contratado
por motivos de diversidad étnica. No había silla para Carver,
pero eso le convenía. Ser la única persona de pie le proporcionaría una posición de mando.

—Wesley Carver, los agentes Bantam y Richmond de la oficina del FBI en Phoenix. Estaba a punto de llamarte al búnker.

Carver estrechó las manos de ambos hombres y repitió su
nombre cada vez, cortésmente.

—Wesley se ocupa de varias cosas aquí —dijo McGinnis—.
Es nuestro jefe de tecnología y el que diseñó casi todo este lugar. Es también nuestro principal experto contra amenazas. Lo
que me gusta llamar nuestro…

—¿Hay algún problema? —lo interrumpió Carver.

—Puede ser —dijo McGinnis—. Los agentes acaban de decirme que alojamos una página web que es de interés para ellos
y tienen una orden judicial que les autoriza a ver toda la documentación y registros relacionados con su instalación y funcionamiento.

—¿Terrorismo?

—Dicen que no nos lo pueden decir.

—¿Voy a buscar a Danny?

—No, no quieren hablar con nadie de diseño y *hosting* por
ahora.

Carver se metió las manos en los bolsillos de su bata blanca
de laboratorio, porque sabía que eso le daba el porte de un hombre sumido en profundos pensamientos. Se dirigió a los agentes.

—Danny O'Connor es nuestro jefe de diseño y *hosting*
—dijo—. Debería participar en este asunto. No estarán pensando que es un terrorista, ¿verdad?

Sonrió ante lo absurdo de lo que acababa de sugerir. El
agente Bantam, el más grande de los dos, respondió:

—No, no pensamos eso en absoluto, pero cuantas menos
personas participen, mejor. Sobre todo del sector de *hosting* de
su empresa.

Carver asintió con la cabeza y sus ojos destellaron un instante en dirección a Chávez, pero los agentes no hicieron caso
de la mirada. Ella se quedó en la reunión.

—¿Cuál es la página web? —preguntó Carver.

—Asesinodelmaletero.com —respondió McGinnis—. Acabo de comprobarlo y forma parte de un paquete más grande. Una cuenta de Seattle.

Carver asintió con la cabeza y mantuvo una actitud calmada. Tenía un plan para eso. Era mejor que ellos, porque siempre tenía un plan.

Señaló a la pantalla del escritorio de McGinnis.

—¿Podemos echar un vistazo a esa...?

—Preferiríamos no hacerlo en este momento —dijo Bantam—. Pensamos que eso podría avisar al objetivo. No es un sitio desarrollado. No hay nada que ver. Pero creemos que es un sitio de captura.

—Y no queremos que nos capturen —concluyó Carver.

—Exactamente.

—¿Puedo ver la orden?

—Claro.

El documento había sido devuelto a Bantam mientras Carver subía desde el búnker. El agente lo sacó de nuevo y se lo entregó, Carver lo desdobló y lo examinó con la esperanza de que su expresión no delatara nada. Se controló para asegurarse de que no estaba tarareando.

La orden de registro era más destacable por lo que no contenía que por lo que decía. El FBI tenía de su lado a un juez federal muy cooperativo, eso parecía garantizado. La orden describía en términos muy generales una investigación de un sujeto desconocido que usaba Internet y cruzaba fronteras estatales para llevar a cabo una conspiración criminal de robo de datos y fraude. La palabra asesinato no figuraba en la orden. Esta autorizaba un acceso completo a la página web y a toda la información y registros relativos a su origen, funcionamiento y financiación.

Carver sabía que el FBI tendría una desagradable sorpresa con lo que iba a recibir. Asintió con la cabeza al examinarlo.

—Podemos darles todo esto —dijo—. ¿Cuál es la cuenta en Seattle?

—See Jane Run —dijo Chávez.

Carver se volvió a mirarla, como si se fijara en ella por primera vez. Ella captó su malestar.

—El señor McGinnis acaba de pedirme que lo busque —explicó—. Ese es el nombre de la empresa.

Bueno, pensó Carver, al menos era buena para algo más que para ser anfitriona de visitas guiadas a la planta cuando el jefe no estaba. Se volvió hacia los agentes, asegurándose de darle la espalda a Chávez y dejarla fuera de la discusión.

—Muy bien, pongámonos con esto —dijo.

—¿De cuánto tiempo estamos hablando? —preguntó Bantam.

—¿Por qué no van a nuestra estupenda cafetería y piden una taza de café? Volveré con ustedes antes de que esté lo bastante frío para beberlo.

McGinnis hizo un chasquido.

—Se refiere a que no tenemos cafetería. Tenemos máquinas que queman el café.

—Bueno —dijo Bantam—, se lo agradecemos, pero hemos de ser testigos de la ejecución de la orden.

Carver asintió.

—Entonces vengan conmigo e iré a buscar la información que necesitan. Pero hay un problema.

—¿Cuál? —preguntó Bantam.

—Quieren toda la información perteneciente a esta página web pero sin implicar a diseño y *hosting*. Eso no va así. Yo puedo responder por Danny O'Connor, no es ningún terrorista. Creo que debería participar si hemos de ser concienzudos y darles todo lo que necesitan.

Bantam asintió y lo consideró.

—Vamos paso a paso. Traeremos al señor O'Connor cuando lo necesitemos.

Carver se quedó en silencio mientras hacía ver que esperaba que dijera algo más, luego asintió.

—Como quiera, agente Bantam.

—Gracias.

—¿Vamos al búnker entonces?

—Desde luego.

Los dos agentes se levantaron, igual que hizo Chávez.

—Buena suerte, caballeros —dijo McGinnis—. Espero que detengan a los delincuentes. Estamos dispuestos a ayudar en todo lo que podamos.

—Gracias, señor —dijo el agente Richmond.

Al salir de administración, Carver se fijó en que Chávez iba detrás de los agentes. Carver estaba sosteniendo la puerta, pero cuando llegó el turno de ella la dejó fuera.

—Nos apañaremos a partir de aquí, gracias —dijo.

Pasó antes que ella y cerró la puerta tras de sí.

8

Hogar, dulce hogar

*E*l sábado por la mañana yo estaba en mi habitación del Kyoto, leyendo un artículo de primera página de Larry Bernard sobre la puesta en libertad de Alonzo Winslow, cuando me llamó una de los detectives de la División de Hollywood. Su nombre era Bynum. Me dijo que el análisis de la escena del crimen había concluido en mi casa y que recuperaba su custodia.

—¿Puedo volver sin más?

—Eso es. Puede irse a casa ahora mismo.

—¿Eso significa que la investigación está completa? Quiero decir, a la espera de la detención del tipo, por supuesto.

—No, todavía tenemos algunos cabos sueltos que estamos tratando de atar.

—¿Cabos sueltos?

—No puedo discutir el caso con usted.

—Bueno, ¿puedo preguntarle por Angela?

—¿Qué pasa con ella?

—Me preguntaba si había sido…, eh, torturada o algo.

Hubo una pausa mientras la detective decidía hasta dónde contarme.

—Lo siento, pero la respuesta es sí. Había indicios de violación con un objeto extraño y el mismo patrón de asfixia lenta que en los demás casos. Múltiples marcas de ligaduras en el cuello. Fue asfixiada y reanimada de manera repetida. Si se trataba de una manera de hacerle hablar del artículo en el que ustedes dos estaban trabajando, o simplemente era la manera de excitarse del asesino, es algo que no está claro en este momento. Supongo que tendremos que preguntárselo a él cuando lo detengamos. —Yo me quedé en silencio mientras pensaba en el horror al que Angela se había enfrentado—. ¿Alguna cosa más, Jack? Es sábado. Espero pasar al menos medio día con mi hija.

—No, no. Lo siento.

—Bueno, ya puede ir a casa ahora. Que pase un buen día.

Bynum colgó y yo me quedé allí sentado, pensando. No estaba seguro de querer la casa de nuevo, porque no estaba seguro de que pudiera seguir siendo mi hogar. Mi sueño —lo poco que había dormido— había sido invadido en las últimas dos noches por las imágenes de la cara de Angela Cook en la oscuridad de debajo de la cama y el sonido sordo de la tos tan expertamente implantado en mi mente por su asesino. Pero en mi sueño, todo ocurría bajo el agua. Angela tenía las muñecas atadas y se estiraba hacia mí al hundirse. Su último grito de socorro salió en una burbuja y me desperté cuando esta explotó con el sonido que el Sudes había reproducido.

Vivir y tratar de dormir en ese mismo lugar se me antojaba imposible. Abrí las cortinas y miré por la única ventana de mi pequeña habitación de hotel. Tenía una panorámica del centro cívico. El hermoso y eterno edificio del ayuntamiento se alzaba ante mí. Junto a él se hallaba el edificio de los tribunales penales, tan feo como la prisión a la que la mayoría de sus visitantes se dirigirían. Las aceras y los parterres estaban vacíos. Era sábado y nadie iba al centro los fines de semana. Cerré las cortinas.

Decidí quedarme en la habitación mientras el periódico la pagara. Iría a casa, pero solo para coger ropa limpia y otras cosas que necesitaba. Por la tarde, llamaría a un agente inmobiliario y trataría de deshacerme de ella. Si podía. En venta: bungaló de Hollywood muy bien conservado y restaurado donde actuó un asesino en serie. Negociable.

El sonido de mi teléfono móvil me sacó de la ensoñación. Mi móvil de siempre; había conseguido recuperarlo por fin a pleno funcionamiento el día anterior. El identificador de llamadas decía NÚMERO PRIVADO y había aprendido a no dejar esas llamadas sin respuesta.

Era Rachel.

—Hola —dije.

—Pareces deprimido. ¿Qué pasa?

Menuda *profiler*. Me había interpretado con una sola palabra. Decidí no sacar a colación lo que la detective Bynum había dicho sobre el aterrador final de Angela.

—Nada. Solo estaba… nada. ¿Y tú qué tal? ¿Estás trabajando?

—Sí.

—¿Quieres pillarte un descanso y tomar un café o algo? Yo estoy en el centro.

—No, no puedo.

No la había vuelto a ver desde que los detectives nos habían separado después de que encontráramos el cadáver de Angela y llamáramos a la policía. Como con todo lo demás, no llevaba nada bien la separación, aunque solo fueran cuarenta y ocho horas. Me levanté y empecé a pasearme por los confines de la pequeña habitación.

—Bueno, ¿cuándo te veré? —le pregunté.

—No lo sé, Jack. Ten un poco de paciencia conmigo. Estoy en el punto de mira aquí.

Me sentí avergonzado y cambié de tema.

—Hablando de punto de mira, no me vendría mal un escolta armado.

—¿Por qué?

—La policía de Los Ángeles dice que tengo acceso a mi casa. Me han dicho que podía volver, pero no creo que pueda quedarme allí. Solo quiero coger algo de ropa, pero va a ser un poco aterrador estar allí yo solo.

—Lo siento, Jack, no puedo llevarte. Si estás realmente preocupado, puedo hacer una llamada.

Estaba empezando a entender el cuadro. Ya me había sucedido con ella una vez antes. Tenía que resignarme al hecho de que Rachel era como un gato salvaje. Le intrigaba cómo podía ser el contacto y permanecía cerca del otro, pero en última instancia, siempre saltaba hacia atrás y se alejaba. Si insistías, sacaba las garras.

—No importa, Rachel, solo trataba de conseguir que salieras.

—Lo siento mucho, Jack, pero no puedo hacerlo.

—¿Por qué has llamado?

Se hizo un silencio antes de que ella contestara.

—Para ver cómo estabas y para ponerte al día de algunas cosas. Si quieres oírlas.

—Claro, adelante. Al grano.

Me senté en la cama y abrí un cuaderno para tomar notas.

—Ayer se confirmó que el sitio web asesinodelmaletero. com que visitó Angela era de hecho la mina que pisó —dijo Rachel—, pero hasta ahora es un callejón sin salida.

—¿Un callejón sin salida? Pensaba que podía rastrearse todo a través de Internet.

—La ubicación física del sitio corresponde a un servicio de *hosting*, alojamiento web, llamado Western Data Consultants y ubicado en Mesa, Arizona. Fueron allí unos agentes con una orden y obtuvieron los detalles sobre la configuración y el funcionamiento del sitio. Se registró a través de una compañía de Seattle llamada See Jane Run, que registra, diseña y mantiene numerosos sitios a través de Western Data. Es una especie de empresa intermediaria. No dispone de un lugar físico donde los sitios web estén alojados en los servidores, para eso paga a Western Data. See Jane Run construye y mantiene sitios web para clientes y Western Data los aloja. Como un intermediario.

—¿Así que fueron a Seattle?

—Se están ocupando agentes de la oficina de campo de Seattle.

—¿Y?

—El sitio asesinodelmaletero.com fue creado y pagado por completo a través de Internet. Nadie en See Jane Run vio nunca al hombre que pagó por ello. La dirección física dada hace dos años cuando se crearon los sitios era un apartado de correos cerca del SeaTac que ya no es válido. Estamos tratando de rastrear eso, pero será otro callejón sin salida. Este tipo es bueno.

—Acabas de decir sitios, en plural. ¿Había más de uno?

—Te has dado cuenta de eso. Sí, dos sitios: asesinodelmaletero.com y el segundo Denslow Data. Ese fue el nombre que utilizó para configurarlos: Bill Denslow. Los dos sitios están en un plan de cinco años que pagó por adelantado. Utilizó un giro postal que no se podía rastrear más que hasta el punto de compra. Otro callejón sin salida.

Tardé unos segundos en escribir algunas notas.

—Está bien —dije finalmente—. ¿Entonces Denslow es el Sudes?

—El hombre que se hace pasar por Denslow es el Sudes,

pero no somos tan estúpidos como para pensar que pondría su nombre real en un sitio web.

—Entonces, ¿qué significa? ¿D-E-N pueden ser unas siglas?

—Puede ser. Lo estamos investigando. Hasta ahora no hemos encontrado la conexión. Estamos investigando esa posibilidad y el nombre en sí. Pero no hemos encontrado a ningún Bill Denslow con ningún tipo de antecedentes penales que encaje en esto.

—Tal vez sea un chico al que el Sudes odiaba de niño. Algún vecino o un maestro.

—Puede ser.

—Entonces, ¿por qué los dos sitios web?

—Uno de ellos era el sitio de captura y el otro era el punto de observación.

—Me estoy perdiendo.

—Bueno, el sitio asesinodelmaletero se creó para recoger la IP (la dirección del ordenador) de cualquier persona que visitara el lugar. Eso es lo que pasó con Angela, ¿entiendes?

—Sí. Ella hizo una búsqueda y esta la llevó al sitio.

—Exacto. El sitio recogía las IP, pero estaba construido de manera que las direcciones se enviaban automáticamente a otra página web llamada Denslow Data. Es una práctica común. Vas a un sitio, capturan tu identificación y la envían a otro sitio cuyo fin es el márketing. Básicamente se trata del origen del *spam*.

—Entiendo. Así que Denslow Data tiene la identificación de Angela. ¿Qué pasó allí?

—Nada. Allí se quedó.

—Entonces, ¿cómo…?

—Este es el truco. Denslow Data fue construido con una función completamente contraria al sitio de asesinodelmaletero. No captura datos de los visitantes. ¿Ves adónde quiero llegar?

—No.

—Bueno, míralo desde el punto de vista del Sudes. Ha puesto en marcha asesinodelmaletero.com para capturar la identidad del ordenador de alguien que pudiera ir tras él. El único problema con esto es que, a continuación, al ir al sitio para comprobarlo, su propia IP sería capturada. Claro que él podría utilizar algún otro equipo para llevar a cabo el control, pero aun así ayudaría a fijar su posición. Podría ser seguido en gran medida a través de su propio sitio.

Asentí con la cabeza cuando por fin entendí la configuración.

—Ya veo —dije—. Así que envía la dirección IP capturada a otra página donde no existe un mecanismo de captura y que puede comprobar sin temor a ser rastreado.

—Exactamente.

—Así que después de que Angela llegara a asesinodelmaletero.com, él fue a la página de Denslow y obtuvo su IP. Esta lo llevó al *Times* y supuso que podía tratarse de algo más que una curiosidad morbosa sobre víctimas de asesinato encontradas en maleteros. Pincha el sistema del *Times* y eso lo lleva a Angela y a mí, y a nuestros artículos. Él lee mi correo electrónico y sabe que nos estamos acercando. Que he descubierto algo y me dirijo a Las Vegas.

—Eso es. Y trama una forma de eliminaros a los dos en un asesinato-suicidio.

Me quedé en silencio un momento mientras reflexionaba una vez más. Cuadraba, aunque no me gustara el resultado.

—Fue mi mensaje de correo electrónico lo que la mató.

—No, Jack. No lo puedes ver de esa manera. En todo caso, su destino estaba sellado cuando miró asesinodelmaletero.com. No puedes culparte por un correo electrónico que mandaste a un redactor.

No respondí. Traté de aparcar la cuestión de la culpabilidad durante un tiempo y concentrarme en el Sudes.

—Jack, ¿estás ahí?

—Solo estoy pensando. ¿Así que todo esto es completamente imposible de rastrear?

—Desde ese punto de vista, sí. Una vez que tengamos a este tipo y nos apoderemos de su equipo, podremos rastrear sus visitas a Denslow. Será una prueba sólida.

—Eso si utilizó su propio ordenador.

—Sí.

—Parece poco probable, dada la habilidad que ya ha demostrado.

—Tal vez. Esto dependerá de la frecuencia con que comprobara su trampa. Parece que estaba en la pista de Angela menos de veinticuatro horas después de su visita a la página de asesinodelmaletero. Eso indicaría una rutina, una comprobación diaria de la trampa, y podría señalar que estaba usando su propio ordenador o uno que tuviera cerca.

Pensé en todo ello por un momento y me recosté en la almohada con los ojos cerrados. Lo que sabía sobre el mundo era deprimente.

—Hay algo más que quiero contarte —dijo Rachel.

—¿Qué?

Abrí los ojos.

—Hemos descubierto cómo atrajo a Angela a tu casa.

—¿Cómo?

—Tú lo hiciste.

—¿De qué estás hablando? Yo…

—Lo sé, lo sé. Solo estoy diciendo que quería que lo pareciera. Encontramos el portátil de Angela en su apartamento. En su cuenta de correo electrónico había un mensaje tuyo, enviado la noche del martes. Decías que habías encontrado datos interesantes sobre el caso Winslow. El Sudes, haciéndose pasar por ti, dijo que se trataba de algo muy importante y que la invitabas a ir a tu casa para enseñárselo.

—¡Joder!

—Ella contestó al mail diciendo que salía para allí. Llegó a tu casa y él la estaba esperando. Fue después de que tú te hubieras ido a Las Vegas.

—Estaría vigilando mi casa. Me vio salir.

—Tú te fuiste, él entró y utilizó tu ordenador para mandar el mensaje. Luego la esperó. Y una vez terminó con ella, te siguió a Las Vegas para completar la trampa matándote y haciendo que pareciera un suicidio.

—Pero ¿qué pasa con mi pistola? Entró en la casa y la encontró con bastante facilidad. Luego pudo ir a buscarme a Las Vegas para seguirme. Pero todavía no se explica cómo llegó allí el arma. Volé y no facturé maleta. Eso es un gran agujero, ¿no?

—Creemos que también lo hemos entendido.

Cerré los ojos de nuevo.

—Dime.

—Después de echarle el cebo a Angela imprimió un formulario de envío de Go! desde tu ordenador.

—¿GO? Nunca he oído hablar de GO.

—Es una empresa de transportes, una pequeña competidora de FedEx y el resto. G-O con un signo de exclamación: *Guaranteed Overnight!* Hacen envíos de aeropuerto a aeropuerto, un negocio en expansión ahora que las compañías aéreas limitan el equipaje y cobran por ello. Puedes descargar los formularios de envío desde Internet, y alguien hizo exactamente eso en tu equipo, para enviarte un paquete durante la noche para ti mismo. Tenía que recogerse en las instalaciones de carga del Internacional McCarran y no se requería firma: solo mostrar tu copia del formulario de envío. Puedes dejar paquetes en el LAX hasta las once en punto.

No podía hacer otra cosa que negar con la cabeza.

—Así es como creemos que lo hizo —dijo Rachel—. Atrajo a Angela y luego se encargó del envío. Angela se presentó y él la redujo. La dejó, aunque no sabemos si estaba muerta o no en ese momento. Fue al aeropuerto y mandó el paquete con la pistola; los paquetes nacionales en GO! no pasan rayos X. Luego o bien fue en coche hasta Las Vegas o en avión, muy posiblemente incluso en el mismo que tú. En cualquier caso, una vez estuvo allí, recogió el paquete con la pistola. Después te siguió a Ely para completar el plan.

—Parece muy ajustado. ¿Estás seguro de que tuvo tiempo?

—Es apretado y no estamos seguros, pero cuadra.

—¿Qué pasa con Schifino?

—Le han informado, pero no se siente en peligro ahora, si es que lo ha estado. Ha rechazado la protección, pero lo estamos vigilando de todos modos.

Me pregunté si el abogado de Las Vegas se había dado cuenta de lo cerca que había estado de convertirse en la peor clase de víctima. Rachel continuó.

—Supongo que me habrías llamado si hubiera habido algún otro contacto por parte del Sudes.

—No, no ha habido contacto. Además, tú tienes el teléfono. ¿Ha intentado volver a llamar?

—No.

—¿Qué ocurrió con la identificación de la llamada?

—La hemos rastreado a una antena de telefonía móvil de McCarran, en la terminal de US Airways. En un periodo de dos horas desde que te llamó había vuelos desde esa terminal a veinticuatro ciudades diferentes de Estados Unidos. Podría haber ido a cualquier parte con conexiones desde esas veinticuatro ciudades.

—¿Qué hay de Seattle?

—No hay vuelo directo, pero podría haber volado a una ciudad de conexión y haber salido de allí. Estamos ejecutando una orden de registro que hoy nos dará los listados de pasajeros de todos los vuelos. Meteremos los nombres en el ordenador y a ver qué conseguimos. Este es el primer error de nuestro hombre y, con suerte, le haremos pagar por ello.

—¿Un error? ¿Cómo es eso?

—No tendría que haberte llamado. No debería haber establecido contacto. Nos ha dado información y una ubicación, algo muy diferente de lo que teníamos de él antes.

—Pero tú ibas a apostar a que contactaría. ¿Por qué es tan chocante? Tenías razón.

—Sí, pero eso lo dije antes de saber todo lo que sé ahora. En base a todo lo que tenemos en el perfil de este hombre, creo que estaba fuera de lugar que te llamara.

Pensé en todo ello un momento antes de plantear la siguiente pregunta.

—¿Qué más está haciendo el FBI?

—Estamos haciendo perfiles de Babbit y Oglevy. Sabemos que encajan en su programa y tenemos que averiguar dónde se cruzan y donde se encontró con ellas. También estamos todavía en busca de su firma.

Me senté, escribí «firma» en el bloc de notas y lo subrayé.

—La firma es diferente de su programa.

—Sí, Jack. El programa es lo que hace con la víctima. La firma es algo que deja tras de sí para marcar su territorio. Es la diferencia entre una pintura y la firma del artista en el lienzo. Puedes saber que es un Van Gogh con solo mirarlo, pero también firmaba su obra. Con estos asesinos la firma no es tan obvia; la mayoría de las veces no la vemos hasta después. Pero si conseguimos descifrarla ahora, podría ayudarnos a llegar a él.

—¿Es lo que te han encargado? ¿Estás trabajando en eso?

—Sí.

Rachel había dudado antes de responder.

—¿Usando las notas de mis archivos?

—Exacto.

Ahora dudé yo, pero no demasiado rato.

—Eso es mentira, Rachel. ¿Qué pasa?

—¿De qué estás hablando?

—Tengo tus notas aquí delante, Rachel. Cuando por fin me soltaron el jueves, exigí que me devolvieran todos mis archivos y notas. Me dieron también las tuyas, pensando que eran mías. Es tu bloc. Las tengo yo, Rachel, ¿por qué estás mintiendo?

—Jack, no te miento. ¿Y qué si tienes mis notas, crees que no puedo…?

—¿Dónde estás ahora mismo? ¿Dónde estás exactamente? Dime la verdad.

Ella dudó.

—Estoy en Washington.

—Mierda, estás apuntando a See Jane Run, ¿verdad? Voy para allá.

—No me refiero al estado de Washington, Jack.

Eso me desconcertó totalmente y luego mi ordenador interno escupió un nuevo escenario: Rachel se había valido del descubrimiento del Sudes para volver al trabajo que quería y para el que estaba mejor preparada.

—¿Estás trabajando para Comportamiento?

—Ojalá. Estoy en la sede de Washington D. C. para una vista de ORP mañana lunes.

Yo sabía que ORP era la Oficina de Responsabilidad Profesional, la versión del FBI de Asuntos Internos.

—¿Les has hablado de nosotros? ¿Van a ir a por ti por eso?

—No, Jack, no les he dicho nada de eso. Se trata del *jet* que tomé a Nellis el miércoles. Después de que me llamaras.

Salté de la cama y empecé a pasear de nuevo.

—Tienes que estar bromeando. ¿Qué van a hacer?

—No lo sé.

—¿No cuenta que hayas salvado al menos una vida (la mía) y de paso hayas dado a conocer a este asesino a los cuerpos policiales? ¿Saben que gracias a ti ayer soltaron a un chico de dieciséis años de edad falsamente acusado de asesinato y encarcelado? ¿Saben que un hombre inocente que ha pasado un año en una cárcel de Nevada va a salir pronto? Deberían darte una medalla, no juzgarte.

Se hizo un silencio y luego Rachel habló.

—Y a ti deberían darte un ascenso en lugar de echarte, Jack. Mira, te agradezco lo que estás diciendo, pero la realidad es que he tomado algunas malas decisiones y parecen más preocupados por eso y por el dinero que ha costado que por ninguna otra cosa.

—¡Cielo santo! Si te hacen algo, Rachel, va a salir en primera página. Voy a quemar…

—Jack, sé cuidarme sola. Ahora has de preocuparte por ti, ¿de acuerdo?

—No, no estoy de acuerdo. ¿A qué hora es la vista del lunes?

—Es a las nueve.

Iba a alertar a Keisha, mi exesposa. Sabía que no la dejarían entrar en una vista a puerta cerrada, pero si sabían que había una periodista del *Times* fuera a la espera de los resultados, se pensarían dos veces lo que hacían en el interior.

—Jack, mira, sé lo que estás pensando. Pero quiero que te calmes y dejes que me ocupe de esto. Es mi trabajo y mi vista. ¿De acuerdo?

—No lo sé. Es difícil quedarme de brazos cruzados cuando están jugando con alguien… alguien que quiero.

—Gracias, Jack, pero si es eso lo que sientes, necesito que te retires en este caso. Te contaré lo que pase en cuanto lo sepa.

—¿Lo prometes?

—Te lo prometo.

Abrí la cortina de nuevo y la luz del sol inundó la habitación.

—Muy bien.

—Gracias. ¿Vas a ir a tu casa? Si de verdad lo necesitas, puedo conseguir que alguien se reúna contigo allí.

—No, no me pasará nada. Solo quería una excusa. Quiero verte. Pero si ni siquiera estás en la ciudad… ¿Cuando llegaste a Washington, por cierto?

—Esta mañana, en un vuelo nocturno. Traté de demorarlo para poder mantenerme en el caso. Pero el FBI no funciona así.

—Ya.

—Estoy aquí y voy a reunirme con mi representante legal para estudiarlo todo. De hecho, él llegará en cualquier momento y tengo que recopilar algunas cosas.

—Muy bien. Ya te dejo. ¿Dónde te vas a quedar?

—En el hotel Monaco, en la calle F.

Después de colgar me quedé al lado de la ventana, mirando pero sin ver nada. Estaba pensando en Rachel luchando por su trabajo, por lo único que parecía mantenerla aferrada al mundo.

Me di cuenta de que no era muy diferente de mí.

9

La oscuridad de los sueños

*C*arver vigilaba la casa de Scottsdale desde la oscuridad de su coche. Era demasiado temprano para actuar. Esperaría y observaría hasta asegurarse de que no había peligro. Eso no le molestaba. Le gustaba estar solo en la oscuridad. Era su lugar. Tenía su música en el iPod y Jim Morrison le había hecho compañía toda su vida.

> *I'm a changeling, see me change.*
> *I'm a changeling, see me change.*[1]

Siempre había sido su himno, una canción por la que regir su vida. Subió el volumen y cerró los ojos. Metió la mano en el lateral del asiento y apretó el botón para reclinarse más.

La música lo transportó al pasado. Más allá de todos los recuerdos y pesadillas. Al camerino, con Alma. Se suponía que ella lo cuidaba, pero tenía las manos ocupadas con el hilo y la aguja. No podía vigilarlo todo el tiempo y no era justo esperarlo. Había reglas de la casa sobre madres e hijos. La madre era la responsable última, aunque estuviera en el escenario.

El joven Wesley se puso en marcha, colándose a través de la cortina de cuentas, tan sigiloso como un ratón. Era tan pequeño que solo movió cinco o seis hilos. A continuación recorrió el pasillo, pasó junto al maloliente cuarto de baño y llegó hasta el lugar desde donde salía la luz intermitente.

1. Me cambiaron al nacer, mírame cambiar. Me cambiaron al nacer, mírame cambiar.

Giró y allí estaba el señor Grable con su frac, sentado en un taburete. Sostenía el micrófono, esperando que terminara la canción.

La música sonaba fuerte a ese lado del pasillo, pero no tan fuerte para que Wesley no oyera los aplausos y algunos de los abucheos. Se escabulló por detrás del señor Grable y miró a través de las patas del taburete. El escenario estaba salpicado de luz blanca, intensa. Entonces la vio: desnuda delante de todos los hombres. Wesley sintió el ritmo de la música en las venas.

Girl, you gotta love your man…[2]

Ella se movía a la perfección al son de la música. Como si hubieran escrito y grabado la canción solo para ella. Wesley observó y se sintió fascinado. No quería que la música se detuviera. Era perfecto. Ella era perfecta y él…

De repente, lo agarraron por el cuello de la camiseta y lo arrastraron hacia atrás por el pasillo. Logró mirar hacia arriba y vio que era Alma.

—¡Eres un niño muy malo! —lo regañó.

—No —dijo llorando—. Quiero ver a mi…

—Ahora no, ¡no!

Ella lo arrastró otra vez a través de la cortina de cuentas hacia el camerino. Lo empujó y él cayó sobre el montón de boas de plumas y pañuelos de seda.

—Estás metido en un buen lío… ¿Qué es eso?

Estaba señalándolo a él, con el dedo dirigido hacia abajo. Al lugar donde Wesley sentía que nacían extrañas sensaciones.

—Soy un buen niño —dijo.

—No. Con eso, no —replicó Alma—. Vamos a ver qué tienes ahí.

Ella se agachó y le puso la mano bajo el cinturón. Empezó a bajarle los pantalones.

—Pequeño pervertido —dijo Alma—. Te voy a enseñar lo que hacemos con los pervertidos por aquí.

Wesley estaba paralizado de terror. No sabía lo que significaba esa palabra. No sabía qué hacer.

2. Chica, debes amar a tu hombre…

El golpe seco de metal contra cristal interrumpió la música y el sueño. Carver se incorporó en su asiento. Momentáneamente desorientado, miró a su alrededor, se dio cuenta de dónde estaba y se quitó los auriculares de los oídos.

Miró por la ventana y allí estaba McGinnis, de pie en la calle. Sostenía una correa que se extendía hasta el cuello de un perro poquita cosa. Carver vio el grueso anillo de Notre Dame en el dedo de McGinnis. Debía de haber golpeado la ventanilla del coche con él para llamar su atención.

Bajó la ventanilla. Al mismo tiempo se aseguró de esconder con el pie el arma que había colocado en el suelo.

—Wesley, ¿qué estás haciendo aquí?

El perro empezó a ladrar antes de que Carver pudiera responder, y McGinnis lo hizo callar.

—Quería hablar contigo —dijo Carver.

—Entonces, ¿por qué no has venido a casa?

—Porque también tengo que enseñarte algo.

—¿De qué estás hablando?

—Entra y te llevaré.

—¿Llevarme adónde? Es casi medianoche. No enti…

—Tiene que ver con la visita del FBI del otro día. Creo que sé a quién están buscando.

McGinnis dio un paso hacia delante para mirar de cerca a Carver.

—Wesley, ¿qué está pasando? ¿Qué quiere decir a quién están buscando?

—Sube y te lo explicaré por el camino.

—¿Qué pasa con mi perro?

—Puedes traerlo. No tardaremos mucho.

McGinnis sacudió la cabeza como si estuviera molesto con todo el asunto, pero luego rodeó el coche para entrar. Carver se inclinó hacia delante y rápidamente cogió el arma del suelo y se la puso en la parte de atrás de la cinturilla del pantalón. Tendría que soportar la incomodidad.

McGinnis puso al perro en el asiento trasero y se sentó delante.

—Es hembra —dijo.

—¿Qué? —preguntó Carver.

—Que no es un perro, es una perra.

—Lo que sea. No se va a mear en mi coche, ¿no?

—No te preocupes. Acaba de hacerlo.

—Bueno.

Carver arrancó y empezó a alejarse del barrio.

—¿Tu casa está cerrada? —preguntó.

—Sí, cierro cuando la saco a pasear. Nunca se sabe con los chicos del barrio. Todos saben que vivo solo.

—Eso es inteligente.

—¿Adónde vamos?

—A la casa de Freddy Stone.

—Muy bien, ahora cuéntame qué está pasando y qué tiene que ver con el FBI.

—Te lo dije. Tengo que enseñártelo.

—Dime qué me vas a enseñar. ¿Has hablado con Stone? ¿Le has preguntado dónde diablos ha estado?

Carver negó con la cabeza.

—No, no he hablado con él. Por eso he ido a su casa esta noche, para tratar de encontrarlo. No estaba allí, pero he hallado otra cosa: la página web por la que estaba preguntando el FBI. Él es el hombre que está detrás.

—Así que en cuanto se enteró de que el FBI llegó con una orden, se largó.

—Eso parece.

—Hemos de llamar al FBI, Wesley. No puede dar la sensación de que estamos protegiendo a este tipo, no importa lo que estuviera haciendo.

—Pero podría perjudicar el negocio si salta a los medios de comunicación. Podría hacernos caer.

McGinnis negó con la cabeza.

—Vamos a tener que aguantar los palos —dijo enfáticamente—. Taparlo no va a funcionar.

—Muy bien. Vamos a su casa primero y luego llamamos al FBI. ¿Te acuerdas de los nombres de los dos agentes?

—Tengo sus tarjetas en la oficina. Uno se llamaba Bantam. Lo recuerdo porque era un tipo grande pero se llamaba Bantam, como los boxeadores de peso gallo.

—Sí, es verdad.

Las luces de los edificios altos del centro de Phoenix se extendían ante ellos a ambos lados de la autopista. Carver dejó de hablar y McGinnis hizo lo mismo. El perro estaba durmiendo en el asiento trasero del coche.

La mente de Carver vagó de nuevo hacia el recuerdo que la música había conjurado antes. Se preguntó qué le había hecho recorrer el pasillo para mirar. Sabía que la respuesta estaba enredada en el fondo de sus raíces más oscuras. En un lugar al que nadie podía ir.

10
En directo a las cinco

$\mathcal{N}$o salí de mi habitación de hotel el sábado, ni siquiera cuando algunos de los periodistas del turno de fin de semana llamaron para invitarme al Red Wind a tomar unas copas después del trabajo. Estaban celebrando un día más con la noticia en primera página. La última actualización era sobre la primera jornada en libertad de Alonzo Winslow y una puesta al día de la búsqueda cada vez más amplia del sospechoso del asesinato de la chica del maletero. Yo no tenía muchas ganas de celebrar un artículo que ya no era mío. Y tampoco iba habitualmente al Red Wind. Antes ponían sobre los urinarios del cuarto de baño de caballeros las primeras páginas de la sección A, la de Metropolitano y la de Deportes. Ahora tenían televisores de plasma de pantalla plana sintonizados con la Fox, la CNN y Bloomberg. Cada pantalla añadía sal a la herida: era un recordatorio de que la industria de la prensa escrita agonizaba.

Así que decidí no salir la noche del sábado y comencé a leer los archivos, usando las notas de Rachel como borrador. Con ella en Washington y apartada del caso, me sentía incómodo dejando el perfil a los agentes sin nombre ni rostro del operativo o de lugares tan distantes como Quantico. Era mi historia e iba a mantenerme por delante.

Trabajé hasta altas horas de la noche, reuniendo los detalles de las vidas de dos mujeres muertas, buscando ese punto en común que, según Rachel, tenía que existir. Eran mujeres nacidas en dos lugares diferentes que habían emigrado a dos ciudades también diferentes en dos estados distintos. Por lo que sabía, sus caminos nunca se habían cruzado, salvo por la remota posibilidad de que Denise Babbit hubiera ido a Las Vegas y hubiera visto el espectáculo *Femmes Fatales* en el Cleopatra.

¿Podría ser esa la conexión entre los asesinatos? Parecía descabellado.

Finalmente agoté esa búsqueda y decidí enfocar las cosas desde un ángulo completamente diferente. Desde la perspectiva del asesino. En una nueva hoja del cuaderno de Rachel, empecé una lista de todas las cosas que el Sudes tenía que conocer para ejecutar cada asesinato en términos de método, momento y lugar. Resultó una tarea de enormes proporciones y a medianoche estaba agotado. Me dormí vestido encima de la colcha, con los archivos y las notas a mi alrededor.

La llamada de las cuatro de la mañana desde la centralita fue desagradable, pero me salvó de mi sueño recurrente de Angela.

—Hola —gruñí al teléfono.

—Señor McEvoy, su limusina está aquí.

—¿Mi limusina?

—Ha dicho que era de la CNN.

Me había olvidado por completo. Lo había organizado el viernes la oficina de relaciones con los medios del *Times*. Se suponía que tenía que salir en directo para toda la nación en un programa de fin de semana que pasaban los domingos por la mañana de ocho a diez. El problema era que se trataba de ocho a diez hora de la Costa Este, de cinco a siete hora de la Costa Oeste. El viernes, el productor del programa no había sido claro sobre el momento en que aparecería yo, así que tenía que estar listo para aparecer en directo a las cinco.

—Dígale que bajo en diez minutos.

De hecho, tardé un cuarto de hora en arrastrarme a la ducha, afeitarme y vestirme con la última camisa planchada que tenía en la habitación. El chófer no parecía preocupado y se dirigió despacio hacia Hollywood. No había tráfico e íbamos a llegar a tiempo.

El coche no era en realidad una limusina, sino un Lincoln Town Car. Un año antes había escrito una serie de artículos acerca de un abogado que trabajaba en la parte de atrás de un Lincoln Town Car mientras un cliente que trabajaba para pagarle sus honorarios lo llevaba de un sitio a otro. Sentado en el asiento trasero de camino a la CNN, la sensación me gustó. Era una buena manera de ver Los Ángeles.

El edificio de la CNN se hallaba en Sunset Boulevard, no muy lejos de la comisaría de Hollywood. Después de pasar por un control de seguridad en el vestíbulo, me acerqué al estudio donde estaba previsto que me entrevistaran desde Atlanta para la edición de fin de semana de un programa llamado *CNN Newsroom*. Una persona joven me dirigió a la sala de espera, y me encontré con que Wanda Sessums y Alonzo Winslow ya estaban ahí. Por alguna razón me sorprendió la idea de que pudieran haberse levantado temprano para llegar al estudio antes que yo, el periodista profesional.

Wanda me miró como si yo fuera un extraño. Alonzo apenas tenía los ojos abiertos.

—Wanda, ¿se acuerda de mí? Soy Jack McEvoy, el periodista. Fui a verla el lunes pasado.

Ella asintió con la cabeza y se ajustó un par de dientes postizos en la boca. No los llevaba cuando la había visitado en su casa.

—Es verdad. Usted fue el que puso todas las mentiras en el periódico sobre mi Zo.

Esta declaración animó a Alonzo.

—Bueno, ahora ha salido, ¿verdad? —dije con rapidez.

Di un paso más y le tendí la mano a su nieto. Él la tomó vacilante y me la estrechó, pero parecía confundido respecto a quién era yo.

—Encantado de conocerte por fin, Alonzo, y contento de que estés fuera. Soy Jack. Soy el periodista que habló con tu abuela y comenzó la investigación que ha conducido a tu puesta en libertad.

—¿Mi abuela? Hijoputa, ¿de qué estás hablando?

—No sabe lo que dice —dijo Wanda rápidamente.

De pronto comprendí mi error. Wanda era su abuela, pero había estado cumpliendo el papel de madre porque la verdadera madre de Alonzo estaba en la calle. Probablemente el chico pensaba que su verdadera madre era su hermana, si es que la conocía.

—Lo siento, me he confundido —le dije—. De todos modos, creo que nos van a entrevistar juntos.

—¿Por qué coño te van a entrevistar? —preguntó Alonzo—. Yo soy el que se jodió en la cárcel.

—Creo que es porque soy el que te sacó.

—Sí, es gracioso. El señor Meyer dice que me sacó él.

—Nuestro abogado lo sacó —intervino Wanda.

—Entonces, ¿cómo es que el abogado no está aquí y no sale en la CNN?

—Va a venir.

Asentí con la cabeza. Eso era nuevo para mí. Cuando salí de trabajar el viernes, solo íbamos a estar Alonzo y yo en el programa. Ahora teníamos a bordo a Mami y a Meyer. Concluí que no iba a ir bien en una emisión en directo. Demasiadas personas y al menos una de ellas causaría problemas con la censura. Me acerqué a una mesa donde había una cafetera y me serví una taza de café solo. Luego metí la mano en una caja de donuts Krispy Kreme y elegí uno de azúcar. Traté de quedarme solo y ver la televisión cenital que estaba sintonizada a la CNN y que pronto emitiría el programa de noticias en el que teníamos que aparecer. Después de un rato llegó un técnico y nos preparó para el sonido, colocándonos un micrófono en el cuello de la camisa y un auricular en el oído y ocultando todos los cables debajo de la camisa.

—¿Puedo hablar con un productor? —dije en voz baja—. Solo.

—Claro, se lo diré.

Me senté de nuevo y esperé, y al cabo de cuatro minutos escuché una voz masculina que pronunciaba mi nombre.

—¿Señor McEvoy?

Miré a mi alrededor y entonces me di cuenta de que la voz había salido del auricular.

—Sí, estoy aquí.

—Soy Christian DuChateau, de Atlanta. Soy el productor del programa de hoy y quiero darle las gracias por levantarse tan temprano para estar en el aire. Vamos a repasarlo todo en cuanto entre en el estudio dentro de unos minutos. Pero ¿quería hablar conmigo antes de eso?

—Sí, espere un segundo.

Salí al pasillo y cerré la puerta de la sala de espera detrás de mí.

—Solo quería asegurarme de que tiene a alguien bueno con los pitidos —le dije en voz baja.

—No entiendo —dijo DuChateau—. ¿Qué quiere decir con los pitidos?

—No sé cómo se llama exactamente, pero debería saber que Alonzo Winslow puede que solo tenga dieciséis años, pero usa la palabra «hijoputa» con la misma frecuencia con la que usted usa el artículo.

Hubo un silencio como respuesta, pero no demasiado largo.

—Entiendo —dijo DuChateau—. Gracias por la ayuda. Tratamos de hacer entrevistas previas con nuestros invitados, pero a veces no hay tiempo. ¿Todavía no ha llegado su abogado?

—No.

—Parece que no podemos localizarlo y no responde al móvil. Tenía la esperanza de que pudiera… controlar a su cliente.

—Bueno, por el momento no está aquí. Y ha de entender algo, Christian: este muchacho no ha cometido ese asesinato, pero eso no quiere decir que sea un niño inocente, no sé si me explico. Es un pandillero. Es un Crip y ahora mismo la sala de espera es azul. Lleva tejanos azules, camisa azul claro y un pañuelo azul en la cabeza.

No hubo dudas en el teléfono este momento.

—Bueno, me encargaré de eso —dijo el productor—. Si las cosas no se arreglan, ¿está dispuesto a seguir adelante solo? El segmento es de ocho minutos con un reportaje en vídeo sobre el caso en medio. Si restamos el vídeo y su presentación, se trata de cuatro minutos y medio a cinco de tiempo en directo con nuestro presentador aquí en Atlanta. No creo que se le pregunte nada que no le hayan preguntado ya sobre el caso.

—Lo que necesite. Estoy listo para empezar.

—Está bien, ahora vuelvo con usted.

DuChateau apagó y volví a la sala de espera. Me senté en un sofá contra la pared opuesta a Alonzo y su madre-abuela. No traté de conversar con él, pero finalmente él trató de hacerlo.

—¿Dices que empezaste todo esto?

Asentí con la cabeza.

—Sí, después de que tu… después de que Wanda me llamase y me dijese que tú no lo hiciste.

—¿Cómo es eso? A ningún hombre blanco le he importado nunca una puta mierda.

Me encogí de hombros.

—Solo era parte de mi trabajo. Wanda dijo que la policía se había equivocado y yo lo investigué. Encontré el otro caso como el tuyo y empecé a entenderlo todo.

Alonzo asintió con la cabeza, pensativo.

—¿Vas a ganar un millón de dólares?

—¿Qué?

—¿Te pagan por estar aquí? A mí no me pagan. Yo les he pedido unos pocos dólares por mi tiempo, pero no me han dado un puto centavo.

—Sí, bueno, así son las noticias. Por lo general no pagan.

—Están sacando tajada con él —intervino Wanda—. ¿Por qué no van a pagar al muchacho?

Me encogí de hombros de nuevo.

—Podríamos volver a preguntar, supongo —propuse.

—De puta madre, se lo voy a preguntar cuando estemos en la entrevista en directo en la tele. A ver qué dice el hijoputa entonces, ¿eh?

Me limité a asentir. Alonzo no se daba cuenta de que su micrófono estaba encendido y que al final del pasillo, o en Atlanta, alguien probablemente estaba escuchando lo que decía. Un minuto después de que expresara su plan, se abrió la puerta y el técnico volvió a la sala de espera y me pidió que lo acompañara. Al salir, Alonzo preguntó en voz alta.

—Oye, ¿adónde vais ahora? ¿Cuándo salgo en la tele?

El técnico no respondió. Mientras caminábamos por el pasillo me miró. Parecía preocupado.

—¿Eres tú el que tiene que decirle que no va a salir? —le pregunté.

Él asintió con la cabeza.

—Lo único que puedo decir es que me alegro de que haya pasado por el detector de metales en el vestíbulo; no se preocupe, lo he verificado para estar seguro.

Le sonreí para desearle buena suerte.

11

La tierra fría, dura

$\mathcal{Y}$a casi amanecía. Carver ya distinguía la línea dentada de luz que comenzaba a grabar la silueta de la cordillera. Era hermoso. Se sentó en una gran roca y observó el espectáculo de luz mientras Stone trabajaba delante de él. Su joven acólito se afanaba con la pala y picaba en la tierra fría y dura que había debajo de la fina capa de suelo suelto y arena.

—Freddy —dijo Carver con calma—. Quiero que me lo vuelvas a decir.

—¡Ya te lo he dicho!

—Pues dímelo otra vez. Necesito saber exactamente lo que se dijo, porque necesito saber con exactitud el alcance de los estragos.

—No hay estragos. ¡Nada!

—Dímelo otra vez

—¡Joder!

Clavó con rabia el borde de la pala en el agujero y el impacto en roca y arena produjo un sonido agudo que resonó en todo el paisaje vacío. Carver miró a su alrededor para asegurarse de que estaban solos. En la distancia, hacia el oeste, las luces de Mesa y Scottsdale parecían una quema de malas hierbas descontrolada. Se llevó la mano a la espalda y cogió la pistola. Se lo pensó, pero decidió esperar. Freddy aún podría ser útil. Esta vez, Carver solo le enseñaría una lección.

—Dímelo otra vez —repitió Carver.

—Solo le dije que tuviera suerte, ¿de acuerdo? —dijo Stone—. Nada más. Y traté de averiguar quién era la perra que lo estaba esperando en su habitación. La que lo jodió todo.

—¿Qué más?

—Nada más. Le dije que algún día le devolvería el arma, que se la entregaría personalmente.

Carver asintió con la cabeza. Hasta el momento, Stone había dicho lo mismo cada vez que había recontado la conversación con McEvoy.

—Muy bien, ¿y qué te dijo?

—Casi nada, ya te lo he dicho. Creo que estaba cagado de miedo.

—No te creo, Freddy.

—Bueno, ese es… Sí, dijo algo más.

Carver trató de mantener la calma.

—¿Qué?

—Sabe de lo nuestro.

—¿Qué?

—Lo de las correas. Eso.

Carver trató de que su voz no trasluciera urgencia.

—¿Cómo lo sabe? ¿Tú se lo dijiste?

—No, yo no le dije nada. Lo sabía. No sé cómo, pero lo sabía.

—¿Qué sabía?

—Dijo que el nombre que iba a darnos era la…

—¿A darnos? ¿Sabe que somos dos?

—No, no, no me refiero a eso. No dijo eso, eso no lo sabe. Dijo que el nombre que iba a ponerme en el periódico, porque pensaba que era solo para mí, era la Doncella de Hierro. Eso era lo que nos iba a llamar, o sea, a llamarme. Creo que trataba de provocarme.

Carver reflexionó un momento. McEvoy sabía más de lo que debería saber. Tenía que haber contado con ayuda. Era algo más que acceso a la información, se trataba de visión y conocimiento, y eso hizo que Carver pensara en la mujer que estaba en la habitación, esperando. La que salvó la vida a McEvoy. Carver pensó que tal vez ya sabía quién era.

—¿Es bastante profundo o no? —dijo Stone.

Carver dejó de lado sus pensamientos y se levantó. Se acercó a la tumba y enfocó con la linterna hacia abajo.

—Sí, Freddy, ya está bien. Pon primero al perro.

Carver le dio la espalda, mientras Stone se estiraba para recoger el cuerpo sin vida del pequeño animal.

—Con cuidado, Freddy.

Odiaba haber tenido que matar a la perra. El animal no había hecho nada malo. Era una baja colateral.

—Muy bien.

Carver se volvió. La perra ya estaba en el agujero.

—Ahora él.

El cadáver de McGinnis se hallaba al borde de la tumba. Stone se estiró para agarrarlo por los tobillos y comenzó a retroceder en la tumba para echar el cuerpo al hoyo. La pala estaba apoyada contra la pared del otro extremo. Carver cogió el mango y la sacó mientras Stone retrocedía.

Stone metió el cadáver dentro. Los hombros y la cabeza de McGinnis cayeron un metro con un ruido sordo. Mientras Stone estaba inclinado sosteniendo los tobillos del cadáver, Carver le dio un palazo al joven entre los omóplatos.

Stone se quedó sin aire en los pulmones y cayó de bruces en la tumba, cara a cara con McGinnis. Carver rápidamente avanzó sobre el hoyo poniendo un pie a cada lado de este y apoyó la punta de la herramienta en la nuca de Stone.

—Fíjate bien, Freddy —dijo—. Te he hecho cavar más profundo esta vez para poder ponerte encima de él.

—Por favor…

—Rompiste las reglas. Yo no te dije que llamaras a McEvoy. No te dije que te pusieras a charlar con él. Te dije que siguieras mis instrucciones.

—Lo sé, lo sé, lo siento. No volverá a suceder. Por favor.

—Podría asegurarme ahora mismo de que no vuelva a suceder.

—No, por favor. Lo arreglaré. No…

—Cállate.

—Está bien, pero…

—¡He dicho que calles y escuches!

—Muy bien.

—¿Estás escuchando?

Stone asintió con la cabeza, con el rostro a escasos centímetros de los ojos sin vida de Declan McGinnis.

—¿Recuerdas dónde estabas cuando te encontré?

Stone asintió, sumiso.

—Ibas a ese lugar oscuro para enfrentarte a interminables

días de tormento. Pero yo te salvé. Yo te puse un nombre nuevo, te di una vida nueva. Te ofrecí la oportunidad de escapar y unirte a mí para abrazar los deseos que compartimos. Te enseñé el camino y solo te pedí una cosa a cambio. ¿Te acuerdas de lo que era?

—Dijiste que era una sociedad, pero no una sociedad entre iguales. Yo era el discípulo y tú eras el maestro. He de hacer lo que tú dices.

Carver hundió aún más la punta de acero en el cuello de Stone.

—Y sin embargo aquí estamos. Y me has fallado.

—No volverá a suceder. Por favor.

Carver levantó la cabeza y miró a la cordillera. Las líneas irregulares se recortaban más claramente ahora que el cielo proyectaba una luz anaranjada. Tenían que terminar enseguida.

—Freddy, te equivocas. Soy yo el que no va a dejar que suceda de nuevo.

—Déjame hacer algo. Deja que lo arregle.

—Te daré esa oportunidad. —Apartó la pala hacia atrás y se alejó de la tumba—. Ahora entiérralos.

Stone se volvió y miró cautelosamente hacia arriba, con el miedo todavía grabado en su mirada. Carver le pasó la pala. Stone se levantó y la cogió.

Carver se llevó la mano a la espalda y sacó la pistola. Con gran regocijo vio que las pupilas de Stone se ensanchaban. Pero entonces sacó el pañuelo del bolsillo y comenzó a limpiar el arma para eliminar las huellas dactilares. Cuando terminó, la dejó caer en la tumba a los pies de McGinnis. No le preocupaba que Stone intentara cogerla. Freddy estaba totalmente bajo su mando y control.

—Lo siento, Freddy, pero hagamos lo que hagamos respecto a McEvoy, no vamos a devolverle la pistola. Es demasiado arriesgado guardarla.

—Lo que tú digas.

«Exactamente», pensó Carver.

—Y ahora date prisa —dijo—. Ya empieza a clarear.

Stone rápidamente comenzó a echar paladas de tierra y arena en el agujero.

12

De costa a costa

*C*omo cabía esperar, mi segmento en el programa matinal no llegó hasta la segunda hora. Durante cuarenta y cinco minutos esperé sentado en un estudio pequeño y oscuro mientras miraba la primera mitad del programa en la pantalla de la cámara. Uno de los reportajes era sobre Crossroads, el centro de rehabilitación de drogodependientes que Eric Clapton había fundado en el Caribe. El segmento terminó con imágenes de un concierto de Clapton con una versión muy soul y con un toque de blues de *Somewhere over the Rainbow*. El tema era maravillosamente conmovedor y cargado de esperanza en relación al reportaje, pero un anuncio lo interrumpió.

Durante la pausa, recibí la advertencia de que faltaba un minuto y enseguida estuve en directo de costa a costa y más allá. El presentador del programa en Atlanta me hizo preguntas fáciles que le respondí con un entusiasmo que sugería falsamente que no las había escuchado antes y que la noticia no llevaba ya tres días circulando en el *Times*. Cuando terminé y el programa pasó a la siguiente historia, Christian DuChateau me comunicó por el auricular que ya podía marcharme y que me debía un favor por salvar al programa del desastre que habría supuesto Alonzo Winslow. Me dijo que la limusina me llevaría a donde tuviera que ir.

—Christian, ¿le importa que le pida que haga una parada en el camino? No tardaré mucho tiempo.

—No, en absoluto. Tengo a otra persona que llevará a Alonzo a su casa, así que puede disponer del coche el resto de la mañana si lo necesita. Como le he dicho, le debo una.

Eso me iba bien. Hice una parada rápida en la sala de espera para coger otra taza de café y descubrí que Alonzo y Wanda seguían ahí. Daban la sensación de que aún estaban esperando que alguien los llevara al estudio para ser entrevistados. Nadie les había dicho todavía que habían cancelado su presencia y parecían demasiado ingenuos para darse cuenta.

Decidí no ser el portador de malas noticias. Les dije adiós y les di a cada uno una tarjeta con mi número de teléfono móvil en ella.

—Oye, te he visto en la tele —dijo Alonzo, señalando con la cabeza a la pantalla plana en la pared—. De puta madre. Ahora será mi turno.

—Gracias, Alonzo. Cuídate.

—Me cuidaré en cuanto alguien me suelte un millón de dólares.

Asentí con la cabeza, cogí otro dónut para acompañar el café y salí de la habitación, dejando a Alonzo esperando un millón de dólares que no iban a llegar.

Una vez en el coche, le hablé al chófer de la parada y este me dijo que ya le habían dicho que me llevara a donde le indicara. Nos detuvimos a la entrada de mi casa a las siete y veinte. Me quedé sentado en el coche, mirando la casa durante casi un minuto antes de reunir valor para bajar y entrar.

Abrí la puerta de la calle y entré, pisando tres días de correo que habían echado a través de la ranura. Ni la lluvia ni la nieve ni la cinta amarilla de la escena del crimen habían impedido que mi cartero cumpliera con sus repartos. Hojeé rápidamente los sobres y descubrí que habían llegado dos de mis nuevas tarjetas de crédito. Me guardé esos sobres en el bolsillo de atrás y dejé el resto en el suelo.

Había restos de la escena del crimen diseminados por toda la casa. El polvo negro para recoger huellas dactilares parecía omnipresente en todas las superficies. También había rollos de cinta acabados y guantes de goma descartados por todo el suelo. Daba la impresión de que los investigadores y técnicos no habían considerado ni por un momento que alguien iba a regresar a la casa después de que se hubieran ido.

Dudé un segundo, luego recorrí el pasillo y entré en mi dormitorio. Había un olor a humedad desconcertante, porque parecía más fuerte que el día en que encontré el cuerpo de Angela. El somier, colchón y armazón de la cama habían desaparecido y supuse que conservarían todo ello para analizarlo y usarlo como prueba.

Hice una pausa y estudié el lugar donde había estado la cama. Me gustaría poder decir que en ese momento mi corazón se llenó de tristeza por Angela Cook, pero de alguna manera yo ya había pasado ese punto, o mi mente se defendía y no me permitía entretenerme en esas cosas. Si pensaba en algo, era en lo difícil que iba a resultarme vender la casa. Si sentía algo, era la necesidad de salir de allí lo antes posible.

Caminé rápidamente hacia el armario, recordando algo que había escrito una vez para el *Times* sobre una empresa privada que ofrecía un servicio de limpieza en los hogares donde se habían producido asesinatos o suicidios. Era un negocio próspero. Decidí que tendría que desenterrar esa historia de los archivos y llamarlos. A lo mejor me harían un descuento.

Saqué mi voluminosa maleta del estante del armario. La dejé en el suelo y salió un soplo de aire viciado al abrirla. No la había usado desde que me había mudado a la casa más de una década antes. Rápidamente comencé a llenarla con la ropa que tenía en mi rotación habitual. Cuando estaba a rebosar, bajé la mochila —que usaba con más frecuencia— y la llené de zapatos, cinturones y corbatas, a pesar de que pronto no tendría que usar corbata. Por último, fui al cuarto de baño y vacié todo lo que había sobre el lavabo y dentro del botiquín en la bolsa de plástico de la papelera.

—¿Necesita ayuda?

Casi salté a través de la cortina de la ducha. Me volví y vi que era el chófer que había dejado en el coche diez minutos antes, después de decirle que solo tardaría cinco.

—Me ha asustado.

—Solo quería ver si necesitaba… ¿Qué ha pasado aquí?

Estaba mirando los guantes de goma tirados en el suelo y la gran mancha vacía en el lugar de la cama.

—Es una larga historia. Si puede llevar esa maleta grande al coche, yo iré a buscar el resto. He de comprobar algo en mi ordenador antes de irnos.

Agarré mi raqueta de frontón que colgaba de un gancho en

la puerta de la habitación y seguí al chófer con la bolsa y la mochila. Lo metí todo en el maletero al lado de la maleta grande y volví a dirigirme a la casa. Me fijé en que la vecina de enfrente estaba en su portal, mirándome. Sostenía en la mano el *Times* entregado a domicilio. La saludé, pero ella no me devolvió el gesto y me di cuenta de que no iba a volver a tener una actitud amistosa o de buena vecindad para conmigo. Yo había traído la oscuridad y la muerte a nuestro agradable barrio.

Otra vez dentro de la casa, me fui directamente al despacho. Nada más entrar, me di cuenta de que mi ordenador de sobremesa no estaba en mi escritorio. Había desaparecido y comprendí que la policía o el FBI se lo habrían llevado. De alguna manera, saber que un grupo de hombres extraños estaban buscando en mis archivos de trabajo y personales, incluida mi malograda novela, me hizo sentir vulnerable de una manera completamente nueva. Yo no era el asesino que andaba suelto, pero el FBI tenía mi ordenador. Cuando Rachel volviera de Washington, le pediría que me lo recuperara.

Noté un peso en los hombros y sentí que la coraza que me había puesto para superar el regreso a mi casa se me estaba escurriendo. Tenía que salir de allí o los horrores de lo que le había ocurrido a Angela volverían a colarse en mis pensamientos y me paralizarían. Debía mantenerme en movimiento.

Mi última parada en la casa fue en la cocina. Revisé la nevera, cogí todos los productos caducados o cuya fecha de caducidad estaba próxima y los tiré a la basura. También tiré los plátanos del frutero y media barra de pan de una de las alacenas. Luego salí por la puerta de atrás y dejé la bolsa en el contenedor de al lado del garaje. Volví a entrar, cerré y salí por la puerta delantera. El coche me esperaba.

—Otra vez al Kyoto —le dije al conductor.

Tenía casi un día entero por delante y ya era hora de ponerme a trabajar.

Al alejarnos, vi que mi vecina había vuelto a refugiarse en la seguridad de su hogar. No pude evitar volverme y mirar a través del parabrisas trasero hacia mi casa. Era la única casa que había tenido y nunca me había planteado no vivir allí. Me di cuenta de que un asesino me la había dado y otro me la había quitado.

Giramos por Sunset y la perdí de vista.

13

Juntos otra vez

*C*arver estudió su corazonada en el ordenador, mientras Stone recogía las cosas que quería llevarse. Entre búsquedas, Carver borró las páginas de la papelera de reciclaje de Stone. Quería dejar al FBI algo que mantuviera ocupados a sus agentes.

Lo detuvo todo cuando la foto y el artículo aparecieron en pantalla. Lo hojeó deprisa, y luego miró a través del almacén de Stone. Estaba echando ropa en una bolsa de basura de color negro. No tenía maleta. Carver se dio cuenta de que estaba trabajando con cautela y de que todavía se sentía un poco dolorido.

—Tenía razón —dijo Carver—. Está en Los Ángeles.

Stone dejó caer la bolsa que estaba llenando y cruzó el suelo de cemento. Miró por encima del hombro de Carver al centro de la pantalla. Este hizo doble clic en la foto para ampliarla.

—¿Es ella? —le preguntó.

—Te lo dije, solo pude echar un vistazo rápido al pasar junto a la habitación. Ni siquiera le vi la cara. Estaba en una silla un poco a un lado. No tenía ángulo para verle la cara. Podría ser ella, pero tal vez no —contestó Stone.

—Creo que era ella. Estaba con Jack. Rachel y Jack, juntos de nuevo.

—Espera un minuto. ¿Rachel?

—Sí, la agente especial Rachel Walling.

—Creo que… Creo que dijo ese nombre.

—¿Quién?

—McEvoy. Cuando abrió la puerta y entró en la habitación. Como iba detrás de él, lo oí. Ella dijo: «Hola, Jack». Y entonces dijo algo y creo que fue su nombre. Me pareció entender algo así como «Rachel, ¿qué estás haciendo?».

—¿Estás seguro? No habías dicho nada acerca de un nombre.

—Ya lo sé, pero al decirlo tú me he acordado. Estoy seguro de que dijo ese nombre.

Carver se entusiasmó con la posibilidad de que McEvoy y Walling le siguieran la pista. Tener dos adversarios de esa categoría aumentaba las apuestas considerablemente.

—¿De qué va el artículo? —preguntó Stone.

—Es sobre ella y un policía de Los Ángeles que consiguieron acabar con el tipo que ellos llamaban el Asesino de las Bolsas. Cortaba a mujeres y las metía en bolsas de basura. Esta foto fue tomada en la conferencia de prensa que dieron. Hace dos años y medio, en Los Ángeles, lo mataron. —Carver oía a Stone respirando por la boca—. Ahora termina de recoger tus cosas, Freddy.

—¿Qué vamos a hacer? ¿Iremos tras ella ahora?

—No, no lo creo. Creo que nos sentaremos a esperar.

—¿A qué?

—A ella. Rachel Walling vendrá a buscarnos, y cuando lo haga, será un premio.

Carver esperó a ver si Stone decía algo, si se oponía o manifestaba su opinión. Pero no dijo nada, demostrando que al parecer había retenido algo de la lección de la mañana.

—¿Cómo tienes la espalda? —le preguntó Carver.

—Me duele, pero está bien.

—¿Seguro?

—Estoy bien.

—Bueno.

Carver se desconectó de Internet y se levantó. Metió la mano por detrás de la torre del ordenador y desenchufó el cable del teclado. Sabía que el FBI podría encontrar ADN en los fragmentos microscópicos de piel que caían entre las letras en un teclado. No lo dejaría ahí.

—Date prisa y terminemos de una vez —dijo—. Después iremos a que te den un masaje para la espalda.

—No necesito un masaje. Estoy bien.

—No quiero que te duela. Necesitaré toda tu fuerza cuando aparezca la agente Walling.

—No te preocupes. Estaré listo.

14
Un paso en falso

*E*l lunes por la mañana continué en horario del Este. Quería estar preparado para reaccionar cuando Rachel llamara desde Washington, de manera que me levanté temprano y llegué a la redacción a las seis de la mañana para continuar mi trabajo con los archivos.

La sala estaba completamente muerta, sin un solo periodista o redactor a la vista, y tuve una sensación descarnada sobre lo que me deparaba el futuro. Hubo un tiempo en que la sala de redacción era el mejor sitio del mundo para trabajar. Un lugar rebosante de camaradería, competencia, cotilleo, ingenio cínico y humor, una encrucijada para las ideas y el debate. Se producían artículos y páginas vibrantes e inteligentes, que dictaban la pauta de lo que se discutía y se consideraba importante en una ciudad tan diversa y emocionante como Los Ángeles. Ahora cada año se reducían miles de páginas de contenido editorial y pronto el periódico sería como la sala de redacción, un pueblo fantasma intelectual. En muchos sentidos, me sentía aliviado por el hecho de que no estaría allí para verlo.

Me senté en mi cubículo y empecé por comprobar el correo electrónico. Los técnicos de sala de redacción habían reabierto mi cuenta con una nueva contraseña el viernes anterior. Durante el fin de semana había acumulado casi cuarenta mensajes, la mayoría de desconocidos, en reacción a los artículos sobre los asesinatos. Leí y borré cada uno de ellos, porque no quería perder tiempo respondiéndolos. Dos de ellos eran de personas que aseguraban ser asesinos en serie y decían que me habían puesto en su lista de objetivos. Esos los guardé para mostrárselos a Rachel, pero no estaba demasiado preocupado por ellos. Uno de los autores había escrito asesino en *cerie* y yo lo tomé como un indicio de que estaba tratando con un bromista o alguien de escasa inteligencia.

También recibí un mensaje airado del fotógrafo Sonny Lester, quien me decía que lo había traicionado al no ponerlo en el artículo como había acordado. Respondí con un mensaje igualmente enojado en el que le preguntaba de qué artículo estaba hablando, porque ninguno de los artículos sobre el caso llevaba mi firma. Le dije que me habían dejado de lado aún más que a él y lo invité a dirigir todas sus quejas a Dorothy Fowler, la redactora jefe de Local.

A continuación, saqué los archivos y mi ordenador portátil de la mochila y me puse a trabajar. La noche anterior había hecho muchos progresos. Había terminado mi estudio de los documentos relativos al asesinato de Denise Babbit y había elaborado un perfil del homicidio junto con una lista exhaustiva de las cosas que el asesino tenía que conocer sobre la víctima para cometer el crimen de la manera en que se llevó a cabo. Estaba a medio camino de mi estudio del asesinato de Sharon Oglevy y continuaba compilando el mismo tipo de información.

Me puse a trabajar y no me interrumpí cuando la sala de redacción poco a poco fue cobrando vida con la llegada de redactores y periodistas, tazas de café en mano, para iniciar otra semana de trabajo. A las ocho hice una pausa para tomarme un café y un dónut y luego hice una ronda de llamadas a la policía para ver si había ocurrido algo interesante en el turno de noche, algo que pudiera distraerme de la tarea que me ocupaba.

Satisfecho de que todo estuviera tranquilo por el momento, volví a los expedientes. Ya estaba completando mi perfil del caso Oglevy cuando sonó el aviso de mi primer correo electrónico del día en el ordenador. Levanté la cabeza. El mensaje era del verdugo: Richard Kramer. La misiva era breve en contenido, pero misteriosa.

De: Richard Kramer <RichardKramer@LATimes.com>
Asunto: Re: hoy
Fecha: 18 de mayo de 2009 9:11 PDT
Para: JackMcEvoy@LATimes.com

Jack, pásate cuando tengas un momento.

RK

Miré por encima del borde de la pared de mi cubículo y de la línea de los despachos acristalados. No vi a Kramer en el suyo, pero desde mi ángulo no podía ver su escritorio. Probablemente estaba allí, preparado para comunicarme quién ocuparía el lugar de Angela Cook en la crónica policial. Una vez más tendría que acompañar a un joven sustituto por todo el Parker Center y presentar a ese nuevo reportero a la misma gente a la que había presentado a Angela tan solo una semana antes.

Decidí sacármelo de encima. Me levanté y me dirigí a la pared de cristal. Kramer estaba allí, escribiendo un mensaje de correo electrónico a otro desventurado destinatario. La puerta estaba abierta, pero llamé antes de entrar. Kramer dio la espalda a su pantalla y me hizo señas para que pasara.

—Jack, siéntate. ¿Cómo estamos esta mañana?

Cogí una de las dos sillas delante de su escritorio y me senté.

—No sé tú, pero yo estoy bien, supongo. Dadas las circunstancias.

Kramer asintió con la cabeza, pensativo.

—Sí, han sido diez días increíbles desde la última vez que te sentaste en esa silla.

De hecho, me había sentado en la otra silla cuando me había comunicado que me despedían, pero no valía la pena hacer la corrección. Me quedé en silencio, esperando lo que fuera a decirme a mí; o a nosotros si iba a continuar hablando en plural.

—Tengo buenas noticias para ti aquí —dijo.

Sonrió y movió un documento grueso del lado de su escritorio al frente y al centro. Lo miró mientras hablaba.

—Mira, Jack, pensamos que este caso va a traer cola. Tanto si atrapan a ese tipo pronto como si no, es una historia que vamos a seguir durante un tiempo. Y por eso estamos pensando que vamos a necesitarte, Jack. Simple y llanamente, queremos que te quedes.

Lo miré desconcertado.

—¿Quieres decir que no me despedís?

Kramer continuó como si yo no hubiera planteado una pregunta, como si no me hubiera escuchado emitir sonido alguno.

—Lo que estamos ofreciendo aquí es una prórroga de contrato de seis meses que comenzaría a la firma —dijo.

—O sea, que todavía estoy despedido, pero dentro de seis meses.

Kramer giró el documento y lo deslizó sobre la mesa para que yo pudiera leerlo.

—Es una prórroga estándar que se utilizará mucho por aquí, Jack.

—Yo no tengo ningún contrato. ¿Cómo puede prorrogarse?

—Lo llaman así, porque actualmente eres un empleado y hay un contrato implícito. Así que cualquier cambio en la situación que se acuerda *contracturalmente* se denomina prórroga. Es solo jerga legal, Jack.

Yo no le dije que la palabra *contracturalmente* no existía. Estaba leyendo a toda velocidad la primera página del documento hasta que choqué con un gran obstáculo.

—Según esto me pagarán treinta mil dólares por seis meses —dije.

—Sí, ese es el salario de prórroga estándar.

Hice rápidamente un cálculo a ojo.

—Vamos a ver, eso sería cerca de dieciocho mil menos de lo que gano ahora por seis meses. Así que me propone que gane menos para ayudaros a manteneros al frente con este artículo. Y déjame adivinar…

Cogí el documento y comencé a pasar páginas.

—… apuesto a que ya no tendré seguros médicos, dentales ni de pensión en virtud de este contrato. ¿Es correcto?

No pude encontrarlo y supuse que no había una cláusula sobre los seguros, ya que simplemente no existían.

—Jack —dijo Kramer en tono tranquilizador—, de algunas negociaciones salariales quizá pueda ocuparme, pero tendrás que encargarte de pagar los seguros. Es la forma en que lo hacemos ahora. Se trata simplemente de la ola del futuro.

Dejé caer el contrato de nuevo en el escritorio y miré a Kramer.

—Espera a que te llegue el turno —le dije.

—¿Perdona?

—¿Crees que esto termina con nosotros? ¿Los periodistas y los correctores? ¿Crees que si eres un buen soldado y cumples con tu deber al final estarás a salvo?

—Jack, no creo que sea mi situación lo que estamos discuti...

—No me importa si estamos discutiendo eso o no. No voy a firmar esto. Prefiero correr el riesgo del desempleo. Y lo haré. Pero algún día vendrán a pedirte que firmes una de estas cosas y tendrás que preguntarte cómo vas a pagar por los dientes de tus hijos y sus médicos y su escuela y todo lo demás. Y espero que te parezca bien simplemente porque es la ola del futuro.

—Jack, tú ni siquiera tienes hijos. Y amenazarme por lo que hago es...

—No te estoy amenazando y no se trata de eso, Kramer. Lo que estoy tratando de... —Lo miré fijamente durante un rato largo—. No importa.

Me levanté, salí de la oficina y me dirigí a mi cubículo. Por el camino miré el reloj y luego saqué mi teléfono móvil para ver si me había perdido alguna llamada. No. Era casi la una del mediodía en Washington, y aún no había tenido noticias de Rachel.

De vuelta a mi cubículo, miré el teléfono y el correo electrónico y tampoco tenía mensajes allí.

Había guardado silencio y había evitado entrometerme hasta entonces. Pero necesitaba saber lo que estaba sucediendo. Llamé al móvil de Rachel y la llamada fue directa al buzón de voz sin llegar a sonar. Le dije que me llamara en cuanto pudiera y colgué. Ante la pequeña posibilidad de que su teléfono estuviera sin batería o se hubiera olvidado de volver a encenderlo después de la vista, llamé al hotel Monaco y pregunté por su habitación. Pero me dijeron que se había marchado esa mañana.

El teléfono de mi escritorio sonó en cuanto colgué. Era Larry Bernard, a dos cubículos de distancia.

—¿Qué quiere Kramer, volver a contratar al pobre Jack?

—Sí.

—¿Qué? ¿En serio?

—Con un sueldo más bajo, claro. Le he dicho que se lo meta donde le quepa.

—¿Estás de broma, tío? Te tienen por las pelotas. ¿Adónde vas a ir?

—Bueno, para empezar no voy a trabajar aquí con un contrato que me paga menos y me quita las prestaciones. Y eso es lo que le he dicho. Da igual, he de irme. ¿Vas a hacer las comprobaciones del artículo de hoy?

—Sí, estoy en ello.

—¿Alguna novedad?

—No que me estén contando. De todas formas, es demasiado temprano. Eh, te vi ayer en la CNN. Estuviste bien. Pero pensé que tendrían también a Winslow, por eso la puse. Primero lo anunciaron pero luego no salió.

—Fue allí, pero decidieron que no podían sacarlo en directo.

—¿Y eso?

—Por su tendencia a decir «hijoputa» en todas las frases que pronuncia.

—Ah, sí. Cuando hablamos con él el viernes, me di cuenta.

—Es difícil no hacerlo. Hablamos después.

—Espera, ¿adónde vas?

—De caza.

—¿Qué?

Le colgué el teléfono. Metí mi portátil y mis carpetas en la mochila y salí de la redacción en dirección a la escalera. La sala de redacción podía haberme parecido el mejor sitio del mundo para trabajar, pero ya no era así. Gente como el verdugo y las fuerzas invisibles que estaban tras él lo habían convertido en un lugar inhóspito y claustrofóbico. Tenía que irme. Sentía que era un hombre sin casa ni oficina adonde ir. Pero todavía tenía un coche y en Los Ángeles el coche era el rey.

$\mathcal{M}$e dirigí al oeste tomando la autovía 10 en dirección a la playa. Iba en sentido contrario a la marea de tráfico y circulaba sin problemas hacia el aire limpio del océano. No sabía exactamente adónde iba, pero conducía con inconsciente determinación, como si las manos en el volante y los pies en los pedales supieran lo que mi cerebro desconocía.

En Santa Mónica, salí en la calle Cuarta y luego tomé por Pico hacia la playa. Entré en el aparcamiento donde Alonzo Winslow había abandonado el coche de Denise Babbit. Estaba casi vacío y estacioné en la misma fila y tal vez incluso en el mismo espacio donde habían abandonado a la víctima.

El sol todavía no había disipado del todo la bruma marina y el cielo estaba nublado. La noria del muelle permanecía envuelta en la niebla.

«¿Y ahora qué?», me dije a mí mismo. Miré el teléfono de nuevo. No había mensajes. Vi un grupo de surfistas que volvían de sus turnos de la mañana. Se fueron a sus coches y camiones, se despojaron de sus trajes de neopreno y se ducharon con jarras de agua. Luego se envolvieron en toallas, se quitaron los bañadores y se pusieron ropa seca tapados por la toalla. Era lo típico del surfista antes de ir a trabajar. Uno de ellos tenía una pegatina en su Subaru que me hizo sonreír. Se veía una tabla de tamaño grande y un texto que decía:

QUEREMOS UNA MÁS LARGA

Abrí la mochila y saqué el bloc de notas de Rachel. Había llenado varias páginas con mis propias notas durante la revisión de los archivos. Pasé a la última página y examiné lo que había anotado.

LO QUE NECESITABA SABER

DENISE BABBIT

1. Detalles de detención anterior
2. Espacio del maletero
3. Lugar de trabajo
4. Horario laboral; raptada después del trabajo
5. Tipo corporal: jirafa

SHARON OGLEVY

1. Amenaza del marido
2. Coche del marido - espacio de maletero
3. Lugar de trabajo
4. Horario laboral; raptada después del trabajo
5. Tipo corporal: jirafa
6. Dirección de la casa del marido

Las dos listas eran cortas y casi idénticas y estaba seguro de que contenían la conexión entre las dos mujeres y su asesino. Desde el punto de vista de este, se trataba de cosas que aparentemente tendría que conocer antes de actuar.

Bajé las ventanas del coche para que entrara el aire húmedo del mar. Pensé en el Sudes y en cómo había llegado a elegir a esas dos mujeres de dos lugares diferentes.

La respuesta simple era que las había visto. Ambas exhibían sus cuerpos en público. Si estaba buscando un conjunto específico de atributos físicos, podría haber visto tanto a Denise Babbit como a Sharon Oglevy en el escenario.

O en el ordenador. La noche anterior, mientras elaboraba las listas, había comprobado que tanto la revista exótica *Femmes Fatales* como el club Snake Pit tenían páginas web donde no faltaban las fotografías de sus bailarinas. Había numerosas imágenes de cada una, entre ellas tomas de cuerpo entero en las que se les veían las piernas y los pies. En www.femmesfatalesatthecleo.com había imágenes del coro al completo en las que aparecían las bailarinas lanzando patadas altas a la cámara. Si la parafilia del Sudes requería ortesis y la necesidad de un tipo de cuerpo jirafa, como Rachel había sugerido, la página web le habría permitido investigar a su presa.

Una vez elegida la víctima, el asesino tendría que trabajar en la identificación de la mujer y completar los otros detalles de las listas. Se podía hacer de esa manera, pero yo tenía la corazonada de que no era así como lo había hecho. Estaba seguro de que había algo más en juego, de que las víctimas estaban conectadas de alguna otra manera.

Me concentré en el primer elemento de ambas listas. Me parecía claro que en algún momento el asesino se había familiarizado con los detalles de la situación legal de las víctimas.

En el caso de Denise Babbit tenía que conocer su detención del año anterior por compra de droga y que esta se había producido en Rodia Gardens. Esa información inspiró la idea de dejar el cadáver en el maletero de su coche cerca de ese lugar, sabiendo que el coche podría ser robado y trasladado, pero que en última instancia sería relacionado con ese lugar. La explicación obvia sería que ella había ido otra vez allí a comprar drogas. Una hábil manera de desviar la atención.

Con Sharon Oglevy, el asesino tenía que conocer los detalles de su divorcio. En concreto, tenía que estar al corriente de la supuesta amenaza del marido de matarla y enterrarla en el desierto. De ese conocimiento surgiría la idea de poner el cadáver en el maletero de su coche.

En ambos casos, el asesino podía obtener los detalles legales, ya que figuraban en los documentos judiciales que estaban disponibles para el público. No había nada en ninguno de los registros que yo poseía que indicara que los registros de divorcio de Oglevy no fueran públicos. Y en cuanto a Denise Babbit, los juicios penales formaban parte del registro público.

Entonces caí en la cuenta de mi error. Denise Babbit había sido detenida un año antes de su muerte, pero en el momento de su asesinato, la causa seguía abierta. La joven estaba en lo que los abogados defensores llamaban estatus de «preséntate y mea». Su abogado la había metido en un programa de intervención previa al juicio. Como parte de su tratamiento ambulatorio por abuso de drogas, su orina se analizaba una vez al mes en busca de indicaciones de consumo de drogas, y los tribunales aparentemente estaban esperando a ver si enderezaba su vida. Si lo hacía, se retirarían los cargos contra ella. Si su abogado era bueno, incluso lograría que se borraran los antecedentes de la detención.

Todo eso eran solo detalles legales, pero ahora vi en ello algo que se me había pasado por alto antes. Si el caso Babbit seguía activo, todavía no se habría inscrito en el registro público. Y si no formaba parte del registro público a disposición de cualquier ciudadano por medio de un ordenador o una visita al palacio de justicia, ¿cómo había podido conseguir el Sudes los detalles que necesitaba para preparar el crimen?

Pensé un momento acerca de cómo responder a esta pregunta y concluí que la única forma sería obtener la información de la propia Denise Babbit, o de alguien más directamente relacionado con su caso: el fiscal o el abogado defensor. Hojeé los documentos del archivo de Babbit hasta que encontré el nombre de su abogado. Hice la llamada.

—Daly y Mills, habla Newanna. ¿En qué puedo ayudarle?

—¿Puedo hablar con Tom Fox?

—El señor Fox está en el tribunal esta mañana. Puedo tomar nota de que ha llamado.

—¿Habrá vuelto a la hora del almuerzo?

Miré el reloj. Eran casi las once. Tomar conciencia de la hora me dio otra punzada de ansiedad, porque todavía no había tenido noticias de Rachel.

—Por lo general regresa a la hora de almorzar, pero no hay garantía de ello.

Le di mi nombre y mi número y le expliqué que era un reportero del *Times* y que le dijera a Fox que la llamada era importante.

Después de cerrar el teléfono arranqué mi ordenador portátil y puse la tarjeta de Internet en la ranura correspondiente. Decidí probar mi teoría y ver si conseguía acceder a los registros legales de Denise Babbit en línea.

Pasé veinte minutos en el proyecto, pero logré recoger muy poca información sobre la detención de Babbit y su acusación por medio de los servicios de datos legales de acceso público o el motor de búsqueda jurídica privado al que estaba suscrito el

Times. No obstante, encontré una referencia a la dirección de correo de su abogado y preparé un mensaje rápido con la esperanza de que recibiera correo electrónico en su teléfono móvil y atendiera mi solicitud de una llamada telefónica lo antes posible.

De: Jack McEvoy <JackMcEvoy@LATimes.com>
Asunto: Denise Babbit
Fecha: 18 de mayo de 2009 10:57 PDT
Para: TFox@dalyandmills.com

Señor Fox, soy periodista del *Los Angeles Times* y trabajo en la serie de artículos sobre el asesinato de Denise Babbit. Es posible que ya haya hablado con alguno de mis colegas sobre su representación de Denise, pero necesito hablar con usted lo antes posible sobre un nuevo ángulo de la investigación que estoy siguiendo. Por favor, llámeme o mándeme un mail lo antes posible. Gracias.

Jack McEvoy

Envié el mensaje y supe que lo único que podía hacer era esperar. Miré la hora en la esquina de la pantalla del ordenador y me di cuenta de que eran más de las dos en Washington. No parecía plausible que la vista de Rachel se hubiera prolongado tanto tiempo.

Sonó un pitido en mi ordenador. Miré y vi que ya había recibido una respuesta de correo electrónico de Fox.

De: Tom Fox <TFox@dalyandmills.com>
Asunto: RE: Denise Babbit
Fecha: 18 de mayo de 2009 11:01 PDT
Para: JackMcEvoy@LATimes.com

Hola, no puedo responder a su mensaje de inmediato porque estoy en un juicio esta semana. Tendrá noticias mías o de mi asistente, Madison, en cuanto sea posible. Gracias.

Tom Fox
Socio Principal, Daly y Mills, Abogados
www.dalyandmills.com

Era una respuesta generada automáticamente, lo cual significaba que Fox aún no había visto mi mensaje. Tenía la sensación de que no tendría noticias suyas hasta la hora del almuerzo, si tenía suerte.

Me fijé en la página web del bufete de abogados que figuraba en la parte inferior del mensaje e hice clic en el enlace. Me llevó a un sitio que pregonaba con audacia los servicios que la empresa proporcionaría a sus clientes potenciales. Los abogados de la firma estaban especializados en derecho penal y civil. Había una ventana con el texto «¿Tiene usted un caso?», en la cual el visitante de la página podía presentar los detalles de su situación para obtener una revisión gratuita y la opinión de uno de los expertos legales del bufete.

En la parte inferior de la página había una lista de socios de la firma por su nombre. Estaba a punto de hacer clic en el nombre de Tom Fox para ver si podía conseguir una biografía cuando vi la frase y el enlace en la parte inferior de la página.

DISEÑO Y OPTIMIZACIÓN DEL SITIO:
WESTERN DATA CONSULTANTS

Sentí que los átomos chocaban entre sí y creaban un compuesto nuevo y de valor incalculable. En un instante supe que tenía la conexión. La página web del bufete de abogados se alojaba en la misma ubicación que el sitio trampa del Sudes. Eso era demasiado casual para ser una coincidencia. Los diques internos se abrieron de par en par y la adrenalina se vació en mi torrente sanguíneo. Rápidamente hice clic en el enlace y fui a parar a la página principal de Western Data Consultants.

La página web ofrecía una visita guiada por las instalaciones en Mesa, Arizona, donde se proporcionaba seguridad de máximo nivel y servicio en las áreas de almacenamiento de datos, gestión de alojamientos y soluciones de red basadas en la web; significara lo que significase.

Hice clic en un icono que decía VER EL BÚNKER y fui dirigido a una página con fotos y descripciones de una granja subterránea de servidores. Era un centro de *hosting* donde los datos de empresas y organizaciones se almacenaban de manera accesible para esos clientes las veinticuatro horas del día a través de conexiones de fibra óptica de alta velocidad y proveedores de conexiones troncales de Internet. Cuarenta torres de servidor se alzaban en filas perfectas. La habitación estaba revestida de hormigón, monitorizada por infrarrojos y sellada herméticamente. Se hallaba a seis metros bajo tierra.

La página web hacía hincapié en la seguridad de Western Data. «Lo que entra no sale a menos que usted lo pida.» La firma ofrecía a empresas grandes y pequeñas un medio económico de almacenamiento y seguridad de los datos a través de copias de seguridad instantáneas o de intervalo. Cada pulsación en el teclado del ordenador de un bufete de abogados en Los Ángeles podía ser inmediatamente registrada y almacenada en Mesa.

Volví a mis archivos y saqué los documentos que William Schifino me había dado en Las Vegas. En ellos se incluía el expediente del divorcio de Oglevy. Escribí el nombre del abogado de divorcio de Brian Oglevy en mi buscador y obtuve una dirección y número de contacto, pero no una página web. A continuación, puse el nombre del abogado de Sharon Oglevy en la ventana de búsqueda y esta vez conseguí dirección, número de teléfono y página web.

Fui a la página web de Allmand, Bradshaw y Ward y me desplacé a la parte inferior de la página principal. Allí estaba.

DISEÑO Y OPTIMIZACIÓN DEL SITIO:
WESTERN DATA CONSULTANTS

Había confirmado la conexión, pero no los detalles. Las dos firmas de abogados recurrían a Western Data para el diseño y alojamiento de sus páginas web. Necesitaba saber si las empresas también almacenaban los archivos de sus casos en Western Data. Pensé en un plan durante unos momentos y luego abrí mi teléfono para llamar al bufete.

—Allmand, Bradshaw y Ward ¿puedo ayudarle?

—Sí, ¿puedo hablar con el socio gerente?

—Le pasaré con su oficina.

Esperé, ensayando mi guion, con la esperanza de que funcionara.

—Oficina del señor Kenney, ¿en qué puedo ayudarle?

—Sí, mi nombre es Jack McEvoy. Estoy trabajando con William Schifino y Asociados y estamos creando una página web y un sistema de almacenamiento de datos para la empresa. He hablado con Western Data en Arizona sobre sus servicios y mencionan a Allmand, Bradshaw y Ward como uno de sus clientes aquí en Las Vegas. Me preguntaba si podía hablar con el señor Kenney acerca de su opinión sobre Western Data.

—El señor Kenney no está hoy.

—Humm. ¿Sabe si hay alguien más con quien pueda hablar allí? Estábamos pensando en decidir esto hoy.

—El señor Kenney se ocupa de la presencia de nuestro bufete en la web y del *hosting*. Tendría que hablar con él.

—Entonces, ¿usan Western Data para almacenar datos? No estaba seguro de si era solo para la página web.

—Sí, sí, pero tendrá que hablar con el señor Kenney al respecto.

—Gracias. Volveré a llamar por la mañana.

Cerré el teléfono. Ya tenía lo que necesitaba de Allmand, Bradshaw y Ward. A continuación volví a llamar a Daly y Mills y utilicé la misma argucia, recibiendo la misma confirmación de rebote por parte de una secretaria del socio gerente.

Sentía que había dado en el clavo con la conexión. Los dos bufetes de abogados que habían representado a las dos víctimas del Sudes guardaban sus expedientes en Western Data Consultants, en Mesa. Ese tenía que ser el lugar donde los caminos de Denise Babbit y Sharon Oglevy se cruzaron. Era allí donde el Sudes las había encontrado y elegido.

Volví a guardar todos los archivos en mi mochila y arranqué el coche.

De camino al aeropuerto, llamé a Southwest Airlines y compré un billete de ida y vuelta que despegaba del LAX a la una en punto y me dejaría en Phoenix una hora más tarde. Después reservé un coche de alquiler. Estaba pensando en la llamada que tendría que hacer a mi SL cuando mi teléfono empezó a sonar.

La pantalla decía llamada privada y supe que era Rachel que me llamaba por fin.

—¿Hola?

—Jack, soy yo.

—Rachel, ya era hora. ¿Dónde estás?

—En el aeropuerto. Voy a volver.

—Cambia tu vuelo. Nos veremos en Phoenix.

—¿Qué?

—He encontrado la conexión. Es Western Data. Voy allí ahora.

—Jack, ¿de qué estás hablando?

—Te lo contaré cuando te vea. ¿Quieres venir? —Hubo una larga pausa—. Rachel, ¿vienes?

—Sí, Jack, voy.

—Bien. Tengo un coche reservado. Haz el cambio y luego me llamas para decirme tu hora de llegada. Te recogeré en el Sky Harbor.

—Está bien.

—¿Cómo ha ido la vista de OPR? Parece que ha durado mucho.

Una vez más, una vacilación. Oí un anuncio de aeropuerto en el fondo.

—¿Rachel?

—Lo dejo, Jack. Ya no soy agente del FBI.

*C*uando Rachel apareció en la puerta de la terminal del Sky Harbor International, llevaba una maleta con ruedas en una mano y un maletín de portátil en la otra. Yo estaba de pie junto a todos los conductores de limusinas que sostenían carteles con nombres de pasajeros escritos en ellos y vi a Rachel antes de que ella me viera. Me estaba buscando, mirando a un lado y a otro, pero sin prestar atención a qué o quién estaba justo delante de ella.

Casi chocó conmigo cuando me crucé en su camino. Entonces se detuvo y relajó un poco los brazos, pero sin soltar su equipaje. Era una invitación obvia. Me acerqué y la atraje a un fuerte abrazo. No la besé, solo la abracé. Ella apoyó la cabeza en el hueco de mi cuello y no dijo nada durante quizás un minuto.

—Hola —dije por fin.

—Hola —dijo ella.

—Un día largo, ¿eh?

—El más largo.

—¿Estás bien?

—Lo estaré.

Me agaché y cogí el asa de la maleta de ruedas que sujetaba. Señalé a Rachel la salida del aparcamiento.

—Por aquí. Ya tengo el coche y el hotel.

—Genial.

Caminamos en silencio y mantuve mi brazo alrededor de ella. Rachel no me había contado mucho por teléfono, solo que se había visto obligada a renunciar para evitar ser procesada por mal uso de fondos gubernamentales: el *jet* del FBI que la había llevado a Nellis para salvarme. Yo no iba a presionarla en ese momento para obtener más información, pero al final querría conocer los detalles. Y los nombres. La conclusión era que Rachel había perdido su puesto de trabajo por venir a salvarme. La única manera de vivir con eso sería tratar de repararlo de alguna manera. Y la única manera que conocía para hacerlo era escribir sobre ello.

—El hotel es muy agradable —le dije—, pero solo tengo una habitación. No sabía si querías…

—Una habitación es perfecto. Ya no tengo que preocuparme más por esa clase de cosas.

Asentí con la cabeza y supuse que quería decir que ya no tenía que preocuparse por acostarse con alguien que formaba parte de una investigación. Daba la sensación de que dijera lo que dijese o preguntara lo que preguntase iba a desencadenar pensamientos acerca del trabajo y la carrera que acababa de perder. Intenté una nueva dirección.

—¿Así que tienes hambre? ¿Quieres ir a comer algo, vamos directamente al hotel o qué?

—¿Qué hay de Western Data?

—Llamé y he pedido una cita. Dijeron que tenía que ser mañana, porque el director ejecutivo está fuera hoy.

Miré el reloj y eran casi las seis.

—Probablemente ya habrán cerrado, de todos modos. Así que iremos mañana a las diez. Hemos de hablar con un tal McGinnis; al parecer dirige la empresa.

—¿Y cayeron en la farsa que me dijiste que ibas a usar?

—No es una farsa. Tengo la carta de Schifino y eso me legitima.

—Puedes convencerte de cualquier cosa ¿no? ¡Tu periódico no tiene algún tipo de código ético que impide que te hagas pasar por otra persona?

—Sí, tenemos un código, pero siempre hay zonas grises. Si no voy de cara es porque la información no se puede obtener de otra manera.

Me encogí de hombros como diciendo que no era nada importante. Llegamos a mi coche de alquiler y cargué el equipaje de Rachel en el maletero.

—Jack, quiero ir allí ahora —dijo Rachel cuando entramos.

—¿Adónde?

—A Western Data.

—No se puede entrar sin una cita y nuestra cita es mañana.

—Muy bien, no entraremos. Pero podemos tantear el terreno. Solo quiero verlo.

—¿Por qué?

—Porque necesito algo para alejar mi mente de lo que ha pasado hoy en Washington. ¿De acuerdo?

—Entendido. Vamos.

Busqué la dirección de Western Data en mi bloc y la introduje en el GPS del coche. No tardamos en entrar en una autopista que se dirigía hacia el este desde el aeropuerto. El tráfico era fluido y llegamos a Mesa después de dos cambios de autopista y veinte minutos de conducción.

Western Data apenas se divisaba en el horizonte de McKellips Road, al este de Mesa. Se hallaba en una zona poco urbanizada de almacenes y pequeñas empresas, rodeada de matorrales y cactus Sonora. Era un edificio de una sola planta, de color arena y con solo dos ventanas situadas a ambos lados de la puerta principal. La dirección estaba pintada en la esquina superior derecha del edificio, pero no había ningún otro signo en la fachada ni en cualquier otro lugar en toda la propiedad vallada.

—¿Estás seguro de que es aquí? —preguntó Rachel cuando pasé por delante por primera vez.

—Sí, la mujer con la que quedé dijo que no tenían ningún cartel en la propiedad. No anunciar exactamente lo que hacen aquí forma parte de la garantía de seguridad.

—Es más pequeño de lo que pensé que sería.

—Has de recordar que la mayor parte es subterránea.

—Sí, claro.

Unas pocas manzanas más allá del destino había una cafetería llamada Hightower Grounds. Entré para dar la vuelta y dimos otra pasada por Western Data. Esta vez, la propiedad quedó del lado de Rachel y ella se puso de perfil en el asiento para poder verla.

—Tienen cámaras por todos lados —dijo—. Cuento una, dos, tres... seis cámaras en el exterior.

—Cámaras dentro y cámaras fuera, según la página web —respondí—. Eso es lo que venden. Seguridad.

—Real o aparente.

La miré.

—¿Qué quieres decir con eso?

Se encogió de hombros.

—En realidad nada. Es solo que todas esas cámaras tienen un aspecto imponente. Pero si no hay nadie al otro lado mirando a través de ellas, ¿de qué sirven?

Asentí con la cabeza.

—¿Quieres dar la vuelta y pasar otra vez?

—No, ya he visto suficiente. Ahora tengo hambre, Jack.

—Está bien. ¿Adónde quieres ir? Hemos pasado un sitio de barbacoas cuando hemos salido de la autopista. Por lo demás, la cafetería de allá es la única…

—Quiero ir al hotel. Vamos a pedir servicio de habitaciones y a arrasar con el minibar.

La miré y pensé que había detectado una sonrisa en su rostro.

—Eso me suena a plan.

Yo ya había puesto la dirección del Mesa Verde Inn en el GPS del coche y solo tardamos diez minutos en llegar allí. Dejé el coche en el garaje de detrás del hotel y entramos.

Una vez que llegamos a la habitación, los dos nos quitamos los zapatos y bebimos ron Pyrat en vasos de agua mientras estábamos sentados uno al lado del otro y apoyados en las numerosas almohadas de la cama.

Por fin, Rachel dejó escapar un largo y sonoro suspiro, que pareció expulsar las muchas frustraciones del día. Levantó el vaso casi vacío.

—Esto está bueno —dijo.

Asentí con la cabeza en señal de acuerdo.

—Ya lo había tomado. Lo hacen en la isla de Anguilla, en las Indias Occidentales Británicas. Fui allí en mi luna de miel a un lugar llamado Cap Juluca. Tenían una botella de esto en la habitación. Una botella entera, no estas porciones de minibar. Nos la tomamos toda en una noche. A palo seco, como ahora.

—No quiero que me cuentes tu luna de miel, ¿sabes?

—Lo siento. Fue más como unas vacaciones, de todos modos. Fuimos más de un año después de casarnos.

Eso mató la conversación durante un rato y yo observé a Rachel en el espejo de la pared, al otro lado de la cama. Al cabo de unos momentos sacudió la cabeza cuando se le entrometió un mal pensamiento.

—¿Sabes qué, Rachel? Que se jodan. Forma parte de la naturaleza de la burocracia eliminar a los librepensadores y emprendedores, a la gente que en realidad más necesitan.

—La verdad es que no me preocupaba la naturaleza de ninguna burocracia. Era una agente del FBI de puta madre. ¿Qué voy a hacer ahora? ¿Qué vamos a hacer ahora?

Me gustaba que hubiera usado el plural al final.

—Pensaremos en algo. ¿Quién sabe?, tal vez aunar nuestros conocimientos y convertirnos en detectives privados. Ya me lo imagino: Walling y McEvoy, investigaciones discretas.

Ella negó con la cabeza de nuevo, pero esta vez sonrió por fin.

—Bueno, gracias por poner mi nombre primero en la puerta.

—Oh, descuida, tú eres la jefa. También vamos a usar tu imagen en las vallas. Eso disparará el negocio.

Rachel se echó a reír. Yo no sabía si era el ron o mis palabras, pero algo la estaba animando. Dejé mi vaso en la mesilla de noche y me volví hacia ella. Nuestros ojos estaban a pocos centímetros de distancia.

—Yo siempre te pondré por delante, Rachel. Siempre.

Esta vez Rachel me puso la mano en la nuca y me atrajo hacia ella para besarme.

Después de que hubiéramos hecho el amor, Rachel parecía fortalecida mientras que yo me sentía completamente agotado. Saltó de la cama desnuda y se acercó a su maleta con ruedas. La abrió y empezó a buscar entre sus pertenencias.

—No te vistas —le dije—. ¿No podemos simplemente quedarnos un rato más en la cama?

—No, no voy a vestirme. Te he traído un regalo y está por aquí en alguna… ¡Aquí está!

Regresó a la cama y me entregó una bolsita de fieltro negro que sabía que era de una joyería. La abrí y salió una cadena de plata con un colgante. El colgante era una bala plateada.

—¿Una bala de plata? ¿Qué, vamos a ir a cazar a un hombre lobo o algo así?

—No, es una única bala. ¿Recuerdas lo que te conté sobre la teoría de la bala única?

—Oh… sí.

Me sentí avergonzado por mi intento inapropiado de humor. Se trataba de algo importante para ella y yo había pisoteado el momento con la gracia estúpida sobre el hombre lobo.

—¿De dónde la has sacado?

—Tuve mucho tiempo libre ayer, así que anduve por la ciudad y entré en una joyería que hay al lado del cuartel general del FBI. Supongo que conocen a la clientela del barrio, porque vendían balas como joyas.

Asentí con la cabeza mientras hacía girar la bala entre los dedos.

—No lleva ningún nombre. Dijiste que la teoría es que todo el mundo tiene por ahí una bala con su nombre.

Rachel se encogió de hombros.

—Era domingo y creo que el grabador no estaba. Me dijeron que tendría que volver hoy si quería grabar algo. Obviamente, no he tenido la oportunidad.

Abrí el cierre y me estiré para colgárselo alrededor del cuello. Ella levantó una mano para detenerme.

—No, es tuya. La he comprado para ti.

—Ya lo sé. Pero ¿por qué no me la das cuando escribas tu nombre en ella?

Ella lo pensó un momento y dejó caer la mano. Le puse la cadena alrededor del cuello y la cerré. Rachel me miró con una sonrisa.

—¿Sabes qué? —preguntó.

—¿Qué?

—Ahora estoy muerta de hambre.

Casi me reí por el brusco cambio de tema.

—Bueno, entonces vamos a llamar al servicio de habitaciones.

—Quiero un filete. Y más ron.

Pedimos y ambos tuvimos tiempo de ducharnos antes de que llegara la comida. Cenamos vestidos con los albornoces del hotel y sentados el uno frente al otro en la mesa con ruedas que nos trajo el camarero del servicio de habitaciones. Veía la cadena de plata en el cuello de Rachel, pero la bala se había metido dentro de la gruesa tela de algodón blanco. Llevaba el pelo húmedo y muy despeinado y tenía un aspecto fantástico para comer de postre.

—Este tipo que te habló de la teoría de una sola bala era un policía o un agente, ¿no?

—Un policía.

—¿Lo conozco?

—¿Conocerlo? No estoy segura de que nadie lo conozca de verdad, y me incluyo. Pero he visto su nombre en algunos de tus artículos en los últimos dos años. ¿Por qué te importa?

No hice caso de su pregunta y le planteé la mía.

—¿Entonces tú le diste puerta o fue al revés?

—Creo que fui yo. Sabía que no íbamos a ninguna parte.

—Genial, así que este hombre al que plantaste anda por ahí con una pistola y ahora estás conmigo.

Ella sonrió y sacudió la cabeza.

—No te preocupes por eso. ¿Podemos cambiar de tema?

—Muy bien. ¿De qué quieres hablar, entonces? ¿Quieres decirme por fin lo que ha pasado hoy en Washington?

Terminó de masticar un bocado de carne antes de contestar.

—En realidad no hay nada que contar —dijo—. Me tenían. Había engañado a mi supervisor con la entrevista en Ely, y él autorizó el vuelo. Hicieron su investigación y las cuentas y me dijeron que había gastado combustible de avión por un importe aproximado de catorce mil dólares y que eso constituye un mal uso de caudales públicos en categoría de delito. Tenían un fiscal en el pasillo listo para acusarme si quería oponerme. Me iban a acusar allí mismo.

—Es increíble.

—La cuestión es que yo estaba planeando hacer la entrevista en Ely, y eso lo habría arreglado todo. Pero las cosas cambiaron cuando me dijiste que Angela había desaparecido. No llegué a Ely.

—Es la peor cara de la burocracia. Tengo que escribir sobre esto.

—No puedes, Jack. Formaba parte del trato. He firmado un acuerdo de confidencialidad, que ya he infringido al contarte lo que te acabo de contar. Pero si se llegara a publicar probablemente acabarían acusándome de todos modos.

—No si la historia es tan embarazosa para ellos que la única forma de solucionarlo es abandonar todo el asunto y devolverte tu condición de agente.

Rachel se sirvió otra ronda de ron en una de las copitas que habían entregado con la botella. Pasó con los dedos un solo cubo de hielo de su vaso de agua a la copa y la hizo rodar en la mano un par de veces antes de beber.

—Para ti es fácil decirlo. Tú no eres el que ha de esperar que vean la luz en lugar de ver una manera de meterte en la cárcel.

Negué con la cabeza.

—Rachel, tus acciones, por más desacertadas o incluso ilegales que fueran, me salvaron la vida y probablemente las vidas de varias personas más. Tienes a William Schifino y todas las potenciales víctimas a las que este Sudes nunca se acercará ahora que es conocido por las autoridades. ¿Eso no cuenta para nada?

—Jack, ¿no lo entiendes? No les gusto en el FBI. Desde hace mucho tiempo. Pensaban que me habían perdido de vista, pero luego los obligué a sacarme de Dakota del Sur. Tenía una palanca y la usé, pero no les gustó y no lo olvidaron. Es como cualquier otra cosa en la vida: un paso en falso y eres vulnerable. Esperaron hasta que cometí el error que me hizo vulnerable y actuaron. No importa a cuánta gente pueda haber salvado, no hay pruebas de nada. En cambio, la factura de combustible en ese avión sí es una prueba.

Me di por vencido. No había forma de consolarla. Vi que se tomaba la copa entera de ron y luego volvía a escupir el cubito de hielo al fondo del vaso. A continuación se sirvió otro trago.

—Será mejor que bebas un poco antes de que me lo tome todo —dijo.

Extendí el brazo con la copa por encima de la mesa y ella me sirvió un buen trago. Brindamos y tomé un largo trago. Sentí que pasaba por mi garganta con la suavidad de la miel.

—Mejor que tengas cuidado —le dije—. Esto te puede estallar dentro.

—Quiero estallar.

—Sí, bueno, tendremos que salir de aquí mañana por la mañana a las nueve y media si quieres que lleguemos a tiempo.

Dejó el vaso con fuerza en la mesa.

—Sí, ¿qué pasa con eso? ¿Qué haremos exactamente mañana, Jack? Sabes que ya no tengo placa. Ni siquiera tengo arma y quieres que entremos como si nada en ese lugar.

—Quiero verlo. Quiero averiguar si está ahí. Después podemos llamar al FBI o a la policía o a quien quieras. Pero es mi primicia y quiero llegar allí primero.

—Y luego escribir sobre ello en el periódico.

—Tal vez, si me dejan. Pero de una manera o de otra escribiré todo esto. Así que quiero ser el primero.

—Asegúrate de que cambias mi nombre en el libro, para proteger a los culpables.

—Claro. ¿Cómo quieres que te llame?

Ella inclinó la cabeza y apretó los labios como si estuviera pensando. Levantó su copa de nuevo y tomó un pequeño sorbo, luego respondió.

—¿Qué tal agente Misty Monroe?

—Suena a estrella del porno.

—Genial.

Volvió a dejar la copa y se puso seria.

—Bueno… basta de juegos. Vamos allí ¿y qué?, ¿preguntamos si uno de ellos es el asesino en serie?

—No, vamos y actuamos como clientes potenciales. Damos una vuelta y conocemos a tantas personas como podamos. Hacemos preguntas sobre la seguridad y sobre quién tiene acceso a los archivos legales de naturaleza sensible de nuestra firma cuya copia de seguridad se almacenará allí. Esa clase de cosas.

—¿Y?

—Y esperamos que alguien se delate, o tal vez vea al tipo de Ely con las patillas.

—¿Lo reconocerás sin su disfraz?

—Probablemente no, pero él no lo sabe. Podría verme y salir corriendo y entonces, ¡tachín!, ya tendremos a nuestro hombre.

Levanté las manos con las palmas hacia fuera como si fuese un mago que ha completado un truco difícil.

—No me parece un gran plan, Jack. Suena como si te lo estuvieras inventando sobre la marcha.

—Tal vez lo estoy haciendo y por eso necesito que estés conmigo.

—No tengo ni idea de qué quieres decir con eso.

Me levanté, me acerqué a su lado y apoyé una rodilla en el suelo. Ella estaba a punto de levantar la copa para tomar otro trago cuando le puse la mano en el antebrazo.

—Mira, no necesito tu arma ni tu placa, Rachel. Quiero que estés ahí porque si alguien en ese lugar hace un movimiento en falso, por pequeño que sea, tú sabrás interpretarlo y lo tendremos.

Me apartó la mano de su brazo.

—Mira, estás exagerando. Si crees que puedo leer la mente…

—No lees la mente, Rachel, pero tienes instinto. Haces este trabajo de la misma manera que Magic Johnson jugaba al baloncesto: percibes lo que pasa en toda la pista. Después de solo una conversación telefónica de cinco minutos conmigo cogiste un avión del FBI y volaste a Nevada porque lo sabías. Lo sabías, Rachel. Y me salvaste la vida. Eso es instinto, y por eso te quiero allí mañana.

Ella me miró durante un buen rato y luego asintió con la cabeza casi imperceptiblemente.

—Vale, Jack —dijo—. Entonces estaré allí.

El delicioso ron no nos hizo ningún favor por la mañana. Rachel y yo nos movíamos muy despacio, pero aun así logramos salir del hotel con tiempo más que suficiente para llegar a nuestra cita. Paramos antes en el Hightower Grounds para meternos un poco de cafeína en las venas, y luego volvimos a Western Data.

La verja exterior del complejo estaba abierta y dejé el coche en la plaza de aparcamiento más cercana a la puerta principal. Antes de apagar el motor, eché un último sorbo a mi café y le hice una pregunta a Rachel.

—Cuando los agentes de la oficina de Phoenix vinieron aquí la semana pasada, ¿les dijeron de qué se trataba?

—No, dijeron lo mínimo posible de la investigación.

—Procedimiento estándar. ¿Y la orden de registro? ¿No lo explicaba todo?

Ella negó con la cabeza.

—La orden fue emitida por un jurado de acusación que tiene un mandato general para investigar el fraude en Internet. El uso de la página asesinodelmaletero encajaba en eso. Nos daba camuflaje.

—Bien.

—Nosotros cumplimos con nuestra parte, Jack. Vosotros no.

—¿De qué estás hablando?

Me fijé en el uso de la palabra «nosotros».

—Estás preguntando si el Sudes, que puede estar en este lugar o no, es consciente de que Western Data podría recibir una mayor atención. La respuesta es sí, pero no por nada que hizo el FBI. Tu periódico, Jack, en su relato de la muerte de Angela Cook, mencionó que los investigadores estaban revisando la posible conexión a una página web que había visitado. No dio el nombre de la página, pero eso solo deja a vuestros competidores y lectores fuera del circuito. El Sudes sin duda conoce el sitio y sabe que lo hemos descubierto, y por tanto solo es cuestión de tiempo que lo averigüemos y aparezcamos de nuevo.

—¿Aparezcamos?

—Ellos. El FBI.

Asentí con la cabeza. Rachel estaba en lo cierto. El artículo del *Times* había levantado la liebre.

—Entonces será mejor que entremos antes de que lo hagan «ellos».

Salimos; yo cogí la americana del asiento de atrás y me la puse de camino a la puerta. Llevaba la camisa nueva que había comprado el día anterior en una tienda del aeropuerto mientras esperaba que Rachel aterrizara. Y la misma corbata que el día anterior. Rachel iba vestida con su indumentaria habitual de agente, traje de chaqueta azul marino y blusa oscura, y tenía un aspecto imponente, aunque ya no estuviera en el FBI.

Tuvimos que pulsar un botón en la puerta e identificarnos a través de un altavoz antes de que sonara el zumbido y pudiéramos pasar a un pequeño recibidor donde vimos a una mujer sentada detrás de un mostrador de recepción. Supuse que era la persona que acababa de hablar con nosotros a través del altavoz.

—Llegamos un poco antes —dije—. Tenemos una cita a las diez en punto con el señor McGinnis.

—Sí, la señora Chávez les enseñará la planta —dijo la recepcionista con alegría—. Veremos si puede empezar unos minutos antes.

Negué con la cabeza.

—No, nuestra cita era con el señor McGinnis, el director ejecutivo de la compañía. Hemos venido desde Las Vegas para verlo.

—Lo lamento, pero eso no va a ser posible. El señor McGinnis se ha retrasado inesperadamente. No está en las instalaciones en este momento.

—Bueno, ¿dónde está? Pensaba que les interesábamos como clientes, y queríamos hablar con él acerca de nuestras necesidades particulares.

—Déjeme ver si puedo llamar a la señora Chávez. Estoy segura de que ella podrá dar respuestas a sus necesidades.

La recepcionista levantó el teléfono y marcó tres dígitos. Miré a Rachel, que arqueó una ceja. Ella estaba experimentando la misma sensación que yo: había algo raro.

La recepcionista habló en voz baja al teléfono y enseguida colgó. Levantó la vista y nos sonrió.

—La señora Chávez saldrá ahora mismo.

Ahora mismo se convirtió en diez minutos. Se abrió una puerta detrás del mostrador de recepción y apareció una mujer joven de pelo negro y tez morena. Rodeó el mostrador y me tendió la mano.

—Señor McEvoy, soy Yolanda Chávez, asistente ejecutiva del señor McGinnis. Espero que no les importe que les enseñe yo las instalaciones.

Le estreché la mano y presenté a Rachel.

—Nuestra cita era con Declan McGinnis —dijo—. Nos hicieron creer que una empresa de nuestro tamaño y volumen de negocio merecía la atención del director ejecutivo.

—Sí, les aseguro que estamos muy interesados en su negocio. Pero el señor McGinnis está en casa enfermo hoy. Espero que lo comprendan.

Miré a Rachel y me encogí de hombros.

—Bueno —dije—. Si nos muestra las instalaciones, podríamos hablar con el señor McGinnis cuando se sienta mejor.

—Por supuesto —dijo Chávez—. Y les puedo asegurar que he guiado la visita en numerosas ocasiones. Si me conceden diez minutos, se lo mostraré todo.

—Perfecto.

Chávez asintió con la cabeza, luego se inclinó sobre el mostrador de recepción y se agachó para coger dos tablillas con portapapeles. Nos las pasó.

—Primero tenemos que conseguir una autorización de seguridad —dijo—. Si firman esta renuncia, haré copias de sus carnets de conducir. Y de la carta de presentación que dicen que han traído.

—¿En serio necesita nuestros carnets? —le pregunté con una leve protesta.

Me preocupaba que nuestros carnets de California pudieran levantar una sospecha, porque habíamos dicho que veníamos de Las Vegas.

—Lo lamento, pero es nuestro protocolo de seguridad. Se solicita a cualquiera que haga el recorrido por las instalaciones. No hay excepciones.

—Es bueno saberlo. Solo quería asegurarme.

Sonreí. Ella no lo hizo. Rachel y yo entregamos nuestros carnets y Chávez los examinó en busca de alguna indicación de que pudiera tratarse de falsificaciones.

—¿Los dos son de California? Pensaba que…

—Los dos somos nuevos empleados. Yo hago básicamente trabajo de investigación y Rachel será la encargada de Tecnologías de la Información, una vez que reconfiguremos nuestro departamento de TI.

Sonreí de nuevo. Chávez me miró, se acomodó las gafas de carey y pidió la carta de mi nuevo empleador. Yo la saqué del bolsillo interior de la chaqueta y se la entregué. Chávez nos dijo que volvería a recogernos para iniciar la visita en diez minutos.

Rachel y yo nos sentamos en el sofá debajo de una de las ventanas y leímos el documento de renuncia fijado al portapapeles. Era un documento bastante sencillo, con casillas de verificación que acreditaban que el firmante no era empleado de un competidor, que no tomaría fotografías durante el recorrido por las instalaciones y no revelaría ni copiaría ninguna de las prácticas comerciales, procedimientos o secretos revelados durante la visita.

—Son muy serios —comenté.

—Es un negocio muy competitivo —dijo Rachel.

Garabateé mi firma en la línea y anoté la fecha. Rachel hizo lo mismo.

—¿Qué opinas? —susurré señalando con la mirada a la recepcionista.

—¿De qué? —preguntó Rachel.

—De que McGinnis no esté aquí y de la falta de una explicación sólida. Primero se ha retrasado inesperadamente y luego está en casa enfermo. ¿En qué quedamos?

La recepcionista levantó la cabeza de la pantalla de su ordenador y me miró directamente. No sabía si me había oído. Le sonreí y ella enseguida volvió a mirar la pantalla.

—Creo que deberíamos hablar de eso después —susurró Rachel.

—Entendido —respondí en otro susurro.

Nos quedamos sentados en silencio hasta que Chávez volvió a la zona de recepción. Nos devolvió nuestros carnets de conducir y nosotros le dimos las tablillas con sujetapapeles. Estudió las firmas de ambos documentos.

—He hablado con el señor Schifino —comentó con naturalidad.

—¿Sí? —dije con menos naturalidad.

—Sí, para verificarlo todo. Quiere que le llame lo antes posible.

Asentí con la cabeza vigorosamente. A Schifino la llamada lo había pillado por sorpresa, pero al parecer había seguido la corriente.

—En cuanto terminemos la visita —dije.

—Está deseando tomar una decisión y poner las cosas en marcha —agregó Rachel.

—Bueno, si me acompañan, podemos empezar y estoy segura de que tomarán la decisión correcta —concluyó Chávez.

Chávez utilizó una tarjeta llave para abrir la puerta que comunicaba la zona de recepción con el resto del complejo. Reparé en que la tarjeta contenía su foto. Entramos en un pasillo y se volvió hacia nosotros.

—Antes de acceder a los laboratorios de diseño gráfico y alojamiento web, déjenme que les hable un poco de nuestra historia y de lo que hacemos aquí —dijo.

Saqué un bloc de periodista del bolsillo trasero y me dispuse a tomar notas. Fue un error. Chávez señaló de inmediato la libreta.

—Señor McEvoy, ¿recuerda el documento que acaba de firmar? —dijo—. Las notas generales están bien, pero ningún detalle específico o de propiedad de nuestras instalaciones puede registrarse en modo alguno, y eso incluye las notas escritas.

—Lo siento. Lo había olvidado.

Guardé la libreta e hice una señal a nuestra anfitriona para que continuara la presentación.

—Abrimos la empresa hace cuatro años. Declan McGinnis, nuestro director ejecutivo y socio fundador, creó Western Data teniendo en cuenta la creciente demanda de control, gestión y almacenamiento de un volumen elevado de datos. Reunió a algunos de los mejores y más brillantes profesionales del sector para que diseñaran esta instalación de última generación. Tenemos casi un millar de clientes, que van desde pequeños bufetes de abogados a grandes corporaciones. Nuestras instalaciones pueden atender las demandas de las empresas de cualquier tamaño en cualquier lugar del mundo.

»Puede que les resulte interesante que los bufetes de abogados estadounidenses se hayan convertido en nuestros clientes más comunes. Estamos específicamente preparados para proporcionar una amplia gama de servicios dirigidos a satisfacer las necesidades de bufetes de abogados de cualquier tamaño y en cualquier lugar. Desde servidores a *hosting*, podemos ocuparnos de todas las necesidades de su firma.

Chávez describió una vuelta completa con los brazos extendidos, como para abarcar todo el edificio, a pesar de que todavía estábamos de pie en un pasillo.

—Tras recibir financiación de distintos grupos inversores, el señor McGinnis se fijó en Mesa como el lugar ideal para construir Western Data. Después de una búsqueda de un año entero, concluyó que era la zona que mejor cumplía con los criterios decisivos de ubicación. Estaba buscando un lugar donde hubiera un bajo riesgo de desastres naturales y ataques terroristas, así como un suministro de energía que permitiera a la empresa garantizar una actividad ininterrumpida. Además, e igual de importante, buscaba un lugar con puentes de acceso directo a las principales redes con grandes volúmenes de ancho de banda fiable y de fibra oscura.

—¿Fibra oscura? —pregunté.

Enseguida me arrepentí de haber revelado que no sabía algo que posiblemente debería saber ocupando la posición que supuestamente ocupaba, pero Rachel intervino y me salvó.

—Fibra óptica no utilizada —dijo—. Presente en las redes existentes, pero sin explotar y disponible.

—Exactamente —dijo Chávez.

Empujó para abrir una puerta de doble hoja.

—Además de estas demandas específicas respecto a la ubicación, el señor McGinnis quería diseñar y construir una instalación con el máximo nivel de seguridad y que se ajustara a las normativas de alojamiento HIPPA, SOCKS y S-A-S setenta.

Había aprendido la lección y esta vez asentí con la cabeza como si supiera muy bien de qué estaba hablando.

—Solo mencionaré algunos detalles sobre seguridad e integridad de la planta —dijo Chávez—. Trabajamos en una estructura reforzada capaz de soportar un terremoto de escala siete. No hay identificaciones externas que lo relacionen con el almacenamiento de datos. Todos los visitantes se someten a un control de seguridad y son grabados mientras están aquí durante las veinticuatro horas y las grabaciones se conservan durante cuarenta y cinco días.

Señaló la cámara estilo casino situada en el techo. Yo levanté la cabeza, sonreí y saludé. Rachel me lanzó una mirada para indicarme que dejara de comportarme como un niño. Chávez no se dio cuenta: estaba demasiado enfrascada en continuar con su parrafada.

—Todas las áreas de seguridad de la instalación están protegidas por lectores de tarjetas llave y escáner biométrico de la mano. La seguridad y vigilancia se lleva a cabo desde el centro de operaciones que se encuentra en el búnker subterráneo, junto al centro de *hosting*. Aquí nos gusta llamarlo la Granja.

Chávez continuó describiendo los sistemas de refrigeración, suministro eléctrico y de conexiones de red de la planta, así como sus sistemas de copias de seguridad y subsistemas redundantes, pero yo estaba perdiendo interés. Habíamos entrado en un gran laboratorio donde más de una docena de técnicos construían y mantenían páginas web para la enorme cartera de clientes de Western Data. Al ir pasando me fijé en las pantallas de los distintos escritorios y vi que se repetían los motivos legales —la balanza de la justicia, la maza del juez— que indicaban que se trataba de clientes relacionados con el mundo del derecho.

Chávez nos presentó a un diseñador gráfico llamado Danny O'Connor, que dirigía el laboratorio. O'Connor nos dio un sermón de cinco minutos sobre los servicios personalizados veinticuatro horas que recibiría nuestra empresa si llegaba a un acuerdo con Western Data. Se apresuró a mencionar que estudios recientes habían demostrado que los consumidores cada vez más se dirigían a Internet para cubrir sus necesidades,

LA OSCURIDAD DE LOS SUEÑOS

incluida la búsqueda de bufetes de abogados y el contacto para la representación legal de cualquier clase. Yo lo estudié mientras hablaba, en busca de alguna señal de que estuviera estresado o tal vez preocupado por algo más que los potenciales clientes que tenía delante. Pero me pareció normal y completamente metido en su charla comercial. También concluí que era demasiado grueso para ser el Patillas. Reducir la masa corporal era algo que no se podía lograr con un disfraz.

Miré por encima del hombro de O'Connor a los numerosos técnicos que trabajaban en cubículos, con la esperanza de ver a alguien mirándonos con sospecha o tal vez escondiéndose detrás de su pantalla. La mitad de ellos eran mujeres y fáciles de descartar. Entre los hombres tampoco vi a nadie que me pareciera el hombre que había ido a Ely a matarme.

—Antes, todos querían el anuncio en la contraportada de las Páginas Amarillas —explicó O'Connor—. Hoy en día se consiguen más clientes con una buena página web a través del cual se puede establecer un contacto inmediato.

Asentí con la cabeza y lamenté no poder decirle a Danny que estaba bien versado en cómo Internet había cambiado el mundo. Yo era una de las personas a las que había atropellado.

—Por eso estamos aquí —dije.

Mientras Chávez hacía una llamada desde su móvil, pasamos otros diez minutos con O'Connor y miramos diversas páginas web de bufetes de abogados que Western Data había diseñado y alojaba. Iban desde la página de inicio básica que contenía toda la información de contacto hasta sitios de niveles múltiples con fotos y biografías de todos los abogados, historia de la firma y comunicados de prensa sobre casos sonados, así como presentaciones gráficas interactivas y vídeos de abogados que explicaban a los espectadores que eran los mejores.

En cuanto terminamos con el laboratorio de diseño, Chávez abrió una puerta con su tarjeta llave y nos condujo por otro pasillo hasta un ascensor. Tuvo que usar de nuevo la tarjeta para llamarlo.

—Ahora voy a llevarles a lo que llamamos el «búnker» —dijo—. Ahí está nuestra sala COR, junto con las principales instalaciones de la planta y la granja de servidores dedicados a *hosting*.

Una vez más no pude contenerme.

—¿Sala COR? —pregunté.

—Centro de Operaciones en Red —dijo Chávez—. Es el verdadero corazón de nuestra empresa.

Al entrar en el ascensor, Chávez explicó que, aunque solo íbamos a bajar una planta, desde el punto de vista estructural equivalía a un descenso de seis metros bajo la superficie. Se había excavado en el desierto con el fin de logar que el búnker fuera impenetrable para el hombre y la naturaleza. El ascensor tardó casi treinta segundos en bajar y me pregunté si se movía tan despacio a fin de que los potenciales clientes pensaran que estaban viajando al centro de la Tierra.

—¿Hay escaleras? —pregunté.

—Sí, hay escaleras —dijo Chávez.

Una vez que llegamos abajo, el ascensor se abrió a un espacio que Chávez llamó el octágono. Era una sala de espera de ocho paredes con cuatro puertas, además de la del ascensor. Chávez las fue señalando una a una.

—Nuestra sala COR, la sala de equipos, los servicios de la planta y la sala de control de *hosting*, que conduce a la granja de servidores. Vamos a echar un vistazo al centro de operaciones de red y al centro de *hosting*, pero solo los empleados con plena autorización pueden entrar en el «núcleo», como ellos lo llaman.

—¿Por qué?

—El equipo es muy importante y en gran parte es de diseño propio. No lo mostramos a nadie, ni siquiera a nuestros clientes más antiguos.

Chávez deslizó su tarjeta llave a través del dispositivo de bloqueo de la puerta del COR y entramos en un espacio estrecho, apenas lo bastante grande para que cupiéramos los tres.

—Todos los accesos al búnker cuentan con una puerta de seguridad. Cuando paso la tarjeta en el exterior, suena un pitido en el interior. Los técnicos que están dentro tienen la oportunidad de vernos y pulsar un botón de emergencia si creen que somos intrusos.

Saludó a una cámara cenital y a continuación deslizó su tarjeta a través del lector de la siguiente puerta. Entramos en el centro de operaciones de red, que me resultó un poco decepcionante. Yo estaba esperando un centro de lanzamiento de la NASA, pero solo había dos filas de puestos de trabajo con tres técnicos que controlaban señales digitales y de vídeo en múltiples pantallas de ordenador. Chávez explicó que los técnicos controlaban el suministro eléctrico, la temperatura, el ancho de banda y el resto de aspectos mesurables de las operaciones de Western Data, así como las doscientas cámaras situadas en todo el complejo.

Nada me pareció siniestro o relacionado con el Sudes. No vi a nadie allí del que pudiera pensar que era el Patillas. Nadie dio un respingo al levantar la cabeza y verme. Todos parecían más bien aburridos con la rutina de clientes potenciales de visita.

No hice ninguna pregunta y esperé con impaciencia mientras Chávez continuaba con su charla de ventas y concentraba su contacto visual con Rachel, la jefa de TI del bufete. Mirando a los técnicos que de manera estudiada hacían caso omiso de nuestra presencia, tuve la sensación de que para ellos era algo tan rutinario que casi se convertía en una actuación. Imaginé que cuando la tarjeta de Chávez disparaba la alerta de intrusión, los técnicos quitaban el solitario de sus pantallas, cerraban los cómics y se cuadraban antes de que franqueáramos la segunda puerta. Tal vez cuando no había visitantes en el edificio, las puertas de seguridad simplemente estaban abiertas.

—¿Qué les parece si vamos a ver la granja ahora? —preguntó Chávez por fin.

—Claro —dije.

—Voy a dejarles con nuestro director técnico, quien se ocupa del centro de datos. He de salir a hacer otra llamada rápida, pero volveré a recogerles. Estarán en buenas manos con el señor Carver. Él es también nuestro IJA.

Mi expresión debió de mostrar que estaba confundido y a punto de hacer la pregunta.

—Ingeniero jefe contra amenazas —respondió Rachel antes de que pudiera preguntar.

—Sí —dijo Chávez—. Es nuestro espantapájaros.

*P*asamos por otra puerta de seguridad que conducía al centro de datos. Entramos en una habitación poco iluminada configurada de manera similar a la sala COR, con tres estaciones de trabajo y múltiples pantallas en cada una de ellas. Dos jóvenes estaban sentados detrás de dos mesas situadas una al lado de otra, mientras que la otra estación de trabajo estaba vacía. A la izquierda de esas mesas vi la puerta abierta de una pequeña oficina privada que también parecía vacía. Las estaciones de trabajo se hallaban situadas frente a dos grandes ventanas y una puerta de cristal que daba a un gran espacio donde había varias filas de torres de servidores bajo una luz cenital intensa. Había visto la sala en la página web: la granja.

Los dos hombres giraron en sus sillas para mirarnos cuando entramos por la puerta, pero luego casi de inmediato volvieron a su trabajo. Era solo otro número de circo para ellos. Ambos llevaban camisa y corbata, pero el cabello desaliñado y las mejillas mal afeitadas indicaban que estarían más a gusto con camiseta y tejanos.

—Kurt, pensaba que el señor Carver estaba en el centro —dijo Chávez.

Uno de los hombres se volvió hacia nosotros. Era un chico con granos de no más de veinticinco años, con un patético intento de barba en el mentón. Tenía un aspecto menos sospechoso que las flores en una boda.

—Ha entrado en la granja para comprobar una incidencia en el servidor setenta y siete.

Chávez se acercó a la estación de trabajo vacía y levantó un micrófono incorporado al escritorio. Pulsó un botón del micro y habló.

—Señor Carver, ¿puede hacer una pequeña pausa para hablar con nuestros clientes sobre el centro de datos?

No hubo respuesta durante varios segundos y luego lo intentó de nuevo.

—Señor Carver, ¿está ahí?

Pasó más tiempo hasta que por fin sonó una voz áspera a través de un altavoz del techo.

—Sí, voy para allá.

Chávez se volvió hacia Rachel y hacia mí y miró su reloj.

—Muy bien, él se encargará de esta parte de la visita y yo los recogeré dentro de unos veinte minutos. Después de eso, la visita habrá terminado a menos que tengan preguntas específicas sobre el complejo o su funcionamiento.

Se volvió para irse y vi que sus ojos se detenían un momento en una caja de cartón apoyada en la silla que había delante del escritorio vacío.

—¿Esto son las cosas de Fred? —preguntó sin mirar a los dos técnicos.

—Sí —respondió Kurt—. No tuvo tiempo de recogerlo todo. Lo hemos metido en una caja y pensábamos llevárselo. Ayer nos olvidamos.

Chávez frunció el ceño un momento, luego se volvió hacia la puerta sin responder. Rachel y yo nos quedamos de pie, esperando. Por fin vi a través del cristal a un hombre con bata blanca que enfilaba uno de los pasillos creados por las filas de torres de servidor. Era alto y delgado y por lo menos quince años mayor que el Patillas. Sabía que podías hacerte pasar por alguien mayor con un disfraz, pero hacerte más bajo y más joven era complicado. Rachel se volvió y me lanzó una sutil mirada inquisitiva. Yo negué con la cabeza subrepticiamente: no es él.

—Aquí viene nuestro espantapájaros —dijo Kurt.

Miré al chico.

—¿Por qué lo llamáis así? ¿Porque es flaco?

—Porque es el encargado de mantener a todos los pajarracos lejos de los cultivos.

Estaba a punto de preguntarle qué quería decir con eso cuando Rachel volvió a llenar los espacios en blanco.

—*Hackers*, *trolls*, portadores de virus —dijo—. Está a cargo de la seguridad en la granja de datos.

Asentí con la cabeza. El hombre de la bata de laboratorio se dirigió a la puerta de vidrio y se estiró hacia un mecanismo de cierre situado a su derecha e invisible para nosotros. Oí un chasquido metálico y el tipo abrió la puerta, entró y volvió a cerrar. Se aseguró de que había cerrado correctamente. Noté una ráfaga de aire fresco procedente de la sala de servidores. Reparé en que justo al lado de la puerta había un lector de mano electrónico; hacía falta algo más que una simple tarjeta llave para acceder a la granja. Sobre el lector había un armarito con una puerta de cristal que contenía lo que parecían un par de máscaras de gas.

—Hola, soy Wesley Carver, director de tecnología de Western Data. ¿Cómo están?

Tendió la mano primero a Rachel, que se la estrechó y dijo su nombre. Luego se volvió hacia mí e hizo lo mismo.

—¿Yolanda les ha dejado conmigo, pues? —preguntó.

—Ha dicho que volvería a buscarnos dentro de veinte minutos —dije.

—Bueno, haré lo posible para que no se aburran. ¿Les han presentado al equipo? Son Kurt y Mizzou, nuestros ingenieros de soporte de servidor de guardia hoy. Se encargan de mantener las cosas en marcha mientras yo paseo por la granja y persigo a los que piensan que pueden saltar los muros de palacio.

—¿Los *hackers*? —preguntó Rachel.

—Sí, bueno, sitios como este son un desafío para gente que no tiene nada mejor que hacer. Tenemos que estar permanentemente conscientes y alerta. Hasta ahora todo ha ido bien. Mientras seamos mejores que ellos, nos irá bien.

—Me alegro de oírlo —dije.

—Pero no es lo que han venido a escuchar. Puesto que Yolanda me ha entregado el bastón de mando, permítanme que les hable un poco de lo que tenemos aquí.

Rachel asintió con la cabeza e hizo una seña con la mano para que continuara.

—Por favor.

Carver se volvió y se quedó mirando a las ventanas que daban a la sala de servidores.

—Bueno, aquí tenemos el corazón y el cerebro de la bestia —dijo—. Como estoy seguro de que les habrá dicho Yolanda, el almacenamiento de datos, *hosting*, *drydocking*, o como quieran llamarlo, es el principal servicio que ofrecemos aquí en Western Data. O'Connor y sus muchachos de la planta de diseño y alojamiento saben lo que hacen, pero es esto lo que nadie más tiene.

Me fijé en que Kurt y Mizzou hacían un gesto de asentimiento y entrechocaban los puños.

—Ningún otro aspecto del mundo del negocio digital ha crecido tan exponencialmente deprisa como este segmento —dijo Carver—. Acceso directo y seguro a los registros y archivos de la empresa, conectividad avanzada y confiable. Eso es lo que ofrecemos. Eliminamos la necesidad de construir esta infraestructura de manera privada, ofreciendo la ventaja de una red troncal de Internet propia de alta velocidad. ¿Por qué construirla en la trastienda de su bufete de abogados cuando se puede tener aquí y contar con el mismo tipo de acceso sin los gastos generales ni los quebraderos de cabeza que ocasionarían su administración y mantenimiento?

—Eso ya nos lo han vendido, señor Carver —dijo Rachel—. Por eso estamos aquí y por eso hemos estado buscando en otras firmas. Por lo tanto, ¿puede hablarnos un poco acerca de su planta y su personal? Porque ahí es donde vamos a hacer nuestra elección. No necesitamos estar convencidos del producto. Tenemos que estar convencidos de las personas a las que confiamos nuestros datos.

Me gustó cómo Rachel lo estaba alejando de la tecnología y dirigiéndolo hacia las personas. Carver levantó un dedo como si fuera a señalar algo importante.

—Exactamente —dijo—. Siempre se reduce a la gente, ¿no?

—Por lo general —asintió Rachel.

—Entonces les voy a dar una imagen rápida de lo que tenemos aquí y luego podemos pasar a mi oficina y discutir las cuestiones de personal.

Pasó entre la fila de estaciones de trabajo de modo que se quedó de pie justo enfrente de los ventanales que daban a la sala de servidores. Lo seguimos y él continuó con la visita.

—Muy bien. Diseñé el centro de datos para que estuviera a la última en términos de tecnología y seguridad. Lo que ven ante ustedes es nuestra sala de servidores. La granja. Estas torres grandes y altas albergan alrededor de mil servidores dedicados en línea directa con nuestros clientes. Lo que eso significa es que si firman un contrato con Western Data, su empresa tendrá su propio servidor o servidores en esta sala. Sus datos no se mezclan en un servidor con los datos de ninguna otra empresa: tienen su propio servidor administrado con un servicio de cien megabits. Eso les da acceso instantáneo a la información que almacenan aquí desde cualquier lugar en el que se encuentren. Les permite copia de seguridad de intervalos o inmediata. Si es necesario, cada pulsación de teclado que hacen en sus equipos en… ¿dónde están ubicados?

—En Las Vegas —dije.

—En Las Vegas, pues. ¿Y cuál es el negocio?

—Un bufete de abogados.

—Ah, otro bufete de abogados. Entonces, si es necesario, cada pulsación de teclado en un ordenador de su bufete de abogados puede ser copiada y almacenada aquí. En otras palabras, nunca se pierde nada. Ni un dígito. Ese equipo en Las Vegas podría ser alcanzado por un rayo y la última palabra escrita en él estaría a salvo aquí.

—Bueno, esperemos que no llegue a eso —dijo Rachel, sonriendo.

—Por supuesto que no —dijo Carver de forma rápida y sin humor—, pero le estoy contando los parámetros del servicio que ofrecemos aquí. Ahora, la seguridad. ¿Para qué sirve tener todo copiado aquí si no está a salvo?

—Exactamente —dijo Rachel.

Dio un paso más hacia la ventana y, al hacerlo, se colocó delante de mí. Me di cuenta de que quería llevar la voz cantante en la conversación con Carver, y por mí estaba bien. Yo di un paso atrás y los dejé de pie uno al lado del otro junto a la ventana.

—Bueno, estamos hablando de dos cosas diferentes aquí —dijo Carver—. Seguridad de la planta y seguridad de los datos. Hablemos primero de la planta.

Carver repitió mucha información que Chávez ya nos había dado, pero Rachel no le interrumpió. Finalmente, habló del centro de datos y ofreció alguna información nueva.

—Esta sala es completamente inexpugnable. En primer lugar, todas las paredes, suelo y techo son de hormigón armado de dos metros de espesor, con barras de refuerzo doble y membrana de goma para protegerlo de filtraciones de agua. Estas ventanas son de vidrio laminado de nivel ocho, resistentes al impacto y a prueba de balas. Puede disparar con los dos cañones de una escopeta y probablemente solo conseguiría hacerse daño con el rebote. Y esta puerta es el único punto de entrada y salida, y se controla mediante exploración biométrica de la mano. —Señaló el dispositivo situado junto a la puerta de vidrio—. El acceso a la sala de servidores está limitado a los ingenieros de servidor y al personal clave. El escáner biométrico abre la puerta después de la lectura y la confirmación de tres elementos distintos: impresión de la palma, patrón de las venas y geometría de la mano. También comprueba el pulso. Así que a nadie le servirá cortarme la mano y usarla para entrar en la granja de servidores.

Carver sonrió, pero Rachel y yo no nos unimos.

—¿Qué pasa si hay una emergencia? —pregunté—. ¿La gente puede quedarse atrapada aquí?

—No, por supuesto que no. Desde el interior solo has de pulsar un botón que desbloquea la cerradura y luego abrir la puerta. El sistema está diseñado para mantener fuera a los intrusos, no para mantener a la gente dentro.

Me miró para ver si lo había entendido. Asentí con la cabeza.

Carver se echó hacia atrás y señaló los tres indicadores digitales de temperatura situados sobre la ventana principal de la sala de servidores.

—Mantenemos la granja a dieciséis grados y hay un sistema redundante de energía, así como un sistema de refrigeración de seguridad. En cuanto a la protección contra incendios, contamos con un plan de protección de tres fases. Tenemos un sistema estándar VESDA con una…

—¿VESDA? —pregunté.

—Sistema de alarma de detección temprana de humo, que se basa en detectores de humo por láser. En caso de incendio, el VESDA activa una serie de alarmas y a continuación el sistema de extinción de incendios sin agua.

Carver señaló una fila de depósitos de presión de color rojo alineados en la pared posterior.

—Ahí tienen nuestros depósitos de CO_2, que forman parte de este sistema. Si hay un incendio, el dióxido de carbono inunda la sala, apagando el fuego sin dañar ninguno de los componentes electrónicos ni los datos del cliente.

—¿Qué pasa con la gente? —le pregunté.

Carver se inclinó de nuevo para mirarme por encima del hombro de Rachel.

—Muy buena pregunta, señor Mc Evoy. La alarma de tres fases concede sesenta segundos para que escape todo el personal de la sala de servidores. Además, nuestro protocolo de seguridad exige que cualquier persona que esté en la sala de servidores lleve un respirador por si se diera el peor de los casos.

Sacó del bolsillo de su bata de laboratorio un respirador similar a los dos que colgaban en la caja situada junto a la puerta, nos lo mostró y volvió a guardárselo en el bolsillo.

—Vamos a ver, ¿qué más puedo explicarles? Construimos nuestros propios armazones para los servidores en un taller adjunto a la sala de equipos, aquí en el búnker. Tenemos varios servidores y componentes electrónicos en stock y podemos actuar de inmediato para cubrir las necesidades de todos nuestros clientes. Podemos sustituir cualquier pieza que funcione mal en la granja en un plazo de una hora. Lo que están viendo aquí es una infraestructura de red nacional fiable y segura. ¿Alguno de ustedes tiene alguna pregunta sobre este aspecto de nuestras instalaciones?

Yo no tenía ninguna porque estaba perdido en cuestiones de tecnología, pero Rachel asintió con la cabeza como si hubiera entendido todo lo que se había dicho.

—Así que se trata otra vez de las personas —dijo—. No importa lo bien que construyas la trampa para ratones, siempre se reduce a las personas que la vigilan.

Carver se llevó la mano a la barbilla y asintió con la cabeza. Estaba mirando a la sala de servidores, pero vi su rostro reflejado en el grueso cristal.

—¿Por qué no vamos a mi oficina para que podamos discutir este aspecto de nuestro funcionamiento?

Lo seguimos entre las estaciones de trabajo hasta su oficina. Por el camino miré la caja de cartón que estaba en la silla de la estación de trabajo vacía. Contenía sobre todo objetos personales: revistas, una novela de William Gibson, una caja de cigarrillos American Spirit, una taza de café de *Star Trek* llena de bolígrafos, lápices y encendedores. También vi una gran variedad de unidades de memoria flash, un juego de llaves y un iPod.

Carver aguantó la puerta de su oficina y la cerró después de que entráramos. Rachel y yo ocupamos las dos sillas situadas delante de la mesa de cristal que Carver usaba como escritorio. Había una pantalla de ordenador de veinte pulgadas en un brazo pivotante, que él movió para poder vernos. En una segunda pantalla más pequeña, instalada debajo del vidrio de su escritorio, vi una imagen de vídeo de la sala de servidores. Me di cuenta de que Mizzou acababa de entrar en la granja y recorría uno de los pasillos creados por las filas de torres de servidor.

—¿Dónde se alojan? —preguntó Carver mientras se colocaba detrás de su mesa de trabajo.

—En el Mesa Verde —le dije.

—Bonito lugar. Sirven un gran almuerzo los domingos. —Se sentó—. Vamos a ver, quieren hablar acerca de las personas —dijo, mirando directamente a Rachel.

—Sí, exacto. Agradecemos la visita al complejo, pero, francamente, no es por eso por lo que estamos aquí. Todo lo que usted y la señora Chávez nos han mostrado está en su página web. En realidad hemos venido a saber algo de las personas con las que trabajaríamos y a las que confiaríamos nuestros datos. Estamos decepcionados por no haber podido hablar con Declan McGinnis y, francamente, un poco enfadados por eso. No hemos recibido una explicación creíble de por qué nos ha plantado.

Carver levantó las manos en un gesto de rendición.

—Yolanda no tiene libertad para discutir cuestiones de personal.

—Bueno, espero que puedan entender nuestra posición —dijo Rachel—. Hemos venido a establecer una relación y el hombre que tenía que estar aquí no está.

—Totalmente comprensible —dijo Carver—. Pero les puedo asegurar que la situación de Declan no afecta de ninguna manera a nuestro funcionamiento. Simplemente se ha tomado unos días de descanso.

—Bueno, eso es preocupante, porque es la tercera explicación diferente que hemos recibido. No nos dejan una buena impresión.

Carver asintió con la cabeza y exhaló profundamente.

—Si pudiera decirles más, lo haría —dijo—. Pero han de darse cuenta de que lo que vendemos aquí es confidencialidad y seguridad. Y eso comienza con nuestro propio personal. Si esa explicación no les basta, entonces puede que no seamos la empresa que están buscando.

Carver había trazado una línea. Rachel capituló.

—Muy bien, señor Carver. Entonces háblenos de las personas que trabajan para usted. La información que guardaríamos en este complejo es de una naturaleza muy sensible. ¿Cómo asegura la integridad del complejo? Miro a sus dos, ¿cómo se llaman?, ¿ingenieros de servidor? Los miro y he de decirle que parecen la clase de gente de la que justamente protege este complejo.

Carver sonrió y asintió con la cabeza.

—Para ser sincero, Rachel, ¿puedo llamarla Rachel?

—Ese es mi nombre.

—Para ser sincero, cuando Declan está aquí y sé que un cliente potencial viene de visita, por lo general envío a esos dos a que se fumen un cigarrillo. Pero la realidad de esta empresa, y la realidad del mundo, es que esos jóvenes son los mejores y más brillantes cuando se trata de este trabajo. Estoy siendo sincero con usted. Sí, no cabe duda de que algunos de nuestros empleados han conocido la piratería antes de venir a trabajar aquí. Y eso es porque a veces hace falta un zorro astuto para atrapar a otro zorro astuto, o al menos para saber cómo piensa. Pero se investigan los antecedentes penales y tendencias de todos los empleados, así como su personalidad y perfil psicológico.

»Nunca hemos tenido a ningún empleado que vulnerara los protocolos de la empresa o hiciera una intrusión no autorizada en los datos del cliente, si es eso lo que le preocupa. No solo calificamos a cada individuo para el empleo, sino que los vigilamos de cerca después. Se podría decir que nosotros somos nuestros mejores clientes. De cada pulsación en un teclado de este edificio hay una copia de seguridad. Podemos ver lo que un empleado está haciendo en tiempo real o lo que ha hecho en cualquier momento antes. Y ejercemos ambas opciones de manera aleatoria y rutinaria.

Rachel y yo asentimos con la cabeza al unísono. Pero sabíamos algo que Carver o bien no sabía o estaba encubriendo de manera experta. Alguien allí se había metido en los datos del cliente. Un asesino había acosado a su presa en los campos digitales de la granja.

—¿Qué pasó con el chico que trabajaba ahí? —le pregunté, señalando con el pulgar en la dirección de la sala exterior—. Creo que han dicho que se llamaba Fred. Parece que se ha ido y sus cosas están en una caja. ¿Por qué se ha ido sin recoger sus pertenencias?

Carver dudó antes de contestar. Me di cuenta de que estaba siendo cauteloso.

—Así es, señor McEvoy. No ha recogido sus pertenencias todavía. Pero lo hará, y por eso se las hemos puesto en una caja.

Me di cuenta de que todavía me trataba de señor McEvoy, mientras que a Rachel ya la llamaba por el nombre.

—Bueno, ¿lo han despedido? ¿Qué hizo?

—No, no lo han despedido. Renunció por razones desconocidas. El viernes por la noche, en lugar de presentarse a trabajar me envió un mail diciendo que dimitía para dedicarse a otras cosas. Eso es todo. Estos chicos jóvenes tienen muchas ofertas. Supongo que Freddy fue atraído por un competidor. Pagamos bien aquí, pero siempre puede haber alguien que pague mejor.

Asentí con la cabeza como si estuviera completamente de acuerdo, pero estaba pensando en el contenido de la caja y añadiendo información nueva. El FBI se presenta a hacer una visita y pregunta sobre la página web asesinodelmaletero el viernes y Freddy se va sin ni siquiera volver a por su iPod.

¿Y qué ocurría con McGinnis? Estaba a punto de preguntarle si su desaparición podría estar relacionada con la abrupta partida de Freddy, pero me interrumpió el timbre de la puerta de seguridad. La pantalla de debajo del escritorio de cristal de Carver cambió automáticamente a la puerta de seguridad y vi que Yolanda Chávez volvía a recogernos. Rachel se inclinó hacia delante y de manera inadvertida puso una nota de urgencia en su pregunta.

—¿Cuál es el apellido de Freddy?

Como si tuvieran un espacio de separación prescrito entre ellos, Carver se echó hacia atrás una distancia igual al avance de Rachel. Ella todavía estaba actuando como un agente, haciendo preguntas directas y esperando respuestas, porque para algo era del FBI.

—¿Por qué quiere saber su apellido? Ya no trabaja aquí.

—No lo sé. Solo…

Rachel estaba acorralada. No había una buena respuesta a la pregunta, al menos desde el punto de vista de Carver. Esa simple pregunta bastaba para arrojar sospechas sobre nuestros motivos. Pero tuvimos suerte cuando Chávez asomó la cabeza por la puerta.

—Bueno, ¿cómo va por aquí? —preguntó.

Carver mantuvo su mirada en Rachel.

—Va bien —dijo—. ¿Hay alguna otra pregunta que pueda contestar?

Todavía dando marcha atrás, Rachel me miró y yo negué con la cabeza.

—Creo que he visto todo lo que necesito ver —respondí—. Agradezco la información y la visita.

—Sí, gracias —dijo Rachel—. Su complejo es muy impresionante.

—En ese caso los llevaré de nuevo a la superficie y pueden ver a un representante de cuentas si lo desean.

Rachel se levantó y se volvió hacia la puerta. Yo aparté la silla y me levanté. Le di las gracias a Carver otra vez y me estiré sobre la mesa para darle la mano.

—Encantado de conocerle, Jack —dijo—. Espero volver a verle.

Asentí con la cabeza. Había ascendido a la categoría del nombre de pila.

—Yo también.

El coche estaba tan caliente como un horno cuando regresamos a él. Rápidamente giré la llave, puse el aire acondicionado al máximo y bajé la ventanilla hasta que el coche comenzó a enfriarse.

—¿Qué te parece? —le pregunté a Rachel.

—Primero salgamos de aquí —contestó ella.

—Está bien.

El volante me quemaba las manos. Utilizando solo el pulpejo de la mano izquierda salí marcha atrás. Pero no conduje directamente hacia la salida, sino que fui hasta la esquina del aparcamiento e hice un cambio de sentido en la parte posterior del edificio de Western Data.

—¿Qué estás haciendo? —preguntó Rachel.

—Solo quería ver qué hay allí atrás. Se nos permite. Somos posibles clientes, ¿recuerdas?

Al dar la vuelta y enfilar hacia la salida, atisbé la parte posterior del edificio. Más cámaras. Y había una puerta de salida y un banco debajo de un pequeño toldo. A cada lado había un cenicero de arena, y allí, sentado en un banco, estaba el ingeniero de servidor Mizzou, fumando un cigarrillo.

—El porche de los fumadores —dijo Rachel—. ¿Satisfecho?

Saludé con la mano a Mizzou a través de la ventana abierta y él me saludó con la cabeza. Nos dirigimos hacia la puerta.

—Creía que estaba trabajando en la sala de servidores. Lo vi en la pantalla de Carver.

—Bueno, cuando la adicción llama…

—Pero ¿te imaginas tener que salir ahí en pleno verano solo para fumar? Te freirías, hasta con ese toldo.

—Supongo que para eso hacen la crema solar de protección total.

Cerré la ventana en cuanto estuvimos en la calle. Cuando ya no estábamos a la vista de Western Data pensé que ya era seguro repetir mi pregunta.

—Entonces, ¿qué opinas?

—Opino que casi la cago. A lo mejor lo he hecho.

—¿Te refieres al final? Creo que no pasa nada. Nos ha salvado Chávez. Solo has de recordar que ya no llevas esa placa que abre todas las puertas y hace que la gente tiemble y responda a tus preguntas.

—Gracias, Jack. Lo recordaré.

Me di cuenta de lo cruel que debía de haber sonado.

—Lo siento, Rachel, no quería…

—Está bien. Entiendo lo que querías decir. Me molesta porque tienes razón, y lo sé. Ya no soy lo que era hace veinticuatro horas. Supongo que tengo que recuperar la delicadeza. Mis días de arrollar con el poder del FBI han pasado.

Rachel miró hacia la ventana, así que no pude verle la cara.

—Mira, ahora mismo no me preocupa tu delicadeza. ¿Qué pasa con el ambiente? ¿Qué opinas de Carver y todos los demás? ¿Qué hacemos ahora?

Se volvió hacia mí.

—Me interesa más a quien no vi que a quien vi.

—¿Te refieres a Freddy?

—Y a McGinnis. Creo que tenemos que averiguar quién es este Freddy que se ha ido y qué pasa con McGinnis.

Asentí con la cabeza. Estábamos en la misma onda.

—¿Crees que la marcha de Freddy y la desaparición de McGinnis están relacionadas?

—No lo sabremos hasta que hablemos con los dos.

—Sí, ¿cómo los encontramos? Ni siquiera sabemos el apellido de Freddy.

Rachel vaciló antes de contestar.

—Podría tratar de hacer algunas llamadas, a ver si alguien todavía quiere hablar conmigo. Estoy segura de que cuando vinieron la semana pasada con una orden judicial sacaron una lista de nombres de todos los empleados. Eso habría sido el procedimiento estándar.

Pensé que era ilusorio por su parte. En las burocracias de las fuerzas del orden, una vez que estabas fuera, estabas fuera. Y probablemente era más cierto aún en el caso del FBI. Cerraban filas de tal manera que ni siquiera policías legítimos con placa podían pasar entre ellas. Pensé que a Rachel le esperaba un rudo despertar si pensaba que sus antiguos compañeros iban a cogerle el teléfono, buscar nombres y compartir información con ella. Pronto se daría cuenta de que estaba fuera, del otro lado de un cristal de quince centímetros.

—¿Y si eso no funciona?

—Entonces no lo sé —dijo secamente—. Habría que hacerlo a la vieja usanza. Volvemos y nos sentamos en ese lugar a esperar a que los colegas vagos de Freddy fichen y se vayan a casa. O nos llevarán directamente a él o podemos usar la delicadeza con ellos.

Lo dijo con pleno sarcasmo, pero me gustó el plan y pensé que podría funcionar para averiguar quién era Freddy y dónde vivía. Aunque no creía que fuéramos a encontrarlo. Tenía la sensación de que Freddy se había largado.

—Creo que es un buen plan, pero me da la sensación de que Freddy se ha ido hace mucho. No solo se ha ido del trabajo. Se ha ido de la ciudad.

—¿Por qué?

—¿Has mirado en esa caja?

—No, estaba demasiado ocupada manteniendo entretenido a Carver. Se suponía que tenías que mirar la caja tú.

Eso era una novedad para mí, pero sonreí. Era la primera señal de que Rachel nos veía como socios en ese caso.

—¿En serio? ¿Eso es lo que estabas haciendo?

—Por supuesto. ¿Qué había en la caja?

—Cosas que no dejarías si te vas de tu trabajo: cigarrillos, unidades flash y un iPod. Para los chicos de esa edad, el iPod es indispensable. Además hay que tener en cuenta el calendario: el FBI se presenta un día y esa misma noche se ha largado. No creo que vayamos a encontrarlo aquí en Mesa, Arizona.

Rachel no respondió. La miré y vi su ceño fruncido.

—¿Qué estás pensando?

—Que probablemente tengas razón. Y eso me hace pensar que hemos de llamar a los profesionales. Como he dicho, probablemente ya conocen su nombre y lo pueden comprobar enseguida. Aquí estamos acelerando en falso y haciendo saltar arena.

—Todavía no, Rachel. Por lo menos, vamos a ver qué podemos encontrar hoy.

—No me gusta. Deberíamos llamarlos.

—Todavía no.

—Mira, tú has hecho la conexión. Pase lo que pase, será porque tú hiciste el paso decisivo. Se te reconocerá.

—No me preocupa el reconocimiento.

—Entonces, ¿por qué estás haciendo esto? No me digas que todavía se trata del artículo. ¿Aún no has asumido eso?

—¿Tú has asumido que ya no eres agente del FBI?

Rachel no respondió y miró por la ventana.

—Lo mismo me pasa a mí —le dije—. Este es mi último artículo y es importante. Además, esto podría ser tu billete de vuelta. Si identificas al Sudes, te devolverán la placa.

Rachel negó con la cabeza.

—Jack, no sabes nada del FBI. No hay segundos actos. Renuncié bajo amenaza de enjuiciamiento. ¿No lo entiendes? Podría encontrar a Osama bin Laden escondido en una cueva en

Griffith Park y no me dejarían volver.

—Está bien, está bien. Lo siento.

Circulamos en silencio después de eso y pronto vi un restaurante de barbacoa llamado Rosie's a la derecha. Era temprano para comer, pero la intensidad de hacerme pasar por quien no era durante la última hora me había dejado famélico. Aparqué.

—Vamos a comer algo y a hacer algunas llamadas y después volvemos y esperamos a que Kurt y Mizzou fichen —dije.

—Como quieras, compañero —dijo Rachel.

15
La granja

Carver se quedó sentado en su oficina, estudiando los ángulos de cámara. Más de cien perspectivas del edificio y sus alrededores. Todo bajo su control. En ese momento, estaba manipulando la cámara exterior situada en una de las esquinas superiores de la fachada delantera del edificio. Al elevar y girar la lente, y ajustar el enfoque, podía ver a ambos lados de McKellips Road.

No tardó mucho en descubrirlos. Sabía que volverían. Conocía bien los procesos de pensamiento.

McEvoy y Walling habían aparcado junto a la pared exterior del almacén de Public Storage. Estaban mirando hacia Western Data al mismo tiempo que él los estaba observando. Solo que él no lo hacía de manera tan obvia.

Carver jugó con la idea de dejar que se cocieran allí. Esperar más tiempo para darles lo que querían. Pero luego decidió mantener el ritmo. Cogió el teléfono y marcó tres números.

—Mizzou, ven aquí, por favor. Está abierto.

Colgó el teléfono y esperó. Mizzou abrió la puerta sin llamar y entró.

—Cierra la puerta —dijo Carver.

El joven genio de la informática hizo lo que le pidieron y luego se acercó a la mesa de trabajo de Carver.

—¿Qué pasa, jefe?

—Quiero que cojas esa caja con las pertenencias de Freddy y se las lleves.

—Pensaba que decías que se había ido de la ciudad.

Carver lo miró. Pensó que algún día contrataría a alguien que no metiera baza en todo lo que él decía.

—Dijo que probablemente se iría, pero eso no viene al caso. Las dos personas que han venido antes han visto esa caja en su silla y se han dado cuenta de que o bien habíamos despedido a alguien o bien tenemos problemas con cambios de personal. De cualquier manera, no infunde confianza en el potencial cliente.

—Entendido.

—Bien. Entonces, coge esa caja, átala en la parte posterior de tu moto y llévala a su almacén. Sabes dónde está, ¿no?

—Sí, he estado allí.

—Pues venga, en marcha.

—Pero Kurt y yo estábamos a punto de desmontar la treinta y siete para ver cuál es la causa de la acumulación de calor. Tenemos una alerta.

—Bueno, estoy seguro de que puede encargarse él. Quiero que lleves eso.

—¿Y luego vuelvo?

Carver miró su reloj: Mizzou estaba pidiéndose el resto del día libre. Lo que este ignoraba era que Carver ya sabía que no iba a volver, al menos ese día.

—Bien —dijo como si estuviera frustrado por estar acorralado—. Tómate el resto del día. Pero vete ya, antes de que cambie de opinión.

Mizzou salió de la oficina y cerró la puerta. Carver miró las cámaras con ansiedad, esperando para seguirle la pista una vez que Mizzou llegara a su idolatrada motocicleta en el aparcamiento. Tuvo la impresión de que tardaba una eternidad en salir. Comenzó a tararear. Volvió a su viejo recurso, la canción que había impregnado todos los aspectos de su vida hasta donde alcanzaba a recordar. Pronto cantó en voz baja sus dos versos favoritos y se puso a repetirlos cada vez más deprisa en lugar de continuar con la letra de la canción.

There's a killer on the road; his brain is squirming like a toad
There's a killer on the road; his brain is squirming like a toad
There's a killer on the road; his brain is squirming like a toad
There's a killer on the road; his brain is squirming like a toad...
If you give this man a ride...[3]

3. Hay un asesino en la carretera; su cerebro se retuerce como un sapo... Si lo llevas en coche...

Por fin Mizzou entró en el encuadre de la cámara y comenzó a asegurar la caja de cartón en el pequeño portapaquetes de detrás del asiento. Estaba fumando un cigarrillo y Carver vio que estaba consumido casi hasta el filtro. Eso explicaba el retraso. Mizzou se había tomado un rato para ir al banco de la parte posterior del edificio y tal vez saludar a sus compañeros fumadores.

Al final, la caja quedó asegurada en la moto. Mizzou tiró la colilla del cigarrillo y se puso el casco. Se sentó en la moto, arrancó y cruzó la verja abierta.

Carver lo siguió a lo largo de todo el camino y luego giró la cámara hacia el Public Storage situado calle abajo. McEvoy y Walling habían visto la caja y habían mordido el anzuelo. McEvoy estaba arrancando para seguirlo.

16
Fibra oscura

$\mathcal{H}$abíamos encontrado un lugar sombreado junto a la fachada de un almacén de la cadena Public Storage y acabábamos de instalarnos para lo que podía ser una espera larga, calurosa e inútil, cuando tuvimos un golpe de suerte. Un motorista salió de la entrada de Western Data y se dirigió hacia el oeste por McKellips Road. Resultaba imposible decir quién iba en esa moto, porque llevaba un casco que le cubría la cara, pero tanto Rachel como yo reconocimos la caja de cartón que llevaba sujeta atrás con un pulpo.

—Sigue a esa caja —dijo Rachel.

Arranqué y enseguida me incorporé a McKellips. Perseguir una moto en un coche de alquiler que parecía una lata de sardinas no se correspondía con mi idea de un buen plan, pero no había otra alternativa. Pisé el acelerador y enseguida me coloqué a unos cien metros de la caja.

—¡No te acerques demasiado! —me advirtió Rachel, muy nerviosa.

—No voy a acercarme. Lo único que quiero es no perderlo de vista.

Ella se echó hacia delante y puso las manos en el salpicadero, visiblemente nerviosa.

—Esto no irá bien. Seguirle la pista a una moto con cuatro coches que se turnan ya es difícil. Hacerlo nosotros solos será una pesadilla.

Tenía razón. A las motos no les costaba nada colarse entre el tráfico. La mayoría de motoristas parecían menospreciar el concepto de los carriles señalizados.

—¿Quieres que pare y conduces tú?

—No, pero hazlo lo mejor que puedas.

Me las arreglé para mantener el contacto visual con la caja durante los siguientes diez minutos en un tráfico de paradas continuas y entonces nos sonrió la suerte. La moto se metió en la autopista y se dirigió hacia Phoenix por la 202. Ahí no tenía ningún problema para seguirla. Circulaba a quince kilómetros por encima del límite de velocidad, y yo me mantuve detrás a unos cien metros y dos carriles más allá. Durante quince minutos lo seguimos en el tráfico fluido mientras él cambiaba a la I-10 y luego se dirigía al norte por la I-17 a través del centro de Phoenix.

Rachel empezó a respirar más relajada e incluso se apoyó en el respaldo. Creía que habíamos disimulado tan bien nuestra persecución que incluso me pidió que aceleráramos por nuestro carril para tener una mejor visión del motorista.

—Es Mizzou —dijo—. Lo sé por la ropa.

Eché un vistazo, pero yo no podía asegurarlo. No había retenido en la memoria los detalles de lo que había visto en el búnker. Rachel sí, y esa era una de las razones de que fuera tan buena en lo que hacía.

—Si tú lo dices… ¿Qué crees que está haciendo?

Volví a quedarme atrás para que Mizzou no pudiera reparar en nosotros.

—Le lleva su caja a Freddy.

—Eso ya lo sé. Pero ¿por qué ahora?

—Quizás esté en su descanso para comer, o quizás ha acabado el trabajo por hoy. Puede ser por muchos motivos.

Había algo que me preocupaba en esa explicación, pero no tuve tiempo para pensar en ello. La moto empezó a cruzar cuatro carriles de la interestatal para dirigirse hacia la siguiente salida. Hice la misma maniobra y me quedé detrás de él, con un coche entre nosotros. Pillamos el semáforo en verde y nos dirigimos hacia el oeste por Thomas Road. Pronto estuvimos en un barrio de naves industriales en el que los pequeños negocios y las galerías de arte intentaban mantenerse a flote en un área abandonada por la industria.

Mizzou se detuvo frente a un edificio de ladrillo de una planta y bajó de la moto. Yo paré a media manzana de distancia. No había apenas tráfico y vi pocos coches aparcados en la zona. Destacábamos como… en fin, como policías en misión de vigilancia. Sin embargo, Mizzou no miró a su alrededor en ningún momento pensando que alguien podía seguirle. Se quitó el casco, lo cual confirmó la identificación de Rachel, y lo colocó sobre el faro. Luego desató el pulpo, sacó el paquete del portaequipajes de la moto y cargó con él hacia una gran puerta corredera situada a un lado del edificio.

Había una pesa redonda, como las que se utilizan en las halteras, colgando de una cadena. Cuando Mizzou la agarró y la hizo chocar contra la puerta, oí el ruido desde media manzana de distancia y con las ventanas subidas. Esperó y nosotros también, pero nadie acudió a abrirle la puerta. Mizzou volvió a llamar y obtuvo el mismo resultado negativo. Caminó hasta una ventana grande y tan sucia que no hacía falta cortina. La limpió un poco con la mano y miró al interior. Yo no sabía si había visto a alguien o no. Volvió a la puerta y llamó otra vez. Y entonces, por hacer algo, cogió el pomo de la puerta y trató de abrir. Para su sorpresa y la nuestra, la puerta se desplazó sobre sus rodamientos. No estaba cerrada.

Mizzou dudó y por primera vez miró a su alrededor. Sus ojos no se detuvieron en mi coche, sino que volvieron rápidamente a la puerta abierta. Dio la impresión de que decía algo en voz alta y luego, tras unos segundos, entró en el edificio y volvió a cerrar la puerta.

—¿Qué opinas? —pregunté.

—Creo que tenemos que entrar —dijo Rachel—. Es evidente que Freddy no está, y no sabemos si Mizzou decidirá cerrar o llevarse algo que pueda ser valioso para la investigación. Es una situación incontrolada y deberíamos estar ahí.

Metí la marcha y avancé la media manzana que nos separaba del edificio. Rachel ya estaba en la calle y avanzaba hacia la puerta antes de que yo pusiera la transmisión en la posición de estacionamiento. Bajé y la seguí.

Rachel corrió la puerta lo justo para que ambos pudiéramos pasar. El interior estaba oscuro y tardé unos momentos en acostumbrar la vista. Cuando por fin lo conseguí, comprobé que Rachel ya avanzaba cinco metros por delante de mí hacia el centro del almacén. Era un espacio muy amplio, con columnas que se alzaban cada cinco metros. Habían levantado tabiques para dividir el espacio en vivienda, estudio y gimnasio. Vi el banco y los soportes para pesas de donde seguramente provenía el picaporte. Había también un aro de baloncesto y un espacio de por lo menos media pista para jugar. Más adentro, vi un armario y una cama por hacer. Contra uno de los tabiques había una nevera y una mesa con un microondas, pero ni fregadero ni fogones ni nada que se pareciera a una cocina. Vi la caja que había traído Mizzou en una mesa junto al microondas, pero ni rastro del joven.

Alcancé a Rachel al pasar uno de los tabiques y vi una mesa de trabajo apoyada contra una pared. Había tres pantallas en estantes sobre el escritorio y un ordenador situado debajo. Pero faltaba el teclado. Los estantes estaban repletos de libros de código, cajas de software y otros componentes electrónicos. Pero ni rastro de Mizzou.

—¿Dónde se ha metido? —susurré.

Rachel levantó la mano para pedirme silencio y caminó hacia la mesa de trabajo. Parecía estudiar el lugar que debería de haber ocupado el teclado.

—Se ha llevado el teclado —susurró—. Sabe lo que podemos…

Se calló al oír vaciarse la cisterna de un cuarto de baño. El ruido procedía del otro extremo del almacén y le sucedió el sonido de otra puerta que se abría. Rachel cogió de uno de los estantes bridas de las que se utilizan para atar los cables de los ordenadores y luego me agarró por el hombro y me empujó hasta una pared de la zona de dormitorio. Nos quedamos con la espalda pegada a la pared, esperando a que pasara Mizzou. Oí sus pasos al acercarse sobre el suelo de cemento. Rachel pasó a mi lado y se situó al borde del tabique. En cuanto apareció Mizzou, ella se lanzó hacia delante, lo agarró por la muñeca y el cuello, y lo tumbó sobre la cama antes de que él pudiera saber lo que estaba ocurriendo. Lo inmovilizó allí, boca abajo sobre el colchón, y con un movimiento fluido saltó sobre su espalda.

—¡No te muevas! —gritó.

—¡Espere! ¿Qué…?

—¡No te resistas! —dije yo—. No te muevas.

Lo obligó a poner los brazos a la espalda y utilizó una brida para atarle las muñecas.

—¿Qué es esto? ¿Qué he hecho yo?

—¿Qué estás haciendo aquí?

El chico intentó mirar hacia arriba, pero Rachel lo obligó a pegar la cabeza al colchón.

—¡Te he hecho una pregunta!

—He venido a dejarle un paquete a Freddy y he aprovechado para ir al lavabo.

—Forzar una puerta para entrar en una casa es un delito grave.

—No he forzado nada. Y tampoco he robado. A Freddy no le importa. Pueden preguntárselo.

—¿Dónde está Freddy?

—No lo sé. Oiga, pero ¿quiénes son?

—No importa quién soy yo. ¿Quién es Freddy?

—¿Qué? Él vive aquí.

—¿Quién es él?

—No lo sé. Freddy Stone. Trabajo con él. Trabajaba con él, quiero decir… Usted es la señora que estaba en la visita de hoy… ¿Qué está haciendo?

Rachel se bajó de encima de él, puesto que ya no importaba ocultar su identidad. Mizzou se revolvió en la cama y se incorporó. Con los ojos como platos, miró a Rachel, después a mí y luego otra vez a ella.

—¿Dónde está Freddy? —preguntó Rachel.

—No lo sé —respondió Mizzou—. Nadie le ha visto.

—¿Desde cuándo?

—¿Desde cuándo cree? ¡Desde que se fue! Pero ¿qué pasa aquí? Primero el FBI y ahora ustedes dos. ¿Quiénes son, eh?

—Olvídalo. ¿Dónde puede haber ido Freddy?

—No lo sé. ¿Cómo iba a saberlo?

Mizzou se levantó de repente como si fuera a salir de allí, como si fuera a largarse con las manos atadas a la espalda. Rachel volvió a tumbarlo en la cama sin contemplaciones.

—¡No pueden hacer esto! Ni siquiera creo que sean policías. ¡Quiero un abogado!

Rachel dio un paso amenazador hacia la cama. Habló en voz baja y tranquila.

—Si no somos policías, ¿qué te hace creer que vamos a conseguirte un abogado?

Los ojos de Mizzou adquirieron una expresión de temor a medida que se daba cuenta de que se había metido en algo de lo que quizá no podría salir.

—Miren —dijo—. Les diré todo lo que sé, pero déjenme marchar.

Yo seguía apoyado contra el tabique, intentando actuar como si fuera un día cualquiera y en ocasiones la gente se convirtiera en una baja colateral.

—¿Dónde podemos encontrar a Freddy? —preguntó Rachel.

—¡Ya se lo he dicho! —gritó Mizzou—. No lo sé. ¡Si lo supiera se lo diría!

—¿Freddy es un *hacker*?

Rachel señaló hacia la pared. La mesa de trabajo estaba al otro lado.

—Es más bien un *troller*. Le gusta joder a la gente, gastarles bromas y eso.

—¿Y tú? ¿Lo has hecho con él alguna vez? No mientas.

—Una vez. Pero no me gustó eso de engañar a la gente porque sí.

—¿Cómo te llamas?

—Matthew Mardsen.

—Muy bien, Matthew Mardsen, ¿qué me dices de Declan McGinnis?

—¿Qué pasa con él?

—¿Dónde está?

—No lo sé. He oído que había mandado un e-mail diciendo que estaba en casa enfermo.

—¿Te lo crees?

Se encogió de hombros.

—No lo sé. Supongo.

—¿Alguien ha hablado con él?

—No lo sé. Esa clase de cosas están por encima de mi responsabilidad.

—¿Y nada más?

—¡Es lo único que sé!

—En ese caso, levanta.

—¿Qué?

—Levántate y date la vuelta.

—¿Qué va a hacer?

—Te digo que te levantes y que te des la vuelta. Lo que vaya a hacer no te importa.

Mizzou obedeció a regañadientes. Si hubiese podido girar la cabeza ciento ochenta grados para no perder de vista a Rachel, lo habría hecho. En la realidad estaría cerca de los ciento veinte.

—Les he dicho todo lo que sé —argumentó con desesperación.

Rachel se le acercó por detrás y le habló directamente al oído.

—Si averiguo algo diferente a lo que dices volveré a por ti —dijo.

Sujetándolo por la brida lo condujo rodeando el tabique hasta la mesa de trabajo. Cogió unas tijeras del estante y cortó la brida para liberarle las muñecas.

—Largo de aquí, y no le digas a nadie lo que ha pasado —le dijo—. Si hablas, nos enteraremos.

—¡No diré nada! Se lo prometo, ¡no diré nada!

—¡Vete!

Casi resbaló cuando se volvió para dirigirse a la puerta. El trayecto era largo y el orgullo le abandonó cuando le faltaban tres metros para llegar a la libertad. Esos últimos pasos los hizo corriendo, abrió la puerta muy deprisa y la cerró con estruendo. En menos de cinco segundos oímos que arrancaba la moto.

—Me ha encantado ese movimiento, cómo lo has tirado sobre la cama como si tal cosa —observé—. Creo que ya lo había visto antes.

Rachel me ofreció una levísima sonrisa como respuesta y luego volvió al trabajo.

—No sé si va a correr a explicárselo a la policía o no, pero no nos entretengamos demasiado aquí.

—Larguémonos ahora.

—No, todavía no. Echemos un vistazo a ver qué podemos averiguar sobre ese tío. Diez minutos y nos marchamos. No dejes tus huellas.

—Muy bien. ¿Cómo lo hago?

—Eres un periodista. ¿No llevas tu bolígrafo preferido?

—¡Claro!

—Pues úsalo. Disponemos de diez minutos.

Pero no necesitamos diez minutos. Enseguida quedó claro que se habían llevado cualquier cosa que resultara vagamente personal sobre Freddy Stone. Utilizando mi bolígrafo para abrir armarios y cajones, los encontré todos vacíos o con solo utensilios de cocina o comida empaquetada. La nevera estaba casi vacía; en el congelador había un par de pizzas y una cubitera vacía. Miré en el armario y debajo de este: nada. Miré bajo la cama y entre el colchón y el somier: no había nada. Incluso los cubos de basura estaban vacíos.

—Vámonos —dijo Rachel.

En ese momento yo estaba mirando debajo de la cama y en cuanto levanté la vista ella ya estaba en la puerta. Bajo el brazo llevaba la caja que Mizzou acababa de dejar. Recordaba haber visto unidades de memoria USB allí. Quizá contendrían la información que necesitábamos. Corrí tras ella, pero en cuanto crucé la puerta vi que no estaba en el coche. Me volví y la atisbé justo antes de que desapareciera por la esquina del edificio para meterse en el callejón.

—¡Eh!

Corrí hacia allí y al doblar la esquina la vi caminando con decisión por el centro del callejón.

—Rachel, ¿adónde vas?

—Ahí dentro había tres cubos de basura —me dijo por encima del hombro—. Los tres estaban vacíos.

Entonces me di cuenta de que se dirigía hacia el primero de dos contenedores de basura de tamaño industrial situados a ambos lados del callejón. En el momento en que le di alcance me pasó la caja de Freddy Stone.

—Aguanta esto.

Levantó la pesada tapa de acero y esta cayó con estrépito contra la pared de atrás. Yo eché un vistazo al contenido de la caja de Freddy y me di cuenta de que alguien, probablemente Mizzou, se había quedado con sus cigarrillos. No creí que Freddy fuera a echarlos en falta.

—¿Has mirado en los armarios de la cocina?

—Sí.

—¿Has visto si había bolsas de basura?

Tardé un momento en entender lo que me preguntaba.

—Sí, sí, había una caja debajo del fregadero.

—¿Eran blancas o negras?

—Eh…

Cerré los ojos, intentando visualizar lo que había visto en el armario de debajo del fregadero.

—¡Negras! Negras y con cordón rojo.

—Eso lo reduce un poco.

Había metido los brazos en el interior del contenedor. Estaba medio lleno y olía fatal. La mayoría de los detritos no estaban en bolsas, sino que los habían tirado allí directamente. Casi todo eran escombros de alguna obra de reparación o de renovación. El resto era basura en proceso de descomposición.

—Vamos a ver el otro.

Cruzamos el callejón. Dejé la caja en el suelo y levanté la pesada tapa del contenedor. De buenas a primeras el olor era todavía más penetrante y al principio pensé que habíamos encontrado a Freddy Stone. Me eché atrás y me volví, sacando aire por la boca y la nariz para tratar de sacudirme aquel hedor.

—No te preocupes, no es él —dijo Rachel.

—¿Cómo lo sabes?

—Porque sé cómo huele un cadáver podrido, y es mucho peor.

Volví a acercarme al contenedor. Había varias bolsas de basura, muchas de ellas eran negras y algunas estaban desgarradas y rebosantes de basura pútrida.

—Tú tienes los brazos más largos —dijo Rachel—. Saca las bolsas negras.

—¡Acabo de comprarme esta camisa! —protesté mientras me disponía a hacerlo.

Saqué todas las bolsas negras que no estuvieran abiertas y revelaran su contenido y las dejé en el suelo. Rachel empezó a abrirlas rasgando el plástico de manera que el contenido permanecía en su sitio. Como si le hiciera una autopsia a una bolsa de basura.

—Hazlo así, y no mezcles el contenido de bolsas diferentes —me indicó.

—Vale. ¿Qué estamos buscando? Ni siquiera podemos estar seguros de que todo esto provenga de la casa de Stone.

—Ya lo sé, pero tenemos que buscar. Quizás encontremos algo que tenga sentido.

La primera bolsa que abrí contenía sobre todo confeti de documentos triturados.

—Mira, aquí hay papel triturado.

Rachel observó la bolsa.

—Podría ser suya. Había una trituradora junto a su mesa de trabajo. Apártala.

Hice lo que me pidió y abrí la siguiente, que contenía lo que parecía basura doméstica básica. Enseguida reconocí una de las cajas de comida vacías.

—Esta sí que es suya. Tenía la misma marca de pizza para microondas en el congelador.

Rachel se acercó.

—Bien. Busca todo lo que sea personal.

No tenía por qué decírmelo, pero no quise recriminárselo. Moví las manos con cautela por los restos de la bolsa abierta. Podía afirmar que todo eso provenía de la zona de la cocina. Envoltorios de comida, latas, pieles podridas de plátano y corazones de manzana. Me di cuenta de que podría haber sido peor. Solo había un microondas en el almacén convertido en *loft*. Eso limitaba las opciones y la comida venía en recipientes perfectamente limpios que podían cerrarse herméticamente antes de desecharlos.

En el fondo de la bolsa había un periódico. Lo saqué con cuidado, pensando que la fecha de publicación podría ayudarnos a precisar cuándo habían echado la bolsa al contenedor. Estaba doblado de la manera en que podría llevarlo un viajero. Era la edición del *Las Vegas Review Journal* del miércoles anterior, el día en que yo había estado en Las Vegas.

Lo desdoblé y vi la fotografía de un hombre en primera página. Le habían pintado la cara con un rotulador negro para ponerle gafas de sol, un par de cuernos de diablo y la preceptiva perilla. También se distinguía el círculo de una taza de café. El círculo oscurecía parcialmente un nombre escrito con el mismo rotulador.

—Aquí tengo un periódico de Las Vegas con un nombre escrito.

Rachel apartó de inmediato la mirada de la bolsa que revisaba para comprobarlo.

—¿Qué nombre?

—Está emborronado por la marca de un café. Georgette algo. Empieza por B y acaba en M-A-N.

Sostuve el periódico en alto y lo incliné para que Rachel pudiera ver la portada. Ella lo estudió durante unos segundos y vi que en sus ojos se encendía el brillo del reconocimiento. Se puso en pie.

—Ahí lo tienes. Lo has encontrado.

—¿Encontrado el qué?

—Es nuestro hombre. ¿Recuerdas que te hablé de un mensaje de correo electrónico a la cárcel de Ely que hizo que incomunicaran a Oglevy? Era de la secretaria del director al director.

—Sí.

—La secretaria se llama Georgette Brockman.

Todavía agachado junto a la bolsa abierta, miré a Rachel al comprenderlo. No podía haber más que una razón para que Freddy Stone hubiera escrito ese nombre en un diario de Las Vegas en su almacén. Me había seguido los pasos hasta Las Vegas y sabía que yo iba a ir a Ely para hablar con Oglevy. Era él quien quería aislarme en medio de ninguna parte. Freddy Stone era el Patillas, el Sudes.

Rachel cogió el periódico para estudiarlo. Sus conclusiones fueron idénticas a las mías.

—Estaba en Nevada persiguiéndote. Consiguió el nombre de Brockman y lo escribió mientras entraba en la base de datos del sistema de la prisión. Este es el vínculo, Jack. ¡Lo has encontrado!

Me incorporé para acercarme a ella.

—Lo hemos encontrado, Rachel. Pero ¿qué hacemos ahora?

Rachel bajó el periódico y vi que en su rostro se dibujaba un plan de acción.

—No creo que tengamos que seguir tocando nada más. Hemos de dejarlo y llamar al FBI. Ellos se ocuparán a partir de aquí.

*E*n cuanto a medios materiales, el FBI siempre parecía preparado para cualquier circunstancia. No había pasado una hora desde la llamada de Rachel a la policía local y ya nos tenían sentados en cuartos de interrogatorio separados situados en el interior de un vehículo sin distintivos del tamaño de un autobús. Este se hallaba aparcado junto al almacén en el que había vivido Freddy Stone. Varios agentes nos interrogaban en el interior, mientras fuera otros se hallaban en el almacén y en el callejón contiguo en busca de más señales que probaran la implicación de Stone en los asesinatos de las dos víctimas halladas en maleteros o que proporcionaran pistas sobre su paradero.

Naturalmente, el FBI no los consideraba salas de interrogatorio y habrían puesto objeciones a que yo llamara Guantánamo Exprés a aquella caravana reconvertida. Para ellos se trataba de una unidad móvil para entrevistas con testigos.

Mi sala era un cubo sin ventanas de tres por tres metros y mi interrogador era un agente llamado John Bantam. El apellido llamaba a engaño porque ese Bantam era tan enorme que parecía llenar el cuarto entero. Caminaba de un lado a otro delante de mí y se daba golpecitos rítmicamente en la pierna con el bloc de notas, de una manera que según creo se proponía hacerme pensar que mi cabeza podía ser su próximo objetivo.

Durante una hora, Bantam me estuvo friendo a preguntas sobre cómo había establecido la conexión con Western Data y todos los pasos que Rachel y yo habíamos seguido a continuación. Yo había hecho caso del consejo que Rachel me había dado antes de que aparecieran las tropas federales: «No mientas. Mentirle a un agente federal es un delito. Una vez que lo cometes, ya te han pillado. No mientas sobre nada».

Así que dije la verdad, pero no toda la verdad. Respondí solamente a las preguntas que se me hacían y no ofrecí ningún detalle que no me pidieran específicamente. Bantam parecía frustrado todo el rato, molesto por no ser capaz de plantearme la pregunta correcta. El brillo del sudor se extendía sobre su piel negra. Pensé que tal vez fuera la personificación de la frustración de todo el departamento por el hecho de que un periodista hubiera establecido una conexión que ellos habían pasado por alto. Fuera como fuese, Bantam no estaba contento conmigo. La sesión, que se había iniciado como una entrevista cordial, se había convertido en un interrogatorio tenso y parecía prolongarse sin fin.

Al final me harté y me levanté de la silla plegable en la que estaba sentado. Incluso de pie, Bantam seguía sacándome más de quince centímetros.

—Mire, ya se lo he explicado todo. Ahora he de ir a escribir un artículo.

—Siéntese. Todavía no hemos terminado.

—Esto era una entrevista voluntaria. Usted no es quién para decirme cuándo se acaba. He respondido a todas y cada una de sus preguntas y ahora lo único que hace es repetirse, para ver si me cabreo. Eso no ocurrirá, porque solamente le he dicho la verdad. Y ahora, ¿puedo irme o no?

—Podría detenerle ahora mismo por allanamiento de morada y por hacerse pasar por agente federal.

—Bueno, si se trata de ponerse a inventar supongo que podría detenerme por un montón de cosas. Pero yo no he cometido ningún allanamiento. Seguí a alguien al interior del almacén cuando le vimos entrar y pensamos que podía estar cometiendo un delito. Y no me hice pasar por ningún agente federal. Ese muchacho tal vez creyera que lo éramos, pero ninguno de los dos dijo o hizo nada que remotamente lo indicara.

—Siéntese. No hemos acabado.

—Yo creo que sí.

Bantam se golpeó con el bloc en la pierna y me dio la espalda. Caminó hasta la puerta y luego se volvió.

—Necesitamos que retenga la publicación del artículo —dijo.

Asentí. Por fin habíamos llegado al meollo del asunto.

—¿Así que de eso se trataba? Por eso el interrogatorio, la intimidación.

—No ha sido ningún interrogatorio. Le aseguro que de haberlo sido se habría enterado.

—Lo mismo da. No puedo retener ese artículo. Es un cambio importante en una noticia importante. Por otra parte, la publicación de la cara de Stone en todos los periódicos les puede ayudar a detenerlo.

Bantam negó con la cabeza.

—Todavía no. Necesitamos veinticuatro horas para valorar lo que hemos conseguido aquí y en los demás lugares. Queremos hacerlo antes de que sepa que vamos tras él. Podrá publicar su foto en todos los periódicos después de eso.

Volví a sentarme en la silla plegable para considerar las posibilidades. Se suponía que tenía que hablar con mis redactores sobre cualquier acuerdo para no publicar, pero en esos momentos estaba más allá de cuestiones como esa. Era mi último artículo y sería yo quien tomara las decisiones.

Bantam cogió una silla que estaba apoyada en la pared, la desplegó y se sentó por primera vez en toda nuestra sesión. Se colocó justo delante de mí.

Miré mi reloj. Eran casi las cuatro. Los redactores estaban a punto de celebrar su reunión diaria en Los Ángeles para decidir cuál sería la portada del día siguiente.

—Le diré lo que estoy dispuesto a hacer —dije—. Hoy es martes. Retengo el artículo y lo escribo mañana para el periódico del jueves. Lo mantenemos fuera de la página web, de manera que las agencias no puedan recogerlo hasta el jueves a primera hora y no salga nada en la tele hasta después de eso. —Volví a mirar mi reloj—. Eso les daría treinta y seis horas, por lo menos.

Bantam asintió.

—De acuerdo. Creo que eso funcionará.

Hizo el gesto de levantarse.

—Espere, espere, que eso no es todo. Lo que quiero a cambio es lo siguiente: como es natural, quiero la exclusividad. Yo he descubierto esto, de modo que la historia es mía. Nada de filtraciones ni de conferencias de prensa hasta que mi artículo esté en la primera página del *Times*.

—Eso no es un problema. Nosotros…

—No he acabado, hay más: quiero acceso. Quiero estar en el circuito. Quiero saber lo que ocurre. Quiero estar incrustado.

Sonrió con desdén y sacudió la cabeza.

—No podemos hacer eso. Si quiere estar incrustado váyase a Irak. No permitimos a civiles, y menos a periodistas, inmiscuirse en nuestras investigaciones. Podría ser peligroso y complicar las cosas. Además, legalmente eso podría comprometer el procesamiento.

—En ese caso, no hay acuerdo y necesito hablar con mi redactor ahora mismo.

Saqué el móvil del bolsillo. Se trataba de un recurso teatral y tenía la esperanza de que pudiera forzar la negociación.

—De acuerdo, espere —dijo Bantam—. No puedo decidir eso. Siéntese, que ahora vuelvo.

Se levantó y salió de la habitación cerrando la puerta tras de sí. Yo me levanté y comprobé el pomo. Tal como me temía, la cerradura estaba bloqueada. Cogí mi móvil y miré la pantalla. Sin cobertura. El aislamiento del cubo probablemente la anulaba, y Bantam debía de saberlo muy bien.

Me pasé la siguiente hora sentado en la dura silla plegable, levantándome de vez en cuando para golpear la puerta o para pasear por la pequeña estancia tal como había hecho Bantam. La sensación de abandono empezó a hacer mella en mí. No paraba de mirar la hora y abrir el móvil, a pesar de que sabía que no había cobertura y que eso no iba a cambiar. En un momento determinado decidí poner a prueba mi teoría paranoica según la cual me vigilaban y me escuchaban durante todo el tiempo que estaba en esa habitación. Abrí el teléfono e hice un recorrido por las cuatro esquinas como un hombre que leyera un contador Geiger. En la tercera esquina actué como si hubiera encontrado cobertura y actué como si marcara un número real y luego fingí hablar animadamente con mi redactor, explicándole que estaba dispuesto a dictarle un artículo excepcional sobre la identidad del asesino.

Pero Bantam no acudió corriendo, lo cual solamente probaba que o bien la habitación no estaba vigilada con cámaras y micrófonos o bien los agentes que me observaban desde fuera sabían que no había cobertura y que solo estaba fingiendo la llamada.

La puerta se abrió por fin a las cinco y cuarto. Pero no fue Bantam quien entró, sino Rachel. Me levanté. Mis ojos quizás expresaran la sorpresa, pero mantuve la boca cerrada.

—Siéntate, Jack —dijo Rachel.

Dudé, pero finalmente me senté.

Rachel tomó asiento en la otra silla, enfrente de mí. La miré y señalé hacia el techo con las cejas levantadas a modo de pregunta.

—Sí, nos están grabando —dijo Rachel—. Por audio y vídeo. Pero puedes hablar con entera libertad, Jack.

Me encogí de hombros.

—¿Sabes? Algo me dice que has ganado peso desde la última vez que nos vimos. ¿No será por una placa y un arma?

Ella asintió.

—En realidad todavía no llevo la placa ni el arma, pero están en camino.

—No irás a decirme que encontraste a Osama Bin Laden en Griffith Park, ¿verdad?

—No exactamente.

—Pero te han restituido en tu puesto.

—Técnicamente, todavía no se había aprobado mi dimisión. El ritmo lento de la burocracia, ya sabes. He tenido suerte, me han permitido retirarla.

Me incliné hacia delante y susurré:

—¿Y qué hay del *jet*?

—No tienes por qué hablar tan bajo. Ya no hay problema por el *jet*.

—Espero que lo tengas por escrito.

—Tengo lo que necesito.

Asentí. Yo ya sabía de qué iba el asunto. Rachel había utilizado lo que sabía del caso para llegar a un acuerdo.

—A ver, déjame adivinar… Quieren que se sepa que un agente identificó a Freddy Stone como el Sudes, no alguien que acababa de dejar el FBI.

Rachel asintió.

—Sí, algo así. Ahora tengo la misión de negociar contigo.

No te van a permitir estar dentro, Jack. Eso es ir directos al desastre. Seguro que recuerdas lo que ocurrió con el Poeta.

—Eso fue entonces y esto es ahora.

—Aun así, no puede ser.

—Oye, ¿no podemos salir de este cubo? ¿Qué te parece si vamos a dar una vuelta por algún sitio donde no haya cámaras ni micrófonos?

—Claro, vamos a dar un paseo.

Rachel se levantó y fue hacia la puerta. Llamó dando dos golpes seguidos y luego otro y la puerta se abrió inmediatamente. Al salir al estrecho pasillo que llevaba a la parte delantera del autobús vi que Bantam estaba junto a la puerta. Di dos golpes y luego otro.

—Si hubiese sabido la contraseña haría ya más de una hora que habría salido de aquí.

Al parecer mi comentario no le hizo ninguna gracia a Bantam. Me volví y seguí a Rachel para salir del autobús. Una vez fuera comprobé que el almacén y el callejón seguían siendo hervideros de actividad federal. Varios agentes y técnicos se movían sin parar para recoger pruebas, tomar medidas y fotografías, escribir notas…

—Toda esta gente, ¿ha encontrado algo que no hubiéramos visto?

Rachel sonrió con picardía.

—De momento no.

—Bantam me ha hablado de que el FBI estaba investigando en otros lugares, así en plural. ¿Dónde?

—Jack, antes de que sigamos hablando tenemos que dejar clara una cosa: esto no lo vamos a hacer juntos, y tú no estás incrustado. Yo soy tu contacto, tu fuente, siempre y cuando retengas el artículo durante un día, tal como te ofreciste a hacer.

—La oferta se basaba en un acceso completo.

—Venga ya, Jack, eso no puede ser. Pero me tienes a mí, y puedes confiar en mí. Vuelves a Los Ángeles y escribes tu artículo mañana. Te diré todo lo que pueda decirte.

Me aparté de ella mientras seguíamos caminando por la acera en dirección al callejón.

—Eso es precisamente lo que me preocupa. Vas a decirme todo lo que puedas. ¿Y quién decide lo que puedes decirme?

—Te diré todo lo que sepa.

—Pero ¿lo sabrás todo?

—Jack, déjate de juegos de palabras. ¿Confías en mí? Eso es lo que dijiste cuando me llamaste de repente la semana pasada cuando estabas en medio del desierto.

La miré a los ojos durante un momento y luego volví a mirar hacia el callejón.

—Claro que confío en ti.

—Entonces no necesitas nada más. Vuelve a Los Ángeles. Mañana puedes llamar cada hora si quieres, y yo te informaré de lo que hayamos conseguido. Estarás al corriente de todo cuando publiques tu artículo en el periódico. Será tu artículo y el de nadie más. Te lo prometo.

No dije nada. Miré hacia el callejón, donde diversos agentes y técnicos diseccionaban las bolsas negras de basura que habíamos encontrado. Documentaban cada una de las piezas de basura y residuos como si fueran arqueólogos en una excavación en Egipto.

A Rachel se le acababa la paciencia.

—¿Estamos de acuerdo, Jack?

La miré.

—Sí, estamos de acuerdo.

—Lo único que te pido es que cuando lo escribas me identifiques como agente. No menciones que dimití ni que retiré la dimisión.

—¿Es una petición tuya o del departamento?

—¿Y eso qué más da? ¿Lo harás o no lo harás?

Asentí.

—Sí, Rachel, lo haré. Tu secreto está a salvo conmigo.

—Gracias.

Me volví para mirarla de frente.

—Entonces, ¿qué está pasando ahora? ¿Qué me cuentas de esos otros lugares que ha mencionado Bantam?

—También tenemos agentes en Western Data y en la casa de Declan McGinnis en Scottsdale.

—¿Y qué tiene que decir McGinnis?

—Hasta ahora, nada. Todavía no lo hemos encontrado.

—¿Ha desaparecido?

Rachel se encogió de hombros.

—No estamos seguros de si se ha ocultado voluntaria o involuntariamente, pero ha desaparecido. Y su perro lo mismo. Es posible que investigara algo por su cuenta tras la visita que los agentes le hicieron el viernes. Pudo haberse acercado demasiado a Stone, y este puede que reaccionase. Y hay otra posibilidad.

—¿Que estuvieran juntos en el asunto?

Rachel asintió.

—Sí, en equipo. McGinnis y Stone. Que dondequiera que estén, estén juntos.

Reflexioné sobre ello. Sabía que existían precedentes. El Estrangulador de Hillside resultó que eran dos primos. Y antes y después de eso hubo equipos de asesinos en serie. Me vinieron a la memoria Bittakker y Norris; dos de los más execrables asesinos que hayan pisado el planeta se encontraron de algún modo y formaron un equipo en California. Filmaban sus sesiones de tortura. Un policía me pasó una vez la cinta de una de esas sesiones, que tenían lugar en la parte trasera de una furgoneta. Tras el primer grito de pánico y dolor, lo apagué.

—¿Lo ves, Jack? Por eso necesitamos tiempo antes de la tormenta mediática. Los dos tienen ordenadores portátiles y los dos se los llevaron. Pero también tenían ordenadores en Western Data y ahora los tenemos nosotros. Tenemos un equipo de RPE que viene de Quantico. Aterrizarán dentro…

—¿RPE?

—Recuperación de Pruebas Electrónicas. Están volando justo ahora. Los pondremos a estudiar el sistema de Western Data y ya veremos qué sacan. Y recuerda lo que ya hemos averiguado hoy: ese lugar está vigilado por audio y vídeo. Las grabaciones que hayan archivado también pueden ayudarnos.

Asentí. Seguía pensando en McGinnis y Stone trabajando juntos como un equipo compenetrado de asesinos.

—¿Tú qué piensas? —le pregunté a Rachel—. ¿Crees que el Sudes es uno, o que son dos?

—Todavía no puedo decirlo con seguridad. Pero me parece que en este caso podemos hablar de un equipo.

—¿Por qué?

—¿Recuerdas el escenario que perfilamos la otra noche? ¿Donde el Sudes llega a Los Ángeles, atrae a Angela a tu casa, luego la mata y vuela a Las Vegas para seguirte?

—Sí.

—Bueno, pues el FBI revisó todos los vuelos que salían del LAX y de Burbank hacia Las Vegas esa noche. Solamente cuatro pasajeros de los vuelos nocturnos compraron los billetes esa noche. El resto eran todo reservas. Los agentes siguieron la pista a tres, los interrogaron y quedaron descartados. El cuarto, naturalmente, eras tú.

—Pudo ir en coche.

Ella sacudió la cabeza.

—Pudo haber ido en coche, pero entonces, ¿por qué enviar el paquete por GO! en tarifa nocturna si vas en coche a Las Vegas? El envío nocturno solamente tiene sentido si fue a coger un vuelo y luego recogerlo, o si se lo hubiese enviado a alguien.

—A su compañero.

Asentí y empecé a caminar en un círculo mientras iba interiorizando el nuevo escenario. Todo parecía tener sentido.

—Así que Angela va a la página web trampa y los alerta. Ellos leen su correo electrónico y el mío. Y su respuesta es que uno va a Los Ángeles a encargarse de ella y otro va a Las Vegas a encargarse de mí.

—Así es como yo lo veo.

—Espera. ¿Qué hay del teléfono de Angela? Dijiste que el FBI localizó la llamada y que el asesino me llamó desde el aeropuerto en Las Vegas. ¿Cómo pudo ese teléfono llegar a…?

—Con el paquete de GO! Envió tu pistola y su teléfono. Sabían que sería una manera de implicarte más en su asesinato. Después de tu suicidio los policías habrían encontrado su teléfono en tu habitación. Luego, cuando no funcionó como estaba planeado, Stone te llamó desde el aeropuerto. Quizá solamente quería charlar, o quizá sabía que eso contribuiría a sustentar la idea de que había un asesino suelto que había ido desde Los Ángeles a Las Vegas.

—¿Stone? Así que me estás diciendo que McGinnis fue a Los Ángeles a por Angela y que Stone fue a Las Vegas a por mí.

Rachel asintió con la cabeza.

—Dijiste que el hombre de las patillas no tenía más de treinta años. Stone tiene veintiséis y McGinnis cuarenta y seis. Puedes disfrazar la apariencia, pero lo más difícil es disfrazar la edad. Y es mucho más difícil parecer más joven que parecer más viejo. Apuesto a que tu hombre de las patillas era Stone.

Tenía sentido.

—Hay otra cosa que indica que nos enfrentamos a un equipo —dijo Rachel—. Es algo que hemos tenido delante todo el tiempo.

—¿Qué?

—Un cabo suelto del asesinato de Denise Babbit. Estaba en el maletero de su propio coche y este fue abandonado en South L.A., donde Alonzo Winslow se lo encontró.

—Sí, ¿y?

—Pues que si el asesino trabajaba solo, ¿cómo salió de South L.A. después de dejar el coche? Estamos hablando de altas horas de la noche en un barrio predominantemente negro. ¿Cogió un autobús o llamó a un taxi y esperó en la acera? Rodia Gardens queda a casi dos kilómetros de la parada de metro más cercana. ¿Los hizo caminando, un hombre blanco en un barrio negro en plena noche? No creo. Uno no acaba un asesinato tan bien planeado con una huida así. Ninguno de estos escenarios tiene demasiado sentido.

—Así que quien dejó el coche de la chica allí tenía a alguien que lo recogió.

—Eso es.

Asentí y me quedé en silencio mientras pensaba en toda la información nueva. Rachel finalmente interrumpió mis reflexiones.

—Voy a tener que ponerme a trabajar, Jack —dijo—. Y tú tienes que subir a un avión.

—¿Cuál es tu misión? Aparte de mí, quiero decir.

—Voy a trabajar con el equipo RPE en Western Data. Tengo que ir allí ahora mismo para prepararlo todo.

—¿Han cerrado el complejo?

—Más o menos. Han enviado a todo el mundo a casa excepto a un equipo básico que mantendrá los sistemas en funcionamiento y podrá ayudar al equipo RPE. Creo que Carver está en el búnker y O'Connor en superficie, y quizás algunos más.

—Esto los va a arruinar.

—No podemos hacer nada por evitarlo. Además, si el director ejecutivo de esa compañía y su joven adlátere se sumergían en las informaciones archivadas para encontrar a víctimas de sus sueños homicidas compartidos, creo que los clientes tienen derecho a saberlo. Lo que pase después no es cosa nuestra.

Asentí.

—Supongo que tienes razón.

—Jack, debes irte. Le dije a Bantam que podía manejar esto. Ojalá pudiera abrazarte, pero ahora no es el momento. Pero quiero que tengas mucho cuidado. Vuelve a Los Ángeles y sé prudente. Llámame para lo que quieras y, desde luego, hazlo si alguno de ellos vuelve a ponerse en contacto contigo.

Asentí.

—Voy a volver al hotel a buscar mis cosas. ¿Quieres que te deje la habitación?

—No, paga el FBI. Cuando te vayas deja mi maleta en recepción, ¿de acuerdo? Ya pasaré por allí más tarde.

—De acuerdo, Rachel. Cuídate.

Al volverme para ir hacia el coche, alargué el brazo por sorpresa y le apreté la muñeca. Esperaba que el mensaje le llegara alto y claro: estábamos juntos en eso.

Al cabo de diez minutos, el almacén se alejaba en mi retrovisor e iba de camino al Mesa Verde Inn. Estaba en la lista de espera de Southwest Airlines para conseguir un pasaje de vuelta a Los Ángeles, pero no podía concentrarme en nada que no fuera la idea de que el Sudes no era un solo asesino, sino dos que actuaban al unísono.

Para mí, la idea de dos personas que se habían conocido y actuaban en la misma longitud de onda de sadismo sexual y asesinato doblaba o incluso más la sensación de terror que sus acciones tenebrosas conjuraban. Pensé en el término que Yolanda Chávez había empleado durante el recorrido por Western Data: fibra oscura. ¿Podía haber algo tan profundo y oscuro en la fibra de una persona como el deseo de compartir algo semejante a lo que había ocurrido con Denise Babitt y las demás víctimas? Yo creía que no, y solo de pensarlo se me heló el alma.

17
La granja

*L*os tres agentes que formaban el equipo de Recuperación de Pruebas Electrónicas del FBI ocupaban las tres estaciones de trabajo en la sala de control. Carver se quedó paseando por detrás y ocasionalmente miraba por encima de sus espaldas a las pantallas. No estaba preocupado, porque sabía que solamente iban a encontrar lo que él quería que encontraran. Pero tenía que actuar como si estuviera preocupado. Después de todo, lo que allí ocurría era una amenaza para la reputación de Western Data y sus negocios en todo el país.

—Señor Carver, tiene que tranquilizarse —dijo el agente Torres—. Va a ser una noche muy larga, y si sigue paseando arriba y abajo lo será todavía más, tanto para usted como para nosotros.

—Lo siento —dijo Carver—, pero es que estoy nervioso pensando en lo que va a suponer todo esto.

—Claro, señor, lo entendemos —dijo Torres—. ¿Qué tal si...?

El agente se vio interrumpido por la tonada de *Riders on the Storm* procedente del bolsillo de la bata de laboratorio de Carver.

—Disculpe —dijo Carver.

Se sacó el móvil del bolsillo y contestó.

—Soy yo —dijo Freddy Stone.

—¡Hombre, qué tal! —contestó Carver con alborozo en atención a los agentes.

—¿Lo han encontrado ya?

—Pues todavía no. Sigo aquí y me parece que estaré un buen rato.

—Entonces, ¿sigo adelante con el plan?

—Tendrás que jugar sin mí.

—Es mi prueba, ¿verdad? Tengo que demostrártelo —dijo con un ligero tono de indignación.

—Después de lo que pasó la semana pasada, me alegro de saltarme esta.

Hubo una pausa y Stone cambió de tema.

—¿Los agentes ya saben quién soy?

—No lo sé, pero ahora mismo no puedo hacer nada. El trabajo es lo primero. Seguro que la semana que viene podré ir, y para entonces ya podrás volver a llevarte mi dinero.

Carver confiaba en que esas frases estuvieran dentro de los límites de la charla del póquer para los agentes que le escuchaban.

—¿Nos vemos luego allí? —preguntó Stone.

—Sí, en mi casa. Tú traes las patatas y la cerveza. Nos vemos luego. He de colgar.

Cortó la llamada y volvió a guardarse el móvil en el bolsillo. Las evasivas y la indignación de Stone empezaban a preocuparle. Unos días atrás rogaba por su vida; ahora no le gustaba que le dijeran lo que tenía que hacer. Carver empezó a juzgar sus propias acciones. Probablemente tendría que haber acabado con eso en el desierto y haber metido a Stone en el hoyo con McGinnis y el perro. Fin de la historia. Fin de la amenaza.

Todavía podía hacerlo. Quizás esa misma noche. Otra oportunidad dos por uno. Sería el final para Stone y para un montón de otras cosas. Western Data no resistiría el escándalo. Tendrían que cerrar y Carver cambiaría y seguiría adelante. Solo, como antes. Aprovecharía las lecciones que había aprendido y volvería a empezar en algún otro lugar. Sabía que podía hacerlo.

> *I'm a changeling, see me change.*
> *I'm a changeling, see me change.*

Torres apartó la mirada de su pantalla y miró a Carver. Se preguntó si tal vez habría canturreado sin darse cuenta.

—¿Noche de póquer? —preguntó Torres.

—Ah, sí. Perdón por la intromisión.

—Y yo siento que se pierda la partida.

—No pasa nada. Lo más probable es que me estén ahorrando cincuenta dólares.

—El FBI siempre está contento de ayudar.

Torres sonrió y su compañera, la agente que se llamaba Mowry, también sonrió.

Carver intentó sonreír, pero le hacía sentir falso y lo dejó. La verdad era que no tenía ningún motivo para sonreír.

18

Una llamada a la acción

$\mathcal{M}$e quedé toda la tarde en la habitación del hotel, escribiendo la mayor parte del artículo del día siguiente y llamando una y otra vez a Rachel. El relato era fácil de enhebrar. Primero hablé de ello con mi SL, Prendergast, y escribí un texto de previsión. Lo envié y luego empecé a construir el artículo. Aunque no iba a salir hasta el siguiente ciclo de noticias, ya contaba con los principales elementos. A primera hora del día siguiente reuniría los últimos detalles y no tendría más que añadirlos.

Eso si me daban nuevos detalles. Lo que había sido una pequeña dosis de paranoia se convirtió en algo más grande a medida que las llamadas a Rachel, una cada hora, quedaban sin contestar y los mensajes lo mismo. Mis planes para la noche —y para el futuro— chocaban con las rocas de la duda.

Al final, justo antes de las once, sonó mi móvil. El identificador de llamadas decía Mesa Verde Inn. Era Rachel.

—¿Qué tal Los Ángeles? —preguntó.

—Los Ángeles bien —dije yo—. He tratado de llamarte. ¿No has recibido mis mensajes?

—Lo siento, el móvil se me ha quedado sin batería. Lo he usado demasiado… Acabo de volver al hotel. Gracias por dejarme la maleta.

La explicación de la batería parecía plausible. Empecé a relajarme.

—De nada —dije—. ¿En qué habitación estás?

—Siete diecisiete. ¿Y tú qué tal, al final has vuelto a tu casa?

—No, sigo en el hotel.

—¿Ah, sí? Pues acabo de llamar al Kyoto y me han puesto con tu habitación, pero no ha contestado nadie.

—He bajado a recepción a por hielo. —Miré la botella de Grand Embrace Cabernet que había pedido al servicio de habitaciones—. Así que ya has terminado por hoy —dije para cambiar de tema.

—Sí, eso espero. Acabo de pedir algo al servicio de habitaciones. Supongo que me llamarán si encuentran algo en Western Data.

—¿Quieres decir que todavía hay gente allí?

—El equipo RPE sigue allí. Toman Red Bull como si fuera agua y piensan seguir trabajando toda la noche. Carver está con ellos. Pero yo no he aguantado. Tenía que comer algo y dormir.

—¿Y Carver está dispuesto a dejarles trabajar toda la noche?

—Resulta que el espantapájaros es un búho. Todas las semanas hace algún turno de noche. Dice que es cuando mejor trabaja, así que no tiene ningún problema en quedarse con ellos.

—¿Qué has pedido para cenar?

—Típica comida casera: hamburguesa con queso y patatas.

Sonreí.

—Yo he cenado lo mismo, pero sin queso. ¿Un ron Pyrat, algo de vino?

—No, he vuelto a las dietas del FBI y el alcohol no está permitido. Aunque no me vendría mal.

Sonreí, pero decidí hablar de trabajo para empezar.

—¿Cuáles son entonces las últimas noticias sobre McGinnis y Stone?

Noté cierta vacilación en su respuesta.

—Jack, estoy cansada. Ha sido un día muy largo y me he pasado las últimas cuatro horas en ese búnker. Tenía la esperanza de poder cenar, darme un baño caliente… ¿No podríamos dejarlo para mañana?

—Mira, Rachel, yo también estoy cansado, pero recuerda que si he dejado que me hicierais a un lado ha sido a condición de que me mantuvieseis informado. No sé nada de ti desde que me fui del almacén y ahora me dices que estás demasiado cansada para hablar.

LA OSCURIDAD DE LOS SUEÑOS

Otra vacilación.

—Vale, vale, tienes razón. Terminemos con esto. La actualización es que hay buenas y malas noticias. La buena noticia es que sabemos quién es realmente Freddy Stone, y no es Freddy Stone. Conocer su identidad real con suerte nos ayudará a dar con él.

—¿Freddy Stone es un alias? ¿Cómo se las ingenió para superar los controles de seguridad de los que tanto se vanagloriaban en Western Data? ¿No comprobaron sus huellas dactilares?

—Según los documentos de la compañía, Declan McGinnis firmó para que lo contrataran. De manera que pudo haberlo amañado.

Asentí. McGinnis podía haber introducido a su compañero de crímenes en la empresa sin problemas.

—Bien, ¿y quién es?

Abrí mi mochila sobre la cama y saqué cuaderno y bolígrafo.

—Su nombre real es Marc Courier. Es Marc, con c. La misma edad, veintiséis años, con dos detenciones por fraude en Illinois. Desapareció hace tres años antes de que lo juzgaran. Se trataba de casos de suplantación de identidad. Conseguía tarjetas de crédito, abría cuentas bancarias y toda la pesca. Según los antecedentes, parece evidente que es un *hacker* muy hábil y un *troll* despiadado con un largo historial de abusos y asaltos digitales. Es un chico malo y estaba allí delante, en el búnker.

—¿Cuándo empezó a trabajar para Western Data?

—También hace tres años. Por lo visto se largó de Chicago y casi inmediatamente acabó en Mesa con el nuevo nombre.

—¿Así que McGinnis ya lo conocía?

—Creemos que lo reclutó. Hasta hace poco siempre era sorprendente que dos asesinos de perfil similar coincidieran. ¿Qué posibilidades había de que algo así ocurriera? Pero ahora, con Internet, es completamente diferente. Es la gran intersección, para lo bueno y para lo malo. Con chats y webs dedicadas a todos los fetichismos y parafilias imaginables, resulta que la gente con intereses similares se interconecta a cada minuto, durante todo el día. Vamos a tener más casos como este, Jack, de gente que sale de la fantasía y el ciberespacio y se mete en el mundo real. Conocer a gente con tus mismas creencias ayuda a justificarlas. Es alentador. A veces es una llamada a la acción.

—¿Hay alguien más que se llame Freddy Stone?

—No, parece un nombre fabricado.

—¿Algún dato de violencia o de delitos sexuales en Chicago?

—Cuando lo detuvieron allí hace tres años le confiscaron el ordenador y encontraron un montón de porno. Según me han dicho, incluía unas cuantas películas de torturas de Bangkok, pero no se presentaron cargos. Es difícil, porque las películas llevan indicaciones de que todos son actores y nada es real, aunque lo más probable es que se trate de tortura y de dolor verdaderos.

—¿Y qué hay de material sobre ortesis y cosas por el estilo?

—No hay nada de eso, pero lo investigaremos, créeme. Si el vínculo entre Courier y McGinnis es la abasiofilia, lo encontraremos. Si se encontraron en un chat de doncellas de hierro, lo encontraremos también.

—¿Cómo identificasteis a Courier?

—Por la huella de la mano guardada en el lector biométrico que hay en la entrada a la granja de servidores.

Acabé de escribir y repasé mis notas, pensando en la siguiente pregunta.

—¿Podría disponer de alguna foto de ficha policial de Courier?

—Mira en tu correo electrónico. Te he enviado una antes de salir de allí. Quería que me dijeras si te resulta familiar.

Alcancé el portátil al otro lado de la cama y me metí en el correo. Su mensaje estaba el primero. Abrí la foto y observé la fotografía de Marc Courier tras ser detenido tres años antes. Cabello largo y oscuro, perilla desaseada y bigote. Tenía aspecto de encajar sin problemas con Kurt y Mizzou en el búnker de Western Data.

—¿Podría ser el hombre del hotel de Ely? —preguntó Rachel. Estudié la fotografía sin contestar—. ¿Jack?

—No lo sé. Podría ser. Ojalá le hubiera visto los ojos.

Examiné la fotografía durante unos segundos más y luego volví al asunto.

—Bien, decías que tenías noticias buenas y malas. ¿Cuáles

son las malas?

—Antes de desaparecer, Courier introdujo un virus en su propio ordenador del laboratorio de Western Data y en los archivos de la compañía. Han estado infestándolo casi todo hasta que los han descubierto esta noche. Los archivos de cámara se han borrado. Y también un montón de datos de la compañía.

—¿Y eso qué implica?

—Implica que no nos va a ser tan fácil como creíamos seguirle la pista. Cuándo estaba allí, cuándo no, cualquier tipo de contacto o de encuentros con McGinnis, esas cosas, ¿entiendes? Los mensajes de correo electrónico en uno y otro sentido. Habría sido muy bueno disponer de ese material.

—¿Cómo ha podido pasar por alto algo así con Carver y todas las garantías de seguridad que supuestamente tienen allí?

—Para sabotear una empresa no hay nada como pertenecer a ella. Courier conocía los sistemas de defensa. Construyó un virus que navegaba por ellos.

—¿Qué hay de McGinnis y su ordenador?

—Creo que ahí tendremos más suerte, por lo que me han dicho. Pero no hace mucho que lo han abierto, de manera que no sabré más hasta que vuelva por allí mañana. Un equipo de investigación también estuvo en su casa durante toda la noche. McGinnis vive solo, sin familia. He oído que encontraron material interesante, pero la investigación sigue abierta.

—¿Cómo de interesante?

—Bueno, no sé si querrás oír esto, Jack, pero encontraron un ejemplar de tu libro sobre el Poeta en sus estantes. Ya te dije que lo encontraríamos.

No respondí. Sentí un súbito calor en la cara y el cuello y permanecí en silencio mientras consideraba la idea de que había escrito un libro que en cierto modo había sido un manual para otro asesino. No podía decirse que fuera un libro de instrucciones, pero ciertamente describía de qué manera llevaba a cabo el FBI sus perfiles e investigaciones sobre asesinos en serie.

Necesitaba cambiar de tema.

—¿Qué más encontraron?

—Todavía no lo he visto, pero me han dicho que han encontrado un juego completo de ortesis de muslo a tobillo para mujer. También había pornografía sobre el tema.

—Joder, menudo hijo de puta enfermo.

Escribí unas notas sobre los hallazgos y hojeé las páginas para ver si algo me sugería una pregunta más. Con lo que ya sabía y lo que me estaba explicando Rachel podría escribir un gran artículo para el día siguiente.

—Western Data está completamente cerrado, ¿verdad?

—Casi. Me refiero a que las webs que se alojan en la compañía siguen operativas. Pero hemos congelado el *hosting*. Ningún dato puede entrar ni salir hasta que el RPE finalice su evaluación.

—Algunos de los clientes, como los grandes bufetes de abogados, se van a subir por las paredes cuando se enteren de que el FBI tiene la custodia de sus archivos, ¿verdad?

—Es probable, pero no hemos abierto ninguno de esos archivos. Por lo menos de momento. Lo que hacemos es mantener el sistema tal como estaba: nada entra y nada sale. Estuvimos redactando con Carver un mensaje para mantener informados a todos los clientes. Decía que la situación es temporal y que Carver, como representante de la compañía, supervisaba la investigación del FBI y garantizaba la integridad de los archivos y bla, bla, bla. Es todo lo que podemos hacer. Si luego han de subirse por las paredes, que se suban.

—¿Qué hay de Carver? Habréis comprobado sus antecedentes, ¿no?

—Sí, y está limpio desde que salió del MIT. Hemos de confiar en alguien allí, y creo que él es ese alguien.

Permanecí en silencio mientras escribía unas cuantas notas finales. Tenía más que suficiente para redactar el artículo del día siguiente. Aunque no pudiera localizar a Rachel, estaba seguro de que mi artículo saldría en primera página y atraería la atención de todo el país. Dos asesinos en serie por el precio de uno.

—Jack, ¿estás ahí?

—Sí, estoy escribiendo. ¿Algo más?

—Creo que es todo.

—¿Vas con cuidado?

—Claro que sí. Me mandan el arma y la placa esta noche.

Mañana por la mañana las tendré aquí.

—Entonces ya no te faltará nada.

—Exacto. Bueno, y ahora, ¿podemos hablar de nosotros?

De pronto sentí una daga de ansiedad en el pecho. Rachel quería dejar de lado la conversación relacionada con el trabajo para decir lo que tuviera que decir sobre nuestra relación. Tras todas esas llamadas por teléfono sin contestar temía que las noticias no fueran buenas.

—Eh, sí, claro. ¿Qué pasa con nosotros?

Me levanté de la cama, dispuesto a recibir las noticias de pie. Me acerqué a coger la botella de vino. La estaba mirando cuando ella habló.

—Bueno, es que no quiero que solo hablemos de trabajo.

Me sentí algo mejor. Dejé la botella en su sitio y la daga no parecía tan afilada.

—Yo tampoco.

—De hecho, estaba pensando… Te parecerá una locura.

—¿El qué?

—Bueno, cuando me han ofrecido otra vez el trabajo me he sentido muy… No sé, eufórica, supongo; reivindicada de alguna manera. Pero luego, cuando volvía aquí sola esta noche, he empezado a pensar sobre lo que dijiste cuando bromeabas.

No podía recordar a qué se refería, de manera que le seguí la corriente.

—¿Y?

Soltó una risita antes de contestar.

—He pensado que realmente podría ser divertido si lo intentábamos.

Yo me estaba devanando los sesos, y no sabía si tendría algo que ver con la teoría de la bala única. ¿Qué había dicho?

—¿En serio?

—Bueno, no sé nada del negocio ni de cómo podríamos conseguir clientes, pero creo que me gustaría trabajar contigo en las investigaciones. Sería divertido. Ya lo ha sido.

Entonces lo recordé. Walling y McEvoy, investigaciones discretas. Sonreí. Me arranqué la daga del pecho y la lancé con la punta por delante para que se clavara en el duro suelo como esa bandera que el astronauta plantó en la luna.

—Sí, Rachel, ha sido bonito —dije, con la esperanza de que

esa bravuconería ocultara mi alivio interior—. Pero no sé, estabas muy inquieta al pensar en enfrentarte a la vida sin tu placa.

—Sí, ya sé. Quizá me esté engañando a mí misma. Quizás acabaríamos en asuntos de divorcios, y con el tiempo eso ha de ser fatal.

—Sí.

—Bueno, tenemos que pensar en ello.

—Oye, no vayas a creer que tengo algo organizado; no me oirás objetar nada. Lo único que quiero es asegurarme de que no cometes ningún error. O sea, ¿ya está todo olvidado en el FBI? ¿Te han devuelto el trabajo y ya está?

—Tal vez no. Estarán al acecho. Como siempre.

Oí que alguien llamaba a su puerta y una voz apagada que decía «servicio de habitaciones».

—Aquí tengo la cena —dijo Rachel—. Te dejo.

—De acuerdo. Hasta luego, Rachel.

—Sí, Jack. Buenas noches.

Sonreí mientras apagaba el móvil. Ese luego iba a ser más pronto de lo que ella creía.

*D*espués de lavarme los dientes y de mirar en el espejo qué aspecto tenía, cogí la botella de Grand Embrace y me guardé en el bolsillo el sacacorchos que me había dado el chico del servicio de habitaciones. Me aseguré de que llevaba la tarjeta llave y salí.

La escalera se hallaba justo al lado de mi habitación, y la de Rachel solamente estaba un piso más arriba y unas cuantas puertas más allá, de manera que decidí no perder más tiempo. Empujé la puerta y empecé a subir los escalones de cemento de dos en dos. Me asomé un momento por encima de la barandilla y miré al fondo del hueco de la escalera. Noté una dosis rápida de vértigo, retrocedí y continué subiendo. Al llegar al descansillo intermedio ya estaba pensando en cuáles serían las primeras palabras de Rachel cuando abriera la puerta y me viera. Estaba sonriendo al llegar al final del siguiente tramo de peldaños. Y fue entonces cuando vi a un hombre tendido de espaldas cerca de la puerta que daba al pasillo de la séptima planta. Llevaba pantalones negros y camisa blanca con pajarita.

Al momento comprendí que se trataba del camarero del servicio de habitaciones que un rato antes me había traído la cena y la botella de vino que ahora llevaba en la mano. Al llegar al último escalón vi que había sangre sobre el cemento, que se filtraba por debajo de su cuerpo. Me arrodillé junto a él y dejé la botella en el suelo.

—¡Oye!

Le moví el hombro para ver si obtenía alguna respuesta. No observé ninguna reacción y pensé que estaba muerto. Vi la tarjeta de identificación prendida a su cinturón y esta confirmó mi reconocimiento: EDWARD HOOVER, PERSONAL DE COCINA.

Y enseguida salté a otra conclusión.

«¡Rachel!»

Me levanté de un salto y abrí la puerta. Al tiempo que entraba en el pasillo del séptimo piso saqué el móvil y marqué el 911, el número de emergencias. El hotel estaba diseñado en forma de una gran U y yo me encontraba en la parte superior del palo derecho. Empecé a avanzar por el pasillo, fijándome en los números de las puertas: 722, 721, 720… Llegué a la habitación de Rachel y vi que la puerta estaba entreabierta. La empujé sin llamar.

—¿Rachel?

La habitación estaba vacía, pero vi signos evidentes de lucha. Había platos, cubiertos y patatas fritas esparcidos por el suelo junto a la mesa del servicio de habitaciones. La ropa de cama había desaparecido y vi una almohada manchada de sangre en el suelo.

Me di cuenta de que llevaba en la mano el móvil y oí que me llamaba una vocecita. Volví hacia el pasillo al tiempo que levantaba el teléfono.

—¿Hola?

—Nueve uno uno, ¿cuál es su emergencia?

Eché a correr por el pasillo, con el pánico envolviéndome mientras gritaba al teléfono.

—¡Necesito ayuda! ¡Mesa Verde Inn, séptimo piso! ¡Ahora!

Doblé por el pasillo central y durante una milésima de segundo atisbé la imagen de un hombre con el cabello teñido de rubio que llevaba una chaqueta de camarero roja. Empujaba un gran carro de lavandería a través de una puerta de doble hoja, al otro lado de los ascensores. No lo vi más que un momento, pero aquello no tenía sentido.

—¡Eh!

Aceleré mi carrera, cubrí rápidamente la distancia y empujé las puertas de doble hoja solo unos segundos después de ver que se cerraban. Entré en un pequeño vestíbulo de la zona de limpieza y vi que se cerraba la puerta del montacargas. Me lancé hacia allí con el brazo extendido, pero era demasiado tarde. Se había ido. Retrocedí y miré hacia arriba. No había números ni flechas que me indicaran en qué dirección había huido. Volví a pasar por la puerta de doble hoja y corrí hacia los ascensores de clientes. Las escaleras, a ambos lados de la planta, quedaban demasiado lejos para tomarlas en consideración.

Apreté el botón de bajada, pensando que era la opción obvia. Conducía a la salida, a la huida. Pensé en el carro de lavandería y en la inclinación hacia delante del hombre que lo empujaba. Allí dentro había algo más pesado que ropa, estaba seguro. Tenía a Rachel.

Había cuatro ascensores para clientes y tuve suerte. En el mismo momento en que apreté el botón se oyó la campanita de una puerta y se abrieron las de ese ascensor. Salté al interior y vi que la luz de recepción ya estaba encendida. Aporreé el botón de cierre y esperé durante un momento interminable hasta que las puertas se cerraron lenta y suavemente.

—Tranquilo, que ya llegaremos.

Me volví y vi que ya había un hombre en el ascensor. Llevaba una tarjeta de convención con su nombre y adornada con un lazo azul. Iba a decirle que se trataba de una emergencia cuando me acordé de que llevaba un teléfono en la mano.

—¿Oiga? ¿Sigue usted ahí?

Se oía mucha carga estática en la línea, pero todavía tenía conexión. Sentía que el ascensor empezaba a bajar deprisa.

—Sí, señor, he enviado a la policía. ¿Puede usted decirme…?

—¡Escúcheme! Aquí hay un tipo vestido de camarero y está intentando raptar a una agente federal. Llame al FBI. Envíe a todas… ¿Oiga? ¿Sigue ahí?

Nada. La llamada se había cortado. Sentí que el ascensor se detenía bruscamente al llegar a la planta baja. El hombre de la convención retrocedió hasta una esquina e intentó desaparecer. Me acerqué a las puertas y salí apenas empezaron a abrirse.

Me encontré en un vestíbulo adyacente a la recepción. Orientándome para localizar el montacargas, doblé a la izquierda y luego otra vez a la izquierda a través de una puerta con un letrero que decía RESERVADO AL PERSONAL y que daba a un pasillo. Oí los ruidos de una cocina y olía a comida. Había estantes de acero inoxidable llenos de latas de comida de tamaño para hostelería y otros productos. Vi el ascensor de servicio, pero no había ni rastro del hombre de la chaqueta roja que llevaba el carro de la lavandería.

¿Había llegado abajo antes que el montacargas, o había ido hacia arriba?

Apreté el botón de llamada del ascensor.

—Oiga, no puede estar aquí.

Me volví rápidamente y vi a un hombre con ropa blanca de cocina y un delantal sucio que caminaba hacia mí por el pasillo.

—¿Ha visto a un hombre empujando un carro de lavandería? —le pregunté rápidamente.

—No, en la cocina no.

—¿Hay algún sótano?

El hombre se sacó un cigarrillo sin encender de la boca para contestarme. Me di cuenta de que iba a salir a fumar, así que por allí cerca tenía que haber una salida.

—¿Se puede llegar al aparcamiento desde aquí?

Señaló a mi espalda.

—El muelle de carga está… ¡Eh, cuidado!

Empezaba a volverme hacia el ascensor cuando el carro de la lavandería vino hacia mí. Me golpeó a la altura del muslo y caí hacia delante. Extendí las manos para amortiguar mi caída en la pila de ropa de cama. Noté algo blando pero sólido bajo aquellas sábanas y supe que era Rachel. Eché el peso hacia atrás y volví a ponerme en pie.

Al levantar la mirada vi que el ascensor volvía a cerrarse porque el hombre de la chaqueta roja mantenía la mano en el botón de cierre de puertas. Lo miré a la cara y lo reconocí por la fotografía de su ficha policial que había recibido esa misma noche. Tenía un aspecto más pulcro e iba de rubio, pero estaba seguro de que aquel tipo era Marc Courier. Volví a fijarme en el panel de control del ascensor y vi que se había encendido la luz del piso superior. Courier volvía arriba.

Metí los brazos en el interior del carro y saqué la ropa de cama. Ahí estaba Rachel. Seguía con la ropa que llevaba por la mañana. Estaba bocabajo con brazos y piernas atados por detrás de la espalda. El cinturón de un albornoz del hotel atado con fuerza hacía las veces de mordaza. Rachel sangraba profusamente por la boca y por la nariz. Tenía los ojos vidriosos, con una expresión distante.

—¡Rachel!

Me incliné sobre ella y tiré de la mordaza para sacársela de la boca.

—¿Rachel? ¿Estás bien? ¿Puedes oírme?

No contestó. El hombre de la cocina se acercó y miró al interior del carro.

—¿Qué demonios…?

La había atado con bridas. Me saqué el sacacorchos del bolsillo y utilicé el cortacápsulas para partir el plástico.

—¡Ayúdeme a sacarla!

La levantamos para sacarla del carro con cuidado y la pusimos en el suelo. Yo me agaché a su lado y me aseguré de que la sangre no le había bloqueado las vías respiratorias. Las ventanas de la nariz sí que estaban taponadas, pero no así la boca. La habían golpeado y empezaba a hinchársele la cara.

Miré al hombre de la cocina.

—¡Llame a seguridad! ¡Y a emergencias! ¡Corra!

Empezó a correr por el pasillo en busca de un teléfono. Volví a mirar a Rachel y vi que recuperaba la conciencia.

—¿Jack?

—Todo está bien, Rachel. Estás a salvo.

La expresión de sus ojos era de miedo y de dolor. Sentí que la rabia crecía en mi interior.

Desde el fondo del pasillo oí que el hombre de la cocina me gritaba.

—¡Ya vienen! ¡Ambulancia y policía!

No levanté la vista para mirarle. Mantenía los ojos fijos en Rachel.

—¿Has oído eso? La ayuda está en camino.

Ella asintió y vi que sus ojos cobraban más vida. Tosió e intentó sentarse. La ayudé y después tiré de ella para abrazarla. Le froté la nuca.

Rachel susurró algo que no pude oír y me eché hacia atrás para mirarla y pedirle que volviera a decirlo.

—Pensaba que estabas en Los Ángeles.

Sonreí y negué con la cabeza.

—Estaba demasiado paranoico, no me gustaba nada separarme de la noticia. Y de ti, menos. Iba a sorprenderte con una buena botella de vino. Fue entonces cuando lo vi. Era Courier.

Asintió débilmente.

—Me has salvado, Jack. No lo reconocí por la mirilla de la puerta. Cuando abrí, era demasiado tarde. Me pegó. Intenté resistirme, pero llevaba un cuchillo.

Le pedí que callara. No tenía que explicármelo, pero había otra información más necesaria.

—Escucha, ¿estaba solo? ¿Estaba McGinnis con él?

Ella negó con la cabeza.

—Solo he visto a Courier. Pero lo he reconocido demasiado tarde.

—No te preocupes por eso.

El hombre de la cocina permanecía en el pasillo, ahora con otros hombres vestidos con ropa blanca. Les indiqué que se acercaran, pero al principio no se movieron. Luego uno empezó a avanzar con desconfianza y los demás lo siguieron.

—Apriéteme el botón del montacargas, por favor —dije.

—¿Está seguro? —preguntó uno.

—Hágalo.

Me agaché y puse la cara en el cuello de Rachel. La abracé, aspiré su perfume y le susurré al oído.

—Ha ido arriba. Voy a por él.

—¡No, Jack, espera aquí! ¡Espera aquí conmigo!

Me incorporé y la miré a los ojos. No dije nada hasta que oí que las puertas del ascensor se abrían. Entonces miré al tipo de la cocina con el que había hablado al principio. Llevaba el nombre bordado en la camisa blanca: Hank.

—¿Dónde están los de seguridad?

—Tendrían que estar aquí —me dijo—. Ya vienen.

—Muy bien, quiero que esperen aquí con ella. No la dejen sola. Cuando lleguen los de seguridad, díganles que hay otra víctima en las escaleras del séptimo y que he ido arriba a buscar al tipo. Pídanles que cubran todas las salidas y los ascensores. Ese tipo ha subido, pero en algún momento tendrá que intentar bajar.

Rachel empezó a levantarse.

—Voy contigo —dijo.

—No, tú no vas a ninguna parte. Estás herida. Te quedarás aquí y yo volveré enseguida. Te lo prometo.

La dejé allí y me metí en el ascensor. Apreté el botón del

piso doce y volví a mirar a Rachel. Cuando la puerta se cerraba vi que Hank, el de la cocina, encendía nerviosamente su cigarrillo.

Tanto él como yo sentíamos que aquel era un momento para enviar las normas al cuerno.

*E*l montacargas subía muy despacio y me dio por pensar que en gran parte el rescate de Rachel se había debido puramente a la suerte: un montacargas lento, mi decisión de quedarme en Mesa para sorprenderla, la de ir por la escalera con mi botella de vino. Pero no quería hacer conjeturas con lo que podría haber llegado a pasar. Me concentré en el momento y cuando el montacargas llegó por fin a lo alto del edificio estaba en guardia, con la hoja de dos centímetros del sacacorchos desplegada. Al abrirse la puerta comprendí que tenía que haber escogido algún arma mejor de entre las disponibles en la cocina, pero ya era demasiado tarde.

El vestíbulo de limpieza de la doce estaba vacío salvo por la chaqueta roja de camarero que vi abandonada en el suelo. Empujé las puertas de doble batiente para meterme en el pasillo central. Ya oía las sirenas procedentes del exterior del edificio. Un montón de sirenas.

Miré a ambos lados, no vi nada y empecé a pensar que una búsqueda llevada a cabo por un solo hombre en un hotel de doce plantas casi tan ancho como alto iba a ser una pérdida de tiempo. Entre ascensores y escaleras, Courier podía elegir múltiples vías de escape.

Decidí volver con Rachel y dejar la búsqueda para la seguridad del hotel y la policía que llegaba.

Pero sabía que en mi camino hacia abajo podía cubrir por lo menos una de esas rutas de fuga. Quizá seguiría estando de suerte. Escogí la escalera del lado norte porque estaba más cerca del garaje del hotel. Además, era la escalera que Courier había utilizado para esconder el cuerpo del camarero del servicio de habitaciones.

Seguí adelante por el pasillo, doblé la esquina y empujé la puerta de la escalera. Lo primero que hice fue asomarme a la barandilla y mirar al hueco: no vi nada y lo único que oí fue el eco de las sirenas. Estaba a punto de empezar a bajar cuando vi que, aunque estaba en el piso superior del hotel, la escalera seguía hacia arriba.

Si había un acceso al tejado, tenía que comprobarlo. Empecé a subir.

Las escalera estaba en penumbra, apenas iluminada por un aplique en cada rellano. Cada piso estaba dividido por dos tramos de escaleras con un rellano en medio. Cuando llegué y giré para subir el tramo siguiente hasta lo que sería el piso trece, vi que el último descansillo estaba lleno de mobiliario de las habitaciones del hotel. Subí hasta donde la escalera terminaba en un gran almacén. Había mesillas de noche amontonadas una encima de otra y colchones en filas de cuatro apoyados en la pared. Había pilas de sillas y de minineveras y televisores anteriores a la era de la pantalla plana. Me acordé de los archivadores que había visto en los pasillos de la Oficina del Defensor Público. Allí seguro que se violaban múltiples normas, pero ¿quién lo veía? ¿Quién subía allí? ¿A quién le importaba?

Me abrí paso entre un grupo de lámparas de pie de acero hacia una puerta con una pequeña ventana cuadrada que me quedaba a la altura de la cabeza. Habían pintado la palabra AZOTEA con una plantilla, pero cuando llegué a la puerta vi que estaba cerrada. Hice fuerza en la barra de apertura, pero no se movió. Algo interfería o bloqueaba el mecanismo y la puerta no cedía. Miré por la ventana y vi una terraza plana de grava que se extendía detrás de los pretiles cubiertos de tejas del hotel, así como la estructura que albergaba los ascensores en medio de una extensión de cuarenta metros de grava. Detrás había otra puerta que daba a la escalera del otro lado del hotel.

Me incliné hacia la izquierda y me acerqué más a la ventana para tener una visión más amplia de la azotea. Courier podía estar ahí fuera.

En el momento en que lo hacía, vi el reflejo de un movimiento en el cristal.

Alguien estaba detrás de mí.

Instintivamente, salté hacia un lado y me volví al mismo tiempo. El brazo de Courier, armado con un cuchillo, no me acertó por muy poco e impactó en la puerta.

Planté los pies y lancé mi cuerpo contra el suyo, alzando la mano y clavándole la hoja del sacacorchos en el costado.

Pero mi arma era demasiado corta. Logré alcanzarle con un golpe directo, pero la herida no bastó para derribarlo. Courier aulló y me golpeó el puño con su antebrazo, de manera que mi arma cayó al suelo. Luego, rabioso, me lanzó un potente gancho. Conseguí agacharme y al hacerlo vi con claridad su arma. Medía por lo menos diez centímetros, y sabía que si conseguía clavármela todo habría acabado para mí.

Courier me atacó de nuevo y esta vez lo eludí por la derecha y lo agarré por la muñeca. La única ventaja que tenía era mi tamaño. Era mayor y más lento que Courier, pero le sacaba veinte kilos. Sujetándole la mano del cuchillo, volví a lanzarme contra él y rodamos sobre el bosque de lámparas y luego al suelo de cemento.

Courier logró zafarse en la caída y se levantó con el cuchillo preparado. Agarré una de las lámparas y sostuve su base redonda por delante, listo para defenderme con ella y desviar el siguiente ataque.

Por un momento no ocurrió nada. Él blandió su cuchillo ante mí y parecía que ambos nos tomábamos las medidas, a la espera de que el contrario tomara la iniciativa. Decidí cargar con la base de la lámpara, pero él la esquivó con facilidad. Volvimos a ponernos en guardia. Tenía una sonrisa de desesperación en la cara y respiraba agitadamente.

—¿Adónde vas a ir, Courier? ¿No oyes todas esas sirenas? Están aquí, tío. La policía y el FBI estará por todas partes en menos de dos minutos. ¿Adónde irás entonces?

No dijo nada y me arriesgué a otra acometida con la lámpara. Él agarró la base y por un momento forcejeamos por controlarla, pero logré empujarle hacia un montón de minineveras y estas cayeron al suelo.

No tenía ninguna experiencia en la lucha con cuchillos, pero el instinto me decía que tenía que seguir hablando. Si distraía a Courier, reduciría la amenaza y tal vez lograría darle de lleno. De modo que seguí preguntándole, a la espera de mi oportunidad.

—¿Dónde está tu compañero? ¿Dónde está McGinnis? ¿Te ha enviado para que te encargaras del trabajo sucio? Como en Nevada, ¿no? Has vuelto a desperdiciar la ocasión.

Courier me hizo una mueca, pero no mordió el anzuelo.

—Él te dice lo que tienes que hacer, ¿eh? Como si fuera tu mentor en el asesinato o algo así, ¿no? Pues el amo no va a estar demasiado contento contigo esta noche. ¡Porque vamos cero a dos, tío!

Esta vez no pudo contenerse.

—¡McGinnis está muerto, imbécil! Lo enterré en el desierto. Iba a hacer lo mismo con tu puta después de terminar con ella.

Amagué otra acometida con la lámpara e intenté seguir hablando.

—No lo entiendo, Courier. Si está muerto, ¿por qué no te has largado? ¿Para qué arriesgarlo todo yendo a por ella?

En el mismo momento en que abría la boca para responderme, amagué que iba a darle en el pecho con la base de la lámpara y en el último instante la levanté para darle en la cara. Le alcancé de lleno en la mandíbula. Courier retrocedió un momento y actuó rápido, lanzándole la lámpara primero y luego yendo a por el cuchillo con las dos manos. Caímos sobre un mueble de televisor y luego al suelo, conmigo encima y forcejeando por el control del cuchillo.

Courier desplazó el peso debajo de mí y rodamos tres veces, de modo que él acabó encima. Yo le sujeté la muñeca con ambas manos y él me agarró la cara con la mano libre y trató de zafarse. Al final conseguí doblársela en un ángulo doloroso. Courier soltó un grito y el cuchillo cayó y rebotó en el suelo de cemento. Con un codo lo lancé hacia el hueco de la escalera, pero se detuvo justo en el límite, balanceándose bajo la barandilla azul. Había quedado a dos metros de distancia.

Fui a por él como un animal, lanzándole puñetazos y patadas, guiado por una rabia primaria que nunca había sentido. Le agarré una oreja e intenté arrancársela. Le clavé un codo en los dientes. Pero la energía de la juventud poco a poco le fue dando ventaja. Yo sentía que me cansaba rápidamente y él consiguió retroceder y poner algo de distancia. Me dio un rodillazo en la entrepierna que me dejó sin respiración. Sentí un dolor paralizante y no pude mantener la presa. Él se soltó del todo y fue a por el cuchillo.

Reuní la última reserva de mis fuerzas para medio arrastrarme y medio arrojarme tras él, al tiempo que intentaba ponerme en pie. Estaba dolorido y agotado, pero sabía que si él conseguía llegar al cuchillo, yo moriría.

Me abalancé sobre él desde atrás. Courier se tambaleó hacia delante y el tronco se le dobló por encima de la barandilla. Sin pensarlo, me agaché, lo agarré por una pierna y lo lancé por encima de la barandilla. Intentó aferrarse a los tubos de acero, pero las manos le resbalaron y cayó.

El grito solamente duró dos segundos. La cabeza chocó con una barandilla o contra el revestimiento de hormigón del hueco, y después de eso siguió cayendo en silencio y rebotando a un lado y a otro en su caída de trece pisos.

Lo miré durante todo el trayecto. Hasta el final, cuando el fuerte impacto volvió hasta mí en forma de eco.

Me gustaría poder decir que me sentí culpable, o que tuve algún remordimiento. Pero la verdad es que disfruté de cada momento de su caída.

A la mañana siguiente volví a Los Ángeles de verdad y dormí durante todo el trayecto de avión apoyado en la ventanilla. Había pasado casi toda la noche en las dependencias del FBI, que ya se me habían hecho familiares. Volví a hablar con el agente Bantam en la unidad móvil para entrevistas con testigos durante varias horas. Le expliqué y le volví a explicar lo que había hecho la tarde anterior y cómo Courier había acabado cayendo desde el piso trece. Le dije lo que Courier había dicho sobre McGinnis y el desierto y el plan para Rachel Walling.

Durante la entrevista, Bantam no se quitó nunca la máscara de agente federal indiferente. En ningún momento expresó agradecimiento alguno por haberle salvado la vida a una compañera suya. Se limitó a hacer preguntas, algunas cinco o seis veces en diferentes momentos y de diferentes maneras. Y cuando por fin terminó, me informó de que los detalles concernientes a la muerte de Marc Courier se presentarían ante un jurado de acusación del estado para determinar si se había cometido un crimen o si mis acciones entraban en el marco de la legítima defensa. Solamente entonces salió de su papel y me habló como a un ser humano.

—Tenía sentimientos encontrados con usted, McEvoy. Sin duda ha salvado la vida de la agente Walling, pero subir a por Courier no fue lo correcto. Tendría que haber esperado. De haber sido así, lo tendríamos vivo en este momento y podríamos obtener algunas respuestas. Tal y como están las cosas, si McGinnis realmente ha muerto, la mayor parte de los secretos

MICHAEL CONNELLY

cayeron por el hueco de esa escalera con Courier. El desierto que tenemos ahí fuera es enorme, ¿entiende?

—Sí, bueno, lo siento, agente Bantam. Pera la verdad es que yo lo miro desde otro ángulo. Creo que si no hubiera ido tras él quizás habría conseguido escapar. En ese caso, ahora tampoco dispondrían de más respuestas. Solo podría haber más cadáveres.

—Quizá. Pero no lo sabremos nunca.

—Bueno, ¿qué ocurrirá a partir de ahora?

—Tal como le he dicho, presentaremos el caso ante el jurado de acusación. No creo que tenga problemas. No me parece que el mundo vaya a sentirse apesadumbrado por la desaparición de Marc Courier.

—No me refiero a mí. Eso no me preocupa. Me refería a qué ocurrirá con la investigación.

Bantam reflexionó en silencio, como para considerar si tenía que decirme algo.

—Intentaremos reconstruir sus pasos. Es lo único que podemos hacer. Todavía no hemos acabado en Western Data. Continuaremos allí e intentaremos reunir una imagen de todo lo que hicieron esos hombres. Y seguiremos buscando a McGinnis, vivo o muerto. Solo disponemos de la palabra de Courier de que esté muerto. Personalmente, no sé si creérmelo.

Me encogí de hombros. Yo había informado concienzudamente de lo que Courier me había dicho. Dejaría a los expertos que determinaran si era la verdad. Si querían colgar el retrato de McGinnis en todas las oficinas de correos del país, a mí me parecía bien.

—¿Puedo volver a Los Ángeles ahora?

—Puede irse si quiere. Pero si se le ocurre algo, llámenos. Del mismo modo que le llamaremos nosotros.

—Entendido.

No me dio la mano, se limitó a abrir la puerta. Cuando salí del autobús, Rachel estaba esperándome. Estábamos frente al aparcamiento del Mesa Verde Inn. Eran casi las cinco de la mañana, pero ninguno de los dos parecía demasiado cansado. El personal de la ambulancia la había atendido. La hinchazón había empezado a disminuir, pero tenía un corte desagradable, el labio magullado y una contusión bajo el ojo izquierdo.

No había querido que la llevaran al hospital para que le hicieran más exámenes. La última cosa que quería hacer Rachel en un momento como ese era abandonar el centro de la investigación.

—¿Cómo te encuentras? —pregunté.

—Estoy bien —dijo ella—. ¿Cómo estás tú?

—Bien. Bantam dice que puedo irme. Creo que voy a subir al primer vuelo que salga hacia Los Ángeles.

—¿No vas a quedarte a la conferencia de prensa?

Negué con la cabeza.

—¿Qué van a decir que no sepa ya?

—Nada.

—¿Cuánto tiempo vas a pasar todavía aquí?

—No lo sé. Supongo que hasta que terminen. Y eso no ocurrirá hasta que sepamos todo lo que hay que saber.

Asentí y miré mi reloj. El primer vuelo a Los Ángeles probablemente no saldría antes de un par de horas.

—¿Quieres que desayunemos en algún sitio?

Intentó contraer los labios en señal de desagrado por la idea, pero el dolor frustró el esfuerzo.

—La verdad es que no tengo mucha hambre. Solamente quería despedirme. Quiero volver a Western Data. Han encontrado la mina de oro.

—¿Y eso qué es?

—Un servidor no documentado al que habían estado accediendo tanto McGinnis como Courier. Tiene vídeos archivados, Jack. Grabaron sus crímenes.

—¿Y los dos salen en las grabaciones?

—No las he visto, pero según me han dicho de momento no se les puede identificar. Llevan máscaras y está filmado de manera que se muestra a sus víctimas, no a ellos. Me han explicado que en uno de los vídeos McGinnis lleva una capucha de verdugo como la que llevaba el Asesino del Zodiaco.

—¡No me digas! Oye, pero para ser el Asesino del Zodiaco debería tener sesenta y tantos.

—No, no están sugiriendo que lo sea... Esa capucha la puedes comprar en establecimientos de culto en San Francisco. Pero es significativo de cómo son. Es como lo de tener tu libro en la mesilla de noche: saben historia. Eso es una señal de hasta qué punto el miedo juega un papel en su programa. Asustar a las víctimas formaba parte de su excitación.

No pensaba que hubiese que ser un *profiler* del FBI para entender algo así, pero me hizo pensar en lo horripilantes que debían de haber sido los últimos momentos de las vidas de sus víctimas.

Volví a recordar la cinta de audio de la sesión de tortura de Bittaker y de Norris en la parte trasera de la furgoneta. No había podido escuchar en aquel momento. Y ahora prefería no conocer la respuesta a la pregunta que me planteaba.

—¿Hay filmaciones de Angela?

—No, es demasiado reciente. Pero hay otras.

—¿Te refieres a víctimas?

Rachel miró por encima de mi hombro hacia la puerta del autobús del FBI y luego otra vez a mí. Supuse que tal vez iba a decirme algo imprudente, pese al acuerdo al que yo había llegado con el FBI.

—Sí. Todavía no han revisado todo el material, pero por lo menos hay seis víctimas diferentes. McGinnis y Courier llevaban mucho tiempo haciendo esto.

En aquel momento ya no sabía si tenía tantas ganas de largarme. La idea básica era que cuanto mayor fuera el recuento de cadáveres, mayor era la historia. Dos asesinos, por lo menos seis víctimas. Si la noticia tenía alguna posibilidad de ser aún más importante, eso acababa de ocurrir.

—¿Qué hay de las ortesis? ¿Tenías razón sobre eso?

Rachel asintió con aire de gravedad. Era una de esas ocasiones en las que tener razón no resulta agradable.

—Sí, obligaban a las víctimas a llevar aparatos en las piernas.

Sacudí la cabeza como para ahuyentar ese pensamiento. Me palpé los bolsillos. No tenía ningún bolígrafo y el bloc de notas se había quedado en mi habitación.

—¿Tienes un bolígrafo? —le pregunté a Rachel—. Necesito escribirlo.

—No, Jack, no tengo ningún bolígrafo. Ya te he dicho más de lo que debería. En este momento no son más que datos sin procesar. Espera a que lo entienda todo mejor y te llamaré. Tu hora de cierre no acaba hasta dentro de doce horas, por lo menos.

Tenía razón. Me quedaba todo un día para afinar el artículo, y la información se iría desarrollando con el transcurso de las horas. Aparte de eso, sabía que cuando volviera a la redacción me enfrentaría al mismo problema que la semana anterior. Volvía a formar parte de la noticia. Había matado a uno de los dos hombres sobre los que trataba esa historia. El conflicto de intereses dictaminaba que yo no podía escribirla. Iba a volver a sentarme con Larry Bernard para proporcionarle un artículo de portada que daría la vuelta al mundo. Resultaba frustrante, pero ya me iba acostumbrando.

—De acuerdo, Rachel. Creo que voy a subir a recoger mis cosas y luego me iré al aeropuerto.

—Muy bien, Jack. Te llamaré. Lo prometo.

Me gustaba que lo hubiera prometido sin que tuviera que pedírselo. La miré un momento, con el deseo de hacer un movimiento para tocarla, para abrazarla. Ella pareció leer mis sentimientos y tomó la iniciativa para fundirse conmigo en un abrazo.

—Me has salvado la vida esta noche, Jack. ¿Crees que vas a escaparte solamente con un apretón de manos?

—Tenía la esperanza de que hubiera algo más.

Le di un beso en la mejilla, evitando sus labios magullados. A ninguno de los dos nos preocupaba si el agente Bantam, o cualquier otra persona al otro lado de los vidrios opacos de la unidad móvil del FBI, estaba mirando.

Pasó casi un minuto antes de que Rachel y yo nos separáramos. Me miró a los ojos y asintió.

—¡Ve a escribir ese artículo, Jack!

—Lo haré… Si me dejan.

Me volví y caminé hacia el hotel.

*T*odos los ojos estaban puestos en mí cuando entré en la redacción. La noticia de que había matado a un hombre la noche anterior se había extendido con la misma rapidez que un viento de Santa Ana. Muchos quizá pensaban que había vengado a Angela Cook. Otros opinarían que era algún obseso del peligro que se exponía en busca de sensaciones.

Al acercarme a mi cubículo, oí el timbre de mi teléfono y en cuanto entré vi que la luz de los mensajes estaba encendida. Dejé mi mochila en el suelo y decidí que ya me pondría al corriente de todas las llamadas y mensajes más tarde. Eran casi las once, así que me acerqué a la Balsa para ver si Prendo había llegado. Quería terminar con esa parte. Si iba a tener que darle mi información a otro periodista, quería empezar a soltarla enseguida.

Prendo no estaba, pero Dorothy Fowler se hallaba sentada a la cabeza de la Balsa. Miró por encima de su pantalla, me vio y se quedó atónita.

—Jack, ¿cómo estás?

Me encogí de hombros.

—Bien, creo. ¿Cuándo viene Prendo?

—Probablemente no llegue hasta la una. ¿Te ves con ánimo de trabajar hoy?

—¿Quieres decir si me siento mal por el chico que cayó por el hueco de la escalera anoche? No, Dorothy, eso lo llevo bien. Me encuentro bien. Como dicen los policías, NHI: ningún humano involucrado. Ese tipo era un asesino al que le gustaba torturar a las mujeres mientras las violaba y las asfixiaba. No me siento tan mal con lo que le pasó. De hecho, casi lamento que no estuviera consciente durante toda la caída.

—Bueno. Creo que lo entiendo.

—Lo único que me incomoda ahora mismo es que supongo que no voy a escribir ese artículo. ¿Voy a escribirlo?

Fowler arrugó el ceño y negó con la cabeza.

—Me temo que no, Jack.

—*Déjà-vu* una y otra vez.

Me miró entornando los ojos, como si considerara si me daba cuenta o no de la necedad que acababa de decir.

—Es una cita. ¿Te suena Yogi Berra, el jugador de béisbol?

No, no lo pillaba. Podía sentir los ojos y los oídos de toda la redacción pendientes de nosotros.

—Da igual. ¿A quién quieres que le pase información? El FBI me ha confirmado que había dos asesinos y que han encontrado vídeos suyos con diversas víctimas. Al menos seis, además de Angela. Van a anunciarlo en una conferencia de prensa, pero tengo un montón de material que no van a hacer público. Esto será sonado.

—Es lo que quería oír. Te voy a poner con Larry Bernard otra vez. ¿Tienes tus notas? ¿Estás listo?

—Estaré listo cuando lo esté él.

—De acuerdo, deja que llame y reserve la sala de reuniones para que podáis trabajar.

Pasé las siguientes dos horas contándole a Larry Bernard todo lo que sabía: le entregué mis notas y le expliqué lo que recordaba de mis propias acciones. A continuación, Larry me entrevistó para confeccionar otro artículo sobre mi lucha cuerpo a cuerpo con el asesino en serie.

—Lástima que no le dejaras contestar esa última pregunta —dijo.

—¿De qué estás hablando?

—Al final, cuando le preguntaste por qué no se había largado en lugar de ir a por Walling, esa es la pregunta esencial, ¿no crees? ¿Por qué no huyó? Fue a por ella, y eso no tiene demasiado sentido. Estaba hablando contigo, pero dices que le pegaste con la lámpara antes de que contestara eso.

No me gustó la pregunta. Era como si se mostrara suspicaz sobre la veracidad de lo que decía o sobre lo que había hecho.

—Mira, era una pelea a cuchillo pero yo no llevaba cuchillo. No le estaba entrevistando, lo que quería era distraerlo. Si pensaba en mis preguntas, no pensaría en rajarme el cuello. Funcionó. Cuando vi una oportunidad, la aproveché. Me impuse, tuve suerte, y por eso estoy vivo y él no.

Larry se inclinó sobre la mesa y comprobó su grabadora para asegurarse de que seguía funcionando.

—Eso ha sido una buena cita —dijo.

Había ejercido como periodista durante más de veinte años y acababa de picar en el anzuelo que mi propio amigo y compañero me había lanzado.

—Me gustaría tomarme un descanso. ¿Cuánto más necesitas?

—De hecho creo que ya tengo bastante —dijo Larry, sin rastro alguno de disculpa en el tono: trabajo y nada más que trabajo—. Tomémonos un descanso y yo le daré un repaso a las anotaciones para asegurarme. ¿Por qué no llamas a la agente Walling para saber si ha surgido algo nuevo en las últimas horas?

—Me habría llamado.

—¿Estás seguro?

Me levanté.

—Sí, estoy seguro. Oye, deja ya de provocarme, Larry, que no nací ayer.

Levantó las manos en señal de rendición. Pero sonreía.

—Vale, vale, tómate ese descanso. De todos modos tengo que escribir un par de frases de previsión.

Abandoné la sala de reuniones y volví a mi cubículo. Levanté el auricular y escuché los mensajes. Tenía diez, la mayoría de otros medios que querían que hiciera algún comentario para sus artículos. El productor de la CNN al que había salvado de la cólera de los censores evitando la entrevista a Alonzo Winslow me había dejado un mensaje para decirme que quería que volviera a salir para informar de los últimos acontecimientos.

Ya resolvería todas esas peticiones al día siguiente, después de que la historia fuera una exclusiva del *Times*. Estaba siendo leal hasta el final, aunque no sabía muy bien por qué.

El último mensaje era de mi largamente desaparecido agente literario. No había tenido noticias suyas en más de un año, y solamente había sido para decirme que no había conseguido vender mi última propuesta de libro: un año en la vida de un detective de Casos Abiertos. En su mensaje me informaba de que ya estaba recibiendo ofertas para un libro sobre el caso de los cadáveres en el maletero. Preguntaba si en los medios ya se le había puesto un nombre al asesino. Decía que uno con gancho haría que el libro fuera más fácil de promocionar, distribuir y vender. Quería que yo me lo pensara, decía, y que esperara tranquilo mientras él tomaba las riendas de la negociación.

Mi agente se había quedado atrás, y todavía no sabía que había dos asesinos, no uno. Pero el mensaje hizo desaparecer cualquier frustración que sintiera por no poder escribir el artículo del día. Sentí la tentación de llamarlo, pero decidí esperar hasta recibir noticias más significativas por su parte. Urdí un plan para decirle que solamente aceptaría un acuerdo con un editor que prometiera también publicar mi primera novela. Si tanto deseaban el relato de no ficción, seguro que aceptarían el trato.

Después de colgar el teléfono, fui a mi ordenador y miré en la cesta de Local si los artículos de Larry Bernard estaban en la previsión del día. Tal como esperaba, la previsión del día estaba coronada por un pack de tres artículos sobre el caso.

ASESINO EN SERIE Un hombre sospechoso de ser un asesino en serie que había participado en las muertes de por lo menos siete mujeres, entre ellas una periodista del *Times*, murió el martes por la noche en Mesa, Arizona, cuando una confrontación con otro periodista de este mismo diario terminó con su caída desde el piso trece por el hueco de la escalera de un hotel. Marc Courier, de 26 años y nacido en Chicago, fue identificado como uno de los dos hombres sospechosos en una sucesión de raptos, violaciones y asesinatos de mujeres en por lo menos dos estados. El otro sospechoso fue identificado por el FBI como Declan McGinnis, de 46 años y también de Mesa. Según los agentes, McGinnis era el director ejecutivo de una empresa de almacenamiento de datos y las víctimas se escogían de entre los archivos guardados por bufetes de abogados. Courier trabajaba para McGinnis en Western Data Consultants y tenía acceso directo a los archivos en cuestión. Aunque Courier se atribuyó ante el periodista del *Times* el asesinato de McGinnis, el FBI desconoce el paradero de este. 1200 palabras / con retrato de ficha policial de Courier.

BERNARD

ASESINO EN SERIE. DESPIECE. En una lucha a vida o muerte, Jack McEvoy, periodista del *Times* se enfrentó con Marc Courier, quien iba armado con un cuchillo, en el piso superior del Mesa Verde Inn. El periodista logró distraerle con las armas propias de su trabajo: las palabras. Cuando el sospechoso de asesinatos en serie bajó la guardia, McEvoy aprovechó la ocasión y Courier murió al caer por el hueco de la escalera. Según las autoridades, el sospechoso deja tras de sí más preguntas que respuestas. 450 palabras / con foto.

BERNARD

DATOS. Los llaman búnkeres y granjas. Están situados en praderas y desiertos. Son tan anodinos como los almacenes de los polígonos industriales de todas las ciudades del país. De los centros de archivo de datos se dice que son seguros, económicos y fiables. Almacenan archivos digitales vitales que uno tiene al alcance de la yema del dedo, no importa dónde se encuentre su negocio. Sin embargo, la investigación de esta semana sobre cómo dos hombres utilizaban los archivos para escoger, acechar y atormentar a mujeres está planteando preguntas sobre una industria que ha crecido de manera espectacular en los últimos años. Según las autoridades, la clave no está en dónde ni cómo hay que guardar la información digital, la cuestión es saber quién cuida de ella. Por lo que el *Times* ha podido averiguar, muchas empresas de almacenamiento contratan a los mejores y más brillantes para salvaguardar sus datos. El problema es que a veces estos son antiguos delincuentes. El caso del sospechoso Marc Courier es una muestra. 650 palabras / con foto.

GOMEZ-GONZMART

Volvían a salir a lo grande. Los artículos sobre la noticia coparían la portada y el diario se convertiría en la fuente autorizada sobre el caso. Los demás medios de comunicación iban a tener que citar al *Times* o iban a tener que luchar para igualarlo. Iba a ser un buen día para el *Times*. Los redactores ya podían empezar a pensar en un Pulitzer.

Cerré la pantalla y pensé en el artículo de despiece que Larry iba a escribir. Tenía razón: había más preguntas que respuestas.

Abrí un nuevo documento y escribí lo mejor que pude el intercambio exacto de palabras que había tenido con Courier.

No me llevó más de cinco minutos, pero es que realmente no había mucho que decir.

> Yo. ¿Dónde está McGinnis? ¿Te ha enviado para que hagas el trabajo sucio? ¿Como en Nevada?
> Sin respuesta.
> Yo. ¿Te dice lo que tienes que hacer? Es tu mentor en el asesinato y el amo no va a estar demasiado contento con el discípulo esta noche. ¡Vamos cero a dos!
> Él. ¡McGinnis está muerto, imbécil! Lo enterré en el desierto. Iba a hacer lo mismo con tu puta después de terminar con ella.
> Yo. ¿Por qué no te has largado? ¿Por qué arriesgarlo todo yendo a por ella?
> Sin respuesta.

Cuando acabé lo leí un par de veces e hice un par de correcciones y adiciones. Larry tenía razón. Todo giraba alrededor de la última pregunta. Courier había estado a punto de responder, pero yo había aprovechado la distracción para sorprenderle con la guardia baja. No lo lamentaba. Esa distracción me había salvado la vida. Pero desde luego que me habría gustado tener una respuesta a la pregunta que había formulado.

A la mañana siguiente el *Times* se deleitaba de ser el centro de las noticias a escala nacional, y yo iba subido a aquel tren. No había escrito ninguno de los artículos que tanto revuelo causaban en todo el país, pero era el protagonista de dos de ellos. El teléfono no paraba de sonar y el correo electrónico estaba desbordado desde muy pronto.

Sin embargo, no contesté a las llamadas ni a los mensajes. Yo no me estaba deleitando: estaba pensando. Había pasado la noche dándole vueltas a la pregunta que le había hecho a Marc Courier y que él no había respondido. No importaba cómo lo planteara: los detalles no encajaban. ¿Qué hacía Courier allí en ese momento? ¿Cuál podía ser la gran recompensa para un riesgo como ese? ¿Era Rachel? El rapto y asesinato de una agente federal seguramente habría puesto a McGinnis y Courier en lo alto del panteón de asesinos de leyenda y popularizarían sus nombres. Ahora bien, ¿era eso lo que buscaban? No había ningún indicio de que esos dos hombres estuvieran interesados en recabar la atención pública. Habían planificado y camuflado sus asesinatos con extrema meticulosidad. El intento de raptar a Rachel no encajaba con la historia precedente. Y por lo tanto, tenía que haber otra razón.

Empecé a contemplarlo desde otro ángulo. Pensé en lo que habría ocurrido si realmente yo hubiera ido a Los Ángeles y Courier hubiera tenido éxito en su intento de hacerse con Rachel y sacarla del hotel.

A mi entender, muy probablemente el rapto se habría descubierto poco después de que se produjera, cuando el camarero

LA OSCURIDAD DE LOS SUEÑOS

del servicio de habitaciones no regresara a la cocina. Calculé que en una hora el hotel se habría convertido en un enjambre de actividad. El FBI habría invadido el Mesa Verde Inn y toda el área circundante, habría llamado a todas las puertas y no habría dejado piedra sin levantar en el intento de encontrar y rescatar a una de los suyos. Pero para entonces Courier ya se habría ido.

Estaba claro que el rapto habría provocado la intervención del FBI, lo cual habría representado una enorme distracción en las investigaciones sobre McGinnis y Courier. Pero también estaba claro que eso no iba a ser más que un cambio temporal. Antes del mediodía siguiente aterrizarían aviones cargados de agentes, en una demostración federal de poder y determinación. Eso les habría permitido superar cualquier distracción y poner todavía más presión en las investigaciones, al tiempo que mantendrían un esfuerzo extenuante por encontrar a Rachel.

Cuanto más pensaba en el asunto, más deseaba haberle dado a Courier la oportunidad de responder a la última pregunta: ¿Por qué no te has largado?

No tenía la respuesta y ya era demasiado tarde para obtenerla directamente de la fuente. De manera que permanecí dándole vueltas en la cabeza hasta que ya no hubo más que pensar.

—¿Jack?

Miré por encima de la mampara de mi cubículo y vi a Molly Robards, la secretaria del director ejecutivo.

—¿Sí?

—No contestas al teléfono y tienes la bandeja de entrada llena.

—Sí, estoy recibiendo demasiados e-mails. ¿Hay algún problema?

—El señor Kramer quiere verte.

—Ah, de acuerdo.

No hice ningún movimiento, pero ella tampoco. Estaba claro que la habían enviado a por mí. Así que finalmente eché atrás mi silla y me levanté.

Kramer me esperaba con una sonrisa tan amplia como falsa. Me daba la sensación de que, se tratara de lo que se tratase, lo que iba a decirme no era idea suya. Me lo tomé como una buena señal, porque raramente tenía buenas ideas.

—Jack, siéntate.

Me senté. Kramer cuadró los papeles sobre su mesa antes de proceder.

—Bien, parece que tengo buenas noticias para ti.

Volvió a exhibir esa sonrisa. La misma que me había mostrado cuando me había dicho que estaba despedido.

—¿Ah, sí?

—Hemos decidido retirar tu plan de finalización.

—¿Qué significa? ¿Que no estoy despedido?

—Exactamente.

—¿Qué hay de mi sueldo y de las prestaciones?

—No cambia nada. Lo conservas todo.

Era lo mismo que cuando le habían devuelto la placa a Rachel. Sentí una oleada de excitación, pero la realidad enseguida volvió por sus fueros.

—¿Qué significa eso? ¿Despedís a alguien en mi lugar?

Kramer se aclaró la garganta.

—Jack, no voy a mentirte. Nuestro objetivo era prescindir de un centenar de puestos en la redacción antes del 1 de junio. Tú eras el noventa y nueve. Así de ajustada iba la cosa.

—Yo conservo el trabajo y algún otro se lleva la patada.

—Angela Cook será ese noventa y nueve. No vamos a sustituirla.

—Eso está muy bien. ¿A quién le toca el cien? —Me volví en mi silla y miré hacia la redacción a través del cristal—. ¿Bernard? ¿GoGo? ¿Collins?

Kramer me interrumpió.

—Jack, no puedo hablar de esto contigo.

Me volví hacia él.

—Pero si me quedo, a alguien le va a tocar. ¿Qué ocurrirá cuando todo este revuelo haya pasado? ¿Volverás a llamarme para ponerme en la calle?

—No esperamos que haya más reducciones involuntarias de personal. El nuevo propietario ha conseguido…

—¿Y qué me dices del próximo nuevo propietario? ¿Y del que venga después?

—Oye, no te he traído aquí para que me sermonees. La industria de la prensa escrita está sufriendo profundos cambios. Es una lucha a vida o muerte. La cuestión es: ¿quieres conservar tu trabajo, sí o no? Esa es mi oferta.

Me volví completamente, dándole la espalda, para mirar hacia la redacción. No iba a echar en falta ese lugar. Solo echaría en falta a algunas de las personas. Sin volverme hacia Kramer le di mi respuesta.

—Esta mañana mi agente literario en Nueva York me ha despertado a las seis. Me ha dicho que tenía una oferta por dos libros: un cuarto de millón de dólares. Tardaría casi tres años en conseguir eso aquí. Y además, tengo una oferta de trabajo de *El Ataúd de Terciopelo*. Don Goodwin está empezando una página de investigaciones en su web. De alguna manera, quiere recoger la pelota allí donde el *Times* la suelta. No es que pague mucho, pero paga. Y puedo trabajar desde casa, esté donde esté. —Me levanté y me volví hacia Kramer—. Le he dicho que sí. De modo que gracias por la oferta, pero ya puedes apuntarme como el número cien en tu lista treinta. Después de mañana, me voy.

—¿Aceptas un trabajo en la competencia? —dijo Kramer con indignación.

—¿Y qué esperabas? Me despediste, ¿recuerdas?

—Pero ahora estoy rescindiendo eso —farfulló—. Ya hemos cumplido con la cuota.

—¿Quién? ¿A quién despediréis?

Kramer bajó la mirada y pronunció el nombre de la última víctima.

—Michael Warren.

Negué con la cabeza.

—Lo suponía. El único tipo de toda la redacción al que no le daría ni la hora y ahora estoy salvándole el puesto. Puedes volver a contratarlo, porque yo ya no quiero vuestro trabajo.

—En ese caso, quiero que dejes libre tu despacho ahora mismo. Llamaré a seguridad y haré que te acompañen.

Le sonreí mientras él levantaba el auricular.

—Por mí, estupendo.

Encontré una caja de cartón vacía en la copistería y diez minutos más tarde la llené con las cosas que quería guardar de mi despacho. Lo primero que metí fue el diccionario rojo y gastado que me había regalado mi madre. Después de eso no había mucho más que mereciera la pena conservar. Un reloj de mesa Mont Blanc que incomprensiblemente nadie había robado, una grapadora roja y unos cuantos archivos que contenían agendas y contactos. Eso era todo.

Un tipo de seguridad me vigilaba mientras recogía y tuve la sensación de que no era la primera vez que se veía en una situación tan incómoda. Sentía compasión por él y no le culpaba por limitarse a cumplir con su trabajo, pero tenerlo allí en mi despacho era como ondear una bandera. Pronto acudió Larry Bernard.

—¿Qué pasa? Tenías hasta mañana.

—Ya no. Kramer me ha dicho que me largo.

—¿Y eso? ¿Qué has hecho?

—Ha intentado devolverme el empleo, pero le he dicho que se lo podía quedar.

—¿Qué? ¿Le has dicho…?

—Tengo un nuevo trabajo, Larry. Bueno, en realidad tengo dos.

Ya había metido en la caja todo lo que me iba a llevar. Daba pena. No era mucho por siete años de trabajo. Me levanté, me colgué la mochila al hombro y recogí la caja, dispuesto a salir de allí.

—¿Qué hay del artículo? —preguntó Larry.

—Es tuyo. Tienes el control total sobre él.

—Sí, a través de ti. ¿Cómo voy a conseguir que alguien me dé una visión del tema desde dentro?

—Eres periodista. Ya te las arreglarás.

—¿Puedo llamarte?

—No.

Larry frunció el ceño, pero no dejé que se enfurruñara demasiado.

—Lo que sí puedes hacer es invitarme a comer a cargo del *Times*. Ahí sí que hablaré contigo.

—Eres el amo.

—Ya nos veremos, Larry.

Fui hacia el ascensor, con el vigilante de seguridad siempre tras mis pasos. Eché un vistazo general a la redacción, pero me aseguré de no detener la mirada en nadie más. No quería despedidas. Avancé por el pasillo de las oficinas acristaladas y no me molesté en mirar si dentro estaba alguno de los redactores para los que había trabajado. Lo único que deseaba era salir de allí.

—¿Jack?

Me detuve y me volví. Dorothy Fowler había salido de la oficina de cristal ante la que yo acababa de pasar. Me hizo un gesto para que me acercara a ella.

—¿Puedes entrar un minuto antes de marcharte?

Dudé un momento y luego me encogí de hombros. Finalmente le entregué la caja al hombre de seguridad.

—Ahora mismo vuelvo.

Entré en el despacho de la redactora de Local, me solté la mochila y me senté frente a su mesa. Fowler mostraba una sonrisa maliciosa. Hablaba en voz muy baja, como si temiera que la pudieran oír desde el despacho contiguo.

—Le dije a Richard que estaba de broma, que no aceptarías que te devolviera el trabajo. Creen que las personas son como muñecos y que pueden manejar las cuerdas.

—No tenías por qué estar tan segura. Ha faltado muy poco para que aceptara.

—Lo dudo, Jack. Lo dudo mucho.

Supuse que eso era un cumplido. Asentí y miré la pared que tenía detrás, cubierta de fotos, tarjetas y recortes de periódico. Tenía allí colgado un titular clásico de un diario neoyorquino: «Cuerpo sin cabeza en un bar sin ropa». Era insuperable.

—¿Qué vas a hacer ahora?

Le ofrecí una versión más detallada de lo que le había dicho a Kramer. Iba a escribir un libro sobre mi participación en el caso Courier-McGinnis y luego aprovecharía la oportunidad tan largamente esperada de publicar una novela. Además, estaría en el comité editorial de velvetcoffin.com, con libertad para emprender los proyectos de investigación que eligiera. No ganaría mucho, pero sería periodismo. Estaba dando el salto al mundo digital.

—Todo eso suena estupendo —dijo ella—. Realmente vamos a echarte mucho de menos por aquí. Eres uno de los mejores.

No me gustan demasiado los cumplidos como ese. Soy un cínico, y siempre busco la causa. Si de verdad era tan bueno, ¿por qué me habían puesto en la lista treinta? La respuesta era que era bueno pero no tanto, y que ella hablaba por hablar. Miré hacia un lado, como hago cuando alguien me miente a la cara, y otra vez vi imágenes pegadas a la pared.

Fue entonces cuando lo vi. Era algo que se me había escapado hasta entonces, pero en ese momento no. Me incliné hacia delante para poder verlo mejor y luego me levanté y me incliné por encima de su despacho.

—Jack, ¿qué…?

Señalé la pared.

—¿Puedo ver eso? El fotograma de *El Mago de Oz*.

Fowler se levantó, la desprendió de la pared y me la dio.

—Es una broma de un amigo —dijo—. Soy de Kansas.

—Ya lo pillo —dije yo.

Estudié la fotografía, concentrándome en el Espantapájaros. Era una copia demasiado pequeña para que pudiera estar completamente seguro.

—¿Puedo hacer una búsqueda rápida en tu ordenador? —pregunté.

Ya estaba a su lado, frente a la pantalla y el teclado, antes de que ella pudiera contestar.

—Eh, sí, claro. ¿Qué…?

—Todavía no estoy seguro.

Fowler se levantó y me dejó el asiento libre. Me senté, miré a su pantalla y abrí Google. Aquel trasto iba despacio.

—¡Venga, venga!

—Jack, ¿qué buscas?

—Déjame un momento, es que…

La pantalla de búsqueda finalmente apareció y seleccioné la búsqueda de imágenes de Google. Tecleé «espantapájaros».

La pantalla pronto se llenó con dieciséis pequeñas imágenes de espantapájaros. Había fotografías del adorable personaje de la película *El mago de Oz* y viñetas en color de los libros de Batman con un villano que también se llamaba así. Vi también otras fotografías y dibujos de espantapájaros de libros, películas y catálogos de disfraces de Halloween. Iban desde el personaje bondadoso y simpático hasta algo horrible y amenazador. Algunos tenían ojos y sonrisas alegres, mientras que otros tenían los ojos y la boca cosidos.

Pasé un par de minutos cliqueando en cada foto para ampliarla. Las estudié y, dieciséis de dieciséis, todas tenían una cosa en común: en la construcción de todos y cada uno de los espantapájaros se incluía una bolsa de arpillera colocada sobre la cabeza para formar una cara. Todas estaban sujetas alrededor del cuello con una cuerda; a veces una soga gruesa y otras una cuerda de tender la ropa. Pero eso no importaba: la imagen era consistente y coincidía con lo que había visto en los archivos que había reunido, así como en la imagen imborrable que tenía de Angela Cook.

Comprendí que en los asesinatos se había utilizado una bolsa de plástico transparente para crear el rostro del espantapájaros. No era arpillera, pero esta inconsistencia con la imaginería establecida no importaba. Una bolsa por encima de la cabeza y una cuerda alrededor del cuello eran lo que se utilizaba para crear la misma imagen.

Abrí la siguiente pantalla de imágenes. La misma construcción otra vez. En este caso las imágenes eran más antiguas, y algunas se remontaban un siglo, hasta las ilustraciones originales del libro *El maravilloso mago de Oz*. Y entonces lo vi: las ilustraciones se atribuían a William Wallace Denslow. Willian Denslow como en Bill Denslow, como en Denslow Data.

No me cabía ninguna duda: había encontrado la firma. La firma secreta que Rachel me había dicho que estaría ahí.

Apagué la pantalla y me levanté.

—Tengo que irme.

Rodeé la mesa y recogí la mochila del suelo.

—¿Jack? —preguntó Fowler.

Me dirigí hacia la puerta.

—Ha sido agradable trabajar contigo, Dorothy.

*E*l avión aterrizó con dureza en la pista del Sky Harbor, pero apenas reparé en ello. Me había acostumbrado tanto a volar en las últimas dos semanas que ni siquiera me había preocupado ya de mirar por la ventana para acompañar físicamente al avión hacia un aterrizaje seguro.

Todavía no había llamado a Rachel. Primero quería llegar a Arizona: ocurriera lo que ocurriese, mi información incluía mi participación. Técnicamente ya no era periodista, pero seguía protegiendo mi historia.

Ese margen de tiempo también me permitió reflexionar más sobre lo que tenía y preparar una estrategia. Después de alquilar un coche y conducir hasta Mesa, me metí en el aparcamiento de una tienda abierta veinticuatro horas y entré a comprar un teléfono prepago. Sabía que Rachel estaba trabajando en el búnker de Western Data. Cuando la llamara, no quería que viera mi nombre identificado en la pantalla y que lo pronunciara delante de Carver.

Llamé cuando por fin estuve preparado y de nuevo en el coche y ella respondió después de cinco tonos.

—Hola, habla la agente Walling.

—Soy yo. No digas mi nombre.

Hubo una pausa antes de que continuara.

—¿En qué puedo ayudarle?

—¿Estás con Carver?

—Sí.

—Bien, yo estoy en Mesa, a unos diez minutos de ahí. Necesito encontrarme contigo sin que nadie más de ahí dentro lo sepa.

—Lo siento, no creo que sea posible. ¿De qué se trata?

Por lo menos me seguía la corriente.

—No te lo puedo decir. Tengo que enseñártelo. ¿Has comido ya?

—Sí.

—Bueno, pues diles que necesitas un cortado o algo que no tengan en sus máquinas. Nos encontramos en el Hightower Grounds en diez minutos. Pregúntales si alguien más quiere un cortado, si no te queda más remedio. Arréglatelas y sal de ahí y ven a reunirte conmigo. No quiero acercarme a Western Data para nada por las cámaras que hay por todas partes.

—¿Y no puede decirme ni aproximadamente de qué se trata?

—Es sobre Carver, así que no hagas preguntas como la que acabas de hacer. Limítate a buscar una excusa y ven a encontrarte conmigo. No le digas a nadie que estoy aquí ni qué estás haciendo.

No respondió y eso me puso nervioso.

—Rachel, ¿vienes o no?

—De acuerdo —dijo por fin—. Lo hablamos entonces.

Colgó.

Cinco minutos más tarde estaba en el Hightower Grounds. Sin duda, el lugar recibía su nombre de la vieja torre de observación del desierto que se elevaba detrás. Parecía como si estuviera en desuso en aquel momento, pero por encima la engalanaban los repetidores para móviles y las antenas.

Entré y descubrí que el local estaba casi vacío. Un par de clientes que parecían estudiantes de instituto estaban sentados a solas con portátiles abiertos frente a ellos. Fui a la barra a pedir dos tazas de café y luego puse mi ordenador sobre una mesa situada en un rincón, lejos de los otros clientes.

Después de recoger las dos tazas que había pedido, me serví generosamente leche y azúcar y volví a mi mesa. A través de la ventana controlé el aparcamiento, pero no vi rastro alguno de Rachel. Me senté, tomé un sorbo de café humeante y luego me conecté a Internet a través del Wi-Fi gratuito del establecimiento.

Pasaron cinco minutos. Comprobé los mensajes y pensé en lo que iba a decirle a Rachel si aparecía. Tenía la página de espantapájaros en la pantalla y estaba listo para arrancar. Me incliné para leer el recibo del café.

¡Wi-Fi gratis con cada consumición!
Visítanos en Internet
WWW.HIGHTOWERGROUNDS.COM

Hice una bola con el papel y traté de encestarlo en una papelera. Fallé. Después de levantarme y meterla de rebote abrí mi móvil y estaba a punto de volver a llamar a Rachel cuando finalmente vi que se metía en el aparcamiento. Al entrar en el local, me vio y se dirigió directamente a mi mesa. Llevaba una nota en la mano con las peticiones de café de sus compañeros.

—La última vez que salí a por café era una agente novata en una negociación con rehenes en Baltimore —dijo—. No hago estas cosas, Jack, así que será mejor que valga la pena.

—No te preocupes. Merece la pena. Creo. ¿Por qué no te sientas?

Rachel se sentó y yo empujé la taza de café hasta su lado de la mesa. Ni lo probó. Llevaba gafas oscuras, pero vi la línea azulada y profunda bajo su ojo izquierdo. La magulladura de la mandíbula había desaparecido ya y la herida de la boca quedaba oculta bajo el carmín. Había que buscarla para verla. Yo había pensado en si sería indicado inclinarme sobre ella para aventurar una caricia o un beso, pero me di por aludido con su actitud profesional y me mantuve a distancia.

—Muy bien, Jack, aquí me tienes. ¿Qué estás haciendo aquí?

—Creo que he encontrado la firma. Si no me equivoco, McGinnis no era más que una tapadera. Una cabeza de turco. El otro asesino es el Espantapájaros. Tiene que ser Carver.

Me miró durante un momento muy largo. Sus ojos no revelaron nada a través de las gafas de sol. Finalmente habló.

—Así que te has metido en un avión, con lo a menudo que sueles volar, para venir hasta aquí y decirme que el hombre junto al que trabajo es también el asesino al que he estado persiguiendo.

—Exacto.

—Más te vale que sea bueno, Jack.

—¿Quién se ha quedado en el búnker con Carver?

—Dos agentes del equipo RPE, Torres y Mowry. Pero no te preocupes por ellos. Dime qué pasa.

Intenté preparar el escenario para lo que quería enseñarle en el portátil.

—Antes que nada, me preocupaba una cuestión: ¿qué propósito tenía raptarte?

—Después de ver alguno de los vídeos recuperados en el búnker, prefiero no pensar en eso.

—Perdona, no he escogido bien las palabras. No me refiero a lo que iba a ocurrirte a ti. Me refiero a por qué tú. ¿Qué sentido tenía correr un riesgo tan grande? La respuesta fácil es que eso habría creado una gran distracción de la investigación central. Y es cierto, pero también lo es que la distracción habría sido como mucho temporal. Los agentes habrían empezado a aparecer a docenas por este lugar. En poco tiempo nadie podría saltarse un stop sin que los federales lo sacaran del coche. Distracción concluida. —Rachel siguió el razonamiento y asintió—. Hasta aquí, vale, pero ¿qué ocurre si pensamos que había otra razón? —pregunté—. Ahí fuera tienes a dos asesinos: un mentor y un discípulo. El discípulo intenta raptarte por su cuenta. ¿Por qué?

—Porque McGinnis estaba muerto. Solamente quedaba él.

—Si eso es cierto, ¿por qué arriesgarse? ¿Por qué ir a por ti? ¿Por qué no poner tierra por medio? Ves que no encaja, ¿verdad? Al menos según nuestra manera de considerarlo. Pensamos que tu rapto era una maniobra de distracción, pero en realidad no lo era.

—¿De qué se trataba entonces?

—¿Y si McGinnis no fuera el mentor? ¿Y si su papel fuera parecerlo, si no fuera más que una cabeza de turco, si raptarte a ti formara parte de un plan para poner a salvo al mentor real? Para salvarlo.

—¿Y qué hay de las pruebas que recuperamos?

—¿Te refieres a que McGinnis tuviera mi libro en la estantería y las ortesis y el porno en su casa? ¿No te parece demasiado adecuado?

—No encontramos ese material así, disperso despreocupadamente por la casa. Estaba escondido y solamente lo hallamos después de horas de búsqueda. Pero es igual, sí, podrían haberlo puesto allí. En lo que pienso más bien es en el servidor de Western Data que encontramos, lleno de pruebas en vídeo.

—Primero, por lo que has dicho, no es identificable en los

vídeos. ¿Y quién te dice que él y Courier eran los únicos que tenían acceso a ese servidor? ¿No podría ser que en ese caso las pruebas se colocaran, lo mismo que el material de la casa?

No respondió enseguida, y yo sentí que la estaba haciendo pensar. Quizá ya pensara desde hacía tiempo que todo colgaba con demasiada facilidad de McGinnis. Pero entonces negó con la cabeza, como si el nuevo escenario tampoco la convenciera.

—¿Dices que el mentor es Carver? Eso tampoco tiene sentido. No intentó huir. Cuando Courier intentó raptarme, Carver estaba en el búnker con Torres y…

No acabó la frase. Lo hice yo:

—Y Mowry, sí. Estaba con dos agentes del FBI.

Vi que lo comprendía de repente.

—Tendría una coartada perfecta: dos agentes que responderían por él —dijo por fin—. Yo desaparecía mientras él estaba con el equipo RPE: dispondría de una coartada y el FBI tendría la certeza de que mis raptores eran McGinnis y Courier.

Asentí.

—Eso no solamente dejó a Carver fuera de toda sospecha, sino que además lo colocó justo en el centro de vuestra investigación. —Esperé un segundo a que respondiera. Como no lo hizo, insistí—. Piénsalo. ¿Cómo supo Courier en qué hotel te encontrabas? Se lo dijimos a Carver cuando nos preguntó durante la visita, ¿recuerdas? Luego se lo contó a Courier. Él envió a Courier.

Rachel movió la cabeza.

—Y anoche incluso dije que volvía al hotel para pedir la cena al servicio de habitaciones antes de irme a dormir.

Tendí las manos hacia ella, como diciéndole que la conclusión era obvia.

—Pero esto no basta, Jack. Esto no convierte a Carver en…

—Lo sé. Quizás eso no. Pero esto quizá sí.

Giré el ordenador para que pudiera ver la pantalla. Tenía las imágenes de espantapájaros de Google. Primero se inclinó para mirarlas y luego atrajo el ordenador hacia su lado de la mesa. Pulsó las teclas para ampliar las imágenes, una por una. No fue necesario que yo dijera nada.

—¡Denslow! —dijo de pronto—. ¿Has visto esto? El dibujante original de *El mago de Oz* se llamaba William Denslow.

—Sí, ya lo he visto. Por eso estoy aquí.

—Aun así, no es una conexión directa con Carver.

—No importa. Hay demasiados indicios, Rachel. Carver encaja con todo esto. Tenía acceso a McGinnis y a Freddy Stone, y a los servidores. También posee habilidades técnicas suficientes, como hemos podido comprobar durante todo el proceso.

Rachel estaba tecleando en mi portátil mientras respondía.

—Aun así no hay ninguna conexión directa, Jack. Por esta regla de tres, también podría tratarse de alguien que quiere involucrar a Carver. Mira, otra coincidencia. He buscado en Google el nombre de Freddy Stone. Echa un vistazo a esto.

Rachel giró el ordenador de manera que yo también pudiera ver la pantalla. En ella figuraba una biografía de la Wikipedia de un actor de inicios del siglo xx llamado Fred Stone. Según el artículo, Stone era conocido por haber representado por primera vez el personaje del Espantapájaros en la versión de *El mago de Oz* que se estrenó en Broadway en 1902.

—¿Lo ves? Tiene que tratarse de Carver. Está en el centro de todos los radios de la rueda. Convierte a las víctimas en espantapájaros. Es su firma secreta.

Rachel negó con la cabeza.

—¡Pero le hemos investigado! Estaba limpio. Es uno de esos genios que sale del MIT.

—¿Limpio en qué sentido? ¿Quieres decir que no tiene antecedentes de detenciones? No sería la primera vez que uno de estos tipos se mueve por debajo del radar de la aplicación de la ley. Ted Bundy trabajaba en una especie de teléfono de la esperanza cuando no andaba por ahí matando mujeres, lo cual lo ponía en contacto constante con la policía. Además, si quieres que te diga la verdad, a los que más has de vigilar es a los genios.

—Pero yo tengo una vibración especial para localizar a esos tipos, y en este caso no he sentido nada en absoluto. Hoy he comido con él. Me ha llevado al asador de carne favorito de McGinnis.

Vi la duda en su mirada. No se esperaba algo así.

—Vayamos a interrogarlo —dije—. Lo confrontamos y le hacemos hablar. La mayor parte de estos criminales en serie están orgullosos de su obra. Me juego algo a que hablará.

Me miró por encima de la pantalla.

—¿Que vayamos a interrogarlo? Jack, no eres ningún agente y no eres policía. Eres un periodista.

—Ya no. Hoy me han sacado de allí los de seguridad con una caja de cartón. Como periodista, he terminado.

—¿Qué? ¿Por qué?

—Es una larga historia que ya te contaré más tarde. Volviendo a Carver, ¿qué hacemos?

—No lo sé, Jack.

—Bueno, no puedes volver allí sin más y llevarle un cortado.

Me di cuenta de que uno de los clientes que se sentaba unas cuantas mesas más allá de Rachel dejó de mirar la pantalla de su ordenador para volver la cabeza hacia el techo, sonriente. Luego levantó el puño y enseñó el dedo corazón. Seguí su mirada hasta una de las vigas. Allí había una pequeña cámara negra, cuyo objetivo enfocaba la zona de las mesas del café. El chico se volvió y empezó a teclear en su ordenador.

Me levanté de un salto y dejé a Rachel para ir hasta él.

—¡Oye! —dije señalando a la cámara—. ¿Qué es eso?

El chico arrugó la nariz ante mi estupidez y se encogió de hombros.

—Es una webcam, tío. Acabo de recibir un mensaje desde Ámsterdam de un pavo que dice que me ha visto.

De pronto lo vi claro. El recibo: «Wi-Fi gratis con cada consumición. Visítanos en nuestra web». Me volví y miré a Rachel. El ordenador, con una fotografía a pantalla completa de un espantapájaros, estaba orientado hacia la cámara. Alcé la vista para mirar al objetivo. No sé si fue alguna premonición o un conocimiento cierto, pero supe que estaba mirando a Carver.

—¿Rachel? —dije, sin dejar de mirar a la cámara—. ¿Le dijiste adónde ibas a por los cafés?

—Sí —respondió ella por detrás de mí—. Le dije que iba al final de la calle.

Eso lo confirmaba. Volví a la mesa, recogí el ordenador y lo cerré.

—Nos ha estado observando —dije—. Tenemos que salir de aquí.

Corrí hacia la salida del café y ella me siguió.

—Yo conduzco —dijo.

*R*achel maniobró con su coche de alquiler por la entrada exterior y aceleró hacia la puerta delantera de Western Data. Conducía con una mano mientras con la otra manejaba el móvil. Metió la transmisión en posición de estacionamiento y salimos.

—Algo va mal —dijo—. Ninguno de los dos responde.

Rachel usó una tarjeta llave para abrir la puerta exterior y entramos en Western Data. La mesa de recepción estaba vacía y fuimos rápidamente a la siguiente puerta. Al entrar en el pasillo interno, ella se sacó la pistola de la funda que tenía sujeta a la cintura, bajo la chaqueta.

—No sé qué ocurre, pero sigue aquí —dijo.

—¿Carver? —pregunté—. ¿Cómo lo sabes?

—He salido con él a comer. Su coche sigue ahí fuera. El Lexus plateado.

Bajamos por la escalera al octágono y nos acercamos a la puerta de seguridad que conducía al búnker. Rachel dudó antes de abrir la puerta.

—¿Qué pasa? —susurré.

—Sabrá que vamos a entrar. Quédate detrás de mí.

Levantó el arma y los dos entramos juntos y nos desplazamos rápidamente hasta la segunda puerta. Al franquear esta, encontramos la sala de control vacía.

—Aquí pasa algo —dijo Rachel—. ¿Dónde está todo el mundo? Se supone que debería estar abierta. —Señaló hacia la puerta de cristal que conducía a la sala de servidores.

Estaba cerrada. Examiné la sala de control y vi que la puerta del despacho privado de Carver estaba entornada. Me acerqué y la empujé para abrirla del todo.

El despacho se encontraba vacío. Entré y fui hacia la mesa de trabajo de Carver. Puse un dedo en la alfombrilla táctil y las dos pantallas se encendieron. En la principal vi una imagen grabada desde el techo del café en el que acababa de informar a Rachel de que Carver era el Sudes.

—¿Rachel? —Entró y yo señalé la pantalla—. Estaba vigilándonos.

Rachel volvió a la sala de control y yo la seguí. Se acercó a la estación de trabajo central, dejó el arma sobre la mesa y empezó a trabajar con el teclado y la alfombrilla. Los dos monitores se encendieron y pronto mostraron una pantalla múltiple dividida en treinta y dos vistas de cámara interiores del complejo. Pero todos los cuadrados estaban en negro. Empezó a abrir diversas pantallas, pero siempre con idéntico resultado: todas las cámaras parecían apagadas.

—¡Las ha anulado todas! —dijo Rachel—. ¿Qué...?

—¡Espera! ¡Mira ahí!

Señalé hacia un ángulo de cámara rodeado por varios cuadrados negros. Rachel manipuló la alfombrilla e hizo que la imagen llenara la pantalla entera.

La imagen mostraba un pasillo entre dos filas de torres de servidores de la granja. En el suelo, bocabajo, había dos personas con las muñecas esposadas a la espalda y los tobillos atados con bridas.

Rachel cogió el pie del micrófono que había sobre la mesa, apretó el botón y casi chilló.

—¡George! ¡Sarah! ¿Podéis oírme?

El sonido de la voz de Rachel hizo que las figuras de la pantalla se revolvieran y el hombre levantó la cabeza. Me pareció que había sangre en su camisa blanca.

—¿Rachel? —dijo, con una voz que sonó débil a través del micrófono del techo—. Te oigo.

—¿Dónde está? ¿Dónde está Carver, George?

—No lo sé. Hace un momento estaba aquí. Acaba de traernos.

—¿Qué ha ocurrido?

—Cuando te has ido se ha metido en su despacho. Ha estado allí un rato y en cuanto ha salido ha venido a por nosotros.

Ha cogido la pistola de mi cartera. Nos ha traído hasta aquí y nos ha obligado a tirarnos al suelo. He intentado hablar con él, pero no atendía a razones.

—Sarah, ¿dónde está tu arma?

—También la tiene él —gritó Mowry—. Lo siento, Rachel. No lo vimos venir.

—No es culpa tuya, es culpa mía. Vamos a sacaros de ahí.

Rachel soltó el micrófono y rápidamente rodeó la estación de trabajo, llevando consigo el arma. Fue hacia el lector biométrico y puso la mano en el escáner.

—Puede estar ahí dentro, esperando —la previne.

—Ya lo sé, pero ¿qué vamos a hacer? ¿Dejarlos ahí tirados?

El mecanismo completó el barrido y Rachel asió el tirador para deslizar la puerta y abrirla. Pero no se movió. El escáner de su mano había sido rechazado.

Rachel miró la máquina.

—No tiene sentido. Ayer se introdujo mi perfil.

Puso la mano en el escáner y reinició el procedimiento.

—¿Quién lo introdujo? —pregunté.

Ella me miró y no tuve que repetir la pregunta para saber que había sido Carver.

—¿Quién más puede abrir esta puerta? —pregunté.

—Nadie que esté a este lado. Éramos Mowry, Torres y yo.

—¿Y el resto de los empleados?

Se apartó del escáner e intentó accionar la puerta de nuevo. No se movió.

—Arriba está el personal mínimo, pero ninguno tiene autorización para la granja. ¡Nos ha jodido! ¡No podemos…!

—¡Rachel!

Señalé la pantalla. Carver había entrado de pronto en el encuadre de la única cámara en funcionamiento de la sala de servidores. Estaba de pie delante de los dos agentes tendidos en el suelo, con las manos en los bolsillos de su bata de laboratorio y mirando directamente a la cámara.

Rachel acudió enseguida a ver la pantalla.

—¿Qué está haciendo? —preguntó.

No tuve que responder, porque estaba claro que Carver sacaba del bolsillo un paquete de cigarrillos y un mechero. En uno de esos momentos en que la mente proporciona información inútil, pensé que probablemente se trataba de los cigarrillos que faltaban en la caja de pertenencias de Freddy Stone/Marc Courier. Mientras lo observábamos, Carver extrajo con parsimonia un cigarrillo del paquete y se lo puso en la boca.

Rachel enseguida cogió el micrófono.

—¿Wesley? ¿Qué ocurre?

Carver estaba levantando el encendedor hacia el extremo del cigarrillo, pero se detuvo cuando oyó la pregunta. Miró hacia la cámara.

—Se puede ahorrar las gentilezas, agente Walling. Ya hemos llegado al final.

—¿Qué está haciendo? —preguntó ella, con más energía.

—Ya sabe lo que hago —dijo Carver—. Estoy acabando con esto. Prefiero no pasar el resto de mis días perseguido como un animal y luego metido en una jaula. No quiero que se me exponga, ni que loqueros y *profilers* me repitan una y otra vez las mismas preguntas con la esperanza de entender los secretos más oscuros del universo. Creo que esa sería una suerte peor que la muerte, agente Walling.

Volvió a levantar el encendedor.

—¡No, Wesley! Al menos deje que los agentes Mowry y Torres se vayan. No le han hecho ningún daño.

—No es eso. El mundo entero me ha hecho daño, Rachel, y con eso basta. Estoy seguro de que habrá estudiado antes esa psicología.

Rachel apartó la mano del botón de transmisión y rápidamente se volvió hacia mí.

—Ve al ordenador. Apaga el sistema VESDA.

—¡No, hazlo tú! ¡No tengo ni idea de cómo…!

—¿Está Jack ahí? —preguntó Carver.

Le hice una señal a Rachel para que intercambiáramos posiciones. Yo me puse al micrófono mientras ella se sentaba y empezaba a trabajar con el ordenador. Presioné el botón para hablar con el hombre que había matado a Angela Cook.

—Estoy aquí, Carver. Esta no es manera de acabar.

—Sí, Jack, es el único final. Ha matado a otro gigante. Es el héroe del momento.

—No, todavía no. Quiero contar su historia, Wesley. Déjeme explicársela al mundo.

En pantalla, Carver negó con la cabeza.

—Hay cosas que no pueden explicarse. Algunas historias son demasiado oscuras para ser contadas.

Accionó el encendedor y salió la llama. Empezó a encender el cigarrillo.

—¡No, Carver! ¡Ellos son inocentes!

Carver inhaló profundamente, retuvo el humo y luego inclinó la cabeza hacia atrás y exhaló una bocanada hacia el techo. Estaba seguro de que se había situado bajo uno de los detectores de humo por infrarrojos.

—Nadie es inocente, Jack —dijo—. Debería saberlo.

Fumaba y hablaba casi con despreocupación, gesticulando con la mano que sostenía el cigarrillo y dejando en el aire una pequeña estela de humo azulado.

—Sé que la agente Walling y usted están intentando apagar el sistema, pero no podrán. Me he tomado la libertad de reinicializarlo. Ahora solamente yo tengo acceso. Y el aspirador que saca el dióxido de carbono de la habitación un minuto después de la dispersión está desconectado por mantenimiento. Quería estar seguro de que no hubiera errores. Ni supervivientes.

Carver exhaló otra bocanada de humo hacia el techo. Miré a Rachel. Sus dedos corrían por encima del teclado, pero negaba con la cabeza.

—No puedo hacerlo —dijo—. Ha cambiado todos los códigos de autorización. No puedo introducirme…

El estruendo de una bocina de alarma resonó en la sala de control. El sistema se había disparado. Una banda roja de un grosor de cinco centímetros cruzó todas las pantallas de la sala. Una voz electrónica, femenina y calmada, leía en voz alta las palabras que se deslizaban por el panel.

«Atención, el sistema VESDA de extinción de incendios se ha activado. Todo el personal tiene que salir de la sala de servidores. El sistema VESDA de extinción de incendios se pondrá en marcha dentro de un minuto.»

Rachel se pasó ambas manos por el pelo y miró con impotencia la pantalla que tenía delante. Carver lanzó otra bocanada de humo hacia el techo. Su rostro reflejaba calma y resignación.

—¡Rachel! —gritó Mowry por detrás de él—. ¡Sácanos de aquí!

Carver miró hacia sus cautivos y negó con la cabeza.

—Se ha acabado —dijo—. Es el fin.

Justo entonces me sobresaltó el segundo estallido de la bocina de aviso.

«Atención, el sistema VESDA de extinción de incendios se ha activado. Todo el personal tiene que salir de la sala de servidores. El sistema VESDA de extinción de incendios se pondrá en marcha dentro de cuarenta y cinco segundos.»

Rachel se levantó y cogió el arma que tenía sobre la mesa.

—¡Agáchate, Jack!

—¡Rachel, no! ¡Es a prueba de balas!

—Eso dice él.

Apuntó agarrando el arma con las dos manos y disparó tres veces a la ventana que tenía justo delante. Las explosiones fueron ensordecedoras. Pero las balas no hicieron mella en el cristal y rebotaron por la sala.

—¡Rachel, no!

—¡Quédate agachado!

Volvió a disparar dos veces más a la puerta de cristal y obtuvo idéntico resultado negativo. Uno de los proyectiles rebotados impactó en una de las pantallas que tenía delante, con lo que la imagen de Carver desapareció.

«Atención, el sistema VESDA de extinción de incendios se ha activado. Todo el personal tiene que salir de la sala de servidores. El sistema VESDA de extinción de incendios se pondrá en marcha dentro de treinta segundos.»

Miré por la ventana hacia la sala del servidor. Unos tubos negros recorrían el techo formando una cuadrícula y luego bajaban por la pared posterior hasta la fila de depósitos rojos de CO_2. El sistema estaba a punto de ponerse en marcha. Extinguiría tres vidas, pese a que no había fuego en la sala de servidores.

—Rachel, tiene que haber algo que podamos hacer.

—¿Qué, Jack? Lo he intentado. ¡No queda nada!

Dio un golpe con el arma en una estación de trabajo y se escurrió en la silla. Yo me acerqué, puse las manos en la mesa y me incliné hacia ella.

—¡Has de seguir intentándolo! Tiene que haber una puerta trasera de acceso al sistema. Estos tipos siempre tienen una…

Me detuve y miré hacia la sala de servidores mientras caía en la cuenta de algo. La bocina volvió a tronar, pero esta vez apenas la oí.

«Atención, el sistema VESDA de extinción de incendios se ha activado. Todo el personal tiene que salir de la sala de servidores. El sistema VESDA de extinción de incendios se pondrá en marcha dentro de quince segundos.»

No vi a Carver en ningún sitio a través de los cristales. Había escogido un pasillo entre dos filas de torres que no se veía desde la sala de control. ¿Era por la situación del detector de humos o tal vez había alguna otra razón?

Miré la pantalla en funcionamiento que Rachel tenía delante. Mostraba un múltiplex de treinta y dos cámaras que Carver había apagado. Hasta aquel momento no había entendido la razón.

De golpe, todos los átomos volvieron a chocar. Todo se hizo más claro. No solo lo que tenía delante de mí, sino lo que había visto antes: Mizzou fumando en el exterior después de que lo hubiera visto meterse en la sala de servidores. Se me ocurrió otra idea. La idea buena.

—Rachel…

Esta vez el estallido de la bocina fue alto y prolongado. Rachel se levantó y miró el cristal mientras el sistema de CO_2 se ponía en marcha. Empezó a salir un gas blanco por los tubos que cruzaban el techo de la sala de servidores. En cuestión de segundos, la ventana quedó empañada e inútil. La descarga a alta velocidad generaba un silbido agudo que se percibía alto y claro a través del grueso cristal.

—¡Rachel! —grité—. Dame tu llave. Voy a por Carver.

Ella se volvió para mirarme.

—¿Qué estás diciendo?

—¡No se va a suicidar! ¡Tiene ese respirador y ha de haber una puerta trasera!

El silbido se detuvo y ambos nos volvimos hacia la ventana. La sala del servidor estaba completamente en blanco, pero la liberación de CO_2 se había detenido.

—Dame la llave, Rachel.

Ella me miró.

—Yo también tengo que ir.

—No, llama para pedir refuerzos y ayuda médica. Y luego ponte con el ordenador. Encuentra la puerta trasera.

No había tiempo para pensar, ni para considerar nada. Había gente muriendo, los dos lo sabíamos. Se sacó la llave del bolsillo y me la dio. Me volví para salir.

—¡Espera! Toma esto.

Rachel me dio su pistola. Yo la cogí sin dudarlo y me dirigí hacia la puerta de seguridad.

*L*a pistola de Rachel me pareció más pesada que el recuerdo que tenía de mi propia arma. Al pasar por la puerta de seguridad la levanté, comprobé el mecanismo y apunté. Yo era de los que solo disparan una vez al año en la galería de tiro, pero sabía que estaría preparado para usar el arma si era necesario. Pasé por la puerta siguiente y entré en el octágono apuntando hacia arriba. Allí no había nadie.

Crucé la sala muy deprisa hasta la puerta del lado opuesto. Sabía por la visita virtual de la web que esta conducía a las amplias salas que albergaban los sistemas de energía y refrigeración del complejo. El taller donde Carver y sus técnicos construían las torres de servidores también estaba ahí detrás. Contaba con que además hubiera una segunda escalera.

Primero entré en la sala de maquinaria del complejo. Era un espacio amplio, con grandes aparatos. Un sistema de aire acondicionado del tamaño de una autocaravana se alzaba en el centro de la sala, conectado a diversos conductos y cables que iban por el techo. Detrás había sistemas de respaldo y generadores. Corrí hacia una puerta situada al fondo a la izquierda y la abrí con la tarjeta de Rachel.

Entré en una sala de equipamientos larga y estrecha. Había una segunda puerta al otro extremo que, según mi percepción del edificio, tenía que conducirme a la sala de servidores.

Avanzando rápidamente hacia ella vi que había otro escáner biométrico de mano montado a la izquierda de la puerta. Encima vi una caja con los mecanismos de respiración de emergencia. Tenía que ser una puerta trasera de la sala de servidores.

No había manera de saber si Carver había huido ya, pero no tenía tiempo para esperar a ver si aparecía. Volví sobre mis pasos. Crucé otra vez por entre la maquinaria de las instalaciones hasta que llegué a unas puertas situadas en el otro extremo.

Con la pistola en alto y preparado para disparar, abrí una de las puertas con la tarjeta llave y me adentré en el taller. Era otra gran estancia con bancos de herramientas que recorrían las paredes a izquierda y derecha y un espacio de trabajo en el centro en el que estaba una de las torres de servidores negras a medio construir. La estructura y los laterales ya estaban terminados, pero los compartimentos interiores para los servidores todavía no estaban instalados.

Más allá de la torre vi una escalera circular que llevaba a la superficie. Esa tenía que ser la salida hacia la puerta trasera y el banco de los fumadores.

Avancé deprisa rodeando la torre y me dirigí a la escalera.

—Hola, Jack.

En el mismo momento en que oí mi nombre sentí el roce de un arma en el cogote. Ni siquiera había visto a Carver. Había salido de detrás de la torre de servidores en el momento en que yo pasaba.

—Tendría que haber previsto que un periodista cínico no se tragaría mi suicidio.

Con la mano libre me agarró por el cuello de la camisa desde atrás y el arma permaneció apoyada contra mi piel.

—Ya puede tirar el arma.

Obedecí y el arma resonó con fuerza al caer en el suelo de hormigón.

—Deduzco que es la de la agente Walling, ¿no? Así que lo mejor será que volvamos a hacerle una visita. Acabaremos este asunto enseguida. O quién sabe, quizás acabe con usted y luego me la lleve. Creo que me gustaría pasar un rato con la agente…

Oí el impacto de un objeto pesado en carne y hueso y Carver cayó sobre mi espalda y luego al suelo. Me volví y ahí estaba Rachel con una llave de tamaño industrial que había encontrado en el taller.

—¡Rachel! ¿Qué estás…?

— Mowry se dejó la tarjeta llave en su estación de trabajo. Te he seguido. Vamos, llevémoslo de vuelta a la sala de control.

—¿De qué estás hablando?

—Su mano puede abrir la sala del servidor.

Nos inclinamos sobre Carver, que gemía y se movía lentamente sobre el suelo de hormigón. Rachel cogió su arma y la que llevaba Carver. Vi que este también llevaba una segunda pistola en la cintura y se la quité. La aseguré en mi propio cinturón y luego ayudé a Rachel a incorporar a Carver.

—La puerta trasera está más cerca —dije—. Y allí hay respiradores.

—Te sigo. ¡Deprisa!

Caminamos apresuradamente, medio arrastrando a Carver por la sala de servicios y luego por la estrecha sala de equipamientos que había detrás. Durante todo el camino, Carver gemía y balbuceaba palabras ininteligibles. Era alto pero delgado, de manera que el peso era soportable.

—Jack, ha estado bien eso de descubrir la puerta trasera. Solo espero que no sea demasiado tarde.

No tenía idea de cuánto tiempo había pasado, pero pensaba en términos de segundos, no de minutos. No respondí a Rachel, pero pensé que teníamos una buena oportunidad de llegar a tiempo hasta sus compañeros. Cuando alcanzamos la puerta trasera de la sala de servidores, cargué con todo el cuerpo de Carver y lo orienté de manera que Rachel pudiera apoyarle la mano en el escáner.

En ese momento sentí que el cuerpo de Carver se tensaba. Se había preparado para atacarme. Me agarró la mano y pivotó, haciéndome perder el equilibrio. Choqué con el hombro contra la puerta al tiempo que Carver bajaba una mano para arrebatarme el arma que me había puesto en el cinturón. Lo agarré por la muñeca, pero ya era demasiado tarde. Su mano derecha se cerró en torno a la pistola. Estaba entre él y Rachel y de pronto comprendí que ella no podía ver el arma y que Carver estaba a punto de matarnos a ambos.

—¡Cuidado! —grité.

Se produjo una explosión súbita junto a mi oído y Carver me soltó y se derrumbó en el suelo. En su caída me roció con un chorro de sangre.

Retrocedí y me doblé sobre mí mismo, tapándome la oreja. El pitido era tan fuerte como el paso de un tren. Me volví y al levantar la vista vi a Rachel sujetando todavía su pistola en posición de disparo.

—Jack, ¿estás bien?

—Sí, sí.

—Corre, sujétalo. ¡Antes de que pierda el pulso!

Me coloqué detrás de Carver para agarrarlo por las axilas y lo levanté. Incluso con Rachel ayudándome era difícil. Pero conseguimos ponerlo en pie y lo aguanté mientras ella colocaba la mano derecha de Carver sobre el lector.

Se oyó el chasquido metálico de la puerta al desbloquearse y Rachel la empujó para abrirla.

Dejé caer a Carver en el umbral para que mantuviera la puerta abierta y dejara pasar el aire. Abrí el armarito y saqué los respiradores. Solamente había dos.

—¡Toma!

Le di uno a Rachel al tiempo que entrábamos en la granja. La neblina de la sala de servidores empezaba a disiparse. La visibilidad era de un par de metros. Rachel y yo nos pusimos los respiradores y abrimos los conductos de aire, pero Rachel se iba sacando el suyo de la boca para gritar los nombres de sus compañeros.

No obtuvo respuesta. Fuimos por el corredor central entre dos filas de servidores y tuvimos suerte, porque encontramos a Torres y Mowry casi enseguida. Carver los había puesto cerca de la puerta trasera para poder escapar con celeridad.

Rachel se agachó junto a los agentes e intentó despertarlos zarandeándolos. Ninguno de los dos respondía. Se sacó el respirador para ponerlo en la boca de Torres. Yo me saqué el mío para ponérselo a Mowry.

—¡Tú lo llevas a él, yo a ella! —gritó.

Cada uno agarró a uno de los agentes por las axilas y los arrastramos hacia la puerta por la que habíamos entrado. El hombre era delgado y fácil de desplazar, de manera que le saqué ventaja a Rachel. Pero a medio camino me quedé sin resuello. Yo también necesitaba oxígeno.

A medida que nos acercábamos a la puerta, entraba más aire en mis pulmones. Finalmente la alcancé y arrastré a Torres por encima del cuerpo de Carver hasta la sala de equipamientos. La sacudida pareció despertar a Torres, pues empezó a toser y a recobrar la conciencia incluso antes de que lo soltara.

Rachel llegó después con Mowry.

—¡Creo que no respira!

Rachel le quitó el respirador e inició el procedimiento de reanimación.

—Jack, ¿cómo está Torres? —preguntó sin abandonar su concentración en Mowry.

—Está bien. Respira.

Me puse junto a Rachel mientras ella hacía el boca a boca. No estaba seguro de cómo podía ayudar, pero al cabo de unos segundos Mowry tuvo una convulsión y empezó a toser. Se puso de lado y recogió las piernas en posición fetal.

—No pasa nada, Sarah —dijo Rachel—. Estás bien. Lo has conseguido. Estás a salvo.

Le dio unos golpecitos en el hombro a Mowry y oí que la agente articulaba una expresión de agradecimiento antes de preguntar por su compañero.

—Está bien —dijo Rachel.

Me desplacé hasta la pared más cercana y apoyé la espalda en ella. Estaba agotado. Mis ojos recorrieron el cuerpo de Carver, tendido en el suelo junto a la puerta. Veía tanto la herida de entrada como la de salida. La bala se había abierto paso entre los lóbulos frontales. Carver no se había movido desde que había caído, pero me pareció distinguir el pálpito de un ligero pulso en el cuello, justo por debajo de la oreja.

Rachel, exhausta, se acercó para sentarse a mi lado.

—Vienen los refuerzos. Creo que debería levantarme e ir a esperarlos para poder enseñarles el camino hasta aquí.

—Primero recupera el aliento. ¿Estás bien?

Asintió, pero todavía le costaba respirar. Lo mismo me ocurría a mí. La miré a los ojos y vi que los tenía fijos en Carver.

—Es una pena, ¿no crees?

—¿El qué?

—Pues que con Courier y Carver muertos, los secretos mueren con ellos. Todo el mundo ha muerto y nos hemos quedado sin nada, sin ninguna pista de por qué hicieron lo que hicieron.

Negué lentamente con la cabeza.

—Tengo una noticia: creo que el Espantapájaros aún está vivo.

19
Bakersfield

*H*an pasado seis semanas desde que se produjeron los hechos en Mesa, pero todavía permanecen vívidos en mi memoria y en mi imaginación.

Ahora estoy escribiendo. Todos los días. Normalmente por la tarde encuentro algún café atestado en el que abrir mi portátil. He llegado a la conclusión de que no puedo escribir en el silencio que los autores requieren habitualmente: tengo que luchar contra la distracción y el ruido. He de acercarme tanto como me sea posible a la experiencia de escribir en una redacción superpoblada. Parece que necesito el alboroto de las conversaciones de fondo, de los teléfonos que suenan y de los teclados aporreados para sentirme como en casa. Naturalmente, no es más que un sucedáneo artificial de la experiencia real. No hay camaradería en un café. Falta esa sensación de «nosotros contra el mundo». Esas son cosas de una redacción que creo que siempre echaré en falta.

Reservo las mañanas a la investigación. Wesley John Carver sigue siendo en gran parte un enigma, pero me voy acercando a quién y qué es. Mientras yace en el mundo crepuscular del coma en el hospital de la prisión metropolitana de Los Ángeles, yo me acerco a él.

Parte de lo que sé procede del FBI, que continúa investigando el caso en Arizona, Nevada y California. Pero la mayor parte es material recogido por mi cuenta y de diversas fuentes.

Carver era un asesino de gran inteligencia y con un clarividente conocimiento de sí mismo. Era listo y calculador, y capaz de manipular a la gente recurriendo a sus deseos más profundos y oscuros. Acechaba en las webs y en los chats, identificaba a discípulos y víctimas potenciales y luego les seguía la pista a través de los portales laberínticos del mundo digital. Después establecía contacto en el mundo real. Los utilizaba o los mataba, o ambas cosas.

Llevaba años haciéndolo, desde mucho antes de que Western Data y los cadáveres en los maleteros llamaran la atención de nadie. Marc Courier solo había sido el último de una larga lista de acólitos.

Aun así, el relato de los actos horribles que cometió no puede ensombrecer las motivaciones que había detrás. Es lo que mi editor en Nueva York me dice cada vez que hablamos: tengo que ser capaz de ir más allá de lo que ocurrió. Tengo que contar por qué lo hizo. Es de nuevo una cuestión de contenido y de profundidad, el viejo C y P al que estoy acostumbrado.

Lo que he descubierto hasta ahora es lo siguiente: Carver creció como hijo único sin saber quién era su padre. Su madre trabajaba en el circuito de los clubes de *strippers*, lo cual los hacía vivir durante su niñez siempre de un sitio a otro, de Los Ángeles a San Francisco y a Nueva York y de vuelta. Fue lo que llamaban entre ellos un niño de camerino, que se criaba tras el escenario en los brazos de chicas de alterne, modistas y otras bailarinas mientras su propia madre actuaba bajo los focos. El de ella era un número especial, se presentaba con el nombre de L. A. Woman y bailaba exclusivamente con música del grupo de rock de Los Ángeles de esa época, The Doors.

Existen indicios para suponer que Carver fue víctima de abusos sexuales por parte de más de una persona de las que se encargaban de él en los camerinos, y que muchas noches dormía en la misma habitación de hotel en la que su madre se acostaba con hombres que habían pagado por estar con ella.

Lo más notable de todo es que su madre había desarrollado una enfermedad en los huesos que no tenía nombre, pero que en cualquier caso era degenerativa y amenazaba su medio de vida. Cuando no estaba en el escenario y se alejaba del mundo en el que trabajaba, a menudo llevaba ortesis en las piernas que le habían prescrito como ayuda para unos ligamentos y articulaciones cada vez más débiles. Al joven Wesley le tocaba ayudar a ajustar las correas de cuero alrededor de las piernas de su madre.

Es un retrato oscuro y deprimente, pero no es algo que conduzca al asesinato múltiple. Los ingredientes secretos de este agente cancerígeno todavía no han sido revelados, ni por mí ni por el FBI. Queda por saber por qué metástasis los horrores de la formación de Carver se convirtieron en el cáncer de su vida adulta. Pero Rachel a menudo me recuerda su frase favorita de una de las películas de los hermanos Cohen: nadie conoce a nadie tan bien. Me dice que nadie sabrá nunca qué llevó a Wesley Carver a tomar el camino que tomó.

Hoy estoy en Bakersfield. Por cuarto día consecutivo pasaré la mañana con Karen Carver y ella me contará los recuerdos de su hijo. No lo ha visto ni ha hablado con él desde el día en que se fue al MIT cuando era un joven de dieciocho años, pero el conocimiento de su infancia y la disposición que muestra a compartirla conmigo me acercan más a responder a la pregunta del porqué.

Mañana volveré a casa en coche, porque mis conversaciones con la madre del asesino (ahora condenada a una silla de ruedas) han llegado de momento a su final. Hay otras investigaciones que llevar a cabo y una fecha de entrega inminente para mi libro. Y por encima de todo eso, llevo cinco días sin ver a Rachel, y me cuesta sobrellevar la separación. Me he convertido en un creyente de la teoría de la bala única y necesito volver a casa.

Entre tanto, el pronóstico para Wesley Carver no es bueno. Los médicos que lo atienden creen que nunca recuperará la conciencia, que los daños ocasionados por la bala de Rachel lo han dejado en una oscuridad permanente. Gime y a veces murmura en su cama de la cárcel, pero seguramente no sucederá mucho más.

Algunos han exigido su procesamiento, condena y ejecución pese al estado en el que se encuentra. Otros han calificado tal idea de bárbara, por execrables que fueran los crímenes de los que se le acusa. En una reciente protesta en el exterior del centro penitenciario de Los Ángeles, un grupo marchaba con pancartas en las que se leía DESCONECTAD AL ASESINO, mientras que las pancartas del grupo contrario decían TODA VIDA ES SAGRADA.

Me gustaría saber qué diría Carver de todo esto. ¿Le divertiría? ¿Se sentiría consolado?

Lo único que sé es que no puedo borrar la imagen de Angela Cook deslizándose hacia la oscuridad con los ojos abiertos y asustados. Creo que Wesley Carver ya ha sido condenado en un tribunal superior. Y está cumpliendo cadena perpetua sin posibilidad de libertad condicional.

20
El Espantapájaros

*C*arver esperaba en la oscuridad. Su cabeza era un revoltijo de pensamientos. Tantos, que no estaba seguro de cuáles eran recuerdos auténticos y cuáles inventados.

Se filtraban en su mente como el humo. Nada permanecía. No había nada a lo que pudiera asirse.

A veces oía voces, pero no podía distinguirlas con claridad. Eran como conversaciones musitadas por todas partes a su alrededor. Pero nadie hablaba con él, solo a su alrededor. Cuando hacía preguntas, nadie le contestaba.

Tenía su música, y eso era lo único que lo salvaba. La oía e intentaba cantar al compás, pero las más de las veces no tenía voz y tenía que contentarse con tararear. Se iba quedando atrás.

This is the end… beautiful friend, the end…[4]

Creía que la voz que cantaba era la de su padre. El padre al que no había conocido nunca, que venía a él por la gracia de la música.

Como en la iglesia.

Sentía un dolor horrible. Como si llevara un hacha clavada en el centro de la frente. Era un dolor implacable. Esperaba que alguien lo detuviera, que alguien lo salvara de eso. Pero nadie acudía. Nadie lo oía.

Esperaba en la oscuridad.

4. Esto es el final… hermoso amigo, el final…

Agradecimientos

El autor quiere agradecer la ayuda de muchas personas en la investigación, redacción y edición de este libro. Entre ellos Asya Muchnick, Bill Massey, Daniel Daly, Dennis *Cisco* Wojciechowski, James Swain, Jane Davis, Linda Connelly, Mary Mercer, Pamela Marshall, Pamela Wilson, Philip Spitzer, Roger Mills, Scott B. Anderson, Shannon Byrne, Sue Gissal y Terrell Lee Lankford.

Muchas gracias asimismo a Gregory Hoblit, Greg Stout, Jeff Pollack, John Houghton, Mike Roche, Rick Jackson y Tim Marcia.

Michael Connelly

Michael Connelly decidió ser escritor tras descubrir la obra de Raymond Chandler. Con ese objetivo, estudió periodismo y narración literaria en la Universidad de Florida. Durante años ejerció como periodista de sucesos para dedicarse después a la escritura.

Además de *La oscuridad de los sueños,* **Roca**editorial ha publicado *Echo Park, El eco negro, El observatorio* y *El veredicto.*

La obra de Connelly ha sido traducida a 35 idiomas y ha recibido numerosos premios, entre ellos el Pepe Carvalho, el Edgar o el Maltese Falcon.

Más información en www.michaelconnelly.com